CHRISTINA ELLIS

BE MY Heartbeat

AMY UND NATHAN

mtb

1. Auflage 2023
Originalausgabe

Umschlaggestaltung von zero-media.net, München
Umschlagabbildung von FinePic®, München
Gesetzt aus der Stempel Garamond
von GGP Media GmbH, Pößneck
Druck und Bindung von GGP Media GmbH, Pößneck
Printed in Germany
ISBN 978-3-7457-0365-8
harpercollins.de

Klimaneutral
Druckprodukt
ClimatePartner.com/15109-2009-1001

FSC
MIX
Papier
FSC® C014496

Liebe Leser:innen,

dieses Buch enthält potenziell triggernde Inhalte.
Deshalb findet ihr am Romanende eine Themenübersicht,
die demzufolge Spoiler enthalten kann.

Wir wünschen euch das bestmögliche Erlebnis
beim Lesen dieser Geschichte.

Euer Team von Mira

KAPITEL 1

Amy

Ich war von zu Hause abgehauen und irrte durch die Straßen von Santa Barbara, kämpfte dabei mit meinem schlechten Gewissen und meinem Körper.

Verdammte Übelkeit.

Verdammte Müdigkeit.

Die Hitze des Tages tat ihr Übriges. Sie flimmerte auf dem Asphalt und ließ meinen Blick verschwimmen. Ich sehnte mich nach meinem Bett, doch ich hatte eine Mission und sah gar nicht ein, jetzt aufzugeben.

Endlich fand ich, wonach ich suchte: das kleine Tattoo-Studio, das ich im Internet entdeckt hatte. Es hatte gute Bewertungen, warb mit kurzen Wartezeiten und befand sich in einer ruhigen Seitengasse am Rand von Santa Barbara, etwa eine Meile von meinem Elternhaus entfernt. Eine Strecke, die ich in meinem Zustand gerade so noch hatte gehen können.

Ich war ein wenig enttäuscht vom Äußeren des Studios, das trostlos zwischen zwei Flachdach-Häusern stand. Da war kein riesiges Werbeschild über der Haustür. Nicht einmal Bilder hingen im Schaufenster. Lediglich ein Schriftzug klebte in schlichten Blockbuchstaben auf der Fensterscheibe: *Dan's Studio*. Auch der Name zeugte von wenig Kreativität. Doch ich wusste, dass der Schein durchaus trügen konnte. Außerdem war es für einen

Rückzieher jetzt ohnehin zu spät. Ich war zu müde und musste mich dringend setzen.

Tief durchatmen, befahl ich mir und kämpfte gegen den Schwindel und die Magenkrämpfe an. *Nicht kotzen. Nicht zusammenbrechen. Weiter!*

Bevor ich es mir anders überlegen konnte, riss ich etwas zu schnell die Tür des Ladens auf, kam ins Straucheln und wäre beinahe vornüber auf die Nase gefallen. Die Eingangsglocke untermalte meinen dramatischen Auftritt mit einem fröhlichen *Klingeling!* Ich fing mich in letzter Sekunde und stolperte zum Tresen. Er war aus Metall und wackelte bei meiner Berührung, genauso wie die blöde Perücke auf meinem Kopf.

Wenn ich die nächste Woche überlebe, besorge ich mir eine bessere, schwor ich mir. Das verdammte Ding war mir viel zu groß. Es hatte meinem Bruder gehört, ihm allerdings genauso wenig gepasst wie mir. Irgendwann war man jedoch an einem Punkt, wo so was einen nicht mehr störte.

»Komme gleich!«, rief mir eine dunkle Männerstimme zu. Ich sah mich suchend um, fand aber nur einen riesigen Paravent mit aufgedruckten Kranichen, der den Eingangsbereich vom Rest des Studios abtrennte. Der Sichtschutz hielt neugierige Blicke von den Kunden fern, verdeckte aber nicht das Summen der elektrischen Tätowiermaschine.

Ein Kribbeln jagte über meine Haut und durch meinen Körper. Eine Mischung aus Angst und Vorfreude. Tätowieren konnte gewiss nicht schlimmer sein als eine Chemotherapie. Ein Spaziergang im Vergleich. Hoffentlich.

Das Brummen setzte aus. »Kannste kurz warten? Ich guck mal, wer da ist. Hab wohl vergessen abzuschließen. Sorry.« Ich wartete mit klopfendem Herzen und sinkendem Mut. Eigentlich hatte ich im Studio anrufen wollen, dann aber Angst bekommen. Einfach einen Termin auszumachen, war nicht genug. Da war das Risiko zu hoch, dass ich doch noch kniff. Nein. Ich musste persönlich hierherkommen und es einfach hinter mich bringen.

Ein bärtiger Typ tauchte hinter dem Sichtschutz auf. Er war die klischeehafte Verkörperung eines Tätowierers: über und über mit kunstvollen Bildern verziert, die Lippen und Augenbrauen gepierct, schwarze Hose, weißes Muscle-Shirt. Insgesamt sah er sehr gepflegt aus. Selbst seine Glatze wirkte wie herausgeputzt. Poliert.

»Kann ich dir helfen?«, begrüßte er mich, nachdem er mich in etwa so intensiv gemustert hatte wie ich ihn. Dabei war er eindeutig zu dem Schluss gekommen, dass ich hier nichts verloren hatte.

»Ich hätte gerne ein Tattoo«, platzte ich heraus und ärgerte mich prompt über mich selbst. Warum sonst sollte ich wohl hier sein? »So schnell wie möglich. Wäre heute machbar?«, setzte ich noch hinzu und knetet nervös meine Hände.

»Wir sind ausgebucht.« Er zog eine Augenbraue hoch.

Das hatte ich befürchtet, aber so schnell gab ich kurz vorm Ziel nicht auf. »Das stand im Internet aber anders«, entgegnete ich. »Da werben Sie mit kurzen Wartezeiten.« Obwohl ich aufgeregt war, hörte und sah man es mir nicht an. Das hatte ich mittlerweile perfektioniert: Angesichts von finster dreinblickenden Ärzten hatte ich mir ein Pokerface zugelegt, bei dem jeder Profispieler vor Neid erblassen würde.

»Mir egal, was im Internet steht. Ich hab keine Termine mehr bis Januar. Kannste so lange warten?«

Puh. Jetzt war Anfang September. Da brauchte ich kein Rechengenie zu sein. »Ne. Bis dahin bin ich vermutlich schon tot.«

Der Typ starrte mich an und versuchte zu ergründen, ob ich scherzte. Aber es war mir todernst. Buchstäblich.

»Sehr witzig«, brummte er verstimmt und deutete auf die Tür. »Über so was macht man sich nicht lustig. Und jetzt raus.«

Ich hatte nun zwei Möglichkeiten: Entweder ich trollte mich oder ich ging zum Gegenangriff über. Da aufgeben nicht zu meinem Naturell passte, tat ich Letzteres, zog mit viel Schwung meine Perücke vom Kopf und deutete auf die darunter sichtbare Glatze. »Die hab ich einer Chemo zu verdanken, damit ich eine akute myeloische Leukämie überlebe. Das ist jetzt zwei Jahre her.« Warum meine Haare bisher nicht nachgewachsen waren, hatte mir niemand erklären können. »Ich habe mir jedenfalls damals geschworen, dass ich mir ein Tattoo stechen lassen würde, sobald ich den Krebs besiegt habe.« Ich machte eine Pause. »Ich habe ihn besiegt, also hätte ich gerne ein Tattoo.« Ich überlegte. »Bitte.« Konnte ja nicht schaden.

»Hast du nicht gerade gesagt, dass du bis Januar tot bist? Das klingt aber nicht danach, als hättest du den Krebs besiegt.«

Mist. Mein verdammtes Plappermaul war mal wieder zu schnell gewesen – und der Tätowierer zu aufmerksam. Sollte ich ihm jetzt wirklich meine gesamte Leidensgeschichte erzählen? Dass ich den letzten Krebs durchaus besiegt hatte, worauf zumindest meine guten Werte hatten schließen lassen? »Sagen wir so: Meine Blutwerte könnten momentan besser sein. Aber noch ist nicht raus, ob die Leukämie zurück ist,« sagte ich stattdessen. Dass ich selbst vom Schlimmsten ausging, ließ ich lieber unerwähnt. Denn obwohl AML normalerweise gut behandelbar war, hatte ich anscheinend weniger Glück. »Wichtig ist trotzdem, dass ich schnell ein Tattoo brauche.« Ich probierte es mal mit einem strahlenden Lächeln. Man wusste ja nie.

Der bärtige Typ, Marke Wikinger, starrte meine Glatze an, als wäre sie das Symbol des Todes. Angesichts der Tatsache, dass er selbst eine hatte, war das natürlich lächerlich. Doch gerade diese Gemeinsamkeit trennte uns mehr voneinander als jede Gegensätzlichkeit. Er, ein Typ schätzungsweise Mitte vierzig, der sich wohl aus kosmetischen Gründen einen Kahlkopf hatte rasieren lassen. Ich, eine junge Frau mit einundzwanzig Jahren, die sich das Ganze nicht ausgesucht hatte.

»Ich … also … äh«, begann der Tätowierer.

»Ich schätze, an dieser Stelle übernehme dann wohl ich. Bevor du dich noch mehr zum Narren machst.« Ein junger Mann trat hinter dem Sichtschutz hervor und klopfte dem Tätowierer freundschaftlich auf den Rücken.

Als Erstes bemerkte ich seine warmen braunen Augen, aus denen heraus er mich wach ansah. Als Nächstes seinen nackten Oberkörper, seine durchaus gut definierten Brustmuskeln und die breiten Schultern. Einen Moment konnte ich ihn einfach nur anstarren.

Wenn er wenigstens hässlich gewesen wäre! Dann hätte ich mich wieder auf das Gespräch konzentrieren können. So aber war mein Gehirn nicht länger auf Streitgespräch, sondern auf Gaffen gepolt. Der Typ hatte perfekt geschwungene Augenbrauen. Nicht zu dick, nicht zu dünn. Dazu ausgeprägte Wangenknochen, ein markantes Kinn und ein echt hübsches, spitzbübisches Grinsen.

»Ich bin Nathan«, sagte er und hielt mir seine Hand hin. Ich nahm sie eher mechanisch und schüttelte sie.

»Amy«, brachte ich hervor. »Freut mich.«

»Mich auch. Dieser um Worte ringende Wikinger hier ist Dan. Ihm gehört das Studio.«

»Ich kann selbst reden«, knurrte Dan. »Das ist immer noch mein Laden, und du bist nur ein Kunde.«

»Ganz genau, Dan. Doch wie es scheint, wolltest du gerade einer Schwerkranken nicht sehr taktvoll die Tür vor der Nase zuknallen. Bevor du das tust, solltest du noch mal über das Image des Ladens nachdenken.«

»Ich bin der beste Tätowierer in ganz Santa Barbara«, konterte er. »Da brauch ich kein gutes Image. Mädchen, das mit deiner potenziell zurückgekommenen Leukämie tut mir echt leid, aber ich bin ausgebucht.«

»Wie wäre es denn jetzt?«, fragte ich zaghaft.

»Da hab ich diesen Knilch hier an der Backe. Bis sein Tattoo fertig ist, dauert es.«

»Ich hab Zeit mitgebracht und kann warten.«

»Vergiss es. Wenn ich mit Nathan fertig bin, hab ich frei. Außerdem werde ich den Teufel tun und einer Krebskranken Tinte unter die Haut stechen. Ob potenziell erneut krank oder nicht ist mir dabei völlig egal.«

Ich zog eine Augenbraue hoch. »Bevor die Tinte mich umbringen könnte, hat mich der Krebs wahrscheinlich ohnehin besiegt. Da machen Sie sich mal keine Sorgen.«

Der Wikinger starrte mich zwei Sekunden an, dann wandte er sich Nathan zu. »Ich kann mit ihrem Humor nix anfangen«, brummte er. »Meint sie das jetzt ernst?«

»Sie will dich nur aus der Reserve locken.« Nathan klopfte Dan erneut auf den Rücken, als müsse er ihn wie ein Pferd beruhigen.

Ich nutzte derweil den Moment, um meinen Blick neugierig über seinen nackten Oberkörper wandern zu lassen. Er hatte ein Tattoo direkt über dem Herzen: Ein Rabe im Angriffsflug. Es sah jedoch alt aus. Dann entdeckte ich den Beginn eines neuen Tattoos am Oberarm.

»Was lässt du dir stechen?«, fragte ich ihn.

»Die Eulersche Identität.«

»Die was?«

»Die Eulersche Identität. Die schönste Matheformel aller Zeiten. Sie enthält die fünf wichtigsten Zahlen der Mathematik. Cooler geht nicht. Im Moment sieht es aber eher nach einem Fleischklops aus.« Nathan verdrehte den Kopf, um die Farbkleckse an seiner Schulter betrachten zu können. »Vielleicht eher wie eine Frikadelle«, stellte er fest.

Ich lachte leise, selbst wenn ich mich an die Eulersche Identität wirklich nur ganz blass erinnerte. Dass sich jemand eine Matheformel als Tattoo stechen ließ, lag zudem jenseits meiner Vorstellungskraft. »Sobald es fertig ist, sieht es bestimmt grandios aus«, versuchte ich dem Tätowierer zu schmeicheln, doch der starrte mich weiter finster an.

»Mir reicht was winzig Kleines«, versuchte ich es erneut. »Ein Schriftzug zum Beispiel. Mit dem Namen meines verstorbenen Bruders. Es ist auch nur ein kurzer Name. Ben.«

Dan wurde noch blasser. »Die Frau macht mich fertig«, sagte er zu Nathan und dann an mich gewandt: »Ob toter Bruder oder nicht. Ich hab keine Zeit. Und solche Tattoos steche ich nicht. Namen zu tätowieren ... Das ist keine Kunst, sondern eine Beleidigung. Damit kannste mal schön zu den Touristenfallen am Strand gehen. Da bekommste so komische Unendlichkeitszeichen, hässliche chinesische Symbole, die in Wirklichkeit was anderes bedeuten als behauptet und Kätzchen mit Wollknäueln. Ich bin Künstler und hab einen Ruf zu verlieren. Und eins kannste mir glauben: Ich werde auf keinen Fall kleine Mädchen mit Krebs tätowieren. Schon mal was von Immunreaktion gehört? Wenn du mich also entschuldigst ... Nathan? Kommst du?«

Damit floh der Hüne rasch hinter den Paravent. Ja, er floh.

Nathan sah ihm hinterher, rührte sich jedoch nicht. Stattdessen musterte er mich eingehend. »Du ziehst hier gerade alle Register, nicht wahr?«, fragte er.

»Ja. Mir bleibt nicht viel Zeit. Ich habe mir und meinem Bruder geschworen, dieses verdammte Tattoo stechen zu lassen. Als Zeichen für unseren gemeinsamen Kampf und dafür, dass ich mich nicht unterkriegen lasse. Nie. Schon gar nicht vom Krebs.« Ben hatte es nicht geschafft – er war vom Krebs besiegt worden. Als ich Nathan das sagte, schaute er erst mitleidig, dann besorgt und dann zweifelnd. »Jetzt guck nicht so. Ich weiß, dass sich ein Tattoo und Chemo nicht besonders vertragen. Aber gerade wegen der potenziellen Risiken habe ich zwei Jahre mit dem Tattoo gewartet. Dass meine Werte plötzlich nicht mehr ganz so perfekt sind, kam recht unerwartet. Daher muss ich mich beeilen, solange ich noch als gesund gelte.«

»Vielleicht hörst du in diesem Fall besser auf Dan. Verzichte auf das Tattoo und warte die genaue Diagnose der Ärzte ab.« Nathans Stimme war sanft.

Ich hob den Kopf und starrte ihm in die Augen. In diese warmen, braunen, verständnisvollen Augen. »Dieses Tattoo ist mein Zeichen dafür, dass ich den Krebs besiegen konnte. Ich brauche dieses Tattoo für mich. Als Symbol, dass ich das auch noch mal packen kann.«

Nathan erwiderte meinen Blick. Eine Sekunde. Zwei. Er musterte mich so intensiv, dass ich es als Kribbeln am ganzen Körper spürte. Zu meiner Überraschung nickte er schließlich. »Kann ich verstehen«, sagte er schlicht.

Dieser eine Satz bedeutete mir die Welt. Meine Freunde von der Selbsthilfegruppe hatten mich für verrückt erklärt. Sogar der Tätowierer hielt mich für irre. Dass Nathan, ein Fremder, es verstand, half mir mehr, als ich sagen konnte. Unverzüglich kramte ich in meiner Manteltasche herum und zog eine Fünf-Dollar-Note und eine verschlissene Einkaufsmarke hervor. »Was meinst du? Sticht er mir für das Geld zumindest das B?«

Mit Nathans Reaktion hatte ich nicht gerechnet. Ich war es mittlerweile gewohnt, dass die Leute bei der Erwähnung meines toten Bruders peinlich berührt schwiegen und allerlei Unsinn von sich gaben, um die Stille zu füllen. Nathan hingegen lachte über meinen eigentlich gar nicht als Scherz gemeinten Satz. Er lachte so sehr, dass er den Kopf in den Nacken warf und der Laut seiner Stimme in meinen Ohren vibrierte.

»Aus welchem Jahrhundert kommst du denn?«, fragte er. »Dafür bekommst du nicht mal sein Portfolio gezeigt.« Kopfschüttelnd hob er die Hand, hielt sie mir hin. Ich verstand zunächst nicht, sondern starrte sie lediglich verwirrt an.

»Komm mit«, sagte er zur Erklärung. »Wir überzeugen den Sturkopf, dir deinen Mutmacher zu stechen. Ich vermache dir meinen Termin und gebe dir einen Vorschuss auf dein erstes Tattoo. Alternativ bieten wir Dan an, das Geld abzuarbeiten. Du wärst bestimmt ein prima Kundenschreck für ungewolltes Publikum.«

Ich sah ihn zunächst verdutzt an, dann musste ich lachen. Normalerweise war ich es, die meine Krankheit als Waffe nutzte, um Leuten den Wind aus den Segeln zu nehmen. Dass das jemand anderes machte, war ungewohnt und auf seltsame Weise cool.

So wie der gesamte Kerl, der da noch immer mit seiner nackten Brust vor mir stand. Nathan strahlte eine Lässigkeit aus, die mich beeindruckte. Als könnte er die Welt mit nur einem Lächeln erobern.

Ich war dankbar für sein Angebot. Durch ihn war ich dem Ziel zum Greifen nahe, also durfte ich nicht zögern. Entschlossen nahm ich seine Hand. Sie war warm, rau und seltsam vertraut. Ein erstaunliches Gefühl. Vor allem, weil mich sein Griff kurioserweise erdete. Als strahlte seine Ruhe auf mich über.

Plötzlich zog er mich näher, um mir etwas ins Ohr zu flüstern. Als sein Atem meine Wange streifte, bekam ich peinlicherweise eine Gänsehaut. Nur eine ganz leichte, aber sie war da.

Seine Nähe. Seine Berührung. Sein Geruch. Das brachte meinen gesamten Körper durcheinander – und meine Gedanken. Seit mein Leben komplett aus den Fugen geraten war, hatte ich keinen Körperkontakt mehr zu anderen Leuten gehabt. Mal abgesehen von Krankenschwestern, Ärzten oder meinen Eltern. Kein Wunder, dass ich jetzt kurz durchdrehte.

»Wenn du bei Dan punkten willst, dann suchst du dir ein Eulentattoo raus. Frag mich nicht, aber der große Kerl steht voll auf die Tierchen«, flüsterte Nathan. »Nimm ja keine Katzen. Die findet er zu ausgelutscht. Wähl noch einen kreativen Schriftzug, und Dan ist Wachs in deinen Händen. Aber hör auf über Tod und Leukämie zu reden. Da fühlt er sich unwohl.«

Nathan lief los, ins Innere des Tattooladens hinein. Da er meine Hand noch immer festhielt, blieb mir nichts anderes übrig, als hinter ihm her zu stolpern. *Jetzt bloß nicht der Länge nach hinfallen.*

»Eulen?«, fragte ich zweifelnd, sobald ich wieder Luft gefunden hatte. Doch weiter nachhaken konnte ich nicht, da wir bereits vor Dan standen. Der hockte auf seinem Drehstuhl und hielt die Tätowiermaschine wie eine Waffe vor sich. Als er uns sah, verfinsterte sich seine Miene.

»Ich hab ihr meinen Termin gegeben«, sagte Nathan, bevor Dan irgendetwas von sich geben konnte. »Amy, setz dich!«

Ich hüpfte hastig auf den Stuhl. Um mich hier wieder wegzubekommen, würde Dan mich schon mit Gewalt runterziehen müssen.

»Mensch, Nathan. Das hast du nicht zu entscheiden.« Dan wurde langsam ärgerlich. »Ich müsste hier erst mal alles desinfizieren, bevor ich mit einem neuen Kunden starten könnte. Und überhaupt ... Ich tätowiere keine Namen. Punkt. Außerdem lass ich dich bestimmt nicht mit deiner Bulette auf dem Arm aus meinem Studio latschen. Das können wir so nicht lassen!«

Wir sahen wie auf Kommando allesamt auf das seltsame Gebilde auf Nathans Arm. »Ich mag Buletten. Und wenn mich einer fragt, sag ich halt, ich hätte dich zu dem Bild gezwungen. Jetzt hör auf, so eine Diva zu sein und hilf der Krebskranken.«

Autsch. Dan und ich zuckten gemeinsam zusammen. Ein Blick in Nathans funkelnde Augen genügte mir aber, um seinen letzten Satz einordnen zu können. Er hatte Dan aus der Reserve locken wollen. Sein Plan ging auf. Dans Blick wurde tatsächlich mit einem Schlag etwas weicher.

»Okay, Mädchen. Wir machen das so: Ich mal dir ein Tattoo. Mit Henna. Lach nicht, Nathan, das kann ich tatsächlich. Bin ich sogar richtig gut drin. Aber bei aller Liebe: Wenn du schon eine Chemo hattest und womöglich die nächste ansteht, ist dein Immunsystem im Arsch. Und zwar komplett. Ich will dich nicht umbringen, selbst wenn du mir echt auf den Zeiger gehst. Die Nummer ist mir zu heiß. Solltest du überleben, dann stech ich dir so viele Namen von toten Brüdern, wie du willst. Umsonst. Deal?«

Er hielt mir die Hand hin, und ich zögerte keine Sekunde. Ich schlug ein. Dan legte seine Tätowiermaschine zur Seite und kam mit einer kleinen Tube zurück. »Ich nehme die braune, naturbelassene Paste. Erscheint mir sicherer«, sagte er zu mir. Er setzte sich und bedeutete mir, meinen Arm nach vorne zu strecken. Aufgeregt tat ich wie geheißen und fragte mich gleichzeitig, was er vorhatte.

»An dem Arm will ich das Tattoo aber gar nicht haben«, merkte ich an.

»Das macht nichts.« In Sekundenschnelle malte Dan frei Hand mit einem winzigen Pinsel ein wunderschönes filigranes Gänseblümchen auf meinen Unterarm. Es war nicht größer als mein Daumennagel. »Ich mach erst mal einen Allergietest. Wenn das kleine Ding hier nichts auslöst, dann können wir den Schriftzug in Angriff nehmen.«

Ich starrte die Blume einen Moment an. »Das Gänseblümchen steht symbolisch für Leid«, sagte ich traurig.

»Und für Kraft und Unerschütterlichkeit.«

»Gibt es das Wort überhaupt?«

»Wenn du mich fragst, dann verkörperst du es. Komm in zwei Stunden wieder oder setz dich hinten in den Wartebereich. Sollte deine Haut sich nicht gerötet haben, können wir loslegen.«

Ich war entsetzt. »Zwei Stunden? So lange kann ich nicht warten! Ich muss zurück.«

Dan wechselte einen kurzen Blick mit Nathan, dann zog er die Schultern hoch. »Tut mir leid. Da lass ich nicht mit mir reden.«

Ich spürte, wie mich meine Kampfeslust abrupt verließ. Das war es also mit meinem Freiheitsplan. Meinem Versuch, etwas Verrücktes zu tun. Ich hatte gewagt, aus meinem Alltag auszubrechen. Mich etwas zu trauen. Einen lange gehegten, für mich immens wichtigen Traum zu verwirklichen. Doch selbst das gelang mir nicht. Wegen dem, was mein Körper mir antat.

In Dans Augen sah ich bereits, dass ich verloren hatte. Er würde keinen Schritt weiter auf mich zugehen. »Dann eben nicht«, sagte ich müde und schob mich von der Liege. Mir war etwas schwindelig, aber damit kam ich klar. Mein Kreislauf war seit Tagen das Allerletzte. Normalerweise folgten auf schlechte Zeiten auch immer wieder gute Momente. Dann ging es mir wieder relativ okay. Leider ließen die guten Tage schon etwas länger auf sich warten.

»Viel Erfolg mit deiner Bulette.« Ich nickte Nathan zu und strebte gen Ausgang. Auf keinen Fall würde ich hier in dem Studio darauf warten, ob sich auf meiner Haut was tat. Das verkrafteten meine Nerven nicht. Außerdem war es mir hier drin zu stickig. Luft. Ich brauchte Luft. Aber zwei Stunden durch die Gegend streunen? Das war unmöglich.

Natürlich war mir eigentlich klar, dass Dan richtig handelte. Kein normaler Tätowierer hätte einer jungen Frau in meinem Zustand ein Tattoo gestochen. Echt nicht. Tief in mir drin wusste ich das, aber es tat trotzdem weh, es einzusehen. Diese Schlacht war definitiv verloren.

Die Türklingel verabschiedete mich mit einem sanften *Klingeling!* Abermals stolperte ich über die verflixte Eingangsstufe, fing mich aber noch. Nach Atem ringend blieb ich stehen und blinzelte gegen die Sonne an. Mittagszeit. Auch das noch. Im September kletterten die Temperaturen auch mal gerne auf bis zu dreißig Grad. Mir brach der Schweiß aus, und meine Beine begannen zu zittern.

Und was nun?

Ich konnte natürlich weiter meinem Plan folgen und einem Tattoo hinterherjagen. Unten am Strand könnte ich einen Tätowierer finden, der sich nur für mein Geld interessierte und sich nicht um Verantwortung gegenüber seinen Kunden scherte. Doch ich musste realistisch sein: Bis zum Strand war es zu weit, und ich war müde. Zu müde.

In dieser Sekunde wurde mir klar, dass ich ein ernstes Problem hatte. Ich hatte mir zu viel vorgenommen, hatte zu viel gewagt. Der Preis dafür würde hoch sein. Sehr hoch.

Ach, Amy dachte ich bitter. *Gib das Kämpfen einfach auf und füg dich deinem Schicksal. Du kannst ihm eh nicht entkommen.*

KAPITEL 2

Nathan

Ich starrte Dan beunruhigt an. »Wir können sie doch nicht einfach gehen lassen«, sagte ich zu ihm.

Dan zuckte mit den Schultern. »Reisende soll man nicht aufhalten.«

»Aber sie war leichenblass.«

»Sie ist ja sofort rausgestürmt. Was hätte ich denn tun sollen? Sie kam freiwillig und ist freiwillig wieder gegangen. Ist besser so. Glaub mir.«

Vermutlich hatte er recht. Amy ging mich nichts an. Ich hatte ihr meinen Termin überlassen. Mehr nicht. Alles andere war jetzt ihr Problem. Zumindest theoretisch. Aber mal ehrlich: Sie in diesem Zustand gehen zu lassen, war unverantwortlich.

Dan packte bereits die Hennafarbe zusammen und sprühte Desinfektionsspray auf den Stuhl. Für ihn war die Sache erledigt. Aus den Augen, aus dem Sinn.

Mir hingegen krampfte sich der Magen zusammen. Das war nicht richtig. Amy brauchte Hilfe. Sie hatte es nicht gesagt, doch das war offensichtlich gewesen. Die Blässe ihrer Haut hatte mir nicht gefallen, genauso wenig wie der Blick in ihren Augen. Als sie hier reingekommen war, hatte sie so kämpferisch gewirkt. So voller Energie. Gegangen war sie als völlig erschöpfte Kranke.

Dabei hatte sie das Tattoo doch aufbauen sollen.

Nein. Das ging so gar nicht. Was für Menschen wären wir, wenn wir sie in diesem Zustand allein ließen?

»Ich gehe ihr nach«, sagte ich entschlossen und schnappte mir bereits mein Hemd. Dabei fiel mein Blick auf eine einsam zurückgelassene Perücke auf dem Stuhl. Amy hatte sie vergessen. Gut, dann hatte ich wenigstens eine Ausrede, um ihr hinterherzurennen. So, wie ich sie einschätzte, wurde sie nicht gerne bemuttert.

»Amy, warte!«, rief ich, als ich aus der Tür stürmte. Ich würde später noch einmal zu Dan zurückkehren, damit er das angefangene Tattoo desinfizierte und abklebte.

Sie war noch nicht weit gekommen. Gerade mal drei Schritte. Schwankte sie? »Du hast deine Perücke vergessen!«

Amy blieb stehen und drehte sich zu mir um. An der Art, wie sie den Kopf hielt, erkannte ich bereits alarmierende Anzeichen: kaum zu ertragende Kopfschmerzen. Sie nahm mir die Kurzhaarperücke eher mechanisch ab und zog sie sich auf den Kopf.

Das Teil stand ihr wirklich gar nicht und wirkte eher wie der hässlichste Sonnenhut der Welt. Außerdem sah sie damit aus wie ein Junge.

»Danke«, murmelte sie und wandte sich bergauf. Die Schultern verkrampft hochgezogen, den Kopf gesenkt. Das sah nicht gut aus.

Sag was, dachte ich. *Lass sie jetzt nicht einfach gehen. Du musst sie nach Hause bringen.* »Ich hab Dan runtergehandelt«, sagte ich spontan. Das war zwar eine Lüge, aber das musste sie in diesem Moment nicht wissen. Ein Problem nach dem anderen. Erst mal ging es mir nur darum, dass sie nicht alleine durch die Gegend lief. »In einer Stunde können wir wiederkommen. Dann macht er dir dein Tattoo.«

»Wir? Was meinst du mit *wir*?«

»Ich vertreibe dir die Wartezeit mit meiner charmanten Anwesenheit. Worauf hast du Lust? Ein Eis?«

Amy blieb stehen und warf mir den finstersten Blick aller Zeiten zu. Offenbar hatte ich es übertrieben. Mein Vorschlag mit dem Eis war wohl zu offensichtlich aus der Luft gegriffen gewesen. »Ich brauch kein Kindermädchen.«

»Aber Hilfe.«

»Ich komm klar.«

»Erzähl das deiner Großmutter. Dir geht's scheiße.« Okay. Das hatte ich zu heftig gesagt, aber verdammt! Ich hasste es, wenn sich Leute partout nicht helfen lassen wollten. Mit gleich zwei Exemplaren dieser Sorte war ich aufgewachsen. Meine Brüder hatten grundsätzlich den Hang dazu, alles mit sich selbst ausmachen zu wollen. »Wie wäre es, wenn ich dich einfach ein Stück begleite?«, schlug ich etwas ruhiger vor. »Sobald es dir besser geht, bist du mich wieder los. Versprochen.«

Das zog tatsächlich. Amy entspannte sich und nickte sogar. »In Ordnung. Aber nur, wenn du dir endlich das verdammte Hemd überziehst. Neben dir komme ich mir noch hässlicher vor, als ich mich ohnehin schon fühle, und solange ich deine Brustmuskeln anstarren muss, kann ich nicht denken.«

Ich blinzelte überrascht. Okay ... Mit der Wendung des Gesprächs hatte ich wahrhaftig nicht gerechnet. Aber wenigstens redete sie mit mir und wollte mich nicht länger verjagen. Das war doch schon ein Fortschritt. »Ich wollte keineswegs Showlaufen, sondern meinen Rücken schonen, weil ich da einen riesigen Sonnenbrand hab. Es brennt wie die Hölle, sobald der Stoff drüber schabt.« Ich drehte mich um, sodass sie einen geradezu obszön roten Rücken anstarren konnte. Die Haut pellte sich an verschiedensten Stellen, wie ich heute Morgen im Spiegel festgestellt hatte. Mir war der Sonnenbrand peinlich, aber wenigstens hatte ich ein Gesprächsthema.

»Autsch«, brachte Amy schwach hervor. »Schon mal was von Sonnencreme gehört? Soll gegen Hautkrebs helfen. Denn Krebs, das kannst du mir glauben, ist scheiße.«

Ich wandte mich ihr umgehend wieder zu und zog eine Augenbraue hoch. »Du bist echt die Königin darin, unangenehme Dinge von dir zu geben.«

»Das nennt man Sarkasmus. Oder Galgenhumor. Wo hast du dir denn diese brutale Verbrennung zugezogen?«

»Beim Surfen. Ich trag da normalerweise meinen Neoprenanzug, hab den aber am Strand zu lange runtergezogen getragen. Zack. Schon war's passiert.«

Sie starrte mich an. Dann entließ sie zischend die offensichtlich angehaltene Luft. »Du gehst surfen?«, fragte sie kopfschüttelnd und lief urplötzlich wieder los.

Ich folgte ihr hastig und einigermaßen irritiert. »Was hab ich denn jetzt Falsches gesagt?«, fragte ich.

»Nichts. Alles gut.« Sie blieb wieder stehen, und es war klar, dass nichts wirklich gut an dieser Situation war. Immerhin sah sie mich zum ersten Mal, seit wir das Studio verlassen hatten, richtig an.

Aus diesen riesigen blauen Augen. Müde Augen. Erschöpfte Augen. Und trotzdem sah ich die Kämpferin darin aufblitzen, die ich im Laden gesehen hatte.

Leider schwankte sie in dieser Sekunde. Nur ganz leicht, aber ich hatte es trotzdem gesehen. »Wirst du etwa ohnmächtig?«, fragte ich mit einem Anflug von Panik in der Stimme.

»Mir ist kotzübel, und ich kämpfe mit meinem Mageninhalt. Außerdem dreht sich alles. Ich ... müsste mich nur mal kurz hinsetzen. War wohl doch etwas viel.«

»Aber nicht da. Da liegen zwei Hundehaufen. Warte kurz.« Ich warf mein Hemd auf den Boden etwa fünf Schritte von uns entfernt. Dann berührte ich sanft ihre Oberarme und dirigierte sie zu der Stelle. Sie ließ es willenlos zu, was mir gar nicht gefiel.

Ich sorgte dafür, dass sie sich hinsetzen und sich gegen eine Häuserwand lehnen konnte. Schnell bekam sie wieder etwas Farbe im Gesicht. Sie atmete tief durch. Dass sie die Augen schloss, fand ich dennoch beunruhigend.

»Soll ich einen Krankenwagen rufen?«, fragte ich nach etwa zwanzig Sekunden vollkommener Stille zwischen uns.

»Soll ich dich schlagen?« fragte sie zurück. »Natürlich nicht!

Mein Magen beruhigt sich bereits. Jetzt muss nur die Welt aufhören zu kreisen.«

»Okay … dann … Also wir könnten zurück zu Dan gehen. Der dreht zwar durch, würde aber helfen. Du könntest dich auf die Liege im Studio legen.«

Sie lachte humorlos auf. »Das können wir Dan nicht antun. Wirklich nicht. Es gibt Leute, die können mit kranken Menschen nichts anfangen. Und er scheint einer davon zu sein.« Langsam öffnete sie ihre Augen einen winzigen Spalt und blinzelte mich an. »Du kommst damit erstaunlich gut zurecht«, merkte sie an.

»Ich hab mich lange Jahre um meine kranke Katze gekümmert. Die hatte Epilepsie.«

»Du vergleichst ein sterbenskrankes Mädchen ernsthaft mit deiner unter Epilepsie leidenden Katze?«, fragte sie ungläubig.

»Durchaus. Sie hieß Luna. Ein wenig erinnerst du mich an sie. Sie mochte es ebenfalls nicht, wenn sie bei ihren Anfällen Zuschauer hatte. Sie wollte lieber allein leiden. Allerdings war sie weniger kratzbürstig als du.«

Wir tauschten einen Blick aus. Ein Blick, der mir durch und durch ging. Da war etwas an ihr, das mich zutiefst berührte. Mit Mitleid hatte das nichts zu tun. Im Gegenteil.

Amy gefiel mir.

Obwohl es ihr gerade echt dreckig ging, blitzte immer wieder ein feiner, andersartiger Humor auf, der mich faszinierte. Wie interessant mussten Gespräche mit ihr sein, wenn sie nicht gerade gegen eine Ohnmacht ankämpfen musste?

Außerdem war sie clever. Das sah ich an dem Funkeln in ihren Augen. Sie hatte meinen bissigen Kommentar als das erkannt, was er war: Der Versuch, sie abzulenken.

»Danke«, sagte sie unvermittelt.

»Wofür?«

»Dass du nicht in Panik gerätst. Das hab ich schon anders erlebt. Ich rechne es dir hoch an, dass du nicht sofort die Führung übernimmst und mich gegen meinen Willen ins nächste

Krankenhaus verfrachtest. Erst mal abzuwarten erfordert viel Mut und Selbstvertrauen. Einen Krankenwagen zu rufen und die Verantwortung abzugeben ist viel einfacher, als die Situation auszuhalten.«

Ich registrierte durchaus den leicht düsteren Unterton in ihren Worten. Offenbar hatte man oft genug ihre Meinung ignoriert und Entscheidungen getroffen, die ihr nicht gefallen hatten.

»Ich weiß, wie es sich anfühlt, wenn einem die Kontrolle entgleitet und die eigene Meinung nicht mehr zählt«, sagte ich ruhig und wechselte mit ihr einen Blick, der alles sagte.

Ein seltsames Gefühl setzte in meinem Magen ein. Eine Mischung aus Nervosität und … keine Ahnung. So was hatte ich noch nie gespürt. Als wäre etwas Bedeutsames geschehen, das ich noch nicht ganz erfassen konnte.

Es war Amy, die den Blickkontakt löste und sich räusperte. Hatte auch sie das gespürt? Diesen kurzen seltsamen Moment? Die Verbundenheit, woher auch immer sie gekommen war?

Ich musterte sie noch einmal gründlich, dann lehnte ich mich neben sie an die Wand. Es roch unangenehm nach der Hundescheiße nicht weit von uns, aber das war jetzt egal.

Wir saßen im Schatten einer Hauswand. Sie atmete. Sie schien sich langsam zu beruhigen.

Hoffentlich.

»Ich studiere an der UCSB. Eigentlich komme ich aus LA, hab aber ein Stipendium ergattert und darf sogar auf dem Campus wohnen. Es ist ein privatwirtschaftliches Stipendium von Highgrove Industries, ein Wirtschaftsriese der Extraklasse. Die beraten Firmen, optimieren Prozesse für sie, machen Marktanalysen und sind eigentlich die Ansprechpartner, um kleinere Unternehmen ganz nach oben zu bringen. Ich bin vermutlich ihr Quoten-Underdog, aber Hauptsache, die zahlen mir das Studium. Aber ein falscher Schritt – schon fliege ich. Die verlangen Bestnoten und einen Vorzeigestudierenden. Liefere ich das ab, ist mir ein Job bei denen garantiert«, sprudelte es aus mir hervor, um die seltsame Stille zwischen uns zu füllen und ihr Zeit zu verschaffen, sich weiter zu beruhigen. Ablenkung half uns beiden gerade definitiv.

Zu meiner Erleichterung ging Amy auf das Gespräch ein. Sie stöhnte abschätzig. »Ein Stipendium? Lass mich raten: Es ist ein Sportstipendium. Baseball? Rugby? Das würde zum Surfen passen. Willkommen bei den Gauchos.«

»Mathe«, korrigierte ich sie.

Sie riss die Augen auf. »Nicht dein Ernst!«

»Wieso? Dürfen Mathematiker nicht gut aussehen?« Ich winkelte betont cool die Arme an, damit mein Bizeps heraustrat. Es wirkte.

»Angeber«, lachte Amy. Sie wollte noch was hinzufügen und schloss stattdessen abrupt die Augen. Obwohl sie saß, streckte sie instinktiv ihre Hand aus, als wolle sie sich irgendwo festhalten. Dabei erwischte sie meinen Bizeps, strich darüber.

»Hey, nicht anfassen. Nur angucken«, flachste ich spontan, bemerkte aber sofort, dass das hier fehl am Platze war. Amy war gerade definitiv nicht nach Blödeln. »Du bist weiß wie die Wand. Willst du echt keinen Krankenwagen?«

Amy schüttelte den Kopf. »Lass uns einfach noch hier sitzen bleiben, okay? Geht gleich wieder. Bestimmt.«

Ich bezweifelte das, doch für den Moment war ich gewillt, ihren Wunsch zu akzeptieren.

Fünf unendlich lange Minuten saßen wir nebeneinander und warteten darauf, dass sich Amy berappelte. Diesmal schwieg ich. Vielleicht brauchte sie wirklich gerade keine Ablenkung, sondern Ruhe.

Das gab mir Zeit, unsere Möglichkeiten zu überdenken. Wir konnten schlecht in dieser Ecke hocken bleiben. Kein Krankenwagen. Da blieben nicht viele Optionen. »Wie weit ist es bis zu dir nach Hause?«, fragte ich schließlich.

»Etwa drei Blocks. Klingt nicht viel, ist für mich aber ein Gewaltmarsch. Du hast nicht zufällig ein Auto hier?«

»Selbst auf die Gefahr hin, dass du mich wieder schief ansiehst: Ich stehe eher auf zwei Räder als auf vier.«

Ich hatte recht: Sie öffnete tatsächlich endlich ihre Augen und sah mich schräg an. »Du fährst Mofa?«

»Du enttäuschst mich mit dieser Frage. Natürlich Motorrad. Eine Dukati Monster. Mein ganzer Stolz. Ich schätze, in deinem Zustand ist eine Fahrt darauf eher eine doofe Idee.«

»Eine Fahrt darauf ist in jedem Zustand eine doofe Idee.« Sie seufzte. »Gibt es hier einen Laden, wo wir mir was zu essen und zu trinken besorgen können? Mein Kreislauf muss erst in Schwung kommen. Danach schaffe ich den Weg zu mir. Allein. Du musst nicht auf mich aufpassen.«

»Wie kommst du denn auf diese Idee? Ich baggere wie wild an dir rum. Wenn du das nicht merkst, muss ich dringend an meiner Flirttechnik feilen. Aber ja. Direkt um die Ecke gibt es einen Kiosk.«

Ich war von Flirten wirklich Meilen entfernt, aber Humor half uns beiden. Was das anging, waren wir auf der gleichen Wellenlänge. Sie fand mich lustig und ich sie. Das war doch schon mal eine gute Basis, um diese Situation zu entschärfen. Möglichst heil und ohne Krankenwagen.

Ich zuckte zusammen, als sich Amy plötzlich bewegte. Sie stemmte sich ächzend hoch, konnte sich aber nicht aufrichten und begann zu fluchen.

Ich hörte ihr eine Weile zu, dann stand ich selbst auf und hielt ihr eine Hand hin. »Dein Wortschatz ist wirklich beeindruckend«, sagte ich anerkennend. Wie nicht anders zu erwarten, ignorierte Amy zunächst meine Hand. Schließlich gab sie aber auf, nahm grummelnd meine Hilfe an und ließ sich von mir in die Höhe ziehen.

Ich tat so, als strenge mich das an. In Wirklichkeit bemerkte ich es kaum. Amy war bis auf die Knochen abgemagert.

Sie ließ meine Hand so früh wie möglich los, als hätte sie sich verbrannt. Ich fand das erstaunlich schade. Irgendwie hatte es mich beruhigt, sie berühren zu dürfen. Als könnte ich ihr dadurch besser helfen.

»Geht es?«, fragte ich, um irgendwas zu sagen.

Sie nickte und lief los, wenn auch nur langsam. »Du bist also ein Mathegenie?«, fragte sie mich. Ich durchschaute ihr Ablenkungsmanöver sofort.

Ich war etwas zurückgefallen, um mein Hemd aufzuheben, holte aber schnell wieder auf. »Ja. Zahlen, binomische Formeln, Primzahlen, Wurzeln, Quadratur ... Das macht mir richtig Spaß. Ich bin ein Meister im Kopfrechnen, aber tu mir einen Gefallen und versuch nicht, mich zu testen. Das tun ALLE. Glaube mir. Ich bin besser als jeder Taschenrechner.«

»Und viel bescheidener«, bekräftigte sie ironisch. Aha. Da war er wieder. Der alte beißende Spott. »Das heißt, du hast ein richtig gutes Stipendium?«

»Ja, sonst könnte ich die Uni gar nicht bezahlen. Meine Familie ist nicht gerade als wohlhabend zu bezeichnen. Die Dukati ist vom Schrottplatz, sonst hätte ich sie mir nie leisten können.« Ich machte eine kurze Pause. »Mein Highschool-Lehrer hat mich unter seine Fittiche genommen und dafür gesorgt, dass ich das Stipendium bekommen konnte. Eine große Ehre, immerhin bin ich der Erste in meiner gesamten Familie, der studieren gehen kann. Sie erwarten, dass ich mich finanziell um meine Geschwister werde kümmern können.« Ich bemühte mich, bei diesen Worten möglichst wenig zu fühlen. Der Druck durch meine Familie war enorm. So enorm, dass ich an manchen Tagen kaum Schlaf fand. Aber das musste Amy nicht wissen. Jeder hatte seine Geheimnisse. Mich eingeschlossen.

Wir waren am Kiosk angekommen, und ich hielt ihr die Tür auf. Gott sei Dank gab es zwei Stehtische mit Barhockern daran und eine Klimaanlage. Müde zog Amy ihren zerknautschten Dollarschein hervor und hielt ihn mir hin. »Kannst du uns was zu trinken besorgen? Ich setz mich schon mal.«

Ich ignorierte ihr Geld und bestellte bereits. »Eine Cola, ein Wasser, ein Kaffee, die Laugenbrezel da und das matschige Schinkensandwich dazu. Plus noch die Schokoriegel, die sauren Fruchtgummis und die Chips. Das wärs. Danke.«

Amy schob sich auf den Barhocker und bemühte sich, gerade zu sitzen. Besorgt musterte ich ihre Gestalt und zog dabei mein Hemd über. Der Kassierer hatte meinen nackten Oberkörper bereits mit missbilligendem Blick gemustert. Vollbepackt kehrte ich zum Tisch zurück und rieb mir in kindlicher Vorfreude die Hände. »Ich wusste nicht, was du lieber magst. Sauer, süß, salzig, deftig, mit und ohne Koffein. Fehlt noch was?«

Amy schob mir vehement die fünf Dollar zu. »Die Bezahlung fehlt. Nimm!«

»Nie im Leben. Sieh es als erstes Date an. Da bezahlt immer der Gentleman«, flachste ich.

»Ich hoffe doch, dass du mich bei unserem ersten Date in ein vernünftiges Restaurant einlädst. Mit Kellnern, Servietten, Tischdecke und drei verschiedenen Gläsern und Messern auf dem bereits gedeckten Tisch. Ein Streichquartett wäre auch ganz nett. Und Kerzenschein.«

Ich musste schmunzeln. Gleichzeitig hoffte ich, dass sie meine Signale nicht falsch gedeutet hatte. Gefährliches Terrain. Ich wollte ihr helfen und sie nicht wirklich zu einem Date ausführen. Dafür hatte ich keine Zeit und im Übrigen selbst viel zu große Probleme. Damit ich die Stimmung aber nicht ganz ruinierte, spielte ich mit. »Gefällt dir unser Date etwa nicht? Ich habe dir ein Vier-Gänge-Menü gezaubert, und die Kaffeeflecken auf dem Tisch sind doch eine hübsche Deko. Chips gefällig?« Ich riss die Tüte auf und hielt sie ihr hin.

Amy griff tatsächlich zu und schob sich ein paar Chips in den Mund. Danach kaute sie eine gefühlte Ewigkeit hohl darauf herum. Als sei ihr Mund zu trocken zum Schlucken.

Ich blieb hartnäckig und schob ihr immer wieder kleine Stückchen Schokolade rüber. So brachte ich sie dazu, noch zusätzlich etwas Wasser, Cola und eine halbe Brezel runterzukriegen. Allmählich wagte ich es, mich zu entspannen. Wir hatten die Situation wieder unter Kontrolle. Wir würden es zu ihr nach Hause schaffen, und dann konnten wir wieder in unsere normalen Leben zurückkehren.

Sie in ihre Welt voller Krankheit und ich in meine Welt voller familiärer Verpflichtungen.

KAPITEL 3

Amy

Dieser Tag ging in die Top Ten der schlimmsten Tage meines Lebens ein. Da traf ich mal einen wirklich heißen Typen, und dann kotzte ich ihm beinahe auf die Füße. Zum Glück hatte ich meinen Magen im letzten Moment unter Kontrolle gebracht. Nicht auszudenken! Das hier war schon peinlich genug.

Sag was Unverfängliches, dachte ich verzweifelt. *Fang ein ganz normales Gespräch an, damit die Situation nicht noch unangenehmer wird, als sie es ohnehin schon ist.* »Wie gefällt es dir denn in Santa Barbara?«, fragte ich spontan.

Nathan ging nur zu gerne auf die Frage ein. »Ich lebe mich noch ein und mag es, mein eigener Herr zu sein. Niemand fragt, wann ich wieder da bin und auf meine Geschwister aufpasse. Niemand regt sich über meine Alkoholfahne auf, und niemand erkundigt sich bei meinen Lehrern, ob ich mich benehme. Das ist alles sehr aufregend für mich, aber natürlich auch recht verführerisch.«

»Inwiefern?«

»Momentan laufen erst die Vorkurse, aber ich weiß schon jetzt, was auf mich zukommt: jede Menge harte Arbeit. Gleichzeitig könnte ich, wenn ich wollte, von einer Party zur nächsten springen. Ich wohne in einem Zimmer mit einem Typen, der dauerblau ist. Und wenn er nicht gerade besoffen ist, dann vernascht er eine nach der anderen. Wohlgemerkt, während ich im Bett daneben liege und versuche zu schlafen.«

»Klingt nach einem wilden Partyleben.«

»Klingt eher danach, als könnte das für mich schnell schiefgehen. Da ist niemand, der mich kontrolliert. Im Moment halte ich Kurs und lerne brav. Die Frage ist nur, wann ich einbreche.«

Ich seufzte tief. »Ich darf nicht mal aufs Klo, ohne das vorher anzukündigen. Ich könnte womöglich dabei draufgehen. Was das angeht, ist meine Mum echt krass.«

Als Nathan mich eingehend musterte, ging mir sein Blick geradewegs bis in die Seele. Er legte den Kopf schief. Ich konnte zusehen, wie sich seine Miene verschloss. Hatte ich ihn verärgert? Seine braunen Augen wurden eine Nuance dunkler. Langsam schüttelte er den Kopf. »Sei froh, wenn sich deine Mum kümmert. Sie tut es, weil sie sich Sorgen um dich macht.«

»Deine etwa nicht?«

»Meine ist nicht so der mütterliche Typ«, druckste er und lenkte rasch vom Thema ab. »Dann lass uns mal überlegen, wie wir dich nach Hause schaffen. Taxi? Bus?«

»Ich habe nur diese fünf Dollar dabei. Taxi wird also schwierig. Fährt denn von hier aus ein Bus? Ich wohne in der Willow Lane.«

Nathan zog sein Handy hervor, das mehr als ramponiert aussah. Es hatte die Spider-App: ein Netz aus zersplittertem Glas über das halbe Display hinweg. An den Seiten blätterte der Lack ab. Ich selbst hatte mein Handy zu Hause liegenlassen. Absichtlich.

Er suchte eine Weile im Internet und deutete dann auf die andere Straßenseite. »Wenn wir uns beeilen, erwischen wir ihn noch.«

Ich nahm einen winzigen Schluck von meinem Wasser und nickte. »Dann los.«

Hastig räumte Nathan unseren Stehtisch ab und steckte sich die Schokoriegel in die Hosentasche. Wir verabschiedeten uns mit einem Nicken von dem mies gelaunten Kioskbesitzer und waren Sekunden später auf der Straße.

Von der Hitze des Tages wurde mir flau im Magen, doch ich kämpfte die Übelkeit nieder. Einmal sterbender Schwan auf offener Straße reichte für ein ganzes Leben.

Wir wollten gerade über die Straße hasten, als ein schwarzer SUV mit quietschenden Reifen an der nächsten Kreuzung stoppte. Der Motor röhrte auf, dann wendete der Wagen und kam in unsere Richtung geschossen. Ich hatte ihn längst erkannt und blieb stehen, um mich für das zu wappnen, was nun kam.

Leider hatte ich nicht einmal mehr die Gelegenheit, Nathan zu warnen, da hielt der Wagen auch schon neben mir. Die getönte Scheibe glitt lautlos nach unten und offenbarte das vor Stress gerötete Gesicht meiner Mutter. »Amy Elisabeth Darren, steig sofort ins Auto ein!«, schrie sie mich an. Sie saß auf dem Beifahrersitz, sodass sie sich quasi direkt neben mir befand.

Anhand der hohen Tonlage erkannte ich, wie aufgebracht meine Mutter war. Sie war kurz davor zu hyperventilieren.

»Hey, Mum«, brachte ich hervor. Es war immer besser, bei meiner Mutter ruhig zu bleiben, sonst wurde sie nur noch aggressiver. Momentan war sie wütend genug. Nathan stand dicht neben mir, als wolle er mich beschützen. Seine Hand berührte ganz kurz meinen Arm. Zufällig? Oder mit Absicht? »Was tust du denn hier?«

»Das Gleiche könnte ich dich fragen. Ich suche dich! Wir sind außer uns vor Sorge und haben schon sämtliche Krankenhäuser abtelefoniert. Ich war kurz davor, die Polizei einzuschalten. Wie kannst du nur einfach abhauen?«

»Mum, ich bin einundzwanzig! Findest du nicht, du reagierst ein wenig über? Ich hab dir doch einen Zettel dagelassen …«

»Dass du zum Strand gehst. Genau. Bist du wahnsinnig? Deine Thrombozytenwerte sind völlig im Keller. Ein zufälliger Stoß von jemandem, und es könnte dich umbringen. Willst du das etwa?«

Ich spürte, wie sich mein Magen verkrampfte. »Mum, du übertreibst maßlos«, zischte ich ihr zwischen zusammengebissenen Zähnen zu.

Der Tag konnte also wirklich noch schlimmer werden. Meine Mum schrie mich an. Die Passanten starrten argwöhnisch zu uns herüber. Und Nathan schien erst jetzt zu begreifen, wie gefährlich mein Spaziergang war.

Da ich mich nicht rührte, wurde Mum aktiv. Sie stieg aus dem Auto und baute sich vor uns auf. Amanda Darren war mit ihren einundfünfzig Jahren eine wirklich beeindruckende Frau. Sie war groß, extrem schlank und trug zu ihren raspelkurzen dunkelroten Haaren stets runde Ohrringe, die bis zu ihren grazilen Schultern reichten. In ihrem Schrank gab es grundsätzlich nur Kostüme. Auch im Moment trug sie einen dunkelroten Rock, der perfekt zum Blazer passte. Nur meine Mum brachte es fertig, bei einer Suchaktion wie eine Businessfrau auszusehen.

Sie warf mir einen giftigen Blick zu und riss die Hintertür des Wagens auf. »Steig ein«, forderte sie. Dann erst registrierte sie Nathan, der noch immer viel zu dicht bei mir stand. Da war sie wieder. Die Hand, die mich ganz kurz am Ellbogen berührte. Ich spürte seine Finger federleicht über meine Haut fahren. Diesmal war es definitiv keine Einbildung. »Und wer bist du?«, fragte Mum aufgebracht.

»Und wer sind *Sie*«, korrigierte Nathan, ohne mit der Wimper zu zucken. Aus dem Sonnyboy war plötzlich eine finstere Gestalt geworden. Er wirkte dadurch größer und älter. Betont lässig hob er die Hand und hielt sie meiner Mum hin. »Nathan Ambrose. Ich bin ein Freund Ihrer Tochter.«

Das Wort ging mir durch und durch. Ein *Freund*. Um ehrlich zu sein, hatte ich den kleinsten Freundeskreis der Welt. Ich unterhielt ein paar sehr nette Brieffreundschaften und chattete seit Jahren mit den gleichen Leuten aus einer Selbsthilfegruppe für schwerkranke Jugendliche. Mittlerweile waren wir längst dem Jugendalter entwachsen, aber den Kontakt hatten wir gehalten. Manchmal textete ich noch mit meiner ehemaligen Zimmergenossin aus dem Krankenhaus. Das war es auch schon. Freundschaften überdauerten vielleicht eine schwere Krankheit, wenn sie sich nicht über Jahre hinzog. Ich hingegen war seit meinem zwölften Geburtstag ständig krank. Das konnte man niemandem mehr zumuten. Zumindest nicht in meinem Alter.

»Was sind Sie denn für ein Freund, wenn Sie Amy bei diesem Wahnsinn unterstützen? Amy, steig ein.«

»Danke, nein. Ich nehme den Bus«, entfuhr es mir. Es kam selten vor, dass ich meiner Mutter die Stirn bot. Dafür hatten wir zu viel gemeinsam durchgemacht. Ich wusste, dass sie Angst um mich hatte und daher oft überreagierte. Sie hatte erst vor drei Jahren ihren Sohn an die schreckliche Krankheit verloren, und ihrer Tochter drohte ein ähnliches Schicksal. Da war es nicht verwunderlich, dass sie jetzt durchdrehte.

Doch auch ich hatte Gefühle, und ich war nicht weniger impulsiv. Immerhin war ich erwachsen! Sie behandelte mich wie eine Fünfzehnjährige. Wir waren deswegen schon häufiger aneinandergeraten. Ärgerlicherweise hatte ich meist den Kürzeren gezogen. Der Klügere gibt ja bekanntlich nach. Dieses Mal war ich jedoch nicht gewillt, ihr unmögliches Verhalten hinzunehmen. Ich hatte die Nase voll!

Als hätte sie in meinem Gesicht gelesen, was ich dachte, trat sie einen Schritt zurück. Wir maßen uns mit Blicken. Vielleicht wäre jetzt Ruhe eingekehrt. Vielleicht hätten wir uns ganz normal unterhalten. Wie zwei Erwachsene.

Leider hatte ich die Rechnung ohne meinen Vater gemacht. Der stieg in dieser Sekunde aus der Fahrertür, nahm seine dunkle Designersonnenbrille ab und warf mir seinen besten Staranwalt-Blick zu. Mit diesem Ausdruck in den Augen machte er sogar Richter nervös. Behauptete zumindest er. »Einsteigen«, sagte er in einem Tonfall, der keinen Protest zuließ.

Erst jetzt registrierte ich, dass Dad wirklich der Fahrer war. Er stand vor mir! Dann war es wirklich ernst. Mein Vater glänzte eigentlich grundsätzlich durch Abwesenheit. Er hatte sogar den letzten Atemzug seines Sohnes verpasst, weil er auf irgendeinem ultrawichtigen Meeting auf einem anderen Kontinent einen selbstverständlich total wichtigen Klienten betreuen musste. Ein Umstand, der zu einem kaum zu kittenden Bruch zwischen meinen Eltern geführt hatte. Allerdings hatte Dad nicht ahnen können, dass es so schnell bergab gehen würde mit Ben. Innerhalb von zwei Tagen hatte sich sein Zustand rapide verschlechtert. Selbst die Ärzte hatten das nicht kommen sehen.

Dennoch. Mein Dad hatte uns im schrecklichsten Moment allein gelassen. Dass er hier war, sagte zwei Dinge: Er wollte seine Fehler wiedergutmachen, und ich war zu weit gegangen.

Für mich gab es nun ebenfalls zwei Möglichkeiten. Ich konnte die Szene hier austragen oder mich für den Moment fügen und mich später zu Hause mit ihnen auseinandersetzen. Denn eines war klar: Ich konnte und wollte das Verhalten meiner Eltern nicht unkommentiert stehen lassen.

Schweigend löste ich mich von Nathans Nähe und stieg in den SUV. Meine Mutter wollte schon die Tür vor meiner Nase zuknallen, da entschied ich mich anders. Einen kleinen Denkzettel musste ich den beiden dann doch verpassen.

Ich drückte gegen die Tür, sodass sie nicht zugehen konnte, und lehnte mich an meiner Mutter vorbei zu Nathan.

»Nathan, du wolltest mir noch deine Nummer geben«, sagte ich zu ihm. Weil er mich nur verdutzt ansah, angelte ich mir hastig einen Kugelschreiber aus der Mittelkonsole, stieg aus dem Auto und zog Nathans Arm zu mir. In dieser Sekunde kam ich mir äußerst cool vor. Das hatte ich schon immer mal machen wollen! Mit viel Schwung kritzelte ich meine Handynummer auf seinen kräftigen Unterarm, dazu noch meinen Vornamen, und weil das nicht reichte, auch gleich noch ein deutlich sichtbares Herzchen. Letzteres war eigentlich nur eine Kampfansage an meine Mutter. Hoffentlich verstand Nathan die Botschaft.

Ich sah ihn ernst an und klimperte mit den Wimpern. »Ruf mich an«, hauchte ich lasziv und spürte leider, dass mir die Röte in die Wangen stieg.

»Klar«, sagte er schwach.

Meine Eltern beäugten die Szene misstrauisch. Wenigstens warteten sie, bis wir fertig waren. »Das reicht jetzt«, sagte Dad, wirkte dabei aber fast ein wenig zerknirscht.

Nathan schien endlich kapiert zu haben und nickte mir verschwörerisch zu. »Ich klingel gleich bei dir durch, damit du meine Nummer auch hast.« Ich war mir nicht ganz sicher, ob er das ernst meinte. Hatte er mich doch falsch verstanden? Dachte er, ich wolle wirklich was von ihm?

Ich hatte keine Zeit mehr, um nachzufragen, denn Mum wurde unruhig. Ich gab nach, ließ mich ins Auto fallen, und Nathan trat zurück, sodass Mum die Tür zuschlagen konnte.

Sekunden später fuhr Dad auch schon los. Ich gab ihnen zehn Sekunden, bevor ich explodierte. »Das war die peinlichste Aktion, die ihr je gebracht habt!«, rief ich. »Aus welchem Actionfilm habt ihr das denn? Eure Tochter auf der Straße kidnappen …«

Meine Mutter zog den Kopf ein. Von meiner Position konnte ich ihr Gesicht leider nicht sehen, wohl aber das von Dad. Er warf mir im Rückspiegel einen entschuldigenden Blick zu.

»Vielleicht haben wir etwas übertrieben«, räumte er ein. »Aber mal ehrlich: Was war das für ein Typ? Und was willst du von ihm?«

»Dad! Das geht dich absolut nichts an. Und nach dem, was ihr hier gerade abgeliefert habt, hält er uns wahrscheinlich allesamt für verrückt.«

Sofort hellte sich Dads Gesicht auf. »Das tut mir leid«, log er ungeniert.

»Klar«, erwiderte ich ironisch. Frustriert blickte ich aus dem Fenster und versuchte meine Gedanken zu sortieren. Nathan hatte meine Nummer. Ob er mich womöglich doch angerufen hatte? Selten zuvor hatte ich mich so nach meinem Handy gesehnt.

»Willst du mit diesem Nathan wirklich in Kontakt bleiben? Er war sehr unhöflich zu mir«, wandte Mum ein. Ich kannte sie gut genug, um zu wissen, dass sie vor Neugierde platzte.

»Er war nur unhöflich, weil ihr euch unmöglich benommen habt.« Zum Glück bogen wir gerade in die Einfahrt ein, sodass ich meine Antwort nicht vertiefen musste.

Dad parkte den Wagen vor dem Haus, und ich schnallte mich so schnell es ging ab, um aus dem Wagen zu steigen, denn in der Nähe meiner Eltern hielt ich es keine Sekunde länger aus. Das half mir sogar über meine Schwäche hinweg. Dank der Autofahrt hatte sich auch endlich mein Magen beruhigt, genau wie der Schwindel. Es ging mir etwas besser. Den Ruf meiner Eltern ignorierte ich.

Mein Ziel war klar: Ich wollte mein Handy holen und nachschauen, ob Nathan womöglich doch angerufen hatte. Dass dieser Wunsch absolut lächerlich war, ignorierte ich einfach mal.

Ich holte meinen Haustürschlüssel aus der Tasche, stolperte in den Hausflur und nahm den ersten Stock in Angriff. Für meine Verhältnisse war ich blitzschnell die Treppe raufgelaufen, auch wenn ich zwei kleine Pausen einlegen musste. In meinem Zimmer entdeckte ich mein Handy auf dem Nachttischchen. Seltsam, heute Morgen hatte ich es auf meinem Bett zurückgelassen. Mum oder Dad mussten es in der Hand gehabt haben.

Über den Eingriff in meine Privatsphäre würden wir uns später unterhalten. Jetzt war etwas anderes wichtig.

Mit zitternden Fingern nahm ich mein Handy und schloss kurz die Augen. *Bitte, hab angerufen*, dachte ich und stählte mich gleichzeitig davor, dass er es mit ziemlicher Sicherheit nicht getan haben würde.

Doch ich irrte.

Da war tatsächlich ein Anruf in Abwesenheit.

Und jetzt?

Ich hatte keine Ahnung. Wirklich nicht. Nathan stand mitten im Leben, freute sich auf Studierendenpartys und das Studium. Ich hingegen ging nächste Woche ins Krankenhaus. Und wenn ich nur ein wenig mit ihm schrieb? Ganz locker und ohne Hintergedanken.

Ich hatte auch wirklich vorgehabt, ihm eine nette, kurze Nachricht zu schreiben und mich zu bedanken. Stattdessen rief ich ihn an. Das Freizeichen ertönte, und er ging ran.

»Hallo, Sonnenschein«, begrüßte er mich.

»Ich … also … Hey, hier ist Amy.«

»Ja, ich weiß. Seh ich an der Nummer. Ich bin froh, dass du anrufst. Dein Auftritt war echt filmreif. Es kommt nicht alle Tage vor, dass mir eine Frau ihre Nummer so dramatisch auf den Unterarm malt. Um ehrlich zu sein, hätte ich auch nicht wirklich mit einem Rückruf gerechnet. Schon gar nicht so schnell.«

Ich blinzelte irritiert. »So schnell?« Hatte ich was falsch gemacht?

»Naja, die meisten Frauen warten ein paar Tage, bevor sie Kontakt aufnehmen. Damit sie nicht so verzweifelt wirken.«

Ups. »Dann muss ich ja schrecklich verzweifelt wirken.«

»Überhaupt nicht. Eher sehr selbstbewusst. Ich hasse es, auf solche Anrufe zu warten.«

»Klingt, als würdest du das ständig machen.« Der Gedanke bestätigte mich in meinem Verdacht. Nathan war ein Frauenheld. Sofort bereute ich meinen blinden Aktionismus. Drängte ich mich ihm gerade auf?

Er erkannte wohl, was er da zugegeben hatte, und ruderte zurück. »Ständig? Wo denkst du hin? Das ist eher die Ausnahme als die Regel. Aber egal.« Er machte eine kurze Pause. »Und? Wurdest du eingekerkert?«

Ich lachte, obwohl es nicht wirklich lustig war. Meine Eltern hatten Ben tatsächlich mal eingesperrt, um ihn vor Dummheiten zu bewahren. »Ich habe vermutlich erst einmal Hausarrest.«

Erneut entstand eine kurze Pause. Dann fragte Nathan eher zaghaft: »Sagtest du nicht, du seist einundzwanzig?«

»Jap. Allerdings beuge ich mich meistens der elterlichen Gewalt, da sie zumindest momentan recht haben. Ich bin gerade nicht ganz auf meiner körperlichen Höhe. Der Hausarrest wäre also eher symbolischer Natur.«

»Okay …« Nathan klang nicht überzeugt. *Mist.* Jetzt dachte er bestimmt, ich hinge an Mums Rockzipfel. »Ich bin jedenfalls froh, dass du sicher zu Hause angekommen bist.« Jemand sprach ihn von hinten an. »Entschuldige. Ich muss Schluss machen. Mein Mitbewohner Ian will irgendwas wahnsinnig Wichtiges von mir. Ich …«

»Schon gut. Kein Problem. Dann … Danke für deine Hilfe.«

»Klar. Immer wieder gerne. Mach´s gut.«

»Du auch. Bye.« Damit legte ich hektisch auf. Verabschiedungen waren mir generell ein Graus, aber diese hier fühlte sich noch viel unangenehmer an. *Verdammt.* Warum nur hatte ich das Gefühl, eine Chance vertan zu haben? Und warum hatte ich plötzlich so einen dicken Kloß im Hals?

Um mich abzulenken, setzte ich mir meine Kopfhörer auf und suchte mir das blutigste Hörbuch heraus, das ich finden konnte. *Massaker* war ein Thriller mit Horrorelementen und Krimianteilen. Das versprach eine so seltsame Mischung, dass es mich garantiert auf andere Gedanken brachte.

Seit mir die Augen vom Lesen ständig weh taten, war ich auf Hörbücher und Hörspiele umgestiegen. Als Stubenhocker waren Bücher meine liebste Beschäftigung gewesen, und es hatte mich hart getroffen, als die Buchstaben ständig vor meinen Augen verschwammen. Zum Glück hatte ich schnell Ersatz gefunden.

In diesem Fall fesselte mich die Geschichte allerdings nicht gut genug, sodass ich parallel am Handy war.

Das mit dem Tattoo hat nicht geklappt, schrieb ich meinem Chatfreund aus der Selbsthilfegruppe. *Deadlybird* war der Einzige gewesen, der meine Idee gut gefunden hatte. Alle anderen waren der Meinung gewesen, dass ich mich damit umbringen wollte.

Amy: Aber immerhin hab ich einen heißen Typen kennengelernt. Ich hab ihm zwar fast auf die Füße gekotzt, aber wir wollen nicht kleinlich sein.

Deadlybird: Erzähl mir mehr. Sofort!

Ich grinste, und während ich mit halbem Ohr zuhörte, wie eine zerstückelte Leiche in einer alten Villa aufgefunden wurde, berichtete ich *Deadlybird* sämtliche Einzelheiten. Mit jedem Wort ging es mir ein wenig besser. Selbst wenn ich Nathan nie wiedersehen würde: Von meinem kleinen Abenteuer würde ich noch lange zehren können.

Nathan

»Erde an Nathan! Hörst du mir überhaupt zu?« Ian schnippte vor meiner Nase mit den Fingern herum.

Ich erwachte ruckartig aus meiner Gedankenwelt, in die ich mich stets zurückzog, wenn es mir zu laut um mich herum wurde. Mein Kopf explodierte gerade. Zumindest fühlte es sich so an. In der Mensa zu frühstücken war für mich kein guter Start in den Tag. Zu viele Eindrücke. Zu viele Leute.

Morgens waren die einzelnen Tische fast vollständig besetzt. An jedem davon saßen mindestens zwei, manchmal bis zu sechs Studierende. Das war ein Lärmpegel der Extraklasse.

»Sorry«, murmelte ich. »Was hast du gesagt?«

Ian seufzte und warf seiner Sitznachbarin einen bedeutsamen Blick zu. Ich kannte die junge Frau bislang nur vom Sehen her. Hanna. Sie redete meist viel zu schnell und rückte mir dabei zu nah auf die Pelle. Hanna stand auf mich. Ich hingegen mied sie wegen ihrer penetranten Art, wo es ging. Da Ian definitiv was von ihr wollte, war mir das gleich doppelt unangenehm.

»Samstagabend treffen wir uns bei Hanna. Keine Widerrede. Erst Vorglühen bei ihr, danach suchen wir uns eine Party. Sie hat noch ein paar andere dazu eingeladen, darunter zwei aus deiner Lerngruppe. Amber und Lynn. Hanna hat noch ihre Mitbewohnerin Tess am Start. Das wird cool.«

»Klar«, brummte ich. Ian hatte einen Hang, sich mit möglichst vielen Frauen zu umgeben und mich dann zu diesen Events mitzuschleifen. In der Regel ließ ich das sogar gerne zu.

Ich mochte meine Lerngruppe. Das Los hatte uns zusammengeführt. Zufällig bestand sie nur aus Frauen und mir, aber das war okay für mich. Da wir viel Zeit miteinander verbrachten, waren sie mir mittlerweile ans Herz gewachsen. Wir hatten Spaß miteinander – trotz all der Arbeit und dem Stress.

Gerade konnte ich allerdings nicht so viele Menschen um mich herum ertragen. Am liebsten hätte ich mir ganz fest meine Hand auf die Ohren gepresst und laut geschrien: *Seid doch einfach still!*

»Ich schnapp noch etwas Luft, bevor der erste Kurs startet«, sagte ich und stand bereits auf, um den Mensageräuschen zu entkommen. Klapperndes Geschirr. Stühlerücken. Gesprächsfetzen vom Nachbartisch. Ian, der Hanna übergangslos mit wild rudernden Armen von einem Sportwettkampf erzählte, bei dem er gewonnen hatte. Normalerweise fand ich seine Darbietungen wirklich unterhaltsam, doch heute Morgen ging es einfach nicht. Ich hatte Jahre gebraucht, um mein Gehirn darauf zu trainieren, derartigen Lärm auszublenden. Am frühen Morgen funktionierte das allerdings noch nicht richtig.

Ian nickte mir zum Abschied lediglich zu und redete weiter auf Hanna ein. Ich ließ die beiden zurück, stellte mein Geschirr in die vorgesehene Ablage und strebte gen Ausgang. Erst mal raus.

In letzter Zeit war ich wieder öfter von meiner Umwelt überfordert. Vermutlich lag es daran, dass ich mich ans Unileben noch nicht gewöhnt hatte, ich musste mich erst eingrooven. Außerdem war der gestrige Tag anstrengend gewesen.

Die Sache mit Amy beschäftigte mich mehr, als ich je für möglich gehalten hätte. Sie war gut daheim angekommen. Problem gelöst. Sie ging ihrer Wege, ich meiner.

Und trotzdem war ich noch vor wenigen Stunden kurz davor gewesen, ihr zu schreiben. Ich hatte den Schokoriegel in meiner Hosentasche gefunden, der mich prompt an sie erinnert hatte.

Apropos. Ich griff in meine hintere Hosentasche und zog ebenjenen Riegel hervor. Er war mittlerweile plattgesessen und leicht angematscht, aber Schokolade war Schokolade.

Kurz bevor ich ihn auspackte, fotografierte ich ihn und ... ja, verdammt ... Ich schickte ein Foto davon an Amy.

> **Nathan:** Das Teil von gestern ist meine Rettung. Statt Mensafraß gibt es jetzt Schokolade zum Frühstück. Gibt schlechtere Möglichkeiten, in den Tag zu starten.

Sobald ich die Nachricht abgeschickt hatte, wunderte ich mich über mich selbst. Nachrichten hin und her zu schicken war eigentlich gar nicht mein Ding. Ich stand eher auf direkte Kommunikation.

Mein Handy vibrierte. Amy hatte ein Gegenfoto geschickt. Eine Nahaufnahme von grauem Porridge.

> **Amy:** Definitiv besser als mein Frühstück.

Ich grinste und wollte direkt zurückschreiben, wurde dabei aber unsanft von einem mir entgegenkommenden Studenten angerempelt. »Guck gefälligst, wo du hinrennst, Mann!«, schimpfte er. Okay, okay. Er hatte ja recht.

»Sorry«, murmelte ich.

Statt zu tippen, aß ich also erst mal den Riegel, während ich Richtung Steilklippen ging. Der Campus lag quasi direkt am Strand und ermöglichte es den Studierenden, jederzeit das Meer zu sehen. Cooler konnte man nicht lernen.

Ich liebte das Meer. Nichts erdete mich mehr, als der Brandung zuzusehen. An manchen Tagen half mir der Anblick sogar, meine ständig rotierenden Gedanken zu stoppen. Heute leider nicht.

Kaum hatte ich kurz Zeit, ging ich gedanklich bereits mein Tagespensum durch. Das war beachtlich, immerhin wollte ich mein Studium in Rekordzeit fertig bekommen. Meine Brüder zählten auf mich. Da war Trödeln nicht drin.

Den Schokoriegel aß ich im Stehen. Drei Wellen beobachtete ich, dann kehrte ich um. Ich hatte einiges vor und nicht viel Zeit. Ob ich diese innere Unruhe jemals loswerden würde? Dieses Gefühl, ständig meinen Plänen hinterherzuhinken?

Um auf andere Gedanken zu kommen, ging ich joggen. Eigentlich hatte ich dazu keine Zeit, doch je schneller ich rannte, je müder mein Körper wurde, desto eher entkam ich meinem eigenen Kopf. Der ließ sich nur durch Geschwindigkeit, Gefahr oder körperliche Verausgabung abstellen. Mein Bike hatte ich mir wegen der Geschwindigkeit zugelegt, mein Surfbrett wegen der Anstrengung – und beides wohl auch wegen der möglichen Gefahr.

Joggen war da noch die ungefährlichste Variante.

Ich schaffte es noch unter die Dusche, ehe ich zur nächsten Vorlesung rennen musste. Zum Glück hatte mir Lynn einen Platz freigehalten. Erst danach fiel mir ein, dass ich Amy gar nicht zurückgeschrieben hatte. Bevor ich das nachholen konnte, versank ich allerdings für mehrere Tage im Unistress.

Ich erinnerte mich erst wieder daran, als ich erneut in der Mensa zwischen Anne und Hanna saß und dachte, mir würde der Schädel platzen. Aber statt wieder das Weite zu suchen, holte ich mein Handy heraus und schoss ein Foto von dem Chaos um mich herum. Dann schickte ich es Amy.

Nathan: Mein Tag beginnt mit zu viel Lärm und zu vielen Gesprächen. Ich bin ein Morgenmuffel der Extraklasse.

Amy: Kaffee. Da hilft nur Kaffee.

Ich grinste breit, als ich das las, und fühlte mich ein wenig besser. Da war jemand außerhalb dieser lauten Welt, der mich verstand. Brav befolgte ich ihren Rat und trank genüsslich einen Kaffee, konzentrierte mich voll auf den Geruch und den Geschmack. Und siehe da. Ich hielt das komplette Frühstück in der Mensa aus.

Ab da schrieb ich Amy immer wieder, sobald es mir zu viel wurde. Meist kurze Nachrichten, aber jede einzelne wurde von ihr durch eine Antwort belohnt. Manche brachten mich zum Lächeln, andere zum Nachdenken und alle dazu, weiter mit ihr zu texten.

Wir waren beide einsam auf die eine oder andere Art. Ich war umgezogen und musste mich erst noch einleben, neue Freunde finden und mich ans Unileben gewöhnen. Da tat mir diese entspannte Chatbeziehung mit Amy total gut. Und sie? Sie war definitiv die isolierteste Frau, die mir jemals untergekommen war. Die Trauer darüber las ich oft zwischen den Zeilen und sah es an den wenigen Fotos, die in der Regel ihr helles und sehr hübsches Zimmer oder ab und zu mal das Wohnzimmer zeigten.

Ihre Eltern hatten Geld. Das sah ich bereits an der Einrichtung. Ich hatte allerdings den Eindruck, dass Amy darauf achtete, das nicht so zu zeigen. Kein Wunder. Wir kamen aus unterschiedlichen Welten, die aufeinanderprallten.

Es machte mir erstaunlich viel Spaß, sie mit in meine Welt zu nehmen. Ihr ein Bild von Ian zu schicken, der mal wieder drei Dinge auf einmal tat (Zocken, dabei Hanteltraining und mit mir reden), die Vorlesungsräume zu zeigen, mich beim Joggen, meinen Lieblingslernplatz unter einem der Bäume auf dem Campus.

Generell mied sie das Thema Krankheit, so gut es ging. Ab und zu blitzte es trotzdem durch.

Amy: Ich lag heute den ganzen Tag im Bett. Mal ein bisschen faulenzen.

Von wegen. Sie hatte vermutlich nicht aufstehen können.

Amy: Ich gehe etwas spazieren. Joggen ist nicht so mein Ding.

In meinen Augen hieß das übersetzt, dass sie nach ein paar Tagen Bettlägerigkeit endlich aufstehen konnte. Offenbar war der Schwindel weg. Dass sie von Joggen so weit entfernt war wie ich von einer Marsmission, wussten wir beide. Zu meiner Überraschung folgte direkt eine zweite Nachricht.

Amy: Die Ärzte sind sich mit meiner Diagnose nicht einig. Die Blutwerte sehen nicht richtig nach AML aus. Es geht mir etwas besser, und statt Chemo gibt es erst mal andere Medikamente.

Es war das erste Mal, dass sie ihre Krankheit in den Chatnachrichten so deutlich ansprach. Die Neuigkeiten mussten ihr auf der Seele gebrannt haben.

Nathan: Das freut mich total für dich. Dann steht dem Joggen ja nichts mehr im Wege.

Ich packte noch eine Menge Smileys hinten dran, um die Ironie meiner Aussage klarer zu machen. Amy ging sofort darauf ein, und die nächsten paar Stunden schickten wir Nachrichten hin und her. Zwischendurch forderte mich Ian zu einer Partie Beachvolleyball heraus, worauf ich nur zu gern einging.

Schon bald hatte sich eine beeindruckende Menschentraube um uns und das Netz herum versammelt, die uns anfeuerte. Ian besiegte mich leider, aber bei unserem gemischten Doppel danach gewannen Anne und ich haushoch. Nach dem Spiel stellte sie mir ihre anderen Freundinnen vor, darunter die etwas schüchterne Tess, Hannas Mitbewohnerin.

»Wir sehen uns dann heute Abend beim Feiern?«, fragte sie kurz vorm Abschied.

Ach, ja. Da war ja was. »Ich freu mich drauf«, sagte ich zu ihr und meinte es auch so.

Ian und ich wuschen uns anschließend den Sand im Meer ab und legten uns danach an den Strand. Ich spürte, wie ich ruhiger wurde. Mir gefiel die Clique, in die ich langsam hineinwuchs. Die meisten von ihnen waren lustig und ähnlich abenteuerlustig wie ich.

Natürlich lernte ich auch viel. Selbst nach unserem Strandbesuch setzte ich mich noch in die Bibliothek, um mich auf die morgigen Kurse vorzubereiten. Bestnoten schrieben sich auch mit einem photographischen Gedächtnis nicht von allein. Amber hatte sich zu mir gesellt, saß mir gegenüber an einem Schreibtisch und seufzte alle drei Minuten auf. Offenbar quälte sie sich gerade durch besonders komplizierten Stoff.

Dann leuchtete mein Handydisplay auf: Amy. Ihre Nachricht ließ mich lächeln.

> **Amy:** Ich hab heute endlich die Sonne genossen und war kurz am Strand mit Mum. Das war echt dringend nötig. Ich fühle mich gleich viel freier.

Na, das klang doch wirklich sehr viel besser. Ich schickte ihr ein Bild von der Bibliothek, in der es angenehm ruhig war. Ein schöner Kontrast zu dem lauten Tag am Strand. Und während ich Amys Zeilen las, merkte ich etwas für mich sehr Seltenes: Ich war entspannt. Zufrieden. Mit den Lehrangeboten. Mit meinem etwas schrägen Mitbewohner. Mit meinem Lernpensum. Und ja, vor allem auch mit meiner Chatpartnerin.

Amy half mir durch den Tag, und so wie es schien, ging es ihr mit mir genauso. Unsere Nachrichtenbeziehung funktionierte ganz hervorragend. Daher zögerte ich lange, ehe ich ihr zurückschrieb. Ihre Worte waren eine Steilvorlage für etwas, das mich schon seit etwa zwei Tagen beschäftigte. Bislang hatte ich noch keinen Mut gehabt, es auszuformulieren. Jetzt war es vielleicht an der Zeit, allerdings hob es unsere unkomplizierte Chatbeziehung auf eine andere Ebene.

Ich atmete tief ein und tippte los.

> **Nathan:** Vielleicht hast du ja auch mal Lust, mit mir zum Strand zu gehen. Falls es dein Gesundheitszustand zulässt. Nichts Großes. Vielleicht ein Eis? Ich könnte dich abholen und wieder zurückbringen. Was meinst du?

Ja, das klang gut. Ich hatte einfach Lust drauf, Amy zu sehen. Ständig nur Nachrichten hin und her zu schicken, reichte mir nicht mehr.

Sie war ein spannender Mensch. So ganz anders als alle anderen Frauen, die ich bisher auf dem Campus getroffen hatte.

Es dauerte furchtbar lange, bis sie zurückschrieb. Ich hatte mich längst wieder über meine Bücher gebeugt, als das Display endlich aufleuchtete. In der Bibliothek waren Handys eigentlich verboten, aber ich hatte es umsichtig auf lautlos gestellt.

> **Amy:** Das wäre toll. Momentan ist es schwierig, aber vielleicht geht es nächstes Wochenende? Samstag?

> **Nathan:** Klar. Gerne.

Wir verabredeten uns locker für Samstagnachmittag, und ich war über mich selbst erstaunt, wie aufgeregt ich bei dem Gedanken an unser Treffen war. Dass ich mich mit Frauen verabredete, war eigentlich nichts Besonderes für mich. Und trotzdem … Das mit Amy fühlte sich anders an.

Ich musste mich zwingen, meine Aufmerksamkeit zurück auf das Buch vor mir zu lenken. Trotzdem machten sich meine Gedanken immer wieder selbstständig.

Ich dachte an riesige blaue Augen. An einen glitzernden, vor Intelligenz nur so sprühenden Blick. Ihre wirklich niedliche Stupsnase. Der Kampfgeist, den sie ausgestrahlt hatte.

Ja, ich wollte sie treffen und schauen, was für ein Mensch sie fernab von Kreislaufzusammenbrüchen und Chatnachrichten war. Selbst wenn ich ganz tief in mir spürte, dass Amy womöglich eine Ablenkung darstellte, die ich momentan wirklich so gar nicht in meinem Leben gebrauchen konnte.

KAPITEL 4

Amy

Waaaaah! Nathan hatte mich nach einem Treffen gefragt. Ich quietschte vor Freude in mein Kissen, bevor mir bewusst wurde, wie pubertär das war. Vielleicht holte ich gerade das nach, was andere als Teenager durchmachten? Vermutlich.

Gleichzeitig wurde ich fast sofort panisch. Ich hatte ihm geschrieben, dass es mir besser gehen würde – damit meine Krankheit nicht die ganze Zeit zwischen uns stand.

Wenn ich ständig jammern und mein trostloses Leben vor ihm ausbreiten würde, wäre er schneller abgetaucht, als ich *Leukämie* sagen konnte.

Lügen war daher einfacher gewesen. Und ich hatte gelogen. Sehr oft.

Jetzt hatte ich den Salat. Dass er mich zu einem Strandbesuch einladen würde, hatte ich nie im Leben erwartet. Ich hatte gedacht, wir würden es bei netten Chatnachrichten belassen.

Ärgerlicherweise hatte ich mich als zu gesund dargestellt. Dabei war ich es nicht. Ganz und gar nicht. Mein Zustand schwankte extrem. Mal ging es mir beinahe gut, dann konnte ich kaum aufstehen. Es war eine Belastung für alle Beteiligten.

Ein Strandbesuch. War das wirklich machbar in meinem Zustand? Schon morgen musste ich ins Krankenhaus, um die nächsten Schritte zu besprechen. Womöglich stand eine weitere Chemo an. Vielleicht eine Knochenmarksspende. Oder die

Ärzte hatten ganz andere Pläne und wollten neue Behandlungsmethoden austesten. Da wusste man nie ... Zunächst sollte ich noch mal genauer unter die Lupe genommen werden, um dem Geheimnis meiner schwankenden Blutwerte auf die Spur zu kommen. Das konnte dauern.

Ich informierte unverzüglich meine Online-Freunde über den Stand der Dinge und gab auch ehrlich zu, in was für eine unangenehme Situation ich mich manövriert hatte. Die anderen hatten Verständnis.

Immerhin brachte Nathans Einladung ordentlich Schwung in die Unterhaltung mit meinen Freunden. Meistens schickten wir Sprachnachrichten. Das war unkompliziert, und wir mussten uns nicht mit müden Augen rumplagen. Einzig *Deadlybird* tippte Nachrichten, da ihm oft nicht nach Reden zumute war.

Nirdy: Ich mag den Kerl. Egal, was draus wird, genieß die Abwechslung. Nimm es als neues Ziel: Du musst deinem Körper klarmachen, dass du am Wochenende wieder fit sein musst. Wo ein Wille ist und so! Mach das auch den Ärzten klar, aber um Himmels willen: Verrate ja nichts deiner Mum. Die dreht durch.

Selbst *Deadlybird* hatte ausnahmsweise mal eine Sprachnachricht geschickt.

Deadlybird: Sehe ich genauso. Selbst wenn er nur was Platonisches will, wovon leider auszugehen ist – sorry für diese Einschätzung, aber wir sind nun mal alle kein wirkliches Datingmaterial – bringt er dich auf andere Gedanken. Ist doch cool.

Nirdy: Und wenn er nur nett sein will? Manche Leute haben ein echtes Helfersyndrom.

Autsch. Die Richtung gefiel mir nicht, doch das glaubte ich bei Nathan wirklich nicht. Letztlich war es auch egal. Ich wusste zumindest, dass ich mich wahnsinnig freute. Das musste für den Moment reichen.

Also schrieben Nathan und ich uns die nächsten Tage weiterhin kleine Nachrichten, die mein Herz meist schneller schlagen ließen und mein schlechtes Gewissen in gruselige Höhen trieb. Nathan hatte dabei eine süße Art, nicht zu aufdringlich und gleichzeitig nicht zu uninteressiert zu wirken. Normalerweise reagierte ich allergisch darauf, wenn mich jemand indirekt fragte, wie es mir ging. Bei Nathan war das anders. Seine Fragen fühlten sich nicht so penetrant an. Sein »Alles klar bei dir?« hatte nichts Kontrollierendes oder zu Besorgtes.

Klar. Weil man aus vier Wörtern und einem Fragezeichen auch voll viel heraushören kann, ermahnte ich mich streng. Ich musste aufpassen, mich nicht zu sehr hineinzusteigern.

Vor allem, weil ich regelrecht nach jeder Antwort von ihm gierte. Ich hatte sonst ja auch nicht viel zu tun.

Mein nächster Krankenhausbesuch war vermutlich nur Bestandteil einer ganzen Reihe bevorstehender Krankenhausaufenthalte.

Es stimmte tatsächlich, dass sich die Ärzte nicht sicher mit der AML waren. Meine Mum hingegen war überzeugt davon, dass mich nur noch eine Rückenmarksspende retten würde. Sie war gedanklich schon beim Supergau angekommen.

Ich bemühte mich, ihre negativen Gedanken nicht zu sehr an mich heranzulassen. Was für andere Menschen wie die letzte Rettung klang, war für mich der pure Horrorgedanke. Viele wussten nicht um die lange Odyssee, die ein Leukämiepatient im Vorfeld durchlaufen musste. Das Immunsystem wurde für die Rückenmarksspende platt gemacht, damit es das neue, gesunde Rückenmark akzeptierte. *Richtig platt* hieß leider auch, dass der Mensch selbst ziemlich platt gemacht wurde. Chemo. Noch mal Chemo. Isolation, weil man kein Immunsystem besaß. Noch mal Chemo.

Kurz gesagt: Steven Kings Besuch auf dem *Friedhof der Kuscheltiere* war ein Spaß gegen das, was mir womöglich bevorstand.

Aber an dem Punkt waren wir zum Glück noch lange nicht. Die Ärzte hatten Hoffnung und ich damit ebenfalls. Womöglich gab es ja eine andere Erklärung für meine mal guten und dann wieder richtig schlechten Blutwerte?

* * *

Im Krankenhaus stürzten die Ärzte sich regelrecht auf mich. Zwischen den einzelnen Untersuchungen schrieb ich Nathan trotz meines schlechten Gewissens fröhlich klingende Nachrichten und verschwieg dabei, dass ich vor Angst beinahe verging. Ich wollte den Weg meiner Mum nicht gehen. Den Weg von noch mehr Medikamenten, neuen Untersuchungen und noch mehr Krankenhausaufenthalten. Sie war der Meinung, dass meine aktuellen Ärzte sich komplett irrten. Für sie stand die Rückkehr von Leukämie fest, und sie fand es gar nicht lustig, dass die Ärzte so zögerlich reagierten. Ihrer Meinung nach war eine unverzügliche Chemo meine beste Option, um zu überleben.

Und überleben wollte ich definitiv. Ich hatte schließlich nicht all die Jahre gekämpft wie eine Wahnsinnige, um jetzt einfach draufzugehen.

Liege am Pool auf meiner Liege und entspanne mich, schrieb ich, während ich in einem sterilen Krankenhausbett wartete, mit einer Kanüle im Arm und einem Tropf, in dem eine durchsichtige Flüssigkeit schwappte. Ich wusste nicht mal, was man mir da verabreichte. Ehrlich gesagt hatte ich den Überblick verloren. Es war keine Chemo. Soviel wusste ich. Alles andere überließ ich mittlerweile den Ärzten.

Nathan antwortete zügig.

Nathan: Am Pool wäre ich jetzt auch gerne. Sitze in einem überfüllten Hörsaal, und der Typ neben mir furzt rhythmisch. Warum gibt es in der Mensa ständig Bohnen? Jetzt mal ehrlich. Das ist gemeingefährlich.

Ich musste lachen und grinste die nächsten fünf Minuten dümmlich vor mich hin, ehe ich eine Antwort tippte. Mittlerweile wusste ich, dass ich nicht zu schnell reagieren durfte. Das wirkte sonst so, als hätte ich nichts zu tun.

Amy: Du Armer. Ich leide mit dir. Bei mir duftet es herrlich nach frischer Sommerbrise und ein wenig Meer. Nicht, dass ich dich neidisch machen will.

Nathan: Wo wohnst du doch gleich? Mir geht erst jetzt auf, dass du was von einem Pool geschrieben hast. Wäre da noch Platz für mich und etwa fünfhundert Studierende? Wir sind total pflegeleicht und würden euren Garten auch nur ein kleines bisschen verwüsten. Den furzenden Typen müssten wir allerdings ausladen. Das verkraften meine Geruchsnerven nicht länger.

Mein Herz stockte kurz vor Schreck. Meinte er das ernst? *Nein. Natürlich nicht. Beruhig dich. Er weiß ja auch gar nicht, wo genau du wohnst.*

Wir witzelten noch eine Weile herum, bis ich ihn ermahnte, sich wieder auf die Vorlesung zu konzentrieren. Ich musste eh aufhören, wenn ich nicht wollte, dass Mum irgendwas mitbekam.

***

So vergingen die Tage. Ich lag im Bett. Bekam Medikamente. Chattete mit meinen Online-Freunden. Zockte auf dem Handy oder dem Tablet und vertrieb mir die Zeit mit Hörbüchern. Zwischendurch wurde ich zu neuen Untersuchungen geholt oder Mum schneite herein, um erst mich über meinen Zustand auszufragen und anschließend die Ärzte zu löchern. Die Ungewissheit machte sie noch aggressiver als ohnehin schon. Mein einziger Lichtblick, so bitter es war, waren die netten Nachrichten von Nathan.

Mittlerweile hatten die Ärzte entschieden, dass ich eine zweite Rückenmarkspunktion benötigte. Die erste hatte keine eindeutigen Ergebnisse geliefert. Ich brachte auch diese mit Ach und Krach hinter mich und stellte erschrocken fest, dass bereits Donnerstag war. Wann war das denn passiert? Unmöglich, bis Samstag so fit zu sein, dass ich mich selbständig aufmachen und zum Strand gehen konnte.

Also sagte ich schweren Herzens den Samstag mit Nathan ab und erzählte diesmal sogar die Wahrheit.

> **Amy:** Ich bin im Krankenhaus. Mir geht es wieder schlechter. Es tut mir ehrlich leid, dass ich nicht mit zum Strand kommen kann.

Jetzt war es also raus. Die Wahrheit über meinen Zustand. Ab sofort rechnete ich damit, nie wieder was von Nathan zu hören. Das tat mir mehr weh, als es sollte, und bewies, wie wichtig mir die kurzen Chats mit ihm bereits geworden waren.

Ich bereitete mich innerlich auf die Einsamkeit vor, die auf mich zukommen würde. Umso überraschter war ich, als ich Samstagmorgen eine lange Filmsequenz mit Nathan als Moderator und seinem Surfbrett als Side-Kick zugeschickt bekam.

»Guten Morgen, liebe Amy«, sagte er mit einem breiten Grinsen in die Kamera. »Der Himmel ist blau, der Wind weht kräftig, und die Wellen winken uns verführerisch zu.« Es folgte ein Schwenk vom durch das Wasser dunkel verfärbten Sand über ein dunkelblaues, aufgepeitschtes Meer mit sprühend weißen Wellen. »Ich hoffe, du bist bereit für deine erste Surflektion. Los geht's.« Die Kamera wackelte fürchterlich. Vermutlich schnallte er sie sich auf dem Kopf fest. Ich hielt automatisch den Atem an, als sich die Perspektive derart veränderte. Jetzt hatte ich einen wunderschönen Ausblick auf Meer, Meer und noch mehr Meer. Von anderen Surfern war weit und breit nichts zu sehen.

Das Surfbrett tauchte weiter unten im Bildausschnitt auf. Zwischendurch sah ich Nathans Füße. Tiefer und tiefer watete er ins Wasser hinein, bis das Surfbrett auf den Wellen auflag und fröhlich vor sich hinwippte.

»Halt dich fest, Amy. Diese Welle gehört uns!«, hörte ich Nathan noch rufen, bevor das Pfeifen des Windes und das Rauschen des Meeres alle anderen Geräusche übertönten. Falls Nathan etwas sagte, konnte ich es nicht verstehen. Das war aber auch nicht nötig.

Auch so war ich völlig gebannt von dem, was ich sah, hörte und erlebte. Ich meinte, den Adrenalinkick selbst zu spüren, während ich mit Nathan zusammen eine Welle nach der nächsten in Angriff nahm. Höher ging es. Immer höher. Dann sausten wir gemeinsam in die Tiefe. Dank seiner Helmkamera war ich so nah dran, wie es nur ging. Ich sah, was Nathan sah. Bewegte mich in die gleiche Richtung. Hüpfte mit den Wellen auf und ab und schoss mit ihm gemeinsam durch einen blauen Tunnel, ehe die schäumende Brandung über meinem Kopf zusammenstürzte.

Am Ende war ich völlig fertig, sah mir das Video allerdings auch etwa fünfzigmal an. So lebendig hatte ich mich schon lange nicht mehr gefühlt. Vor allem weil Nathan am Ende die Kamera vom Helm nahm, um in Nahaufnahme feierlich in die Kamera zu sagen: »Du packst das, Amy. Gib nicht auf. Bei unserer nächsten Verabredung schaffen wir es an den Strand.«

Mein Magen zog sich bei diesen Worten sofort zusammen, und ein so intensives Kribbeln setzte ein, dass ich am ganzen Körper Gänsehaut bekam.

»Gib nicht auf«, sagte ich laut zu mir. Ein Satz, den ich schon lange nicht mehr gedacht, geschweige denn gesagt hatte. Ich musste kämpfen. Nur dann konnte ich mit Nathan surfen gehen.

KAPITEL 5

Amy

Also kämpfte ich. So heftig wie noch nie. Ich wollte zum Strand. Ich wollte Nathan wiedersehen. Ich wollte nicht mehr im Krankenhaus bleiben.

Es dauerte drei Wochen mit vielen Höhen und Tiefen. Die Ärzte entschieden sich weiterhin gegen eine Chemo. Mum verging deswegen vor Sorge. Bei einer AML musste man schnell handeln. Sie konnte wahnsinnig schnell töten, war aber gerade in den Anfängen noch gut behandelbar.

Trotzdem ließen sich die Ärzte nicht auf den Plan ein. Erst wollten sie was anderes probieren. Neue Wege. Neue Medikamente.

Ich begrüßte jede Idee, die nicht Chemotherapie hieß. Erstaunlicherweise ging es mir täglich etwas besser. Was immer die Ärzte mir gaben, schlug an. Mittlerweile gingen sie davon aus, dass meine schlechten Blutwerte Auswirkungen der vergangenen Chemotherapie waren. Womöglich hatten sie recht.

Ich schöpfte neue Hoffnung, vor allem, als ich endlich nach Hause konnte.

Vielleicht wurde ja doch noch alles wieder gut.

Amy: Ich bin wieder raus aus dem Krankenhaus. Es geht mir besser. Viel besser!

Nathan: Du glaubst gar nicht, wie sehr ich mich für dich freue! Herzlichen Glückwunsch. Dann geht es ja jetzt weiter aufwärts.

Das tat es wirklich. Mit jedem Tag wurde ich wieder kräftiger, aß mehr, kam zu Kräften. Ich machte kleine Spaziergänge, wagte mich an kurze Yoga-Sessions und kochte endlich wieder für Mum und mich. Dabei begleiteten mich Nathans Nachrichten durch den Tag.

Er war mittlerweile zu meiner heimlichen Sucht geworden. Ich genoss jede Zeile und freute mich über jedes Bild. Dabei tat er das mit einer Selbstverständlichkeit, die mir über jedes schlechte Gefühl hinweghalf. Er schrieb nicht aus Mitleid. Da war ich sicher. Er hielt den Kontakt, weil er mich mochte. Wie sehr das auf Gegenseitigkeit beruhte, verschwieg ich ihm lieber. Er war mein Bollwerk gegen die Einsamkeit. Denn trotz meiner neu gewonnenen Energie traute ich mich nicht wirklich in die Welt hinaus. Kurze Spaziergänge waren möglich, doch Stadtbummel oder längere Ausflüge wagte ich noch nicht. Ich hatte Angst davor, mich erneut zu übernehmen.

Jeden Abend mit meiner Mum Scrabble zu spielen oder fernzusehen war allerdings auf Dauer keine Lösung gegen meine Einsamkeit. Früher hatten Ben und ich endlose Schachpartien gespielt. Ich vermisste diese Abende unheimlich. Dad hatte mir damals als Ausgleich zu Bens Fehlen fest versprochen, sich mit mir zu messen, doch er hatte mich wie so viele Male zuvor versetzt. Und genau dasselbe tat er nun wieder: Hatte ich vor Kurzem noch angenommen, er würde nun wieder mehr für mich da sein, glänzte er doch wie immer mit Abwesenheit.

Als ich heute zum bestimmt dritten Mal gegen den Computer spielte, entschied ich mich: Ich konnte weiter darauf warten, dass es mir noch besser ging. Oder ich konnte die Gelegenheit nutzen und meine Ängste zur Seite schieben. Ich musste hier raus. Es musste sich was ändern – und diese Veränderung hieß Nathan.

Da gab es nämlich noch einen ausstehenden Strandbesuch.

Und? Was steht heute bei dir an?, fragte ich ihn direkt am nächsten Mittag mit klopfendem Herzen.

Nathan: Nicht viel. Mein Schädel platzt. Gestern war eine riesige Party, und Ian hat mich hingeschleppt. Keine Chance, Nein zu sagen. Jetzt bereue ich es.

Amy: So schlimm? Katerfrühstück? Kaffee? Kopfschmerztablette?

Nathan: Kopfschmerztablette. Definitiv die Kopfschmerztablette. Danach Kaffee. Dann das Frühstück. Falls ich es essen kann.

Amy: Schade. Ich wollte heute eigentlich zum Strand. Hatte gedacht, wir könnten uns kurz treffen.

Ich hatte mich getraut, hatte diesen einen Satz endlich geschrieben. Prompt hielt ich vor Aufregung den Atem an. Was würde er antworten?

Nathan: In einer Stunde? Am Strand? Rincon Beach ist toll. Frische Luft könnte mir guttun. Schaffst du es bis dahin? Sonst könnte ich dich mit meinem Bike abholen.

Ich starrte die Zeilen erschrocken an. Damit hatte ich nicht gerechnet. Was machte ich denn jetzt? Bevor ich mich stoppen konnte, schrieb ich bereits mein *Okay* und rief mir gleichzeitig ein Taxi.

Sei spontan.

Sei mutig.

Sei unvernünftig.

Hastig wickelte ich mir mein Alltagstuch um den Schädel, zog mir lange Sachen über, die mich vor der brennenden Sonne

Kaliforniens schützen würden, und schlich mich aus dem Haus. Mum war heute zu ihrem Wellnesstag aufgebrochen. Normalerweise ließ sie mich nicht gerne allein im Haus zurück, doch diesmal hatte sie keine Wahl gehabt. Ihre Augenbrauen waren außer Kontrolle geraten, zwei Fingernägel abgebrochen und ihre Beine zu kleinen haarigen Monstern geworden. Da das in ihren Augen inakzeptabel war, brachte sie es sogar über sich, mich zurückzulassen.

Mir war das gerade sehr recht.

***

Der Taxifahrer fuhr so nah an den Strand, wie es ging. Als ich ausstieg, war ich derart aufgeregt, dass mir ganz komisch wurde. Dass ich Nathan nun wiedersehen würde, fühlte sich toll und gleichzeitig surreal an. Wir hatten uns immerhin nur einmal kurz getroffen und seitdem lediglich getextet. Was, wenn wir uns doch nicht so richtig sympathisch waren? Was, wenn ich mir da einen Typen im Kopf zusammengeschustert hatte, den es so im echten Leben gar nicht gab? Was, wenn …?

»Hey, Amy.« Ein breit grinsender, unverschämt gut aussehender Nathan tauchte neben mir wie aus dem Nichts auf. Er hatte einen Neoprenanzug an, den er fast bis zur Hüfte geöffnet hatte, sodass das Oberteil vom Po bis zu den Knien hing. Unter seinen linken Arm hatte er ein blaues Surfbrett geklemmt. Natürlich war er barfuß. Alles an ihm schrie Sonnyboy.

»Scheiße, du siehst ja noch besser aus, als ich es in Erinnerung hatte«, rutschte es mir raus. *Nein, bitte nicht. Erst denken, dann sprechen.* Prompt spürte ich, dass ich rot anlief. Ich wollte am liebsten im Boden versinken.

»Oh, das liegt am Kater. Der lässt mich von Innen heraus glühen. Wie eine Schwangerschaft. Warte nur ab, wenn der Restalkohol aus meinem Körper raus ist. Dann sehe ich wieder aus wie der letzte Penner.«

»Spinner.«

»Tja, was soll ich sagen?«

Ich lachte und war ihm sehr dankbar, dass er einfach an mir vorbeistapfte und Richtung Meer lief. Ich folgte ihm wesentlich langsamer. Um ehrlich zu sein war es schon ziemlich lange her, dass ich am Strand gewesen war.

In diesem Bereich war der Sand eher steinig und sah wie eine Ecke aus. Das machte ihn für Surfer so beliebt: Durch seine Form brachen sich die Wellen hier auf eine einzigartige Weise. Ich hatte mich auf der Fahrt im Internet darüber schlau gemacht. Die Wellen waren hier teilweise so hoch, dass man über zweihundert Meter weit auf ihnen reiten konnte.

Das Meer sah heute zornig aus. Der Wind war heftig, genau wie die schäumende Gischt. Santa Barbara zeigte sich heute von der stürmischen Seite. Selbst wenn die Sonne vom Himmel brannte, war der Wind gerade in Strandnähe häufig ziemlich heftig.

Ich war zurückgeblieben, weil ich das Naturschauspiel beobachtet hatte. So schnell es mein Körper zuließ, schloss ich wieder zu Nathan auf. »Dein Tattoo sieht ja noch immer aus wie eine Bulette«, merkte ich an, sobald ich ihn eingeholt hatte. Er hatte von irgendwoher ein Strandtuch gezaubert, das er vor uns ausbreitete.

»Dan ist sauer auf mich und will mich erst weiter tätowieren, wenn ich mich zu benehmen weiß. Als Rache erzähle ich jedem, der mich auf mein hässliches Tattoo anspricht, woher ich es habe.« Nathan gluckste in sich hinein. »Ich bin mir sicher, dass Dan meine Bulette bald ent-buletten wird. Hier. Setz dich ruhig.«

Ich verkniff mir die Anmerkung, dass es mir vermutlich zu heiß werden würde. Direktes Sonnenlicht war bei meiner Medikation eher ungünstig, nur konnte ich das nach meiner Pool-Liege-Lüge schlecht zugeben. Also setzte ich mich brav und verdrängte den Gedanken, womöglich einen gefährlichen Fehler zu begehen. Aber das war jetzt nicht der richtige Moment, um die Stimmung mit einem Gespräch über meine Krankheit zu zerstören.

Nathan steckte sein Surfbrett mit Schwung kopfüber in den Boden und setzte sich danach neben mich. Er berieselte mich dabei ordentlich mit Sand. Als er das bemerkte, entschuldigte er sich wortlos mit einem süßen Lächeln bei mir. Scheiße. Der Typ sah wirklich, wirklich gut aus.

»Hast du schon mal auf einem Surfbrett gestanden?«, fragte er mich.

»Als Kind habe ich das mal versucht, aber dann … wurde alles zu kompliziert. Seit ich krank bin, geht es eh nicht mehr. Ich schaue allerdings gerne zu.« Herausfordernd hob ich eine Augenbraue in die Höhe.

Er lachte. »Ich lasse dich doch nicht allein hier sitzen. Surfen kann ich immer noch. Ich hab das Teil nur für den Fall der Fälle mitgenommen, dass uns der Gesprächsstoff ausgeht. Die Brandung ist heute genial.« Er kramte in seiner Sporttasche und zog einen Schokoriegel hervor. Grinsend hielt er ihn mir hin. »Hast du Hunger?«

Ich nahm sein Mitbringsel und riss die Verpackung auf. »Schokolade geht immer.«

Wir teilten uns den durch die Wärme leicht matschig gewordenen Riegel und sahen den Surfern zu, die sich sichtlich mit dem hohen Wellengang abmühten. Teilweise blieb mir fast das Herz stehen. Dabei unterhielten wir uns über Nathans Studium, meinen angeblichen Tag am Pool und Gott und die Welt. Ich bemerkte kaum, dass es immer später wurde.

Als mein Handy brummte und Mums Nummer anzeigte, erschrak ich beinahe zu Tode. War sie früher als gedacht zurück? Ich ignorierte den Anruf, denn ich wollte den wunderbaren Moment mit Nathan am Meer nicht zerstören. Ich wusste ja nicht, wann und ob es jemals wieder zu solch einem Moment kommen würde.

Nathan hatte vermutlich das Brummen gehört und räusperte sich. »Darf ich dich mal was fragen, das womöglich die Stimmung vermiesen wird?«

»Wenn du so fragst, dann lieber nicht.«

Er nickte. »Okay, hast recht.«

Ich knuffte ihn. »Frag ruhig.«

»Das war deine Mum, oder? Diejenige, die gerade angerufen hat und die du geflissentlich ignoriert hast. Ich versuche, die Spannung zwischen euch zu verstehen.«

»Das ist auch nicht so leicht zu verstehen. Früher war Mum lustig und lebensfroh. Heute besteht ihr ganzes Dasein nur noch darin, ihr letztes Kind zu verteidigen. Gegen den Krebs, die Ärzte und gegen die ganze Welt. Zumindest fühlt es sich für mich oft so an. Mum gegen den Rest. Dabei weiß ich nicht mal genau, wer oder was dieser Rest überhaupt sein soll.«

Nathan starrte mich an. Eine Sekunde. Zwei. Ich sah genau, dass er etwas fragen wollte, das ihm auf der Seele lag. Er traute sich nur nicht. »Was willst du wissen?«, fragte ich ruhig.

»Eigentlich alles. Nicht nur über die Beziehung zwischen dir und deiner Mum. Auch über alles andere. Ich habe mir viel aus deinen kurzen Nachrichten zusammengereimt, aber mir fehlt das große Bild. Wann genau hattest du denn jetzt deine Chemo? Und wann ist Ben gestorben?«

Wow. So direkt hatte mich das wirklich noch nie jemand gefragt.

Nathan musste meinen Gesichtsausdruck falsch gedeutet haben, denn er hob unverzüglich entschuldigend die Schultern. »Sorry. Vergiss es. Das war eine dämliche Frage.«

»Nein, schon okay. Es ist nur so ungewohnt, darüber zu sprechen. Um ehrlich zu sein, hab ich das noch nie getan. Vor allem über Ben zu sprechen fällt mir schwer.«

»Aber du redest doch über deinen Bruder mit deinen Eltern. Oder etwa nicht?«

Ich schüttelte den Kopf. »Mum wird immer traurig, sobald ich auch nur seinen Namen erwähne, und Dad … der ist eh nie da.« Ich atmete tief ein. »Ich war zwölf, als bei mir zum ersten Mal eine Blutgerinnungsstörung auftrat. Thrombozytopenie. Ich bekam Medikamente und hab eine Menge Schulstoff verpasst, aber das war nichts im Vergleich zu dem, was noch auf uns zukam. Ben bekam AML. Da war er gerade fünfzehn geworden. Ich war zu dem Zeitpunkt dreizehn. Erst sah es recht gut für ihn aus. Er erholte sich nach der ersten Chemotherapie relativ schnell, doch dann kam der Krebs zurück. Härter als zuvor. Das war die Phase, in der auch ich wieder krank wurde. Die Diagnose stand zügig fest. Ebenfalls AML. Ich sprach gut auf die Therapie an, doch Ben … er starb. Da war ich gerade achtzehn geworden. Ich weiß nicht mehr so viel über diese Zeit. Es ist, als ob ein ganzes Jahr in schwarze, trübe Gedanken verpackt worden wären. Immerhin gab mir sein Verlust die Kraft zu kämpfen. Ich wollte nicht so enden wie er. Also habe ich die Chemo durchgehalten, mich nicht unterkriegen lassen und fest daran geglaubt, wieder gesund zu werden. Meine Werte besserten sich. Mit neunzehn galt ich als geheilt. Leider hatte ich noch lange mit den Nebenwirkungen der Chemotherapie zu kämpfen. Jedenfalls brauchte ich Monate, um wieder auf die Beine zu kommen. Erst als ich zwanzig war, ging es mir wirklich besser. Ich wollte meinen Abschluss nachmachen. Die Zukunft angehen. Und dann … ging es mir plötzlich wieder schlechter. Das war der Moment, in dem ich mir das Tattoo stechen lassen wollte – und der Moment, in dem du in mein Leben getreten bist.« Ich sah ihm fest in die Augen. »Ich bin sehr froh darüber. Jeden Tag. Jede Minute.«

Er erwiderte meinen Blick und hob sogar die Hand, berührte meine für einen kurzen Moment. »Ich auch«, erwiderte er.

Wir blickten uns tief in die Augen, und erneut veränderte sich da was zwischen uns. Wir kamen uns näher. Ganz ohne Worte. Sogar ohne uns zu bewegen. Es war eher ein Gefühl. Eine Empfindung.

Ich weiß nicht, wie lange wir uns angestarrt hätten, ohne uns zu regen oder etwas zu sagen, wie lange wir den Moment ausgekostet hätten. Denn wir wurden jäh unterbrochen.

»Jo, Jo, Jo, Nathan! Bist du auch hier, um dich mit den Wellen anzulegen?« Ein Hüne kam von hinten herangeschossen und hieb Nathan freundschaftlich auf die Schulter. »Was sitzt du noch hier rum? Traust du dich etwa nicht?«

Der Moment zwischen uns zerriss, und wir landeten hart auf dem Boden der Realität. Nathan wurde von dem Typen ungefragt auf die Beine gezerrt, ehe er sich losreißen konnte. Der Kerl lief weiter zum Meer. Ihm folgten drei weitere junge Männer, die mir allesamt neugierige Blicke zuwarfen und Nathan auffordernd zuwinkten.

Dieser blieb neben mir stehen und wirkte verwirrt. Ich jedenfalls war es. Da hatte sich etwas zwischen uns verschoben. Ein klein wenig. Wir waren näher zusammengerückt. Ein Gefühl, das mir Mut und das mich gleichzeitig nervös machte.

»Geh ruhig surfen. Ich seh zu«, sagte ich daher rasch. »Das macht mir wirklich nichts aus.«

»Ne, lass mal. Ich …«

»Nathan, du Schisser. Jetzt komm!«, brüllte der große Typ vom Meer aus.

Nathan wollte nicht. Ich sah es ihm ganz genau an. Gleichzeitig wollte er mich nicht noch weiter mit Fragen löchern. Auch das las ich allein an seiner Körperhaltung ab. Daher gab er nach. »Okay. Zehn Minuten? Dann bin ich wieder da.«

Ich nickte bestätigend und freute mich mit ihm, als er sein Board aus dem Sand riss und den anderen Surfern nachlief. Allein der Anblick seines nackten Rückens war für mich Entschädigung genug.

Gleich darauf warf Nathan sich ins Meer und paddelte mit den anderen raus. Mittlerweile hatten die Wellen Ausmaße angenommen, die jedes Surferherz höher schlagen ließen, mich hingegen beunruhigten. Die ersten Wassersportler gaben auf und gingen an Land. Nur Nathans Truppe nicht. Die aufgeputschten Rufe wurden immer wilder. Die jungen Männer feuerten einander an und forderten sich gegenseitig heraus. Ich verlor Nathan zwischendurch aus den Augen.

Zehn Minuten waren schnell rum, doch keiner der Surfer machte Anstalten, zurückzukommen. Okay. Kein Ding. Vermutlich hatte Nathan die Zeit vergessen. Surfen war eindeutig seine Leidenschaft.

Als einer von ihnen an Land ging, stand ich auf und lief ihm ein Stück entgegen. Nein. Blauer Neoprenanzug. Nathan trug einen schwarzen.

»Die Wellen werden zu hoch und die Unterströmung zu heftig«, brüllte der Surfer seinen Freunden zu. »Abbruch!«

Die Wellen türmten sich mittlerweile höher und höher auf. Das Brausen des Wassers wurde immer zorniger.

Zwei Surfer hörten auf die Warnung. Sogar der Typ, der Nathan aufgefordert hatte, mit ins Wasser zu kommen, kam zurück. Nur ein einziger blieb im Meer und nahm eine besonders hohe Welle in Angriff.

Es war Nathan.

»Was tut er denn da?«, rief der erste, der an Land gegangen war.

»Die Welle nehmen. Was sonst? Du kennst doch Nathan. Adrenalinjunkie der schlimmsten Sorte.«

»Fuck«, sagte ein anderer.

Ja, genau, dachte ich. *Fuck.* Ich war zwar Laiin, erkannte aber dennoch, dass die Brecher zu hoch waren. Nathan glitt gekonnt durch eine in sich zusammenfallende Welle hindurch, schaffte es in die nächste, doch die türmte sich viel schneller und heftiger auf als die vorherige. Sie verschluckte ihn mit einem lauten Brausen. Derartiges hatte ich schon oft bei Surfern beobachtet und mir nie Gedanken darüber gemacht, doch die Reaktion der anderen Männer um mich herum war beunruhigend. Sie warfen ihre Bretter in den Sand und liefen ins Meer hinein.

»Seht ihr ihn?«, brüllte einer von ihnen.

Auch ich lief Richtung Meer, bis ich das Wasser an meinen nackten Füßen spürte. Das Herz schlug mir bis zum Hals. Ich entspannte mich erst, als ich Nathans Kopf auftauchen sah. Winzig klein und ziemlich weit draußen. Er winkte sogar noch, um anzuzeigen, dass es ihm gut ging. Dann wurde er bereits von der nächsten Welle verschluckt.

»Der soll endlich zurückkommen«, sagte jemand neben mir.

Tatsächlich nahm Nathan erst noch seelenruhig eine letzte Welle, ehe er sich von einer kleineren zum Strand tragen ließ.

Während seine Kumpel Nathan abklatschten und wie einen Helden feierten, drehte ich mich schweigend um und stapfte zurück Richtung Highway 101. Der Strandabschnitt Rincon lag direkt daran. Durch seine abgeschiedene Lage gab es hier keine Essensbuden oder Souvenir-Läden. Nur Sand, teils hohe Wellen und jede Menge Surfer.

Ich für meinen Teil hatte genug gesehen.

Als ich gerade mein Handy aus der Tasche kramte, um ein Taxi zu rufen, kam Nathan ganz außer Atem bei mir an. Er tropfte noch. Das Surfbrett hatte er am Strand liegen gelassen.

»Wo willst du denn hin?«, fragte er atemlos.

»Wonach sieht es denn aus? Ich gehe.«

»Aber warum? Wieso? Ohne Abschied?«

Ich atmete tief durch. »Du hast mich zu Tode erschreckt«, sagte ich finster. »Was sollte der Scheiß? Die anderen sind alle aus dem Wasser gestiegen. Nur du nicht.«

Nathan zuckte lässig mit den Schultern. »Gab keinen Grund. Ich bin ein guter Surfer. Die Welle war harmlos.«

»War sie nicht. Sonst wären die anderen nicht rausgegangen.«

»Jeder bewertet Gefahr anders, schätze ich. Ich hatte alles unter Kontrolle.«

»Schön für dich.« Ich wandte mich von ihm ab und lief weiter zum Highway. Er folgte mir natürlich.

»Mensch, Amy. Jetzt stell dich nicht an. Es ist doch alles gut gegangen. Kein Grund zur Aufregung.«

Das reichte. Ich wirbelte zu ihm herum und funkelte ihn wütend an. »Ich hätte dich nicht für einen Angeber-Macho-Riesenarsch gehalten. Gib es doch zu. Du wolltest mir und den anderen am Strand zeigen, was für ein toller Typ du bist. Schaut mal her! Ich bin ja so ein genialer Surfer. Ihr Luschen geht raus? Ich nehm die noch größere Welle! Das mag dich ja anturnen, mich allerdings nicht. Ich hab schon genug Drama und Gefahr in meinem Leben, da muss ich mir nicht auch noch Sorgen um einen Kerl mit übersteigertem Selbstbewusstsein machen. Surf ruhig weiter. Bring dich um. Glaub aber nicht, dass ich dir dabei zusehe.«

»Wer sagt denn, dass ich angeben wollte?«

»Die anderen waren wenig überrascht, dass du als Einziger auf dem Wasser geblieben bist. Offenbar machst du das regelmäßig. *Adrenalinjunkie* haben sie dich genannt. Das passt. Zum Motorrad. Zu deinem lässigen Äußeren. Zu deiner ganzen Person. Es passt aber nicht zu mir.«

»Amy, komm schon …« Er wollte mich aufhalten und stellte sich mir in den Weg, doch ich wich ihm mit finsterer Miene aus. Weil er trotzdem nicht aufgab und mich stattdessen am Arm packte, blieb mir nichts anderes übrig, als stehenzubleiben.

Wir starrten einander an. Er wirkte ehrlich verwirrt, ich war noch immer stinksauer. Ein wenig wunderte ich mich selbst über meine heftige Reaktion. Wir kannten uns ja kaum. Konnte mir doch egal sein, was er tat. War es aber nicht. Ganz und gar nicht.

Ich riss mich von Nathan los und erreichte endlich den befestigten Bereich des Strandes, um mir dort meine Schuhe anzuziehen. Die hatte ich mir zwischenzeitlich ausgezogen, um den Sand unter meinen Füßen zu spüren.

Nathan stellte sich neben mich und sah mir dabei zu. »Willst du ernsthaft wegen dieser Kleinigkeit wie ein wütendes Kind davonstampfen?«, fragte er mich mit erhobener Stimme.

»Sich freiwillig in Todesgefahr zu begeben ist keine Kleinigkeit.«

Er seufzte. »Du überdramatisierst die ganze Situation.«

»Ach, ja? Sag das dem Surfer, der letztes Jahr hier ertrunken ist.«

»Der war blutiger Anfänger und kein fortgeschrittener Surfer wie ich.«

Frustriert warf ich meinen Schuh nach ihm, doch Nathan fing ihn lässig auf. Dabei sah er so zufrieden aus wie eine Maus in einer Käsefabrik. Er hielt den Schuh nun außerhalb meiner Reichweite.

»Lass uns erst drüber reden, bevor du auf und davon stürmst.«

»Wir haben geredet. Du bist ein lebensmüder Vollpfosten und nervst mich dadurch so sehr, dass ich gehen werde. Jetzt gib mir meinen Schuh zurück.«

»Ich will nur verstehen, wo wirklich das Problem liegt. Außerdem ärgert es mich, dass du mich für einen oberflächlichen, angeberischen Macho hältst. Ich kenne ziemlich viele oberflächliche, angeberische Machos und lege großen Wert darauf, keiner zu sein.«

»Ach, ja? Dann erklär mir bitte den Grund deiner super-angeberischen, oberflächlichen Surftour. Wenn du nicht deine Kumpels beeindrucken wolltest, was hat dich dann geritten?«

Er starrte mich mehrere Sekunden lang eindringlich an, und ich sah regelrecht, wie er seine Worte im Kopf abwog.

»Die Wahrheit, bitte«, schob ich trocken hinterher.

Er seufzte, drehte sich fort von mir. Sah aufs Meer. Dann nickte er. »Die ist aber nicht sehr heroisch«, gab er zu. Der Blick aus seinen dunkelbraunen Augen ging mir direkt unter die Haut. Er wirkte traurig. Nachdenklich. Und vor allem aufgewühlt.

»Mein Verstand macht nie Pause«, sagte er schließlich. »Nie. Er saugt permanent Informationen, Wörter und Geschehnisse auf. Andere Leute können das ausblenden. Ich nicht. Es hat seinen Preis, ein Gehirn zu haben, das selbst Kleinigkeiten speichert. Das Studium bringt mich auf seine Weise an meine Grenzen. Dabei ist es nicht mal das Lernpensum. Das schaffe ich problemlos. Es sind die vielen Leute. Die Lautstärke. Die Dinge, die auf mich einprasseln. Also suche ich mir Orte, an denen niemand ist. Auf die ich mich voll konzentrieren muss und selbst mein niemals ruhender Verstand gefordert wird. Sich auf einem Surfbrett zu halten, mitten in einer sich überschlagenden Welle – da denke sogar ich an nichts anderes als ans Überleben. Ich genieße das Gefühl, ganz bei mir zu sein. Eins mit dem Board, der Welle und meinem Verstand. Da ist kaum Raum für was anderes. Das funktioniert aber nur mit richtig großen Wellen. Mit Herausforderungen.«

Okay. Mit *dieser* Erklärung hatte ich nun wirklich nicht gerechnet. »Dein Gehirn macht nie Pause? Einfach an die Wand starren funktioniert nicht? Ich kann dann tatsächlich an nichts denken.«

»Ich nicht. An manchen Tagen denke ich, mein Kopf explodiert gleich. Laute Musik hilft manchmal zum Abschalten, aber auch nicht immer. Bei den Abschlussprüfungen musste ich sogar ins Krankenhaus. Ich hatte zu viel gelernt, und meine Neuronen waren überlastet und entzündet. Jetzt guck nicht so. Das ist wirklich passiert.«

Ich entspannte mich. Erst jetzt bemerkte ich, wie schrecklich enttäuscht ich bis eben noch von Nathan gewesen war. Ich hatte ihn wirklich für einen oberflächlichen Angeber gehalten. Zum Glück hatte ich mich geirrt.

»Kannst du solche Aktionen zukünftig lassen, wenn ich dabei bin?«, fragte ich finster.

»Klar, verstanden. Versprochen.«

»Kannst du sie nicht generell lassen? Such dir was weniger Gefährliches. Geh wandern in der Natur. Geh angeln. Schaff dir einen Goldfisch an.«

Nathan lachte leise. »Ich glaube nicht, dass mir das wirklich helfen wird.«

Ich knuffte ihn gegen die Schulter. »Sich versehentlich umzubringen, obwohl man nur Ablenkung gesucht hat, kann jedoch nicht die Lösung sein.«

Da geschah es erneut. Ein Moment, den ich nicht so recht einordnen konnte. Wir standen ganz nah beieinander, ohne uns zu berühren. Er wirkte noch immer aufgewühlt, ich war es definitiv.

Das plötzliche Knistern zwischen uns bildete ich mir gewiss nicht ein. Zumindest, wenn ich seinen Blick richtig deutete. Er sah mindestens genauso überrascht aus, wie ich mich fühlte. Es war intensiv. Kribbelnd. Verband uns.

Instinktiv machte ich einen Schritt zurück und unterbrach das, was immer sich da gerade zwischen uns aufbaute. Für Freundschaft hatte ich noch Raum in meinem Leben. Jede Menge. Doch für mehr fehlte mir die Kraft. Das wurde mir in dieser Sekunde erschreckend klar.

Außerdem hatte ich schlicht Angst davor, mehr von diesem neuen Gefühl kosten zu wollen. Bislang hatte ich es geschafft, nie mit meinem Schicksal zu hadern. Ich hatte es einfach angenommen und mich geweigert, bestimmte Dinge zu vermissen. Die erste Liebe. Einen ganzen Tag am Strand. Urlaub im Schnee. Tanzkurse. Dance-Aerobic. Mir fielen da tausend Sachen ein.

Sobald ich einmal davon gekostet hatte, würde ich es vermissen. Das wusste ich ganz genau.

»Ich sollte jetzt gehen«, sagte ich. Und diesmal hielt er mich nicht auf.

KAPITEL 6

Nathan

Ich fuhr viel zu schnell und viel zu rücksichtslos, ließ meinen Gedanken freien Lauf, ähnlich wie meinem Selbsterhaltungstrieb und der Angst. Je schneller, je gefährlicher ich raste, desto weniger Zeit hatte mein Kopf, Pläne zu schmieden oder Gefühle, Erlebtes und Gedanken zu erforschen. Es war genau wie das Surfen, mein Moment, um zur Ruhe zu kommen.

Oder bei einem Unfall zu sterben.

Fuck. Meine Hand löste sich fast automatisch vom Gas, und das Motorrad wurde langsamer. Noch immer fuhr ich viel zu schnell, aber nicht mehr wie ein Wahnsinniger. Prompt kamen die Erinnerungen zurück.

Ich hatte mich beim Treffen mit Amy wie ein Trottel aufgeführt, hatte mich hineinfallen lassen in den Moment. Ich hatte die Welle unter mir gespürt. Den Adrenalinkick. Aus Gewohnheit hatte ich diesem Gefühl nachgegeben, es ausgekostet und an nichts und niemanden gedacht.

Leider auch nicht an Amy.

Ich stöhnte leise, was in meinem Helm seltsam widerhallte. Sie musste mich für einen echten Schwachkopf halten. Der Blick, mit dem sie sich verabschiedet hatte, war mir dabei durch und durch gegangen. Es hatte verdächtig nach einem Abschied für immer ausgesehen.

Fuck.

Abrupt fuhr ich in eine Parkbucht, riss mir den Helm vom Kopf und atmete tief die Pazifikluft ein. Vielleicht klärte das ja meine verwirrten Gedanken.

Ich starrte auf das Meer, über dem ich thronte, und bemühte mich um innere Ruhe. Dieses nervöse Kribbeln hatte ich schon lange nicht mehr gespürt. Das Gefühl, einen furchtbaren Fehler begangen zu haben.

Ich hatte Amy gehen lassen.

Vielleicht war es besser so. Ich sollte mich voll auf die Uni konzentrieren. Keine Ablenkungen. Keine Frauengeschichten. Keine Partys und schon gar keine Amy.

Warum fühlte es sich bloß so dermaßen falsch an, sie ziehen lassen zu wollen?

Mein Handy brummte seit einer Weile in meiner Motorradjacke vor sich hin. Ich hatte es bislang ignoriert, doch jetzt zog ich es hervor und ging ran, vor allem, weil ich die Nummer nicht kannte.

»Spreche ich mit Nathan Ambrose?«, fragte eine junge Frauenstimme.

»Kommt drauf an, wer du bist«, antwortete ich.

»Wahrscheinlich erinnerst du dich nur dunkel an mich. Ich bin Valerie, deine ehemalige Nachbarin.«

»Val?« Oh, wow. Natürlich wusste ich, wer sie war. Als Jugendlicher war ich definitiv verknallt in sie gewesen – wie so ziemlich jeder Junge in der Straße. »Was verschafft mir die Ehre?«

Es folgte eine lange Pause. Seltsam, immerhin hatte sie doch mich angerufen. Da sollte sie wissen, was sie von mir wollte. Schließlich durchbrach ein tiefer Seufzer das Rauschen in der Leitung. »Wann kommst du wieder nach LA?«

»In zwei Wochen. Wieso?«

»Kannst du früher kommen?«

Ich blinzelte. Was ging hier vor? »Klar könnte ich. Aber warum fragst du?«

»Das findest du heraus, sobald du hier bist. Mehr will ich ungern sagen. Ich fühle mich ohnehin schon wie eine Petze. Eigentlich geht mich das auch wirklich nichts an, aber ich mache mir Sorgen.«

»Val! Komm schon, spuck es aus!«

»Jemand hat Kane zusammengeschlagen. Übel. Er wollte nicht mit mir drüber reden und ist unglaublich fies geworden. Du kennst ihn ja. Bedräng ihn, und er schnappt zu. Du musst kommen und mit ihm sprechen.«

Ich startete bereits mein Motorrad. »Bin schon unterwegs«, sagte ich, legte ohne Gruß auf und stülpte mir den Helm über den Kopf. Dabei donnerte mir mein Herz in der Brust. Das letzte Mal, als Kane sich geprügelt hatte, waren wir unvermittelt der Elternersatz für unsere drei kleinen Schwestern geworden.

Ich raste in halsbrecherischem Tempo nach LA, überholte an gefährlichen Stellen, schlängelte mich am Stau vorbei, fuhr auch mal auf der falschen Seite und kam in Rekordzeit zu Hause an. Dass ich noch lebte, war pures Glück. Oder verdammtes Fahrkönnen.

Unser Haus sah aus wie immer. Heruntergekommen, aber nicht verwahrlost. Es stand zwischen zwei schicken Villen, getrennt von ihnen durch hohe Mauern, die mit jeder Menge Überwachungskameras versehen waren. Zur Linken wohnte Val mit ihrer Familie. Zur Rechten ein Typ, den ich bislang nur drei Mal gesehen hatte – als er uns die Polizei wegen angeblicher Ruhestörung auf den Hals gehetzt hatte. Die Beamten hatten schnell feststellen müssen, dass Kinderlärm gewiss kein Grund für eine Verwarnung war. Trotzdem wurde uns durch den Vorfall erst richtig bewusst, dass Familie Ambrose in dieser Vorzeigegegend nicht erwünscht war. Wir waren der Schandfleck. Die Familie, die es durch pures Glück in die Vorstadt geschafft hatte.

Wie immer dankte ich Grandma stumm für ihre Umsicht, das Haus vor grauer Vorzeit gekauft zu haben. Damals war diese Gegend noch kein nobles Örtchen gewesen. Wer hätte gedacht, dass sie dadurch mal in einem der teuersten Viertel der ganzen Stadt leben würde?

Ich bahnte mir meinen Weg durch jede Menge Spielzeug im Vorgarten – vom Fahrrad bis zur Sandschaufel. Auch auf der Veranda sah es nicht besser aus. Doch kaum hatte ich die Hand gehoben, um die Haustür aufzuschließen, wurde sie bereits von innen aufgerissen, und eine strahlende Naomi hüpfte in meine Arme.

»Nathan, mit dir haben wir erst übernächstes Wochenende gerechnet!«, jubelte sie und drückte mich mit erstaunlicher Kraft an sich. Dabei flüsterte sie mir ins Ohr: »Ich hätte dich vermutlich heute oder morgen eh angerufen.«

Natürlich wusste ich, was sie meinte. Vor allem, als ein völlig zerstört aussehender Kane in unserem Hausflur auftauchte. Blaues Auge, geschwollene Nase, aufgeplatzte Lippen. Er sah zum Fürchten aus, was durch seine zahlreichen, meist unheimlichen Tattoos noch unterstrichen wurde: Totenköpfe, Skelette und blutige Äxte. Kane hatte mit zwanzig sein Image als unheimlicher Kerl perfektioniert. Das hatte ihm den nötigen Respekt verschafft, damit die Gangs der Straße seine kleinen Brüder in Ruhe ließen. Sein seltsamer Plan, sich selbst in einen Bad Boy zu verwandeln, war aufgegangen, nur leider hatte das dauerhafte Spuren an seinem Körper hinterlassen. Die Tattoos ließen sich kaum verstecken, genau wie die zahlreichen kleineren und größeren Narben von zu vielen Schlägereien im Gesicht. Er schrie nach Ärger.

Als ich fünfzehn geworden war, hatten wir Grandmas Haus geerbt und waren in die schicke Wohngegend umgezogen. Dort war es nicht mehr nötig, so finster auszusehen. Kane hatte seine tausend Piercings rausgenommen, um nicht mehr ganz so aufzufallen.

Und jetzt?

Jetzt fiel er noch mehr auf. Fassungslos starrte ich das lädierte Gesicht meines Bruders an. »Wow. Mit welchem Bus bist du denn zusammengestoßen?«, fragte ich, sobald ich meine Sprache wiedergefunden hatte. Bevor Kane jedoch antworten konnte, kamen die vierjährige Hanna und die zweijährige Emma auf mich zugestürmt und klammerten sich an meinen Beinen fest. Ihr fröhliches Gelächter verdrängte die seltsame Stimmung sofort.

»Ich gehe mit den Mäusen draußen spielen«, sagte Naomi in einem für eine Sechsjährige viel zu vernünftigem Tonfall. Sie wollte mir Zeit verschaffen, um Kane auf den Zahn zu fühlen. Mir tat das sehr leid für sie. In ihrem Alter sollte sie sich nicht mit solchen Sachen auseinandersetzen müssen. Doch leider war sie eine Ambrose. Ich setzte sie ab und knuddelte meine anderen Schwestern, bevor das Trio in den Garten lief.

Ich wartete, bis die Tür ins Schloss fiel. »Also?«

»Wer hat dir was verraten?«

»Tut nichts zur Sache. Viel wichtiger ist, dass du richtig scheiße aussiehst. Wer war das? Und warum?« Mir war natürlich klar, dass sich Kane niemals aus Lust und Laune prügelte. Früher vielleicht. Heute nicht mehr.

Kane seufzte, lief in die Küche zurück und holte sich eine Packung Erbsen aus dem Eisfach. So wie die aussah, tat er das nicht zum ersten Mal. »Ich wollte dich da nicht mit reinziehen. Damit du nicht wieder einen deiner Rettungsversuche startest und alles allein regelst.«

»Sieht nur leider so aus, als hättest du so einen Versuch bitter nötig.«

»Spar mir deine Reden, Nathan. Ich hab Prügel kassiert. Alles andere brauchst du nicht zu wissen.«

Ich verschränkte die Arme vor der Brust, lehnte mich betont lässig gegen den Türrahmen und wartete ab. Kane setzte sich an unseren völlig lädierten Küchentisch und schloss erschöpft die Augen. Als mir klar wurde, dass er tatsächlich nichts mehr sagen würde, zückte ich mein Handy. »Alles klar. Dann ist es wohl an der Zeit, Jack zu informieren. Familiensitzung. Sofort.«

Kane schoss wie erwartet in die Höhe. »Scheiße, lass das ja bleiben. Jack macht alles nur noch schlimmer. Ich denk mir selbst was aus, um das Problem zu lösen.«

»Welches Problem?«

»Ist egal.«

»Ist es nicht. Welches Problem, Kane?«

Mein Bruder seufzte tief. »Mum«, sagte er schließlich schlicht.

Fuck. Jetzt löste ich mich doch vom Türrahmen und setzte mich lieber. Sobald unsere Mutter im Spiel war, wurden meine Beine wackelig. »Was hat sie getan?«

Kane schwieg ewig, gab sich dann aber einen Ruck. »Sie hat erneut Schulden gemacht. Bei den gleichen Typen wie vom letzten Mal.« Ein bitterernster Blick traf mich. »Ganz genau. Es geht vermutlich wieder um dich. Die wollen über sie erneut an dich rankommen und haben ihr deswegen wahrscheinlich überhaupt erst den Kredit gegeben. Deshalb hab ich auch nichts gesagt. Ich will nicht, dass du dich noch mal in Schwierigkeiten bringst.«

Mir rutschte der Magen gefühlt bis in den kleinen Zeh. »Wie hoch sind die Schulden?«, fragte ich bange.

»Wie beim letzten Mal. 50.000 Dollar. Sie haben ihr den Kredit vermutlich nur gegeben, weil sie dich als Absicherung angegeben hat. Als sie wie erwartet nicht gezahlt hat, haben sie sich an mich gewandt. Das Ergebnis siehst du hier.« Er deutete mit dem Zeigefinger auf sein übel zugerichtetes Gesicht.

»50.000 Dollar?« Ich sprang auf und tigerte unruhig im Raum umher. Eine Weile fluchte ich vor mich hin, während ich verschiedene Optionen durchging. Mal eben an 50.000 Dollar zu kommen, wäre zumindest auf halbwegs legalem Weg schwierig. Es sei denn …

»Denk nicht mal dran«, ging Kane dazwischen.

»Aber …«

»Kein Aber. Ich denke mir was aus, okay? Zur Not verkaufen wir das Haus und ziehen weg. Das hätte auch den Vorteil, dass Mum uns nicht mehr findet.«

»Wir werden nie wieder eine vergleichbare Immobilie bekommen. Die Mädchen lieben dieses Haus.«

»Ich auch, aber ich verkaufe es eher, als dich in die Sache mit reinzuziehen. Geh studieren. Sieh zu, dass wir nicht nur von Jack finanziell abhängig sind. Alles andere ist mein Problem.«

Ich wusste, dass es keinen Zweck hatte, weiter zu diskutieren. Kane würde jedes Wort abblocken. Also gab ich mich geschlagen und wechselte das Thema. Aber insgeheim überlegte ich, wie ich helfen konnte.

Ich konnte 50.000 Dollar beschaffen. Das ging aber nur, wenn ich mich erneut an eine Schwelle begab, die nicht nur mir, sondern garantiert auch meinem Studium gefährlich werden würde.

Nein. Das ging auf gar keinen Fall. Unmöglich.

Ich lenkte mich selbst ab, indem ich mit den Mädchen draußen spielte, das Abendessen kochte und Kane so gut wie möglich im Haushalt zur Hand ging. Danach machte ich mich auf den Rückweg und hielt schließlich atemlos an der gleichen Stelle, an der ich schon einmal gehalten hatte.

Blicklos starrte ich auf das Meer und rang mit mir. Der Drang, mit jemandem zu sprechen, wurde geradezu übermächtig. Dabei wollte ich nicht mal über die Sache mit Mum, den Schulden oder Kanes Gesicht reden. Nein. Ich wollte lediglich spüren, dass sich nicht alles um meine Familienprobleme drehte.

Bevor ich mich stoppten konnte, hatte ich mein Handy herausgenommen und Amy eine Nachricht geschrieben.

> **Nathan:** Die Art und Weise, wie wir auseinander gegangen sind, tut mir ehrlich leid. Sorry. Ich war ein Vollpfosten. Kommt nicht wieder vor. Wie geht es dir? Bist du gut heimgekommen?

Atemlos starrte ich mein Handy an. *Komm schon*, dachte ich. *Antworte bitte! Brich nicht ausgerechnet heute mit mir.* Es war erschreckend, wie erleichtert ich war, als mir angezeigt wurde, dass sie schrieb. Sie tippte und tippte. Pause. Noch mal tippen. Hatte sie womöglich die erste Antwort gelöscht? Dann endlich ein erlösendes Piepen.

> **Amy:** Ich bin okay. Und du? kam die recht kurze Antwort zurück.

Daraufhin schrieb ich ihr in epischer Breite, wie mein Tag vermutlich ausgesehen hätte, wäre ich nicht nach LA gefahren. Danach war ich so dermaßen entspannt, dass es mir selbst unheimlich wurde.

Amy hatte eine bemerkenswerte Auswirkung auf meinen Gemütszustand. Wann immer ich mit ihr Kontakt hatte, waren alle Probleme um mich herum vergessen. Fragte sich nur, ob sie nicht neue bedeutete.

KAPITEL 7

Amy

Ich versuchte, mich selbst auf Entzug zu setzen. Nathans Nachrichten nur noch möglichst kurz und knapp zu beantworten und den Kontakt einschlafen zu lassen.

Es ging nicht.

Zum einen war er erstaunlich hartnäckig, zum anderen war ich wie eine Süchtige. Für mich war er das Fenster zur Außenwelt.

Also schrieben wir wieder miteinander. Etwas distanzierter und gediegener, aber auch das verlor sich mit der Zeit. Mit den Wochen. Den Monaten.

Meine Werte wurden wieder schlechter, und ich ging ins Krankenhaus. Nathan schickte mir einen virtuellen Blumenstrauß. Ich kam zurück nach Hause. Ging wieder ins Krankenhaus. Und immer war Nathan in seinen Nachrichten an meiner Seite. Als Begleiter in trostlosen Zeiten. Mal bekam ich Videos von süßen Hunden, mal ein Foto von einem wunderschönen Sonnenauf- oder Sonnenuntergang. Vermutlich von ihm selbst aufgenommen, während er auf dem Surfbrett saß. Er grüßte mich herzlich mit Porridge-Bildern von seinem Frühstück, ich antwortete mit meinen eigenen.

Ich lernte Nathan immer besser kennen. Den ruhigen, sanften Nathan, genau wie den aufbrausenden, verärgerten, streitlustigen Nathan.

Nathan: Ich stamme aus einer rauen Gegend. Manchmal kommt meine Kindheit noch durch. Wir sind erst in die bessere Gegend gezogen, als ich fünfzehn war.

Das schrieb er mir als Erklärung, als ich wegen seiner Vergangenheit nachfragte. *Woher kommst du denn genau?* fragte ich prompt.

Nathan: Los Angeles. Um genau zu sein South Los Angeles. Ein Viertel, das fast komplett in den Händen verschiedenster Gangs ist. Mein großer Bruder Kane war ständig damit beschäftigt, mich von einer fernzuhalten. Die hatten großes Interesse an einem Zahlengenie wie mir, ich hätte bei illegalen Geschäften nützlich für sie sein können. Er hat alles getan, um mich zu schützen. Zum Glück hat uns unsere Großmutter schließlich ein Haus in einem besseren Viertel vererbt. Die Nachbarn waren entsetzt, als wir mit vier Kindern, einer schlecht gelaunten Mutter und einem rumpöbelnden Vater eingezogen sind. Meine beiden kleinsten Schwestern waren da noch nicht geboren. Das Haus war ein Jackpot. Wir passten zwar überhaupt nicht in die Gegend, aber wenigstens war es sicher dort. Wir bekamen einige Angebote für das Haus, doch da die Leute Angst vor unseren Eltern hatten, kamen sie damit zu uns. Zum Glück. Nie im Leben hätten wir es wieder hergegeben. Unsere Alten schon. Die hätten sich das Geld geschnappt und verprasst.

Allein in dieser Nachricht steckte so viel Information über Nathans Vergangenheit, wie er sie noch nie zuvor mit mir geteilt hatte. Dass er in ärmlichen Verhältnissen aufgewachsen war. Wie sehr seine Brüder aufeinander aufpassten. Wie wichtig ihm Familie war. Wie schrecklich er seine Eltern fand.

Ich las die Nachricht gleich mehrere Male und wusste nicht recht, was ich zurückschreiben sollte. Unsere Welten waren einander so fremd, und doch gab es Parallelen, die uns miteinander verbanden. Die distanzierte Betrachtung unserer Eltern zum Beispiel. Das Kämpfen für ein besseres Leben. Die Sorge um die Geschwister.

Ich hatte meinen Bruder verloren, nachdem ich über Jahre mit und für ihn gekämpft hatte. Noch immer trauerte ich auf eine Weise, die mir manchmal Angst machte. Dass ich nicht längst aufgegeben hatte, lag vermutlich an meiner Sturheit und dem Schwur Ben gegenüber, die Krankheit zu besiegen. Nicht aufzugeben.

Schon bald fand ich heraus, dass Nathan fast jedes Wochenende nach Los Angeles fuhr, um bei seinen Geschwistern zu sein. Seine Eltern erwähnte er nie mehr. Ich versuchte, mehr über sie herauszufinden, doch derlei Fragen ignorierte er grundsätzlich. Das war das Ärgerliche an Textnachrichten: Man konnte sie einfacher unbeantwortet lassen.

> **Nathan:** Wollen wir uns nicht noch mal treffen? Ich weiß, das letzte Mal ist nicht so der Burner gewesen, aber ich gelobe Besserung.

Ich überlegte. Momentan sah es eigentlich ganz gut aus. Ich befand mich zwischen zwei Krankenhausaufenthalten. Noch immer war nicht richtig klar, ob die AML jetzt zurück war oder ob ich noch immer mit den heftigen Auswirkungen der damaligen Chemo zu kämpfen hatte. Vielleicht war es auch ein Infekt? Die Ärzte tappten im Dunkeln.

Ich war gerade zu Hause und fühlte mich gut. Und trotzdem … ein Treffen mit Nathan … Packte ich das?

> Was schlägst du vor? fragte ich schließlich mit heftig klopfendem Herzen.

Nathan: Naja ... da gibt es eine Party, auf die ich eingeladen worden bin. Es ist die letzte große Party, bevor der richtige Prüfungsstress losgeht. Die Chance, noch mal richtig zu feiern. Bislang habe ich mich vom wilden Partyleben auf der Isla Vista ferngehalten, allerdings möchte ich da gerne hingehen. Mit dir, wenn du magst. Allerdings kann ich nicht einschätzen, wie gut oder schlecht es dir gerade geht. Die letzten Nachrichten klangen aber so, als hättest du dich etwas erholt. Ich passe gut auf dich auf. Wir müssen ja nicht direkt auf die Del Playa. Wenn wir uns am Rand aufhalten, sollte es nicht so wild werden. Was meinst du?

Ich haderte etwa fünf Minuten mit mir, der Welt und meinen Nerven. Dann schrieb ich etwas, das mich selbst überraschte.

Amy: Okay. Ich komme mit. Sag mir, wo und wann, und ich werde da sein.

Seine Antwort kam umgehend.

Nathan: Ich freue mich. Total. Das wird bestimmt unvergesslich.

Äh. Ja. Vermutlich. Hoffentlich auf die gute Art und Weise.

KAPITEL 8

Nathan

Ich starrte die Nachricht an und konnte es nicht fassen. Sie hatte wirklich zugesagt! Und jetzt?

Stöhnend drehte ich mich im Bett auf den Rücken und blickte zu meiner Zimmerdecke. Die war mit so vielen Rissen durchzogen, dass ich mir langsam Sorgen um die Statik machte. Allerdings verblasste die Angst vor einem Gebäudezusammensturz, sobald ich an Amy dachte.

»Du bist so blöd«, sagte ich laut.

»Dem stimme ich zu«, pflichtete mir mein Zimmernachbar bei, obwohl er eigentlich an seinem PC hockte und mit ohrenbetäubendem Lärm Zombies in einem Computerspiel abknallte.

Ich ignorierte seine Bemerkung und las erneut die Nachricht auf meinem Handy. Ich hatte nicht wirklich damit gerechnet, dass Amy zusagen würde. Nach dem Strand-Desaster hatte ich es vermieden, sie noch mal auf ein Treffen einzuladen.

Und dann …

… Dann fragte ich völlig spontan total bescheuerte Sachen. Amy auf eine Party einzuladen war echt dämlich.

»Ian«, sagte ich schließlich laut in Richtung meines Mitbewohners. »Ich komme doch zu der Pre-Midterm-Party.«

Sofort hörte das Geballer auf, und Stille trat ein. Ian drehte sich auf seinem Stuhl zu mir um und starrte mich an. »Wow«, sagte er. »Eine Seltenheit!«

»Ich brauche aber deine Karre.«

»Wofür?«

»Um mein Date abzuholen.«

Jetzt riss Ian die Augen noch weiter auf. »Ein Date und eine Party? Bist du krank?«

Ich warf ein Kissen nach ihm. »Nicht ich, aber sie«, rutschte es mir raus.

Sofort war Ians Neugierde geweckt. Er liebte Gossip über alles. Ich wusste also, dass mein Geheimnis eher schlecht bei ihm aufgehoben war. Auf der anderen Seite hatte ich Redebedarf.

»Erzähl«, forderte Ian mich auf.

Ich versuchte, meine verworrenen Gedanken zu sortieren. »Ich hab da so ein Mädchen im Tattoostudio getroffen. Seitdem halten wir locker Kontakt. Sie hatte Leukämie und es ist unklar, ob sie davon Folgeschäden hat. Und jetzt hab ich sie zur Party eingeladen.«

Ian machte genau das Geräusch, das perfekt zu dieser Situation passte. Eine Mischung aus empörtem Husten und ungläubigem Schnauben. »*Was* hast du getan? Warum?«, hakte er nach.

Gute Frage, dachte ich. Weil ich keine rechte Antwort hatte, zuckte ich mit den Schultern. »Keine Ahnung. Sie wirkte so verloren und allein im Tattoostudio. Also hab ich ihr geholfen. Danach haben wir immer mal wieder getextet. Wir haben uns auch mal kurz getroffen und ... Sie ist cool. Ihr Alltag scheint aber recht einseitig zu sein. Also hab ich gefragt, ob sie mitkommen will.«

»Ich hoffe doch, sie hat Nein gesagt!«

»Sie hat Ja gesagt. Was mich zu deinem Auto bringt. Ich möchte sie gerne abholen, um ihre Kräfte zu schonen. Wir tanzen ein bisschen, haben Spaß, und dann bring ich sie zurück.«

»Aha. Klingt meiner Meinung nach ziemlich hirnrissig. Ist sie wenigstens heiß?«

»Sie ist schlagfertig, interessant und einzigartig.« Das war sie wirklich. In der Sekunde, in der ich es ausgesprochen hatte, wurde mir das klar. Sie faszinierte mich.

»Aha«, wiederholte Ian zweifelnd. »Also eher nicht heiß.«

»Du bist so ein oberflächlicher Vollpfosten! Sie ist toll. Du wirst sie mögen.«

Dennoch machte ich mir nun Sorgen. Hielt Amy so einen Abend wirklich durch? Und wenn ja: Was dann? Das zwischen uns hatte sich alles eher langsam entwickelt... Ich war so blöd! So saublöd. Das alles schrie nach Date. Dabei hatte ich doch erst mal nur nett sein und ihr den Geschmack von Leben vermitteln wollen.

»Sag ihr wieder ab«, sagte Ian.

»Kann ich nicht. Wie sieht das denn aus? Außerdem will ich ihr nicht absagen. Ich freue mich drauf.«

»Wie sieht es aus, wenn dir die Krebskranke auf dem Dancefloor zusammenklappt? Das kann doch ...«

Mein Handy klingelte. Meine Rettung aus diesem unbequemen Gespräch. Zu spät bemerkte ich, dass mein Bruder am anderen Ende der Leitung war. Normalerweise bemühte ich mich, nicht mit Kane in Ians Anwesenheit zu sprechen, aber in dem Fall war mein Bruder das kleinere Übel. Alles war besser als dieses Gespräch mit Ian.

»Kane, warte mal kurz«, sagte ich zu ihm und stand auf. Ian musterte mich empört.

»Dieses Gespräch ist noch nicht zu Ende!«, rief er mir nach.

»Ja, Mama«, erwiderte ich und flüchtete nach draußen auf den Flur. Kaum war ich draußen, hörte ich Kane lachen.

»Wurde ich ersetzt?«, fragte er süffisant. Normalerweise bezeichnete ich ihn immer als Mama der Nation.

»Ein billiger Ersatz. Du brauchst nicht eifersüchtig zu sein«, sagte ich. »Was kann ich für dich tun?«

»Hanna ist krank und kann nicht in den Kindergarten. Schätze, ich bin morgen meinen Aushilfsjob wieder los.«

»Das ist ärgerlich, bekommen wir aber hin«, sagte ich zögernd. Mir war klar, dass er deswegen garantiert nicht anrief. Kane verlor ständig seine Jobs, weil wieder was mit den Mädchen war.

Den letzten war er losgeworden, weil Naomi mit einer Gehirnerschütterung ins Krankenhaus gekommen war. Er hatte einfach alles stehen und liegen lassen. Kam beim Chef nicht so gut an.

»Wollt nur Bescheid geben, dass wir finanziell wieder abhängig von euch sind«, sagte Kane und seufzte tief. »Es ist echt zum Kotzen. Hast du was von Jack gehört?«

Aha! Daher wehte der Wind. Kane gab es nie gerne zu, aber er machte sich große Sorgen um unseren Bruder. Wann immer der sich öfter als zwei Wochen nicht gemeldet hatte, fragte Kane bei mir nach ihm. Ich hatte nie verstanden, warum er so ungern direkt mit Jack sprach. Mittlerweile hatte ich mich aber mit meiner Vermittlerrolle abgefunden.

»Jack ist auf Tauchtraining für Rettungssanitäter. Da werden wir noch eine Weile nichts von ihm hören«, erinnerte ich Kane sanft. »Mach dir keine Sorgen.«

»Mach ich auch nicht, aber ... Nat! Ich finde, wir müssen ihm den Scheiß ausreden. Hast du Jacks Lösung gehört, um möglichst schnell möglichst viel Geld zu verdienen?«

Ja, hatte ich. Er hatte sich als Sanitäter auf einer Bohrinsel beworben, auf der sonst kaum jemand arbeiten wollte. Entsprechend gut war der Job bezahlt.

Kane redete bereits weiter. »Wir finden eine andere Lösung! Die Bohrinsel, auf die er wechseln will, hat einen total schlechten Ruf. Ich hab recherchiert. So viele Unfälle, wie da passieren, gibt es auf keiner einzigen anderen Plattform. Das ist doch eine abgefuckte Scheiße, die er sich da ausgedacht hat.«

Kane fluchte ständig und mit viel Inbrunst. Wir konnten nur hoffen und beten, dass er nie zum Elternsprechtag erscheinen musste.

»Lass gut sein, Kane. Wenn du nicht als Pfannkuchen enden willst, müssen wir an Geld rankommen. Ich darf ja nicht ...«

»Wehe!«

»Genau. Ich darf ja nicht helfen, deshalb bleibt es an Jack hängen. Oder hast du eine Idee, wie wir sonst auf die Schnelle an

50.000 Dollar kommen? Eben *weil* es auf der Plattform so viele Unfälle gibt, zahlen die jedem Rettungssanitäter, der sich drauf einlässt, eine schöne Stange Geld.«

»Scheiß auf die 50.000. Ich könnte mir die Mädels schnappen und untertauchen.«

Ich kniff mir in die Nasenwurzel. Immer wieder kauten wir dieses Thema durch, und ich war es einfach leid. Mir gefiel unser Plan ja auch nicht, aber er war das einzig Richtige.

»Kane«, sagte ich streng zu ihm. »Ich weiß, dass du dir ständig Sorgen um uns machst. Das ehrt dich. Aber jetzt krieg dich mal wieder ein. Geh zum Yoga, zum Boxen oder lass dir zur Ablenkung die Beine waxen, aber bitte hör auf, dir sämtliche Horrorszenarien dieser Welt auszudenken.«

»Nat, du bist ein Riesenarsch!«

»Ich weiß. Wozu sind Brüder denn sonst da?«

Ich hörte allein an der Atemfrequenz meines Bruders, dass er sich langsam entspannte.

»Gehst du eigentlich auf die Midterm-Party?«, fragte er unvermittelt.

Ich blinzelte überrascht. »Woher weißt du von meiner Midterm-Party? Ist das eine Kontrollfrage?«, entgegnete ich misstrauisch und hatte gleichzeitig die irrationale Angst, er könnte von Amy erfahren haben. Das war eigentlich unmöglich, aber meinen Brüdern traute ich mittlerweile alles zu.

»Ich habe halt meine Quellen. Letztlich ist es auch egal, woher ich es weiß. Mich interessiert eher die Antwort auf meine Frage. Mir ist klar, was für ein Druck auf dir lastet. Gönn dir was. Du hast dir in den letzten Wochen den Arsch aufgerissen, um dieses Stipendium zu ergattern. Gestatte deinem Hirn eine Denkpause und schieß dich ab.«

Das war ungewöhnlich. Normalerweise wurde er es nicht müde, mich anzutreiben und an meine Verantwortung zu appellieren. »Kane? Alles klar bei dir?«, hakte ich deshalb irritiert nach.

»Nein, ist es nicht. Ich wechsele seit eurem Weggang im Akkord Windeln, plage mich mit hysterischen Lehrern herum, ende eventuell als Pfannkuchen und suche jetzt schon wieder nach einem Babysitter, weil der letzte einfach nicht gekommen ist. Ich mach mir Sorgen um die Zukunft. Und weil ich nicht feiern gehen darf, geh du wenigstens und schick mir ein paar Bilder. Aber bitte nicht wieder nur Hintern von irgendwelchen Kerlen!«

Das klang sehr nach Lagerkoller. Aber da ich Kane kannte, machte ich mir wenig Sorgen. Wenn einer zäh war, dann er. Jack und ich wären bereits durchgedreht.

Ich beschloss, mich nicht zu der Partysache zu äußern. Schon gar nicht wollte ich ihm gestehen, dass ich bereits vorgehabt hatte, hinzugehen. Ganz ohne seine Absolution. Es war allerdings tröstlich, sie zu haben. Wenn wir Brüder nicht zusammenhielten, waren wir verloren.

»Kane«, hob ich beruhigend an und unterbrach mich, weil ein zweiter Anruf anklopfte. Rasch sah ich aufs Display – und mein Magen sackte ab. *Highgrove Industries.* Ich hatte mir die Nummer damals sofort eingespeichert, nachdem sich mein Betreuer das erste Mal bei mir gemeldet hatte. Er war ein knallharter Hund, der deutlich gemacht hatte, dass ich ihnen mit Haut und Haaren gehörte, wenn ich das Stipendium annahm. Nach meinem Abschluss würde ich fünf Jahre lang bei ihnen schuften müssen, bei zugegebenermaßen guter Bezahlung, aber unmöglichen Arbeitszeiten. Das hatten sie mir bereits im Vorfeld deutlich zu verstehen gegeben. Außerdem beinhaltete das Stipendium, dass ich sofort zu springen hatte, sobald sie anriefen. Bislang waren es lediglich Kontrollanrufe gewesen. Ich konnte nur hoffen, dass es dabei blieb.

»Kane, mein Stipendiumbetreuer will mich sprechen.«

»Ja, klar. Denk dir gefälligst eine bessere Ausrede aus, um mich abzuwürgen.«

»Das ist keine Ausrede. Der ruft echt grad an. Hab dich lieb, Brüderchen. Ich meld mich, sobald ich was von Jack höre.

Drück die Kleinen von mir.« Hastig legte ich auf und nahm den eingehenden Anruf an.

»Mr. Palmer, was kann ich für Sie tun?«, fragte ich mit meiner höflichsten Stimme.

»Guten Abend, Mr. Ambrose. Ich wollte nur kurz nachhören, ob bei Ihnen alles in Ordnung ist. In drei Wochen stehen die Midterms an, wie ich gehört habe.«

Mr. Palmer war wie immer beunruhigend gut über meinen Semesterplan informiert. Zu gut für meinen Geschmack.

»Ich bin bestens vorbereitet«, sagte ich steif.

»Das freut mich zu hören. Ihr Stipendium ist an Bestnoten gebunden. Highgrove Industries fördert nur die vielversprechendsten Talente. Wir bieten Ihnen später die besten Aufstiegschancen, Sie sind im Gegenzug absolut loyal uns gegenüber. Haben wir uns da verstanden?«

»Natürlich, Sir.«

»Gut. Ich wollte das nur noch mal klarstellen, da wir gerade in Bezug auf die Pre-Midterm Partys äußerst schlechte Erfahrungen gemacht haben. Behalten Sie Ihre Ziele vor Augen.«

»Selbstverständlich. Ich werde Sie nicht enttäuschen.«

»Dann ist es ja gut. Wir hören uns.«

Ich verabschiedete mich und bemerkte erst beim Auflegen, dass meine Hand leicht zitterte. *Fuck.* Es gab wohl kaum einen Menschen auf Erden, vor dem ich mehr Schiss hatte als vor Mr. Palmer.

Na gut. Mein Dad war ganz klar mit Abstand die Nummer eins, aber direkt dahinter kam ausgerechnet der Typ, der meine gesamte berufliche Karriere in den Händen hielt.

Rasch schrieb ich Jack eine kurze Nachricht: *Mami macht sich Sorgen um dich. Meld dich bei mir.*

Ich war während des Telefonats ans Ende des Flurs gelaufen und kehrte jetzt zu unserem Zimmer zurück. Abrupt blieb ich stehen. Hanna stand im Türrahmen und lachte gerade über etwas, das Ian gesagt hatte. Neben ihr stand ihre Freundin Tess und wirkte wie immer so, als würde sie sich weit fort wünschen. Ich hatte noch nicht so recht verstanden, warum die beiden so viel Zeit miteinander verbrachten. Tess war total nett. Hanna eher weniger.

»Hey, ihr zwei«, sagte ich zu ihren Rücken, kurz bevor ich mich an ihnen vorbeiquetschte. Sofort wurden sie still und musterten mich. *Verdammt*, dachte ich. *Ian hat getratscht!*

»Ich hab Verstärkung gerufen, um dich zur Vernunft zu bringen«, meinte Ian. »Du kannst nicht ernsthaft eine Krebskranke mit dir rumschleppen, bloß weil sie dir leidtut!«

Das reichte jetzt. Ich spürte, wie Ärger in meinem Magen hochkochte. Mein ganzes Leben lang hatte ich mir von anderen sagen lassen, was ich zu tun und zu lassen hatte. Das brauchte ich nicht auch noch von meinem Mitbewohner zu hören.

Doch ich explodierte nicht. Das war der alte Nathan. Der neue war gelassener. An ihm perlte alles ab, wie an Teflon. »Ich gehe in die Bibliothek«, sagte ich tonlos, nahm wahllos einen Stapel Bücher vom Schreibtisch und verließ mit großen Schritten das Zimmer.

»Hey, Nathan. Jetzt hau doch nicht ab!«, rief Hanna mir hinterher. Ich ignorierte sie und lief stattdessen nur schneller, um endlich aus ihrem Blickfeld zu kommen.

Die konnten mich alle mal.

Sobald ich in der Bibliothek angekommen war, wurde ich ruhiger. Das war schon immer so gewesen. Räume, in denen gelernt und Wissen vermittelt wurde, übten ihren Reiz auf mich aus. Hier fühlte ich mich wohl. Sicher. Als Jugendlicher waren Bibliotheken oft die einzigen Bereiche gewesen, in denen ich Geborgenheit empfand.

An diesem Ort beruhigte sich selbst mein ständig arbeitender Verstand. Bibliotheken halfen zwar nicht ganz so gut gegen Kopfweh wie ein schneller Motorradtrip oder surfen auf den höchsten Wellen, sie waren aber weniger gefährlich.

Eine Weile schaffte ich es, nicht mehr an Amy, meine Brüder

oder Ians bescheuertes Verhalten zu denken, und konzentrierte mich ganz auf meine Bücher. Dann jedoch leuchtete mein auf lautlos gestelltes Handy auf und riss mich aus meiner Blase der Entspannung. Es war eine Nachricht von Jack.

Ich leb noch.

Drei Worte. Mehr hatte er für uns nicht übrig? Ich wusste jedoch aus Erfahrung, dass ein Anruf nichts bringen würde. Jack ging nur ran, wenn er den Eindruck hatte, es könnte um Leben oder Tod gehen. Also antwortete ich ihm genauso kurz angebunden.

Schön. Wir auch.

Danach schrieb ich Kane eine Nachricht, um ihn zu beruhigen.

Nathan: Jack geht es gut. Er hat mich angerufen und gesagt, dass er zwar müde, aber in Ordnung sei. Ein paar blaue Flecken, Hunger, Durst. Das Übliche eben. Er zieht den Plan durch, komme, was wolle. Also alles wie gehabt. Ich soll dir Grüße ausrichten.

Ich betete, dass Kane mir das abkaufte, und beschloss, das Lernen für heute abzuschließen. Mit Schwung klappte ich mein Buch zu, überlegte kurz und loggte mich schließlich in den Unicomputer ein.

Zunächst erkundigte ich mich über die Unfallstatistik von Jacks neuem Arbeitgeber, ließ das aber schnell bleiben. Wenn Kane diese Übersicht eines Tages entdeckte, würde er Jack höchstpersönlich an den Ohren nach Hause schleifen.

Ich zögerte einen Moment. Leider war der Drang nach Informationen größer als mein ungutes Gefühl. Also suchte ich nach akuter myeloischer Leukämie und vertiefte mich in die Lektüre. Wenn ich mit Amy ausging, wollte ich zumindest wissen, was auf mich zukam. Der Bericht stimmte mich hoffnungsvoll und gleichzeitig nachdenklich. Diese Form der Leukämie war eine bösartige Erkrankung des blutbildenden Systems. Dabei wurden gesunde Blutzellen von unreifen verdrängt, und es kam zu einer extremen Störung der normalen Blutbildung.

Dass Amys Werte jedoch so schwankten und uneindeutig waren, schien kein gutes Zeichen zu sein. Vor allem, da sie AML bereits gehabt hatte. Trat sie zum ersten Mal auf, war sie gut heilbar. Kam sie zurück ... Was das anging, fand ich besorgniserregende Berichte.

Dass ihre Werte nicht genau passten, war jedenfalls seltsam. Vermutlich zögerten die Ärzte deshalb so lange. Bei einer AML war normalerweise Eile geboten. Die Chemo musste unverzüglich beginnen. Da die Diagnose jedoch nicht eindeutig zu sein schien, hatten sie die Chemo noch nicht angefangen.

Doch ob AML oder nicht: Amy war definitiv ziemlich krank – und ich war drauf und dran, sie auf eine Party mitzunehmen. Wieder absagen kam für mich jedoch nicht infrage.

Lass es einfach auf dich zukommen, dachte ich. *Ein Date wird dich nicht umbringen.*

Und hoffentlich auch sie nicht.

KAPITEL 9

Amy

Ich hatte mich wieder mit meinen Freunden aus der Selbsthilfegruppe ausgetauscht und sie online um Rat gefragt. Ging ich ein zu hohes Risiko ein? War mein Vorhaben zu gefährlich? Und vor allem: Was zog ich an?

Deadlybird antwortete mir umgehend.

> **Deadlybird:** Wenn du dich fit genug fühlst, dann riskier es. Du kämpfst seit Jahren gegen Windmühlen. Vielleicht ist es an der Zeit, eine andere Richtung einzuschlagen, um wieder Kraft zu schöpfen.

Seine Nachricht machte mich traurig und hoffnungsfroh zugleich. Er hatte vor Kurzem die Diagnose *austherapiert* erhalten, was so viel hieß wie: Kümmern Sie sich besser um einen Hospizplatz. Er wusste, was verpasste Chancen waren.

Nevergiveup war da eher skeptisch. Das hörte ich deutlich an ihrer Sprachnachricht.

> ▶ **Nevergiveup:** Du hast es doch schon mal hinter dich gebracht. Die zweite Runde Chemo schaffst du auch noch, sollte sie wirklich anstehen! Danach ist immer noch Zeit, dich auszutoben. Aber wenn du gehst, dann zieh dir zumindest was Warmes an und rock den Laden!

Meine beste Freundin im Onlinechat, *Nirdy*, gab dann aber den Ausschlag.

> **Nirdy:** Geh und vernasch den Kerl! Scheiß auf die Leukämie. Geh und feier für uns mit.

Also tat ich genau das. Oder vielmehr: Ich plante es. Den Abend vor der Feier verbrachte ich mit meinen äußerst schweigsamen Eltern. Dad war mit seinem Handy beschäftigt, Mum damit, mir seltsame Blicke zuzuwerfen. Sie spürte, dass etwas vor sich ging. Das Thema Nathan schnitt sie zum Glück nicht noch einmal an. Natürlich hatte sie mittlerweile herausgefunden, dass ich mit ihm schrieb. Sie hatte es akzeptiert, solange ich »keine dummen Dinge tat«. Was auch immer sie damit meinte.

Krampfhaft unterhielten wir uns über Belanglosigkeiten, bis ich große Müdigkeit vortäuschte und mich in mein Zimmer verzog.

Dort durchwühlte ich meinen Kleiderschrank nach ausgehtauglichen Sachen. Die Ausbeute war ernüchternd. Ich besaß fast nur Schlabberhosen, schlichte Shorts und T-Shirts mit mehr oder weniger lustigen Sprüchen drauf. Wann war das denn passiert? Wann hatte ich mich in ein Sprichwörterlexikon auf zwei Beinen verwandelt?

Nach langem Suchen fand ich ein einfaches pinkes T-Shirt, das ein wenig weiter ausgeschnitten war, als es das Ordenskleid einer Nonne gewesen wäre. Mit Röcken konnte ich nicht dienen, aber wenigstens mit einer recht eng geschnittenen Hose in Schwarz. Die hatte ich bei Bens Beerdigung getragen. Ich zögerte. War es pietätlos, sie anzuziehen?

Da sie jedoch die einzige halbwegs moderne Hose in meinem Repertoire war, zog ich sie testweise über. Meine Beine sahen darin erschreckend dünn aus.

Als Nächstes war die Perücke dran. Da es eine Männerperücke mit kurzen Haaren war, konnte ich nicht viel machen. Als ich sie mir aufsetzte, war mir klar: Damit konnte ich nirgendwohin gehen. Wieso hatte ich nie bemerkt, wie schlecht sie mir stand?

Also keine Perücke. Warum wuchsen meine Haare nicht einfach wieder nach? Die Chemotherapie war immerhin schon zwei Jahre her.

Ich brauchte etwas anderes, um meine Glatze zu verdecken. Aber was? Ich besaß einen ganzen Fundus an wirklich hübschen Kopftüchern. Im Krankenhaus hatte man uns gezeigt, wie wir sie richtig banden und uns so schminkten, dass wir uns besser fühlten. Ich probierte also verschiedene Tücher aus, entschied mich dann für ein pinkes mit einem breiten Rand und bunten Streifen passend zu meinem Shirt. Danach schminkte ich mich zum ersten Mal seit Monaten und betonte dabei meine Augen ganz besonders. Sahen sie schon immer so traurig und müde aus?

Ich hatte dunkelblaue Iriden, die gut zu meinem Kopftuch passten. Die Augenbrauen musste ich mir nachziehen. Die waren genau wie meine Wimpern ausgefallen. Das war damals wohl mit der einschneidendste Moment gewesen. Den Verlust meiner Kopfhaare hatte ich als weniger schlimm empfunden. Doch sobald meine Wimpern und Augenbrauen weg waren, hatte sich meine gesamte Mimik verändert. Ich sah so anders aus und fühlte mich mit einem Schlag in einem mir völlig fremden Körper gefangen.

Auch jetzt betrachtete ich mich nicht gerne. Den Blick in den Spiegel vermied ich normalerweise sehr konsequent, doch jetzt war ich dazu gezwungen. Weil ich noch nicht so richtig zufrieden mit dem Schmink-Ergebnis war, rief ich alle möglichen Online-Tutorials auf. Schließlich chattete ich sogar noch live mit *Nirdy*, die mir hilfreiche Tipps gab. Am Ende war ich einigermaßen zufrieden mit dem Ergebnis.

Ich fotografierte rasch mein Spiegelbild, um für morgen ein Beispiel zu haben. Dann zog ich mich aus, schminkte mich ab und verkroch mich ins Bett. Mir war klar, dass ich vor Aufregung kaum würde schlafen können.

Morgen. Morgen würde ich hier ausbrechen und zu einer Party gehen. Der Gedanke war so unfassbar, dass ich ihn kaum greifen konnte.

Ich würde Nathan wiedersehen. Darauf freute und davor ängstige ich mich gleichermaßen. Ich war so unerfahren, was Männer oder auch Partys anging. Ich hatte panische Angst davor, in Fettnäpfchen zu treten oder sofort als langweilig bezeichnet zu werden. Gleichzeitig war mir klar, dass ich Aufmerksamkeit erregen würde. Das tat ich immer dank meines Aussehens.

Auch wusste ich noch nicht recht, was ich wegen meiner Eltern machen sollte. Eigentlich hatte ich mich wie beim letzten Mal davonstehlen wollen. Doch dann hatte ich es mir anders überlegt. Ich würde mir ein Taxi kommen lassen und mich vorher von Mum und Dad verabschieden. Als wäre es das Normalste der Welt, dass ich abends ohne sie das Haus verließ. Vielleicht holten sie mich ja auch später ab? Es war an der Zeit, offener auszubrechen. Mum konnte ruhig wissen, was los war. Sie musste sich daran gewöhnen. Denn ihr kleines Mädchen, das stumm alles ertrug, gab es nicht mehr.

***

Am nächsten Morgen weckte mich eine Nachricht auf meinem Handy.

> **Nathan:** Hole dich heute Abend um 19 Uhr ab. Ist noch etwas früh für die Party, aber wir vertreiben uns schon irgendwie die Zeit.

Sofort saß ich senkrecht im Bett. Mein Magen rebellierte gegen die plötzliche Bewegung, doch das ignorierte ich. Nathan!

Wenn er mich abholte, war es wirklich ein Date. *Mit dem Mofa?* tippte ich schnell in mein Handy. *Vergiss es!*

Nathan: Wenn, dann bitte Motorrad. Aber nein. Ich hab mir ein Auto von nem Kumpel geliehen. Kann dich auch zurückbringen, wenn du magst.

Ich überlegte rasch, dann gab ich ihm ohne Protest meine Adresse. Mein Herz schlug mittlerweile wie wild, und in meinem Kopf spielte sich eine La-Ola-Welle nach der nächsten ab. Dabei hatte ich echt Bammel vor dem Abend. Was, wenn ich nicht durchhielt? Wenn seine Freunde mich nicht mochten? Wenn …

Lass es drauf ankommen, sagte ich mir schließlich. *Vielleicht läuft es ja auch viel besser als gedacht.*

Den Rest des Tages fieberte ich dem Abend entgegen. Es gab leider nicht viel, das mich ablenken konnte. Meiner Mum fiel zwar auf, dass ich morgens völlig unkonzentriert beim heimischen Unterricht war, ließ es jedoch durchgehen. Sie half mir bei den Vorbereitungen auf meinen Highschool-Abschluss und nahm ihre Aufgabe als Lehrerin sehr ernst. Heute jedoch hatte sie ein Einsehen. Sie schickte mich auf mein Zimmer, damit ich mich ausruhen konnte, worüber ich nicht böse war. Ich würde meine Kraft brauchen.

Den Nachmittag über hörte ich Liebesromane. Das stimmte mich schon mal ein und lenkte mich gleichzeitig ab.

Irgendwann war es so weit, dass ich mich fertig machen konnte. Ich war wirklich total aufgeregt. Immerhin war es das erste Mal, dass ich auf eine Party außerhalb eines Kranken- oder Elternhauses ging.

Als ich gerade fertig war, schickte Nathan mir eine Nachricht.

Nathan: Bin da. Stehe vor einem herrschaftlichen Gebäude und frage mich, ob du die Tochter vom Vizepräsidenten bist. Ist das der berühmt-berüchtigte Pool hinten im Garten?

Amy: Ich komme. Bleib in Deckung.

Dann mal los! Ich zog mir eine Jacke über und warf einen letzten Blick in den Spiegel. Überrascht stellte ich fest, dass mir gefiel, was ich sah.

Ich zügelte meine Ungeduld und zwang mich, die Treppe langsam hinunterzugehen. *Spar dir deine Kräfte*, ermahnte ich mich. Mum saß vor dem Fernseher, Dad war außer Haus. Perfekt. Also atmete ich tief ein und rief: »Mum? Ich gehe heute Abend noch aus. Es wird spät. Warte nicht auf mich!«

Ha! Diese Sätze hatte ich schon immer mal sagen wollen.

Mum sprang wie von der Tarantel gestochen von ihrem Sessel auf und wirbelte zu mir herum. Als sie mich und mein Make-up erblickte, riss sie die Augen auf. »Du gehst aus? Bist du verrückt? Schau mal auf die Uhr!«

»Nathan holt mich ab und passt auf mich auf«, erklärte ich ihr möglichst ruhig. Dabei umklammerte ich meine Handtasche wie eine Rettungsweste. »Mach dir keine Sorgen. Ich werde nichts tun, was mir schaden könnte. Aber bitte … Mum … versuch nicht, mich aufzuhalten. Mein Entschluss steht fest.«

Damit nickte ich ihr zu, öffnete die Tür und verließ hastig das Haus, stürmte regelrecht die Eingangsstufen runter. Tatsächlich ließ mein Körper das zu. Mangels hoher Schuhe trug ich lediglich meine sportlichen Sneaker. Darin konnte ich wenigstens gut laufen. Immens wichtig für eine gut geplante Flucht aus einem strengen Elternhaus.

Ich hörte, wie meine Mutter hinter mir herjagte, zum Glück hatte sie bereits ihre Hausschlappen an. Sie würde es niemals wagen, ohne ihre Pumps das Haus zu verlassen. Wie erhofft stoppte sie auf der obersten Treppenstufe.

»Amy, komm zurück! Lass uns darüber reden!«

Ich drehte mich zu ihr um und winkte mit dem Handy. »Diesmal kannst du mich auch im Notfall erreichen. Mach dir keine Sorgen. Ich hab dich lieb.«

Ich hastete, so schnell es ging, die Einfahrt hinunter. Das Tor hatte ich bereits in weiser Voraussicht nach dem Abendbrot geöffnet, sodass ich ganz einfach hindurchgehen konnte. Meine Mum war bestimmt nicht schnell genug, um es noch rechtzeitig zu schließen. Ich sah einen alten, verbeulten Ford-Fiesta, der wie ein Rasenmäher klang, dahinter warten. Vermutlich war er einst dunkelblau gewesen, doch durch den Rost sah er eher braun aus. Hinter dem Steuer hockte ein viel zu großer Mann, der bei meinem Auftauchen begeistert die Lichthupe bediente.

Ich riss die Beifahrertür auf und warf mich in den Sitz. »Fahr los, bevor sie uns verfolgt«, sagte ich atemlos.

»Wie Madam befiehlt«, erwiderte Nathan und gab Gas. Zumindest so weit, wie es das kleine Auto zuließ. »Ich wollte dir ja eigentlich wie ein wahrer Gentleman die Tür öffnen und dich ordentlich begrüßen, aber ich dachte mir schon, dass du es eilig haben könntest und aus dem Fiesta ein Fluchtfahrzeug werden würde. Daher bin ich lieber auf dem Fahrersitz hocken geblieben. Allzeit bereit.« Er grinste.

Ich hatte Angst gehabt, dass es seltsam zwischen uns sein könnte. Immerhin war die ganze Situation megaschräg. Doch wie beim letzten Mal strahlte Nathan absolute Gelassenheit aus und fing wie selbstverständlich ein Gespräch an.

Noch immer umklammerte ich meine Handtasche so fest, dass meine Finger bereits schmerzten. Ich zwang mich, sie loszulassen und mich anzuschnallen. Erst dann hatte ich den Kopf frei, um antworten zu können. »Keine Sorge. Meine Mum war nicht begeistert, wird sich aber damit abfinden.«

»Oder die Bullen rufen.«

»Ich bin einundzwanzig. Sie kann mich nicht einsperren.«

»Hoffen wir, dass sie das auch weiß.«

Ich bemerkte das amüsierte Funkeln in seinen braunen Augen, als er mich kurz ansah. Einen Moment lang versank ich in diesem ruhigen, beinahe vertrauten Blick, und ein Kribbeln setzte tief in mir drin ein. Erst im Magen, danach im Herzen. Ein verwirrendes, aber auch schönes Gefühl. Leider blickte Nathan nur einen Herzschlag später wieder auf die Straße und unterbrach den Moment. Immerhin konnte ich ihn jetzt im Profil sehen, und was ich sah, gefiel mir unfassbar gut. Seine kurzen Haare hatte er ein wenig gestylt: vorne standen sie mit einem Hauch von Gel leicht hoch, hinten waren sie glatt. Es sah lässig und gepflegt zugleich aus. Diesmal trug er ein einfaches weißes Hemd, sodass seine gebräunte Haut noch mehr zur Geltung kam. Dazu schlichte blaue Jeans. Er sah perfekt für eine Studierendenparty aus.

Bei dem Gedanken wurde aus dem Kribbeln ein nervöses Ziehen in der Magengegend. Diesmal hatte das Gefühl nichts mit Nathan zu tun, sondern mit dem Abend. Hoffentlich …

»Ich freue mich, dass das geklappt hat«, sagte Nathan in meine Gedanken hinein und warf mir erneut einen kurzen Blick zu.

Sofort fiel die Anspannung von mir ab, und ich atmete tief durch. Durch das viele Adrenalin fühlte ich mich unbesiegbar. Von Müdigkeit keine Spur, genau wie von meinem Schwindel. Ich genoss das Gefühl und kostete jeden Atemzug aus. »Und? Wie sieht der Plan aus?«, fragte ich.

»Ich schlage vor, wir suchen uns erst einmal was zu essen. Unten am Strand kenne ich einen guten Hotdog-Stand. Eine perfekte Grundlage. Wir können auch in was Schickeres gehen, aber der Hotdog hat den Vorteil, dass wir uns ans Meer setzen können. Du siehst aus, als könntest du etwas frische Luft gut vertragen.«

Ich nahm ihm diese Aussage nicht übel, denn ich wusste, er meinte sie nicht böse. Ich gab mein Okay zu dem Vorschlag und ließ mich von ihm zum Meer kutschieren.

Santa Barbara war unglaublich hügelig. Die Villa meiner Eltern thronte oben über dem Meer, sodass wir ein sagenhaftes Panorama genießen konnten. Das hatte aber natürlich auch zur Folge, dass wir Serpentinen fahren mussten, wenn wir runter in die Stadt wollten.

Im Frühling waren die Hügel meist mit einem Teppich aus Wildblumen geschmückt. Mittlerweile waren die meisten verblüht, dennoch entdeckte ich immer wieder Kalifornischen Mohn, der zwischen den Beifuß-Gestrüppen orangefarben leuchtete. Im Hintergrund erhob sich das stolze Gebirge der Santa Ynes Mountains. Egal, an welcher Stelle man in Santa Barbara stand: Irgendeinen Teil der Bergkette sah man immer.

Dazu kamen noch die mediterran angehauchten Häuser. Weißer Stuck. Rote Ziegeldächer. Ein Erbe des spanisch-kolonialen Einflusses. Das Grün der Palmen setzte sich hübsch gegen die roten Dächer ab. Generell war die Stadt sehr grün. Es gab zahlreiche Parks und Grünflächen.

Santa Barbara war wirklich sehr beeindruckend. Eine bunte Mischung aus entspannt, touristenüberlaufen und schick. In den letzten Jahren war ich eher selten im Stadtkern gewesen. Umso interessierter sah ich mich um.

Nathan hielt auf die Seebrücke zu, die quasi die Verlängerung der Hauptgeschäftsstraße war. Gerade die State Street war beeindruckend. Hier reihten sich die Geschäfte aneinander: meist strahlend weiße Häuser mit prächtigen Blumenkübeln an den Fenstern. Dass Santa Barbara mit zum teuersten Pflaster in den USA gehörte, sah man auf den ersten Blick.

Nathan fand nach langem Suchen einen Parkplatz, hielt mich aber mit einem Wink auf, als ich mit ihm zusammen aussteigen wollte. »Mooomen t«, sagte er. Er sprang aus dem Wagen, tänzelte drum herum, öffnete mir mit einer Verbeugung die Tür und hielt mir zuvorkommend die Hand hin. Ich lachte und ließ mir wie eine Prinzessin aus dem sehr niedrigen Fiesta helfen. Zu meiner Überraschung hielt er meine Hand danach weiterhin fest. Mit den Hacken schlug er die Tür zu.

»Du siehst gut aus«, sagte er zu mir.

»Klar«, sagte ich ironisch. »So gut, wie eine Scheintote eben aussehen kann.«

Er verharrte in der Bewegung und wartete, bis ich ihn ansah.

»Ich weiß, dass du die Königin von Ironie und Sarkasmus bist. Aber ich bin nicht so. Ich meinte es wirklich, so wie ich es gesagt habe: Du siehst gut aus! Das Tuch steht dir.«

Ich war zu verdattert, um irgendetwas zu erwidern. Zum Glück schien er auch keine Antwort zu erwarten, denn er zog mich sanft Richtung Meer und damit zur Seebrücke. Dass hier auch Autos drauffahren konnten, fand ich generell sehr merkwürdig. Trotz des Verkehrs um mich herum lohnte sich der Besuch, denn ab und zu sah man von hier aus Delfine, auf jeden Fall die obligatorischen Seehunde und mit etwas Glück ein paar Wale.

Angler saßen rechts und links am Pier und versuchten ihr Glück, umschwirrt von Seemöwen und Pelikanen. Ich hatte dafür kaum einen Blick, denn in meinem Kopf gab es gerade nur einen einzigen Gedanken: Nathan hielt Händchen mit mir und fand mich hübsch! Ich wusste nicht so recht, wohin mit meinen Fingern. Musste ich fest zupacken? Möglichst lässig? Lockerleicht? Ich passte meinen Griff seinem an und hoffte, dass es richtig war.

Denn um ehrlich zu sein, hatte ich abgesehen von Ben und Dad noch niemals die Hand eines Mannes gehalten.

Nathan tat so, als sei sein Handeln völlig normal. Ich fragte mich unwillkürlich, ob er das öfter machte, traute mich aber nicht, nachzufragen. Stattdessen beschloss ich, es einfach zu genießen.

Ich mochte in Liebesdingen vollkommen unerfahren sein, nur so viel wusste ich: Er hatte durch eine schlichte Geste klargemacht, dass wir hier keine platonische Beziehung anpeilten. Oder?

»Ich will lieber nicht wissen, worüber du gerade grübelst. Du siehst aus, als würdest du mir gleich eine runterhauen. Hab ich was falsch gemacht?«

Ups. Da hatte er aber was völlig falsch verstanden. »Nein, nein«, beeilte ich mich zu sagen. »Ich … also …« Ich wollte es nicht. Wirklich nicht! Doch ich blickte automatisch auf unsere ineinander verflochtenen Hände.

Prompt sah er ebenfalls darauf und ließ mich augenblicklich los. Als hätte er sich verbrannt. »Entschuldige! Da hab ich gar nicht drüber nachgedacht.« Es wurde kurz still zwischen uns. »Ah! Da ist ja der Hotdog-Stand.« Nathan wurde leicht rot im Gesicht und hastete voraus.

Toll gemacht, Amy, dachte ich. Die Sache zu korrigieren war mir allerdings zu blöd. Was hätte ich denn auch sagen sollen? *Nein, nein! Lass deine Hand gerne da, wo sie ist.*

Wäre ich allein gewesen, hätte ich mich vor Wut über mich selbst geohrfeigt. So aber trottete ich Nathan hinterher und fluchte in Gedanken laut. Mein Begleiter war bereits am Stand und drehte sich zu mir um. Sein Lächeln war zurück, genau wie sein Selbstbewusstsein.

Erst als wir mit unserem Essen bewaffnet an den Rand des Piers traten, begann Nathan wieder zu reden. Er deutete auf das Wasser weit unter uns. »Wenn ich mich jetzt nicht so auf die Party freuen würde, könnte ich glatt schwach werden. Die Wellen sind der Hammer.«

Ich brauchte einen Moment, um zu kapieren. Er sprach vom Surfen! »Solange du nicht wieder jede Monsterwelle nehmen musst, schaue ich dir gerne dabei zu«, sagte ich ruhig.

»Oder ich zeig dir, warum ich surfen so liebe, und nehme dich mal mit aufs Brett?«

Ich wusste nicht, was ich auf diesen Satz sagen sollte. Dass ich jemals surfen gehen konnte, lag jenseits meiner Vorstellungskraft. Surfen war kalt, man brauchte Kraft und Gleichgewicht. Die Kälte konnte mich töten, und über den Rest brauchten wir gar nicht zu diskutieren.

Nathan deutete mein Schweigen ganz richtig. »Mir fällt schon was ein, damit wir zusammen surfen gehen können«, sagte er und grinste so spitzbübisch, dass ich ihm glatt glaubte.

Mein Herz stolperte. Einmal. Zweimal. Dann erst fing ich mich.

Ich durfte mir nicht zu viel Hoffnung machen. Das hier war nur ein Ausbruch aus meinem Alltag. Ein Lichtschimmer im Dunkeln. Ein Versuch, meine verlorene Jugend nachzuholen. Mehr nicht. Es war ein Flirt, so schnell vergänglich wie ein Atemzug.

Weil wir außer Seerobben weder Wale noch Delfine entdeckten, verließen wir mit unserem Hotdog in den Händen den Pier, um zum Strand runterzugehen. Wir setzten uns in den warmen Sand und sahen den Surfern, Stehpaddlern, Kajakfahrern, Seglern und Schwimmern zu. Da war ordentlich was los auf dem Meer, genau wie am Strand.

Ich kämpfte ein wenig mit meinem Kopftuch, da mir der Wind die Enden Richtung Hotdog pustete. Ganz davon abgesehen, dass ein Hotdog für ein erstes Date wirklich ungeeignet war. Mit den vielen getrockneten Zwiebeln, dem Senf und dem Ketchup war es einfach unmöglich, ihn elegant zu essen.

Nathan lachte mich schamlos aus, als er sah, wie ich mich abmühte. »Anfängerfehler von uns beiden. Iss keine Spaghetti beim ersten Date, keinen Hotdog und keine Bohnen.« Dann zog er eine Augenbraue hoch. »Ich würde dir ja den Senf von der Nase streichen, aber das wäre schon reichlich kitschig.«

Senf? Auf meiner Nase? Hastig fuhr ich mir über die Haut. Tatsache. Ich wischte ihn weg und ärgerte mich sofort über mich selbst. *Verdammt.* Warum hatte ich ihn das nicht erledigen lassen? Kitsch hin oder her: Mein Leben glich einem richtig finsteren Drama. Da konnte etwas Glitzer nicht schaden. Ich lachte daher fröhlich. »Vielleicht fällt uns ja noch was richtig Unpraktisches für den Nachtisch ein.«

Wir fachsimpelten ein wenig über schwer zu essende Süßspeisen, aber außer Wackelpudding fiel uns nichts ein. Daher einigten wir uns auf Eis am Stil, das wir in der Sonne sitzend essen wollten. Mittlerweile waren die Temperaturen auf angenehme zwanzig Grad gesunken, trotzdem mussten wir uns beeilen, damit uns das Eis nicht wegschmolz. Das war gar nicht so einfach, brachte uns aber umso mehr zum Lachen.

Es war ein schöner Moment, der aus meiner Sicht gerne noch sehr viel länger hätte andauern können, doch wir wollten ja noch auf die Party. Wie sich herausstellte, startete sie als Strandfeier und wurde später in mehrere Studierendenbuden verlegt. Später hieß: Eigentlich sofort, denn dort waren die Bierfässer aufgebaut.

Mir wurde etwas mulmig zumute. In meinem ganzen Leben hatte ich mich nicht betrinken können. Alkohol mit meinen Medikamenten war keine gute Idee. Daher hatte ich bisher höchstens zu Weihnachten ein wenig Punsch und zu Silvester mal etwas Sekt getrunken. Ich war aber auch noch nie auf einer richtigen Party gewesen und stellte mich daher auf eine laute, volle und alkoholgeschwängerte Feier ein.

Ich wäre viel lieber am Strand geblieben, doch Nathan wollte mir gerne seine neu gewonnenen Freunde vorstellen.

»Ian ist mein Mitbewohner. Auf den ersten Blick wirkt er etwas gewöhnungsbedürftig, aber mittlerweile verstehen wir uns echt gut. Sein liebstes Thema ist Sport, direkt danach kommen Klatsch und Tratsch.« Nathan grinste breit. »Leider ist sein Mund oft schneller als sein Verstand, aber man gewöhnt sich dran. Und dann wäre da noch meine Lerngruppe. Du wirst sie mögen. Zumindest die meisten von ihnen.«

»Wo treffen wir sie denn?«, fragte ich.

»Vermutlich am Bierfass auf dem Campus. Das ist zu weit zu Fuß, von daher … Los geht's!«

Wir verließen den Strandbereich, setzten uns wieder ins Auto und fuhren etwa zwanzig Minuten bis nach Goleta, zum Campus. Direkt am Meer gelegen. Wir parkten und stiegen aus. Sofort umfing mich eine ganz andere Atmosphäre als am Strand. Statt dem Rauschen des Meeres vernahm ich Bässe. Die imposanten Gebäude der Uni verblassten angesichts des Getümmels vor mir. Es schien, als wären alle Studierenden dieser Welt auf dem Weg zu dieser Party direkt am Klippenrand.

Wir wurden einfach mit dem Strom mitgerissen. Die Studierenden feierten auf den Gehwegen zwischen den Häusern, oben auf den Balkonen und in den Innenräumen. Sogar eine Hüpfburg gab es. Es war ein Gedränge und Geschubse.

So viele Leute. So viel Geschrei. So viele unterschiedliche Musikrichtungen. Mir schwirrte schon bald der Kopf. Nathan nahm wieder wie selbstverständlich meine Hand. Eine Notwendigkeit, um sich im Gedränge nicht zu verlieren.

»Das hatte ich mir irgendwie etwas anders vorgestellt«, rief mir Nathan über den Lärm hinweg zu. »Das ist auch für mich die erste Party dieser Art. Entschuldige. Sollen wir wieder gehen?«

»Geht schon«, antwortete ich wenig überzeugend. »Wo sind denn jetzt deine Freunde?«

Nathan sah etwas ratlos auf sein Handy und deutete schließlich auf eines der Wohnhäuser, die sich wie eine Kette entlang der Klippe aneinanderreihten. Die meisten waren zweistöckig mit Balkon.

»Da drüben wohnt mein Kumpel Jason. Ian und ich spielen immer mal Basketball mit ihm. Da wollten wir uns treffen. Mir war nur nicht klar, dass das das Herz der Party ist. Da drängeln sich ja alle noch mehr.«

Das war tatsächlich so. Das Haus war umzingelt von tanzwütigen Leuten. Auf dem Balkon stand ein DJ und übertönte die anderen Boxen um mich herum mit noch lauteren Beats, die meine Ohren klingeln ließen.

Und da sollte ich rein?

Nathan sah mein zweifelndes Gesicht. »Okay, du hast recht. Das war eine Schnapsidee. Lass uns zum Strand runter gehen. Da wird auch gefeiert, aber es ist nicht so eng«, rief er mir zu.

Einen Moment erwog ich, das Angebot anzunehmen. Dann dachte ich allerdings an seine Freunde, die auf ihn warteten. Die er mir vorstellen wollte. Die ihm wichtig waren.

»Nein, alles fein. Lass uns ruhig hingehen«, sagte ich mit einem schlechten Gefühl im Magen, das ich geflissentlich ignorierte.

Diesmal war ich es, die ihn zu unserem Ziel zog. Er zögerte noch einen kleinen Moment, folgte mir dann aber und übernahm sogar wieder die Führung. So gut es ging drängte er die Leute zur Seite, sodass ich durch eine kleine Schneise hinter ihm hergehen konnte.

Hilfe, war das voll!

Ich lief so dicht es ging hinter Nathan, stolperte drei Stufen eine Veranda hoch und befand mich ganz plötzlich erneut in einer ganz anderen Welt. Wir waren im Haus, wo es laut und stickig war. Die Menschen um mich herum hatten richtig Spaß. Sie tanzten, sie feierten, sie lebten.

Und ich?

Ich wünschte mich ganz, ganz weit fort, denn ich war so ziemlich am letzten Ort, an dem ich sein sollte. Die jungen Frauen um mich herum trugen Hotpants und knappe Shirts. Ihre langen Haare wirbelten beim Tanz von einer Seite auf die andere. Sie waren wunderschön und selbstbewusst.

Ich hingegen fühlte mich hässlich und unscheinbar.

Jetzt reiß dich mal zusammen, dachte ich energisch. *Du siehst aus, wie du dich fühlst. Also fühl dich gefälligst besser!*

Doch das war einfacher gesagt als getan. Die Energie, die mich eben am Meer noch durchströmt hatte, sickerte aus mir heraus wie Säure aus einer kaputten Batterie. Ich spürte plötzlich die Schwere meiner Knochen, das mühsame Schlagen meines Herzens und einen sich langsam aufbauenden Kopfschmerz.

Unwillkürlich wurde ich langsamer und zog dabei an Nathans Hand. Als er es bemerkte, warf er mir einen eindringlichen Blick zu. Er musste meinen Gesichtsausdruck richtig gedeutet haben, denn er dirigierte uns nun in eine Ecke des Raumes. Es war hier noch immer voll und laut, aber wenigstens hatte ich die Wand im Rücken. Atemlos lehnte ich mich dagegen.

»Scheiße, Amy. Alles okay?«, fragte Nathan mich bestürzt.

»Klar. Gibt mir einen Moment«, brachte ich mühsam hervor. Natürlich hätte ich jetzt auch die Wahrheit sagen können. Es wäre vermutlich clever gewesen, ihm klarzumachen, dass ich hier weg wollte. Fort war der Wunsch, auf einer Studierendenparty das normale Leben kennenzulernen und nur mal für einen Abend dazuzugehören. Ein schöner Spieleabend mit ein paar Kumpels von Nathan wäre vielleicht besser gewesen.

Da lag jedoch mein Denkfehler. Nathan war nicht der Typ für Brettspiele. Er bewegte sich durch die Feiernden wie ein Fisch im Schwarm. Er war Teil der Tanzenden. Teil der Masse. Ich hingegen war der eine Fisch mit kaputter Flosse, der alle anrempelte.

So wie jetzt. Ich hatte Nathan an den Rand gezwungen, aus der Masse gerissen.

Er musterte mich so eindringlich, dass ich mich unwohl fühlte. Stroboskoplicht huschte in unregelmäßigen Abständen über die Decke, ließ die Tanzenden noch surrealer erscheinen. Ein unangenehmes Gefühl. Ich bemühte mich um eine entspannte Miene, doch das kaufte Nathan mir nicht ab.

»Ich hol dir was zu trinken. Dann gehen wir«, sagte er und drehte sich schon um, bevor ich protestieren konnte. Er lief direkt in eine Gruppe Mädchen rein.

»Nathan«, rief die Hübscheste von allen begeistert und umarmte ihn fest und eine Spur zu lange. Ihr Gesicht glühte vor Begeisterung und ließ sie fast unverschämt attraktiv aussehen. »Endlich bist du da! Wir warten schon auf dich, damit wir loskönnen.«

»Los? Wohin denn?«, fragte Nathan verwirrt.

Die Schönheit verdrehte die Augen. »Auf den Del Playa Drive. Da geht die richtige Party ab.«

Nathan wirkte genauso verwirrt wie ich. War das hier nicht die richtige Party? Er kam jedoch nicht dazu, nachzuhaken, denn ein massiger Typ Marke Rugby-Spieler tauchte hinter der jungen Frau auf. Er klatschte sich kumpelhaft mit Nathan ab. »Wo bist du denn abgeblieben?«, fragte er und bemerkte mich in der gleichen Sekunde. Er zog eine Augenbraue hoch. »Ist sie das?«

Sofort erstarrte ich wie ein Reh im Scheinwerferlicht und spürte mehr denn je: Ich passte hier einfach nicht hin. Nicht mit meiner Kleidung. Nicht mit meinem Kopftuch. Und schon gar nicht mit meiner Krankheit.

Eine unangenehme Pause entstand, die Nathan gekonnt überbrückte, indem er einen Schritt zu mir zurück machte und seinen Arm um meine Schultern schlang. »Das ist Amy«, sagte er feierlich und so laut, dass seine Worte sogar über die Musik hinweg zu hören waren. Ich zog sofort den Kopf ein.

Der Rugby-Spieler starrte mich weiterhin an, während sich die Blonde schneller fing und mir die Hand hinhielt. »Hi, ich bin Hanna. Du musst die Krebskranke sein.«

Wow. Was für ein Einstieg in ein Gespräch. Ich war ein paar Sekunden sprachlos, musste ihr aber nachsehen, dass sie ziemlich besoffen war. Dennoch.

»Nein, da hast du dich vertan«, sagte ich. »Ich bin nicht die Krebskranke. Ich bin die Chefcheerleaderin von der UCSB.«

Hanna starrte mich einen Moment verdutzt an. Dann runzelte sie die Stirn. »Verarschst du mich?«, fragte sie mit drohendem Unterton.

»So was würde ich nie tun. Dazu wirkst du viel zu clever«, sagte ich betont ironisch.

Ein Mädchen kicherte neben mir, verstummte aber sofort, als sie sich einen bösen Blick von Hanna einfing. Die Stimmung kippte immer mehr. »Ich mag es gar nicht, wenn man mich verarscht«, erklärte sie leicht lallend.

»Und ich mag es nicht, wenn man mich auf meine Glatze reduziert.«

»Also bist du doch die Krebskranke.«

»Und du offenbar die Blitzmerkerin der Nation.«

Ohne eine Antwort abzuwarten, drängte ich mich an den Leuten vorbei. Ich musste hier raus.

Die tanzende, schwitzende Menschenmasse machte es mir nicht leicht, aus dem Haus zu kommen, immer wieder stellten sich mir Leute in den Weg oder rempelten mich an. Auch draußen hüpften die Betrunkenen zur Techno-Musik auf und ab. Bier regnete vom Balkon auf mich runter.

Ich zog die Schultern hoch und kämpfte mich weiter vor, meine Augen suchten und fanden eine Stelle, wo es etwas ruhiger zuging. Da war hoffentlich der Ausgang aus diesem Irrengebiet. Es war mittlerweile recht dunkel geworden. Über den Partyleuten blinkten bunte Lichter auf, die von den Balkonen, den Palmen und der Hüpfburg strahlten.

Die Bässe pulsierten bis in meinen Magen, hallten in meiner Schläfe wider.

Ich spürte eine Hand an meiner. Nur einen kurzen Moment. Jemand versuchte, mich zu fassen zu bekommen. Ich drehte mich um und sah Nathan, der dicht hinter mir lief. Seine Augen waren weit aufgerissen. Er streckte abermals seine Hand aus.

»Amy, warte«, rief er über den Lärm hinweg.

Verdammt. Ich hatte nicht aufgepasst und war einer Polonaise in den Weg geraten. Wild grölende Studierende hüpften in einer langen Schlange direkt an mir vorbei, prosteten mir zu und versuchten, mich in ihre Reihe zu ziehen. Ich stolperte erschrocken zurück und trat dabei Nathan kräftig auf die Füße. Er nutzte die Gelegenheit und zog mich in seine Arme.

Einen Moment berührte meine Nase sein Hemd. Ich roch ihn so intensiv wie noch nie. Er hatte ein wirklich dezentes und gut riechendes Aftershave benutzt. Oder war das sein Waschmittel? Die Hitze seiner Haut traf mich unvorbereitet, und ich ließ für einen winzigen Augenblick zu, dass er mich umarmte. Aber schnell löste ich mich wieder von ihm und trat einen großen Schritt zurück, funkelte ihn an.

»Ich bin also die Krebskranke«, fauchte ich.

»Bist du doch auch. Du machst selbst ständig Sprüche über deine Krankheit«, entgegnete er und seufzte gleichzeitig. »Hanna hat kein Taktgefühl. Sorry. Ich hätte dich ihnen natürlich nicht so vorgestellt.«

Ich starrte ihn an und fragte mich, wie er mich denn bitte vorgestellt hätte. Ein ganz normales Mädchen wäre vermutlich »meine Bekannte aus dem Tattoo-Studio« gewesen. Das hätte mir gefallen. Aber so …

Zu allem Übel tauchte jetzt auch noch Hanna hinter Nathans Rücken auf. Sie sah fuchsteufelswild aus. »Entschuldige dich«, forderte sie mich auf. Sie taumelte etwas. Eine ihrer Freundinnen stützte sie und versuchte sie wegzuziehen, doch Hanna riss sich los und machte einen Schritt auf mich zu.

Aber so schnell ließ ich mich nicht einschüchtern. Von niemandem. Ich mochte zwar körperlich schwach sein, aber mein Geist war topfit. Ich richtete mich auf und bemühte mich um eine gelassene Miene.

»Ich erwarte eine Entschuldigung dafür, dass du mich vorgeführt hast«, wiederholte Hanna.

»Ich habe dich nicht vorgeführt. Das hast du selbst erledigt.« Was dachte die sich eigentlich? Nathan trat zwischen uns, bevor die Situation noch weiter eskalieren konnte. Er schob Hanna zurück und baute sich dann vor ihr auf.

»Lass gut sein, Hanna. Komm wieder runter«, sagte er mit drohendem Unterton.

Ich nutzte die Chance, um mich umzudrehen und weiter Richtung Ausgang zu gehen. Die Polonaise war glücklicherweise weg, sodass ich freie Bahn hatte. In der gleichen Sekunde überlegte ich es mir anders, machte einen Ausfallschritt zur Seite und verschwand in der Menge. Es war an der Zeit, unsichtbar zu werden und Hanna und Konsorten abzuschütteln. Dass ich damit auch Nathan abschüttelte, tat mir in der Seele weh, aber wahrscheinlich war es besser so.

Mittlerweile kämpfte ich mit den Tränen. Ich ärgerte mich über mich selbst und über Hanna, über die ganze Situation und das, was hätte werden können und was durch meine Reaktion verloren ging. Normalerweise war ich nicht empfindlich, was meine Krankheit anging. Ich machte selbst genug Witze darüber. Aber ob diese Sprüche von mir selbst kamen oder von jemandem, den ich noch nie zuvor gesehen hatte – das waren zwei verschiedene Paar Schuhe. Trotzdem. Ich hätte nicht so überreagieren sollen. Mich direkt mit Nathans Leuten anzulegen war wohl nicht besonders klug gewesen. Hanna hatte aber, ohne es zu wissen, meinen wunden Punkt getroffen. Ich wollte nicht ständig als die Krebskranke gesehen und bezeichnet werden. Ich wollte Teil eines Freundeskreises sein, nichts Skurriles oder Außergewöhnliches, zu dem sich die Leute umdrehten.

Nathan hatte mir bislang immer das Gefühl gegeben, dass es mit ihm möglich war. An seiner Seite hatte ich mich normal gefühlt. Womöglich sogar hübsch oder … Ja, vielleicht auch ein wenig begehrt. Er hatte mich so intensiv angeschaut. Ich war mir sicher, dass er mich als Menschen gesehen hatte und nicht die Krankheit. Doch nach heute Abend würde das wahrscheinlich anders sein. Er hatte mein anderes Ich erlebt. Das, was um sich schlug, sobald es sich in die Enge gedrängt fühlte.

Ich riss mein Handy aus der Tasche und suchte die Nummer eines Taxidienstes. Mittlerweile war ich aus der laut grölenden Masse heraus und stand etwas abseits. Trotzdem konnte ich mich nur mit Mühe mit meinem Gesprächspartner verständigen. Er fragte ernsthaft, wie betrunken ich sei, denn er würde keine kotzenden Leute mitnehmen.

Ich versicherte ihm, keinen Alkohol getrunken zu haben, und verabredete mich mit ihm zwei Straßen weiter entfernt. Ihm war das sehr recht. Offenbar war der Campusbereich für Taxifahrer ein rotes Tuch.

In meinem Magen grummelte das schlechte Gewissen. Ich war mit Nathan hierhergekommen und sollte auch mit Nathan wieder fahren. Ich hatte ihm gesagt, dass es okay wäre, auf die Party zu gehen. Es war meine Entscheidung gewesen. Doch ich musste hier einfach weg.

»Amy!«

Er hatte mich gefunden, trat aus der Menge der Tanzenden heraus und gesellte sich neben mich. Seine Augen waren riesig. Blanke Sorge stand darin geschrieben.

Das schlechte Gewissen wuchs zu einem gigantischen Berg in meinem Magen an. »Es tut mir leid«, sagte ich zu ihm. »Eigentlich bin ich keine Dramaqueen.«

»Gut, dass du das erwähnst. Ich hatte einen etwas anderen Eindruck. Was soll denn der Scheiß?«

»Ich gehe.«

»Du gehst?« Er riss die Augen noch weiter auf. »Aber wohin denn? Und wieso? Vergiss Hanna. Die Tussi hat sie nicht mehr alle. Ich kenne sie nicht besonders gut, und nach diesem Abend werde ich sie auch nicht näher kennenlernen. Das kannst du mir glauben.«

Ich seufzte leise. »Sag das nicht, Nathan. Sie hat nur das ausgesprochen, was alle gedacht haben. Mir passiert so was ständig. In meiner Anwesenheit wissen viele Leute nicht, was sie sagen sollen. Und dann labern sie einfach irgendeinen Scheiß. Ich sollte darüberstehen, und normalerweise tu ich das auch. Aber momentan … momentan …«

Verdammt. Die Tränen stiegen in mir auf. So schnell, dass es mich erschreckte. Ich weinte wirklich, wirklich selten. Nach dem Tod meines Bruders hatte ich schlicht so viel geheult, dass es für ein ganzes Leben gereicht hatte. Doch ausgerechnet jetzt drohten mich all meine unterdrückten Gefühle wie ein Tsunami zu überrollen. Nur mit aller Gewalt drückte ich die Welle nieder und schaffte es, lediglich eine einzige, winzige Träne zu verlieren.

Nathans betroffenes Gesicht sprach Bände. Er hatte sie gesehen. Hastig drehte ich mich von ihm fort und strich mir übers Gesicht, atmete tief durch. *So. Jetzt ist aber genug mit der Heulerei,* dachte ich vehement. Entschlossen lief ich weiter, doch Nathan blieb an meiner Seite – bis wir schließlich dort angekommen waren, wo der Taxifahrer mich abholen würde.

Erst jetzt wandte ich mich Nathan wieder zu. »Du musst zurückgehen, Nathan«, sagte ich mit ruhigerer Stimme. »Feier noch mal richtig, bevor die Prüfungen starten! Finde neue Freunde. Bau dir ein Netzwerk auf. Du brauchst Leute wie Hanna. Sie mag zwar dumm wie Brot sein, aber sie ist beliebt. Eine Zicke wie sie willst du nicht zum Feind haben.«

»Eine Zicke wie sie will ich auch nicht zur Freundin haben«, widersprach Nathan prompt. »Mach dir um mich mal keine Sorgen. Ich bin gut darin, Kontakte zu knüpfen. Dazu brauche ich keine Studierendenpartys. Das war mir ohnehin zu voll und zu laut. Mit der Mensa hab ich ja schon Probleme. Bei manchen Feiern kann ich den Lärm noch ausblenden, aber das hier hat mich an meine Grenzen gebracht.«

Das glaubte ich ihm sofort. Dennoch spürte ich einfach, dass wir uns hier an einem Wendepunkt befanden.

Nathan sah das allerdings anders. »Lass uns wieder zurück zum Strand gehen«, sagte er hastig. »Da war die Welt doch in Ordnung.«

»Nathan … Ich kann das im Moment nicht. Du hast doch gesehen, wie ich reagiert habe. Ich war eine Oberzicke! Und wenn ich so bin, dann mag ich mich selbst nicht. Ich muss erst mit mir selbst klarkommen, bevor … also … bevor …« Ja, bevor was? Das war eine sehr gute Frage.

Nathan ließ mich gnadenlos auflaufen, indem er mich nur mit hochgezogener Augenbraue anstarrte und meinen unvollständigen Satz nicht beendete.

»… Du und ich … keine Ahnung«, schloss ich lahm.

»Aha. Das war ja sehr aufschlussreich«, frotzelte Nathan. »Du und ich … was? Hör zu, Amy. Ich hab auch keine Ahnung, was das mit dir und mir ist. Aber egal, was es ist: Es hat gerade erst angefangen. Jetzt mach es doch nicht schon kaputt, bevor wir überhaupt wissen, was es ist!«

»Aber das ist es doch gerade. Ich habe momentan nicht die Kraft, das herauszufinden. Du hast mich aus meiner Lethargie gerissen. Aus meinem Alltag. Aber allein dieser Abend hat mich mehr Kraft gekostet, als ich zur Verfügung habe. Ich bin müde, erschlagen und traurig. Meine Beine zittern, mein Kopf schmerzt, und all das läuft auf eine Sache hinaus: Ich muss ins Bett – zu einer Zeit, in der sich andere erst warmtrinken. Ich hab mich übernommen. Emotional und körperlich. Also mach es nicht noch schlimmer, indem du mir vorgaukelst, ich hätte eine Wahl. Die hab ich nicht. Ich kann nicht mit dir zum Strand runtergehen. Das schaffe ich schlicht nicht.«

»Dann bringe ich dich nach Hause.«

»Nein! Auf keinen Fall. Ich brauche keinen zweiten Babysitter. Meine Mum reicht mir, vielen Dank. Und ich will auch nicht, dass du diese Party verlässt. Feier für mich mit. Schick mir davon Bilder. Das muss vorerst genügen. Meine Werte sind zwar besser, aber für Partys sind sie offensichtlich noch nicht gut genug.«

Nathan starrte mich an, als sei ich komplett irre geworden. Sein Blick war traurig, seine Miene finster. Toll. Genau so was hatte ich verhindern wollen.

»Da kommt mein Taxi«, sagte ich und deutete auf den gelben Wagen, der auf mein Winken hin auf uns zusteuerte. Ich straffte mich und blickte Nathan noch ein letztes Mal ernst an. »Es tut mir ehrlich leid. Ich wollte dir nicht den Abend ruinieren.«

»Dann tu es nicht, und fahr nicht einfach weg.«

Traurig schüttelte ich den Kopf, woraufhin Nathan tief einatmete. »Und was heißt das jetzt?«

»Dass wir solche Treffen zukünftig lassen sollten. Konzentrier dich aufs Studium, Nathan. Ich konzentrier mich darauf, gesund zu werden. Und eines Tages treffen wir uns vielleicht wieder, wenn du deine Bulette in eine Matheformel verändern lässt und mein Henna-Tattoo zu einem richtigen wird.«

Der Taxifahrer hielt neben uns und ließ das Fenster runter. »Hast du mich gerufen?«

Ich nickte und hob die Hand, wollte Nathan zuwinken und

einsteigen. In der Sekunde blickten wir uns in die Augen, und es machte *Rumms*. Ich konnte es nicht anders beschreiben. Es war wirklich so, als stünde die Welt Kopf. Als verändere sich alles um mich herum.

Nur Nathan und ich waren wichtig. Ein letztes Mal.

Bevor ich mich stoppen konnte, trat ich auf ihn zu. Roch ihn. Spürte ihn. Fühlte ihn. Es war wie ein Zwang. Ich musste mich verabschieden. Vernünftig. Nicht mit Händeschütteln oder Winken. *Nein*.

Ich hatte noch nie jemanden außerhalb meiner Familie geküsst. Im ersten Moment wollte ich ihm einen schüchternen Kuss auf die Wange geben, doch alles in mir begehrte auf. Nein! Wenn, dann würde ich es jetzt auch richtig machen.

Nathan stand ganz still, als ich mich näherte. Ich kam seinen Lippen näher, und mein Herz sprang fast aus meiner Brust. Und dann … Dann küsste ich statt seiner Lippen sein Kinn. Ich hatte in meiner Aufregung falsch gezielt. Offenbar war er größer als gedacht.

Mein Mund berührte sein Kinn für etwa eine halbe Sekunde, dann wich ich zurück und spürte, wie mir das Blut bis in die Schläfen schoss. Für einen zweiten Anlauf hatte ich aber keine Zeit und keinen Mut. Der Taxifahrer hupte bereits. Außerdem war das hier an Peinlichkeit nicht mehr zu überbieten.

»Ich … bin dann mal weg«, hauchte ich. Bevor ich es noch schlimmer machen konnte, sprang ich regelrecht ins Taxi und warf die Tür hinter mir zu.

Der Taxifahrer war so gnädig und gab Gas, wartete Nathans Reaktion nicht ab. Auf diese Weise verpasste ich den letzten Moment, in dem ich ihm noch einmal in die Augen hätte blicken können.

Vielleicht war es auch besser so.

Mit einem leisen Seufzer ließ ich mich in den Sitz sinken. Mein Herz schlug noch immer viel zu schnell, und das Blut rauschte in meinen Ohren. Das war …

»Mann, Mädchen! Das war ja mal ein peinlicher Abgang«, brummte der Taxifahrer, dann lachte er leise. »Aber eins kannst du mir glauben: Dich vergisst der Typ so schnell nicht mehr!«

KAPITEL 10

Nathan

Mein Kinn kribbelte an der Stelle, an der Amy mich getroffen hatte. Wie der letzte Volldepp starrte ich dem davonbrausenden Taxi hinterher und fragte mich, was zur Hölle das gerade gewesen sein mochte. Hatte sie mich ernsthaft küssen wollen? Auf den Mund?

Gegen meinen Willen musste ich schmunzeln. Amy war süß. Viel süßer, als gut für mich war. So unbeholfen, tollpatschig und … niedlich. *Ach, kacke.* Als ich kurz vor dem miesesten Kussversuch aller Zeiten in ihre Augen gesehen hatte, war da so ein komischer Moment zwischen uns gewesen.

Ein Moment, den jede Schmonzette mit *dem Moment* bezeichnet hätte. Kribbeln. Knistern. Schmetterlinge im Bauch. *Verdammt, Nathan. Reiß dich mal zusammen. Du bist kein Teenager mehr. Verlieben ist nicht drin. Erst recht nicht in eine Schwerkranke, die nicht mal eine Partynacht durchhält.*

Endlich entdeckte ich ein bekanntes Gesicht. Ian. Sofort hielt ich auf ihn zu, bemerkte dann aber Hanna, die mich noch immer wütend anfunkelte. Ach, Shit. Und jetzt? Aber es war schon zu spät.

»Was machst du denn, Alter?«, sagte Ian zu mir und knuffte mich kumpelhaft in den Bauch. »Haust einfach ab. Wo ist Amy denn jetzt hin?«

»Die ist weg – und ich jetzt auch. Ich ertrag die Party nicht mehr länger.«

»Ach, komm schon. Das mit Amy ist echt scheiße gelaufen, und ich verstehe deinen Frust, aber abhauen ist echt nicht drin. Ich zähle auf dich. Jetzt wird gefeiert. Hanna, sei brav und entschuldige dich.«

Im Leben nicht. Hanna schaute mich mit giftigem Blick lediglich an, drehte sich um und torkelte mit einer mir unbekannten Freundin im Schlepptau davon. Ian zerrte mich kommentarlos hinter sich her, drückte mir von irgendwoher ein Bier in die Hand und bugsierte mich in eine tanzende, betrunkene und vor allem grölende Menschengruppe. Ein DJ stand auf einer Art Anhänger und legte gerade Technomusik mit einem so krassen Beat auf, dass sich mein Herzschlag danach richtete.

Mir war echt nicht nach Feiern, aber Ian bewachte mich regelrecht. Ihm war es wirklich wichtig, dass ich mitfeierte. Also trank ich brav mein Bier und bemühte mich, in Partystimmung zu kommen. Das klappte nur mäßig, vor allem, weil sich jetzt auch noch Ians Bodybuildertruppe zu uns gesellte, die so wild um uns herum hüpfte und Bier auf uns verschüttete, dass ich bald nicht mehr wusste, ob ich von Alkohol oder von Schweiß durchtränkt war. In jedem Fall war ich nicht betrunken genug, um das nicht eklig zu finden.

»Los, Nathan, jetzt tanz endlich!«, brüllte mich Ian leicht lallend an. Seine Bewegungen wurden immer ungelenker.

Jemand klopfte mir auf die Schulter, und zwar so kräftig, dass ich nach vorne taumelte und einen riesigen Kerl anrempelte.

»Sorry!«, rief ich ihm zu und wandte mich dem Typen hinter mir zu, der mich aus völlig verhangenen Augen anglotzte. Seine Alkoholfahne war eindrucksvoll.

»Biste die lebende Leiche losgeworden?«, fragte er mich.

Ich blinzelte. Mein Gehirn weigerte sich, den Satz zu erfassen. »Bitte was?«, hakte ich ungläubig nach.

»Die Tussi mit dem Kopftuch. Die Knochige.«

Ich starrte ihn an. Sobald ich raffte, was er da gesagt hatte, klinkte etwas in meinem Gehirn aus. Ich kannte das Gefühl noch aus meiner Jugend. Die Wut. Die Aggression. Der blitzartige Wunsch, zuzuschlagen. Alles geboren aus unterdrückter Frustration und Verzweiflung.

Kane hatte Jack und mir eingebläut, unsere Emotionen unter Kontrolle zu behalten. Gewalt sei keine Lösung. Sollte sie allerdings die letzte auf Erden sein – dann dürften wir zumindest nicht als Erste zuschlagen. Mussten zu Beginn einkassieren. Danach in die Prügelei einsteigen.

In diesem Moment war der Wunsch, Dampf abzulassen und ein Ventil für die gesamte Scheiße in meinem Leben zu finden, übermächtig. Zum Glück wusste ich genau, wie ich provozieren musste, um den ersten Schlag zu kassieren: Zunächst drohend vor dem Riesenarschloch aufbauen. Dann in die direkte Konfrontation gehen. »Sag das noch mal«, zischte ich und hob die Hand, als wollte ich ihn schubsen. Er reagierte ganz instinktiv, indem er mich zurückstieß. Daraufhin machte ich erneut einen Schritt auf ihn zu, diesmal aber ruckartig. Drohend.

Der Typ war zu betrunken, um meine Finte zu durchschauen. Er schubste mich nach hinten und brüllte mich an. »Willst du etwa Streit?«

»Willst *du* etwa Streit?«, entgegnete ich im gleichen Ton.

Zack. Bei ihm waren die Nerven eher durchgebrannt als bei mir, und er schlug zu, vermutlich, um mich auf Abstand zu halten. Er traf mich voll im Gesicht, unterhalb des rechten Auges. Ich spürte, wie die Haut an dieser Stelle sofort riss. Den stechenden Schmerz begrüßte ich wie einen alten Bekannten, war er doch der Startschuss für eine Schlägerei.

Ich ballte die Faust. Bereit, zurückzuschlagen. Mit all meiner aufgestauten Wut, den Sorgen, die ich seit Monaten mit mir herumschleppte. Der Angst vor der Zukunft. Der Panik, zu versagen. All das brach sich Bahn in einem einzigen, wohlgezielten Schlag – der niemals ankam.

Ein zweiter Student mischte sich plötzlich ein. Er schlug meine Faust nach unten und zerrte mich zur Seite weg. »Bist du irre?«, knurrte er mich an. Bevor ich etwas sagen oder tun konnte, hatte er mich ein ganzes Stück von meinem Gegner weggezogen.

»Genau, verpiss dich!«, brüllte mir der Kerl von vorhin hinterher. »Geh zurück in das Loch, aus dem du herkommst.«

Das reichte. Ich ruckte an der Hand, die mich wegzerren wollte, bereit, mich erneut auf den Typen zu stürzen. Diesmal würde mein Schlag treffen. Und wie!

Der Student, der sich eingemischt hatte, fuhr zu mir herum. »Jetzt lass dich doch nicht von diesem Neandertaler provozieren. Wenn du wegen dem Arsch von der Uni fliegst, bekommt er nur das, was er wollte.«

Das ernüchterte mich schlagartig. Highgrove Industries hatte mir einen ganzen Katalog zugeschickt, wie das Image eines Stipendiaten auszusehen hatte: Wer sich prügelte, flog aus dem Programm.

Ich starrte den Typen an, der noch immer meinen Unterarm gepackt hielt. Groß, kurze Haare, finster dreinblickende Augen. Mit dem war nicht gut Kirschen essen. Wenigstens beruhigte ich mich langsam wieder.

»Kannst mich loslassen«, brummte ich. »Hast ja recht.« Er ließ mich tatsächlich los und wirkte dabei weiterhin genervt. »Ich bin Nathan«, stellte ich mich ihm gezwungenermaßen vor. »Und du?«

»Ryan. Und bevor du fragst: Normalerweise mische ich mich nicht in Prügeleien ein, aber in deinem Fall musste ich eine Ausnahme machen.«

»Wieso?«

»Weil du sonst von der Uni fliegst. Der wollte dich provozieren.«

»Aber was hat er davon? Ich kenn ihn nicht mal.«

»Du bist echt noch nicht lange an dieser Uni. Du bist Stipendiat. Nicht nur das. Du hast eines der begehrtesten Stipendien überhaupt ergattert. Eine Menge Leute wollen dich fallen sehen und nur zu gern deinen Platz einnehmen.«

Ich raffte es noch immer nicht so richtig. »Woher weißt du von meinem Stipendium?«

»Wir haben dich im Blick, Nathan Ambrose. Seitdem du hier aufgekreuzt bist und den Matheprofessor im Seminar vorgeführt hast. War dir gar nicht bewusst, oder? Aber nicht jeder kann eine Differenzialgleichung bei höherer Mathematik im Kopf ausrechnen. Das hat für Aufsehen gesorgt. Also reiß dich am Riemen. Nur dann kannst du wirklich zu etwas werden.«

Er nickte mir ein letztes Mal zu und war nur Sekunden später in der Menge verschwunden. Ich starrte ihm hinterher und fragte mich, ob ich träumte oder ob dieser Abend an verwirrenden Wendungen noch zunehmen konnte.

Ja, er konnte.

Mittlerweile dämmerte es bereits. Der Morgen war angebrochen. Ich schleppte mich ins Wohnheim, fiel wie tot in mein Bett und war endlich eingeschlafen, als mich ein Stöhnen weckte. Erst dachte ich, Ian hätte zu viel getrunken und würde jetzt schon seinen Kater bereuen, aber nein. Als ich mich umdrehte, sah ich ihn mit einer anderen Studentin in eindeutiger Pose in seinem Bett liegen. Auch das noch. Genervt zog ich mir das Kissen über den Kopf und atmete tief ein, doch die Geräuschkulisse um mich herum konnte ich dadurch nicht ausblenden.

Macht es kurz, dachte ich missmutig. Wir mussten definitiv darüber reden, wie wir zukünftig mit diesen Dingen verfuhren. Ian ließ nichts anbrennen. Wenn er vorhatte, jede Nacht Damenbesuch in unser Zimmer zu schleppen, musste ich ihm wohl die rote Karte zeigen.

Oder du revanchierst dich, überlegte ich. Allerdings war ich nicht so der Typ, der Spaß an Sex hatte, wenn er dabei nicht ungestört war. Das ging eigentlich nur mich und meine Partnerin was an. Schon allein beim Gedanken, dass Ian mich und Amy … hoppla! Wo kam denn auf einmal Amys Name her?

Abrupt setzte ich mich im Bett auf und schnaubte. Das Gerumpel im Bett neben mir hörte genauso plötzlich auf, wie ich mich aufgesetzt hatte. Zwei fragende Augenpaare starrten mich an.

»Macht ruhig weiter, ihr zwei«, knurrte ich, warf die Decke von mir und stand auf, um an die frische Luft zu gehen. Die Party war mittlerweile auf ein erträgliches Maß zusammengeschmolzen. Wer jetzt noch feierte, hielt sich nur mit ganz viel Alkohol auf den Beinen.

Ich suchte mir eine ruhige Ecke direkt vor der Bibliothek, um nachzudenken. An dieser Stelle gab es eine versteckte Bank, die von den meisten Studierenden nicht beachtet wurde. Ich mochte sie gerade wegen der zurückgesetzten Lage. Von hier hatte man einen perfekten Blick quer über den Campus, ohne Teil der Masse zu sein.

Heute Morgen lagen hier jede Menge Bierdosen, zerdrückte rote Plastikbecher und sogar zwei, drei einzelne Schuhe. Das war ja schräg. Ein DJ schlief auf einem Lautsprecher, notdürftig mit einer Jacke zugedeckt. Weiter hinten kotzte jemand gegen einen Baum.

Na, prima.

Blinzelnd blickte ich auf das Display meines Handys. Sechs? Es war schon sechs Uhr? Ich fühlte mich wie gerädert und hatte nicht den Eindruck, überhaupt geschlafen zu haben. Bis zum Frühstück musste ich aber noch eine Stunde überbrücken.

Der Drang, Amy eine Nachricht zu schicken, wurde immer stärker. Vor einem Tag hätte ich das ohne Zögern getan. Ich hätte ihr ein Bild vom DJ geschickt und einen witzigen Spruch dazu geschrieben.

Heute jedoch sah das anders aus. Mann. Dieses Treffen war ein echtes Fiasko gewesen. Allein bei der Erinnerung daran bekam ich Kopfschmerzen. Hätte ich sie doch nur nicht zur Party geschleppt, hätte ich doch …

Hätte, hätte.

Um mich abzulenken, öffnete ich TikTok und scrollte mich durch verschiedenste Videos vom Partyabend. Hanna war echt fleißig gewesen und hatte sich meisterhaft sexy in Szene gesetzt. Ich blockierte sie kurzerhand. Das konnte ich mir heute Morgen echt nicht antun.

Weil mich die App nervte, wechselte ich zu Instagram. Da hatten mich erstaunlich viele Leute markiert. Ich ahnte bereits das Schlimmste.

Jemand hatte mich fotografiert und das Bild gepostet: Ich mit erhobenen Fäusten und finsterem Blick. Der Vollpfosten hatte mich auch noch markiert und mir den Hashtag *#ambrosevolcano* verpasst.

Beinahe hätte ich mein Handy auf den Boden gepfeffert, stoppte mich aber im letzten Moment. Keine Ausraster mehr. *Bekomm das wieder in den Griff, Nathan Ambrose*, ermahnte ich mich. Ich bemühte mich um Schadenskontrolle, indem ich die Verlinkungen löschte, denn ich fand noch mehr solcher Fotos. Kommentieren würde ich kein einziges davon. Das machte alles nur noch schlimmer. Vor allem …

Amy!

Mein Blick blieb an einem Bild kleben, auf dem sie ganz weit hinten zu sehen war. Anne musste es gemacht haben, kurz bevor ich Amy im Getümmel hatte finden können.

Obwohl der Fokus des Bildes eigentlich auf einer Polonaise tanzwütiger Studierender lag, war Amy gut zu sehen. Sie sah so verloren aus. So abgekämpft. So traurig.

Fuck.

Ihr Anblick versetzte mir einen Stich ins Herz. So sollte sich niemand auf einer Party fühlen.

Entschlossen beendete ich Instagram und öffnete den Messengerdienst. So konnte ich das nicht stehen lassen. Auf keinen Fall durfte sie auf diese Weise aus meinem Leben verschwinden.

Doch dann starrte ich die nächsten Minuten auf das Display und fand keine richtigen Worte. Mein Gehirn war heillos überfordert, und der Kopfschmerz brachte mich um. *Mach das später mit klarem Kopf*, beschloss ich schließlich. Erst mal schlafen. Dann neu ansetzen.

Ians Bettgefährtin hatte sich zum Glück verzogen, sodass unser Zimmer wieder uns beiden gehörte. Ich legte mich mit einem erschöpften Seufzen hin und war eingeschlafen, ehe ich mir die Decke über die Schultern ziehen konnte.

Ich wachte erst wieder von Ians Getrampel auf. Der Kerl war lauter als eine ganze Elefantenherde.

»Willst du auch Kaffee?«, fragte er mich, sobald er bemerkte, dass ich wach war. »Ich hol welchen.«

Ich grunzte lediglich.

»Ich nehm das mal als ein Ja. Komm in die Gänge. Es ist schon kurz vor drei.«

Was? Sofort saß ich senkrecht im Bett. So lange hatte ich schon ewig nicht mehr geschlafen. Ein eindeutiges Zeichen dafür, wie fertig ich gewesen war.

Ian winkte noch einmal kurz und war dann zur Tür hinaus. Ich hingegen brauchte noch ein wenig, um richtig wach zu werden. Als mein Blick auf mein Handy fiel, erinnerte ich mich an den letzten Gedanken kurz vorm Einschlafen.

Ich hatte da noch eine Nachricht zu schreiben.

Meine Laune sank allerdings sofort wieder, als ich die Hinweise auf neue Verlinkungen auf irgendwelchen Social Media Kanälen entdeckte. Fuck. Das mit dem Prügelfoto war also noch nicht eingedämmt. Ich …

Mein Magen zog sich ruckartig zusammen, als ich die Info zu einer neuen Mail in meinem Postfach las. Der Absender … *Heilige Scheiße.*

H.Palmer@highgrove-industries.com

Das war nicht gut. Hastig klickte ich die Mail auf, doch schon allein beim Betreff stellten sich mir die Nackenhaare auf. *Verwarnung*, stand dort.

Sehr geehrter Mr. Ambrose,
betrachten Sie dies als erste und einzige Warnung. Wir bestehen auf einem einwandfreien Ruf unserer Stipendiaten. Aggressives Verhalten, Schlägereien oder Nötigungen stehen im absoluten Kontrast zu unserem Leitbild. Bei einem weiteren Fehltritt entziehen wir Ihnen ohne weitere Vorwarnung das Stipendium. Anbei unsere Grundsatzregeln, an die Sie sich zukünftig hoffentlich besser halten werden.

Mit freundlichen Grüßen
H. Palmer

Ich stöhnte laut auf und las die Nachricht gleich noch ein zweites Mal. *Verdammt.*

Ich spürte, wie mir das Wasser plötzlich bis zum Hals stand. Wenn ich das Stipendium verlor, konnte ich nicht weiterstudieren. Flog ich von der Uni, war unser schöner Masterplan dahin und die harte Arbeit von meinen Brüdern und mir vergebens.

Ich wäre schuld daran, wenn meine Familie auseinandergerissen würde. Ich allein.

Weil ich mich hatte gehen – mich hatte provozieren lassen. Weil ich so dumm gewesen war. Und letztlich auch, weil ich Amy in mein Leben gelassen hatte.

KAPITEL 11

Amy

Die nächsten zwei Tage verkroch ich mich und erlaubte mir ein wenig Selbstmitleid. Meine Mutter war erstaunlich nett zu mir und behandelte mich wie ein rohes Ei. Vermutlich war ihr mittlerweile klar geworden, dass meine kleine Rebellion auch größer hätte ausfallen können. Sie fragte mich nicht einmal, wie der Abend gewesen war. Ein Blick in mein Gesicht sagte wohl alles.

Seit meinem peinlichen Abgang hatte ich nichts mehr von Nathan gehört. Ich redete mir ein, dass es besser so war, und versuchte mich abzulenken.

Ich bereitete mich weiter auf meinen Highschool-Abschluss vor. Den hatte ich wegen meiner Krankheit leider noch immer nicht machen können. Jetzt, wo es mir besser ging, wollte ich das endlich nachholen. Als Jugendliche hatten Ben und ich eine alte, verschrobene Hauslehrerin gehabt. Die kam aber längst nicht mehr. Meine Mum hatte den Unterricht übernommen. Am liebsten lernte ich allerdings ganz für mich. Es fühlte sich ein wenig wie Uni an. Da war man ja auch zum Großteil selbst verantwortlich.

Dann mal los. Erst mal wollte ich den Schreibtisch wieder an seine alte Stelle rücken, damit ich vom bodentiefen Fenster über den Pool und die Steilklippen bis zum Horizont und zum Meer sehen konnte. Mum hatte ihn ein Stück zur Seite geschoben, damit sie besser um mein Bett herumgehen konnte. Damit war jetzt aber Schluss. So sah es wieder viel hübscher aus und nicht mehr rein zweckmäßig. Ein grandioses Gefühl. Sofort fühlte ich mich besser. Ich holte meine alten Hefter hervor und beglückwünschte mich zu meiner alten Ordnung. Auf diese Weise fand ich mich recht schnell wieder ein. Nachdem meine Blutwerte so plötzlich schlechter geworden waren und ich losgezogen war, um mir ein Tattoo stechen zu lassen, hatte ich meine Lernsachen komplett ignoriert.

Zeit, sie wieder anzupacken. Außerdem lenkte lernen mich sicher von den Gedanken an Nathan ab.

Mein Handy piepte. Vermutlich *Nirdy*, die aktuell wieder im Krankenhaus lag und sich fürchterlich langweilte. Doch ich irrte.

Nathan: Können wir darüber sprechen, was geschehen ist? Bitte!

Ich starrte die Nachricht eine gefühlte Ewigkeit an und war versucht, zu antworten. Aber ich tat es nicht. Das mit uns war eine schöne Ablenkung gewesen. Online. Unsere Treffen hingegen standen offenbar unter keinem guten Stern. Jedes einzelne hatte in einem Desaster geendet.

Dennoch meldete sich mein schlechtes Gewissen. Nathan zu ghosten war nicht gerade die feine Art. Doch wenn ich ihm geantwortet hätte, wäre er garantiert wieder darauf eingegangen und …

Mann! Das brachte doch alles nichts. Dass wir wieder in unsere lockerleichte Chatbeziehung zurückfanden, wagte ich zu bezweifeln. Die Party und der vermaledeite Kuss standen jetzt zwischen uns.

Der Kuss.

Die Party war heute fünf Tage her. Und ich musste immer wieder an den Kuss denken. Ich wünschte, ich hätte ein Kribbeln in Erinnerung oder Nathans weiche Lippen. Problem nur: Da waren keine Lippen gewesen. Nur sein Kinn. Mein Mut war bemerkenswert gewesen, das musste ich mir selbst zugutehalten. Aber der Rest?

Das war einfach nur peinlich gewesen.

Um an etwas anderes zu denken, büffelte ich. Zwischendurch zockte ich online mit meinen Freunden oder hörte meine Hörbücher. Ich holte sogar meine alten Malsachen heraus und begann mit ein paar Skizzen in Schwarz-Weiß. Erst nach einer halben Stunde bemerkte ich, dass aus den ziellosen Strichen ein Männerkopf geworden war, der verdächtig nach Nathan aussah.

Mist.

Hastig übermalte ich die Skizze mit ganz viel schwarzer Farbe und sprenkelte danach fleißig bunte Punkte darüber. Schon besser. Abstrakt war gut.

»Du malst wieder?« Mum war ungefragt ins Zimmer gekommen und musterte mich besorgt. »Übernimm dich nur nicht. Soll ich noch mal Fieber messen?«

Und da war er wieder. Der Gedanke an meine Krankheit. Gerade hatte ich ihn komplett verdrängt, da holte Mum ihn wieder hervor. Hinzu kamen noch ihr ständiger Kontrollzwang und ihre Überfürsorge. Lag ich am Pool, kam sie mit Sonnencreme raus. Ging ich eine Stunde spazieren, wollte sie unbedingt mit. Ich könnte ja unterwegs zusammenbrechen. Forderte ich sie zu einem Brettspiel heraus, kam es immer wieder vor, dass sie während der gesamten Partie kein einziges Wort von sich gab und am Ende zu mir sagte: »Jetzt leg dich aber besser hin. Du siehst blass aus.«

Normale Gespräche mit ihr waren absolut unmöglich. Eine Umarmung, ein sanfter Guten-Morgen-Kuss oder alberndes Geblödel gab es bei uns nicht.

»Mum, jetzt entspann dich mal. Die Ärzte glauben nicht, dass die AML zurückgekommen sein könnte. Ich liege nicht im Sterben, okay?«, antwortete ich genervt.

»Auch Ben ging es zwischendurch wieder richtig gut. Und wir wissen beide, wie das ausgegangen ist.«

Wir maßen uns mit Blicken. Ich verlor. Wie immer. Was sollte man da auch erwidern? Sie nickte mir noch mal knapp zu und ging, um das Fieberthermometer zu holen.

Ich hatte die Theorie, dass meine Mutter ihre ganze Trauer und Panik vor einem weiteren Verlust in absolute Kühle verwandelte. Sie verbarg ihre wahren Gefühle vor mir, schottete sich ab und führte stattdessen einen hartnäckigen Feldzug gegen den Krebs. Er war der Feind, den es zu besiegen galt. Er war das Monster, das für immer aus unserem Heim vertrieben werden musste.

Dass ich mir manchmal etwas weniger Verbissenheit und mehr Herzlichkeit gewünscht hätte, behielt ich für mich. Meine Mum hielt sich nur durch puren Kampfgeist aufrecht. Wenn ich ihr den nahm und sie stattdessen in die Arme schloss, würde sie vermutlich zusammenbrechen.

Nur zu gerne hätte ich mit ihr über Nathan gesprochen. Ein richtiges Mutter-Tochter-Gespräch geführt.

Den Rest des Tages mieden wir uns, bis ich schließlich runterging, um für uns zu kochen. Pasta mit Lachs. Mein Spezialgericht. Noch immer schweigend deckte ich den langen Wohnzimmertisch für zwei Personen ein, während Mum in der Ecke akribisch meine Werte in eine Akte eintrug. Meine Krankheit zu überwachen hielt sie einfach aufrecht. Früher war sie selbst Ärztin gewesen. Als bei mir die Blutgerinnungsstörung festgestellt worden war und unser Alltagstrott durcheinandergebracht wurde, hatte sie ihren Job an den Nagel gehängt. Dad brachte genug Geld für zwei nach Hause. Allerdings arbeitete er auch für zwei.

Wir setzten uns zum Essen an den Tisch, und ganz plötzlich hielt ich es nicht mehr aus. Unser Schweigen. Unsere Distanz. »Mum?«, platzte ich heraus. »Hast du schon mal etwas getan, das dir hinterher so peinlich gewesen ist, dass du die Zeit zurückdrehen wolltest?«

Mum ließ die zum Mund erhobene Gabel sinken. »Was meinst du? Du musst schon konkreter werden.«

»Ich … Ich hab Nathan geküsst. Aber nicht so richtig. Irgendwie habe ich nur sein Kinn erwischt und bin dann geflohen. Seitdem herrscht Funkstille zwischen uns.«

Mum starrte mich an. Eine Sekunde. Zwei. »Ist vermutlich besser so«, sagte sie dann und aß seelenruhig weiter.

Ich wartete, ob sie noch etwas hinzufügte. Nachfragte. Doch es kam nichts.

Den Rest des Essens verbrachten wir in finsterem Schweigen. Erst als ich die Teller abräumen wollte, räusperte sie sich.

»Du solltest erst mal gesund werden, bevor du dich auf einen Jungen einlässt«, sagte sie zu mir.

»Mum, ich denke nicht, dass ich noch mal gesünder werde. Meine Werte sind seit zwei Jahren okay. Nicht gut, aber okay. Auch wenn sie stark schwanken. Ich kann doch nicht mein Leben danach ausrichten, womöglich wieder einen Rückfall zu erleiden.«

»Du bist nicht gesund, Amy. Da stimmt weiterhin etwas mit deinen Blutwerten nicht, sonst wärst du nicht ständig so müde. Das müssen wir erst in den Griff bekommen. Okay?«

Ich gab auf. Es brachte nichts, mit meiner Mutter zu diskutieren.

***

Als ich wieder auf meinem Zimmer war, beklagte ich mich in epischer Breite bei *Nirdy.*

»Dann zeig ihr, dass sie sich irrt. Werd aktiver. Es müssen ja keine Dates mit schnuckeligen Kerlen sein, aber geh mehr raus. Trau dich« erklang es in *Nirdys* Sprachnachricht.

Sie hatte recht. Also brachte ich endlich den Mut auf, mich für die längst überfälligen Abschlussprüfungen anzumelden. Außerdem ging ich shoppen. Eine Stunde lang. Danach war ich zwar wie erschlagen, aber fühlte mich wie eine Heldin. Warum hatte ich das nicht schon längst gemacht?

Als Nächstes wollte ich Freunde außerhalb der Online-Welt finden. Einen Malkurs belegen. Beim Manga-Club eintreten.

Und dann wurde alles anders.

Es geschah eher schleichend. Der Kopfschmerz wurde von Tag zu Tag schlimmer, sodass ich mich schlechter auf die Aufgaben konzentrieren konnte. Ich musste mich öfter zwischendurch hinlegen. Dann kamen die Übelkeit und die blauen Flecken. Ein deutlicher Hinweis auf eine Blutgerinnungsstörung – und ein klares Warnsignal.

Ich wusste, dass Mum ausrasten würde, sobald sie das sah. Bevor ich sie darauf aufmerksam machte, legte ich noch eine letzte Runde Zocken mit *Deadlybird* ein, besiegte ihn gleich drei Mal hintereinander und schob gleich noch eine Online-Schachrunde mit *Nirdy* hinterher. Danach war ich völlig fertig, aber aufgeputscht genug, um Mum die Wahrheit mitzuteilen.

Was dann folgte, war ein episches Drama.

»Wir müssen sofort ins Krankenhaus«, sagte sie in einem beinahe geschäftsmäßigen Tonfall. Jetzt war endlich das eingetreten, vor dem sie sich die ganze Zeit gefürchtet hatte, schließlich hatte sie meinem Körper keine Sekunde über den Weg getraut.

»Ich rufe Dad an«, antwortete ich ihr. Dad ans Telefon zu bekommen, war schwierig, aber als ich es geschafft hatte, sagte ich nur einen Satz: »Ich hab wieder blaue Flecken.«

»Ach Mensch, Amy«, antwortete er in einem ähnlichen Tonfall wie Mum. Darin schwang eher ein tiefes Seufzen und ein unausgesprochenes *nicht schon wieder* mit. »Ich bin gerade auf Dienstreise. Ich komme morgen heim. Vielleicht übermorgen.«

»Okay«, antwortete ich. Was hätte ich auch sagen sollen? Ich wusste, wo mein Platz in seinem Leben war. Erst die Arbeit. Dann die Familie.

Nach dem kurzen Gespräch mit Dad fuhren wir ins Krankenhaus, wo man mich direkt stationär aufnahm. Zunächst auf der allgemeinen Inneren, bis ein Bett auf der Onkologie frei wurde. Ab sofort fühlte ich mich wie ein Statist in meinem eigenen

Leben. Der womöglich wiedergekehrte Krebs zog die Fäden. Ich war lediglich die Marionette, die von einem Arzt zum nächsten geschleppt wurde.

Meine Blutarmut war momentan das größte Problem.

Und jetzt ... jetzt war meine AML offenbar zurück. Erneut eine Chemo? Schon wieder wochenlang Krankenhaus? Ich wollte nicht so enden wie Ben und in einem sterilen Zimmer angeschlossen an zig Geräte sterben. Denn obwohl das Sterben in Filmen oft so friedlich dargestellt wurde, war es das nicht. Gar nicht.

Bei Ben war es ein Kampf gewesen. Ein harter, stinkender, menschenunwürdiger, schrecklicher Kampf mit Weinen, Flehen, Blut und Röcheln. Er hatte nicht gehen wollen und sich dagegen gewehrt. Bis heute bekam ich eine Gänsehaut, wenn ich an seine letzten Tage dachte.

Vor allem, weil ich kurz vor seinem Ende hatte rausgehen müssen. Es war zu heftig geworden. Ich hatte es nicht länger ertragen. Dadurch war ich nicht bei ihm gewesen, als er seinen letzten Atemzug getan hatte.

Der Gedanke verfolgte mich bis heute.

Immerhin hatte ich ihn bis zu diesem Punkt begleitet. Das war schon mal mehr, als Dad von sich sagen konnte. Trotzdem. Diese Zeit hatte mich für immer verändert.

Aber so würde ich nicht abtreten. Auf keinen Fall! Doch womöglich rettete ich mit diesem Krankenhausaufenthalt auch mein Leben. Ich musste stark sein. Kämpfen. Und dann ... Dann könnte ich vielleicht genau wie Nathan studieren gehen. Auf Partys betrunken dumme Dinge tun. Eine WG beziehen. Mit heißen Typen rumknutschen. Ganz eventuell, möglicherweise, vielleicht Nathan noch mal küssen. Diesmal aber richtig.

Allein dafür musste ich es versuchen.

Es klopfte an der Tür, und ein Arzt kam herein. Schon allein an der Art, wie er guckte, erkannte ich die schlechten Nachrichten. »Die Ergebnisse Ihrer Knochenmarksuntersuchung sind da.

Sie bestätigen unseren Verdacht. Es sieht jetzt alles nach AML aus. Das Beste ist, wenn wir die Chemo sofort beginnen. Dafür würden wir Sie dann auf die Onkologie verlegen. Ein Bett ist jetzt frei geworden.«

Ich nahm diese Information reglos entgegen. Vom Prinzip her hatte ich es tief in mir ohnehin geahnt.

Ich war wieder krank. Und zwar so richtig.

Sobald der Arzt gegangen war, zog ich mein Handy hervor. Es gab nur einen Menschen, mit dem ich jetzt sprechen wollte. Das war nicht Mum. Nicht mal *Nirdy* und schon gar nicht Dad.

> **Amy:** Auch mir tut das alles total leid. Trotzdem bleibe ich bei meiner Meinung. Ich liege wieder im Krankenhaus. Diesmal für länger. Deine und meine Welt passen nicht zusammen.

Ohne noch mal darüber nachzudenken, schickte ich die Nachricht an Nathan ab und starrte die kahle Decke an.

Ich würde kämpfen. Ich würde überleben.

Als ich Dienstagmorgen mein neues Krankenzimmer auf der Onkologie bezog, war ich noch immer wild entschlossen. Ich würde hier wieder rauskommen. Gesund. Geheilt. Meine Eltern hatten mir ein Zweibettzimmer ermöglichen können. Das andere Bett war noch leer, sodass ich die freie Wahl hatte. Ich entschied mich für das am Fenster, um den Vögeln in den Bäumen zusehen zu können.

Die eher schlichten Landschaftsbilder an den Wänden wollte ich später durch meine eigenen ersetzen. Vielleicht würde ich mein Portrait von Ben aufhängen. Ich hatte es gemalt, als es ihm und mir ein wenig besser gegangen war. Zunächst mussten allerdings meine pinkfarbene Lieblingsdecke über dem Bettende und die blaue Tafeldecke auf dem Tischchen in der Ecke reichen, um etwas Farbe in den Raum zu bekommen. Fehlte nur noch mein Teddybär. Er hatte mich bereits durch die letzte Chemo begleitet und war fester Bestandteil meiner Krankenhausausstattung.

»Home sweet home«, sagte ich, als ich den Teddy auf dem Bett platziert hatte, und atmete tief ein, um mich zu beruhigen. Von der Luft im Krankenhaus bekam ich jetzt schon Kopfweh. Sie war gefiltert und superrein, dafür aber auch derart künstlich, dass ich es in jeder Zelle spürte. Für Leute ohne Immunsystem natürlich ein Segen. Für ganz plötzlich freiheitsliebende junge Frauen, die gerade eine Kostprobe von Selbstbestimmung erlebt hatten, allerdings die Hölle. Den nächsten Monat würde ich diese Station nur auf eigene Gefahr verlassen.

Meine Mum schaltete in den Krankenhausmodus. Sie war dann wie eine Maschine: Koffer auspacken, Ärzte einnorden, Krankenschwestern bestechen, Akten studieren, mich eingehend briefen. Ich ließ alles reglos über mich ergehen. Aus Erfahrung wusste ich, dass eine Einmischung von meiner Seite nur zu Reibereien führte. In diesen Momenten hätte ich sie gerne so lange geschüttelt, bis aus dem Krankenhausmonster wieder meine Mutter geworden wäre. Allmählich befürchtete ich jedoch, dass sie für immer gegangen war.

Die diensthabende Krankenschwester kannte ich schon vom letzten Mal, als ich hier in Behandlung war, von meiner ersten Chemo.

»Da ist ja meine Lieblingspatientin wieder. Bereit für die nächste Runde?«, fragte sie mich gut gelaunt.

Ich zwang mich zu einem aufgesetzten Lächeln.

»Ist deine Mutter schon weg?«

›Schon‹ war gut. Sie hatte allen drei Stunden lang die Hölle heißgemacht. »Das ist sie. Sie können also aufatmen und müssen nicht ständig nervös über die Schulter gucken. Der Feldwebel hat das Schlachtfeld verlassen und schläft daheim, bevor er morgen wieder zur Truppe zurückkehrt.«

Die Krankenschwester lachte. Sie hatte sich längst an meinen Humor gewöhnt. Dass meine Mutter anstrengend war, mussten wir nicht besprechen. Wir wussten es beide. Umso wichtiger war es, dass ich mich unauffällig und brav verhielt. Eine Musterpatientin. Auf die Weise bekamen Mum und ich eigentlich immer unseren Willen: guter und böser Cop. Das System funktionierte erstaunlich perfekt.

Ich bekam etwas zu essen, das ich gerade so herunterwürgen konnte, auf mein Zimmer, kämmte Bens Perücke und setzte sie meinem mitgebrachten Teddybären auf. Das Ding hatte mein Vater für uns geschossen. Es war das einzige Mal, dass er mit uns zur Kirmes gegangen war, und ich war auch definitiv nicht scharf auf eine Wiederholung. Dad hatte der Ehrgeiz gepackt, und er hatte bestimmt fünfzig Dollar für die Patronen ausgegeben, bis der Schießbudenbesitzer Mitleid mit uns Kindern hatte und sich absichtlich verzählte. Dad glaubte bis heute, dass er den Teddybären gewonnen hatte.

Ich mochte das Stofftier, obwohl es hässlich war. Es war für mich der Inbegriff meiner Familie: irre, peinlich und sehr, sehr verbissen.

Ich krabbelte ins Bett und spürte die Kette um meinen Hals. Auch sie war ein Geschenk von meinem Dad. Ebenfalls ein Teddybär, mit so vielen Steinen, dass er beim Betrachten bereits blendete. Ich trug sie jeden Tag, obwohl die Kette vermutlich mehr als zehntausend Dollar wert war. *Nur das Beste für Dads kleines Mädchen*, dachte ich.

Trübe starrte ich die Wand an. Das also war mein neues Leben. Ich war erneut aus der Welt geschossen. Anders als die letzten Male dachte ich an diesem Abend aber nicht über Ben nach, sondern über jemand anderen: Ich dachte an Nathan und fragte mich, was er wohl gerade tat.

Dieser Gedanke verflüchtigte sich jedoch schnell, als ich noch am nächsten Tag den ersten Chemo-Cocktail per Infusion verabreicht bekam und alles zu einem Brei aus Atmen, Schwitzen und Kotzen wurde.

KAPITEL 12

Nathan

»Mensch, Nat. Hör endlich auf, Trübsal zu blasen. Das ist ja furchtbar. Wenn du sie vermisst, dann geh zu ihr und sag ihr das.« Ian warf mir mit Schwung den Basketball gegen den Kopf, sodass ich strauchelte. Wir hatten uns draußen getroffen, um uns zwischen unseren Lernsessions die Zeit mit Sport zu vertreiben. Leider hatte ich zum dritten Mal den Korb verfehlt.

»Was meinst du?«, fragte ich gespielt ahnungslos.

»Die Leukämiekranke. Seitdem Hanna sie in die Flucht geschlagen hat, bist du voll depri. Oder lag es an dem seltsamen Kuss?«

Ich warf ihm den Basketball so plötzlich und so heftig an den Kopf, dass er vor mir taumelte. »Mach dich ja nicht drüber lustig«, sagte ich scharf. Dieser verdammte Kuss! Warum nur hatte ich ihm davon erzählt? Es reichte eigentlich schon, dass er bei meiner Beinahe-Prügelei anwesend gewesen war. Von der Verwarnung hatte ich bislang noch keinem etwas erzählt. Es war mein gut gehütetes Geheimnis, das schwer auf meiner Seele lag.

Mir ging Amy einfach nicht aus dem Kopf. Schon gar nicht nach ihrer kurzen Nachricht. Sie lag im Krankenhaus und wollte in Ruhe gelassen werden. Allein der Gedanke daran ließ mich unruhig werden. Ich wollte ihr helfen, nur wusste ich leider nicht, wie.

Ian hatte derweil den Ball eingefangen und fuchtelte damit wild in der Luft herum, um meine Aufmerksamkeit zurückzugewinnen. »Genau das meine ich: Du bist einfach nicht mehr bei der Sache. Was ist denn nur los? Seit Amy hier aufgetaucht ist, schaust du nicht mal hin, wenn das hübscheste Mädel der Uni direkt vor deiner Nase mit den Hüften wackelt. Da müssen sie dir schon mit eindeutigen Einladungen kommen, damit du es kapierst. Mann, Nathan. Amy hat dich voll aus der Bahn geworfen.« Er warf den Ball möglichst heftig zurück. Anders als er fing ich ihn aber spielend leicht aus der Luft.

Ich beschloss, die Bemerkung einfach zu ignorieren. Hier über meine Gefühle zu diskutieren, war mir schlicht zu blöd.

»Tess, das siehst du doch auch so, oder?«, fragte Ian unvermittelt und wandte sich der jungen Frau zu, die mit untergeschlagenen Beinen im Gras saß und büffelte.

Tess blickte bei ihrem Namen auf, musterte erst Ian, dann mich. Ihre lila gefärbten Haare standen ihr wie immer wild vom Kopf ab. Wenn sie lernte, dann drehte sie sich einzelne Strähnen so lange, bis sie ganz starr wurden. Heute trug sie ein Shirt mit dem Aufdruck »Flossen weg von meiner Flosse«, und darunter fand sich ein gezeichneter Hai mit abgeschnittener Finne.

Bei Tess' T-Shirts brauchte man oft einen robusten Magen. Ihr war die Umwelt sehr wichtig, deshalb befasste sie sich in ihrer Freizeit viel mit Nachhaltigkeit. Zu ihren Überzeugungen passte auch ihr riesiges Tattoo auf dem Rücken, das eine Uhr, auf der es fünf vor zwölf stand, zeigte.

Doch so heftig sie für die Umwelt stritt, so unangenehm waren ihr persönliche Gespräche. Erst recht welche, die anderer Leute Liebesleben betrafen. »In Herzensangelegenheiten solltet ihr Hanna fragen«, wich sie prompt aus.

»Wir fragen aber nicht deine Mitbewohnerin, sondern dich«, protestierte Ian.

»Herzensangelegenheiten?«, hakte ich entsetzt nach. »Ich glaube, ihr habt hier was falsch verstanden. Ich hab mich nicht in Amy verknallt. Darum geht es gar nicht.«

»Ach ja? Um was denn sonst?«, fragte Ian skeptisch.

Ich verdrehte die Augen. Warum hatte ich bloß dieses Thema angeschnitten? »Ich mag sie. Keine Ahnung, wieso, aber sie ist mir wichtig. Und so wie wir auseinandergegangen sind, fühlt es sich furchtbar an.«

Ian sah Tess an. »Sag ich doch. Er ist verknallt!«

»Bin ich nicht. Ich mach mir nur Sorgen. Sie liegt grad im Krankenhaus und kämpft mit ihrem Körper. Das mit Hanna, mit mir, mit dem Kuss ... Ich würde es gerne klarstellen.«

Ian seufzte tief. »Du bist echt der anständigste Kerl, den ich kenne. Meinst du nicht, der glatte Schnitt ist für alle Beteiligten am besten?«

»Ich denke nicht, dass er das so stehen lassen sollte«, mischte sich Tess nun doch ein. »Da war was zwischen euch. Sie mag dich, Nathan. Und du sie auch. Ich finde, du solltest sie suchen und gucken, was draus wird.«

»Was draus wird? Das kann ich dir sagen! Sie liegt im Sterben, Nathan kann nicht gegen sein Helfersyndrom ankommen und verlobt sich mit ihr, sie stirbt, und er wird Witwer. Neeee! Das lassen wir mal lieber. Nathan bleibt schön hier und sucht sich was Unkompliziertes.«

Ich starrte beide abwechselnd ungläubig an. Sie lagen voll daneben und hatten gleichzeitig ins Schwarze getroffen. Ich hatte keine Ahnung, was das zwischen Amy und mir war. Wirklich keine! Ich hatte bei unserer Verabredung gar nicht heftig flirten wollen, sondern mich bemüht, einfach freundlich zu sein. Wie ein Kumpel eben. Doch irgendwie war mir das komplett misslungen. Es war, als wäre ich fremdgesteuert gewesen. Ich hatte sie niedlich gefunden! Und ich hatte mich ganz hervorragend amüsiert und das Strandtreffen mit ihr sehr genossen. Es war ein perfekter Moment gewesen. Wie wir da Eis gegessen und uns übers Surfen unterhalten hatten. Ich hatte mich noch nie, wirklich noch nie so wohl bei einer Verabredung gefühlt. Das hatte nicht mal was Romantisch-sinnlich-Verknalltes an sich gehabt. Es war einfach nur schön gewesen.

Und dann war dieser Müll passiert.

Seitdem hing ich in den Seilen. Von dem Mist mit dem Stipendium und unseren familiären Geldproblemen ganz abgesehen. Selbst Kane hatte schon besorgt gefragt, was los war, und Jack deswegen angerufen. Die beiden hatten telefoniert! Schlimmer ging's nicht. Es war ein deutliches Warnsignal.

Ich musste was tun. Ohne die Sache zwischen uns zu klären, konnte ich nicht weitermachen. Außerdem machte ich mir Sorgen um sie. Ja, verdammt. Ich sorgte mich. Aber das war etwas, das ich Ian und Tess garantiert nicht sagen würde.

»Jetzt hör auf, wie ein kleines Mädchen mit mir Problemgespräche führen zu wollen«, sagte ich provokant zu meinem Zimmerkumpel. Solche Aussagen triggerten Ian sehr und lenkten ihn ab. »Lass uns lieber noch eine Runde Basketball spielen. Wenn ich verliere, darfst du mit mir über meine Gefühle sprechen. Wenn ich gewinne, trinken wir ein Bier und erwähnen diese peinliche Nummer nie wieder.«

Entschlossen nahm er meine Herausforderung an, und wir spielten so ernst wie Cowboys im wilden Westen beim Schießduell.

Ich gewann haushoch, verzichtete aber darauf, Ian damit aufzuziehen. Er hatte es nur gut gemeint, genau wie Tess. Wir hatten mit ihr nie über Hanna gesprochen. Ian und ich trafen uns kaum noch mit ihr, Tess ging ihr auch so gut es ging aus dem Weg. Sie schloss sich uns immer wieder an und löste sich von ihrer Freundin. Ich konnte sie gut verstehen. Genau wie sie konnte ich auf Hannas spitze Bemerkungen verzichten.

Am Abend tranken Ian und ich unser Bier heimlich auf unserem Zimmer, danach gingen wir in eine Bar, alberten herum und sahen hübschen Frauen hinterher. Ab hier war für Ian Wasser angesagt, und auch ich wechselte auf Alkoholfreies um. Gerade leerte ich mein Glas, als ich Ryan in die Bar kommen sah. Er war umringt von Typen, die geradezu *Verbindung*, also *Fraternity* schrien. Diese Grüppchen erkannte ich mittlerweile auf einen

Blick, hockten sie doch ständig aufeinander und betrachteten andere eher wie lästige Fliegen an der Wand. Okay. Das war etwas drastisch, aber so ähnlich fühlte es sich zumindest an.

Wieso überraschte es mich nicht, dass Ryan einer Fraternity angehörte?

»Bin gleich wieder da«, sagte ich zu Ian, stand auf und schnitt Ryan den Weg zur Bar ab. Der Rest seiner kleinen Gang blieb ebenfalls stehen und starrte mich mit vernichtenden Blicken an. Normalerweise waren die Phi Phi Delta Dingsdas abends eher selten in freier Wildbahn anzutreffen. Warum auch? In ihren Verbindungshäusern wurden die legendärsten Partys überhaupt gefeiert – mit Alkohol, den man in Pubs, Bars oder gar auf dem Rest des Uni-Campus' so gut wie nie ergattern konnte. Immerhin waren die meisten Studierenden unter einundzwanzig.

»Ich will mit dir reden«, eröffnete ich das Gespräch. Für den Kuschelkurs hatte ich weder Zeit noch Nerven.

»Alles klar. Dachte ich mir schon.« Ryan drehte sich um und bedeutete mir, ihm zu folgen.

»Also, was willst du wissen?«, fragte Ryan mich provokant, kaum dass wir draußen standen.

»Highgrove Industries. Was weißt du darüber?«

»Cooles Stipendium. Krasse Anforderungen. Üble Typen.«

»Aha. Hast du die auf die Fotos auf Social Media aufmerksam gemacht? Die von meiner Prügelei?«

Ryan schnaubte verächtlich. »Warum sollte ich das tun?«

»Weil ich kaum glaube, dass die mich digital überwachen. Irgendwer hat ihnen das mit der Schlägerei gesteckt. Mir klingen dabei deine Worte noch im Ohr: Jeder ist hinter meinem Stipendiumsplatz her.«

»Hey, Kumpel. Du hast da was falsch verstanden. Ich bin vermutlich der Letzte, der den Platz haben will. Im Gegenteil. Ich bin froh, ihn los zu sein.«

Okay. Damit hatte ich jetzt nicht gerechnet. »Du bist mein Vorgänger?«

»So in etwa. Kennst du die Statistik nicht? Einer von zehn Stipendiaten schafft es mit Highgrove Industries durchs Studium. Der Rest wird irgendwann rausgeschmissen, und wenn du Pech hast, schuldest du ihnen eine Menge Geld.«

Ja, das hatte ich mit einem leichten Unbehagen in den Statuten nachgeschaut. Flog man aus einem triftigen Grund aus dem Programm, musste man in den meisten Fällen rückwirkend das gesamte Geld, das man bereits erhalten hatte, zurückzahlen. Leider wurde mir das erst jetzt richtig bewusst.

»Hör zu«, riss mich Ryan aus meinen Gedanken. »Ich habe dich nur deshalb gewarnt, weil wir beide Underdogs sind. Wir kommen aus den gleichen miserablen Familienverhältnissen – zumindest vermute ich das anhand der wenigen Sachen, die man sich über dich erzählt. Scheiß Kindheit, cleverer Verstand, und schon hat dich Highgrove Industries am Wickel. Pass einfach auf, was du tust. Dann kommst du da schon durch.«

»Das hat bei dir ja offenbar richtig gut geklappt.«

»Stimmt. Ich habe nicht genug Leistung erbracht und wurde fallengelassen. Wenigstens muss ich nicht das volle Stipendium zurückzahlen, nur einen Teil, und konnte ein anderes ergattern – eins von meiner Fraternity. Das war das Beste, das mir je passieren konnte. Delta Phi Alpha ist auch auf dich aufmerksam geworden. Dachte, das solltest du wissen.«

»Ich bin nicht so der Typ für Fraternitys. Das ist mir zu viel Gebumse, Gefeiere und Verbrüderung. Von der Hellweek ganz zu schweigen.«

»Glaub mir. Wenn dir das Wasser bis zum Hals steht, wirst du an uns denken. Und so wie ich das sehe, steht es dir bereits bis zum Schlüsselbein. Highgrove Industries hat vermutlich dein Potenzial erkannt und glaubt, dass du ihnen irgendwann viel Kohle erarbeiten kannst. Grundsätzlich mögen die aber keine Typen wie dich. Sie hoffen, dass du dich für sie änderst, aber letztlich bleiben wir, wer wir sind: abgefuckte Superhirne, die sich ungern einengen lassen.« Mit diesen Worten drehte er sich um und zog die Tür auf. Muffige Luft und der Lärm von Musik schlugen uns entgegen. »Wir nehmen nicht jeden, und unser Angebot wird nicht lange bestehen.«

»Bislang habe ich kein Angebot gehört.«

»Dann hast du es jetzt gehört. Delta Phi Alpha erwägt, dich aufzunehmen. Dafür müsstest du die Aufnahmeprüfung bestehen. Sie läuft zwei Wochen lang. Bei uns sind es also die Hellweeks: zwei Wochen, in denen wir dich bis aufs Mark prüfen werden.«

»Highgrove Industries verbietet die Mitgliedschaft in einer Fraternity. Bewerbe ich mich bei euch und die bekommen das mit, bin ich mein Stipendium garantiert los.«

»Nur den Mutigen gehört die Welt.« Damit verschwand Ryan in der Bar und ließ mich fröstelnd zurück.

Scheiße. Das Gefühl, in einer Falle zu stecken, wurde immer stärker. Wie hatte ich nur so blauäugig sein und die vielen Bedingungen meines Stipendiums ignorieren können? Das rächte sich jetzt.

Und als wäre das nicht schon schlimm genug, drängelte sich Amy ständig in meinen Kopf. Sie hatte sich da aus irgendeinem Grund eingenistet und wollte sich nicht vertreiben lassen.

Okay. Du musst zumindest in dieser Sache einen Schlussstrich drunter ziehen, dachte ich grimmig. *Finde sie, rede mit ihr und hak danach den Kuss und alles Drum und Dran ab.*

Ja, genau das würde ich tun!

Blöderweise erwachte tief in meinem Magen ein seltsames Kribbeln. Der Kuss hatte mir etwas bedeutet, genau wie Amy selbst. Das einfach hinter mir zu lassen, würde schwer werden.

KAPITEL 13

Amy

Es klopfte an der Tür. Ich ignorierte es. Das war vermutlich die Schwester, die mein noch immer volles Essenstablett abholen wollte. Mühsam rollte ich mich auf die Seite, zog die Bettdecke über die Nase und atmete meinen eigenen Mief ein.

Wer mit Chemomedikamenten vergiftet wurde, stank. Das konnte man gar nicht verhindern. Ich schwitzte, fror und schwitzte in einem beständigen Wechsel. Dazu kamen Durchfall und in meinem Fall leider auch Erbrechen hinzu. Kurz: Ich fühlte mich echt beschissen.

Erneutes Klopfen. Ich grunzte. Das musste als Zustimmung reichen. Dann jedoch horchte ich irritiert auf. Die Tür ging etwas zu zögerlich auf, und die Schritte wirkten übervorsichtig. Dadurch schieden meine Eltern und das Krankenhauspersonal schon mal aus.

»Amy?«

Ich erstarrte und riss entsetzt die Augen auf. *Nein! Oh, bitte nicht! Nein, nein, nein!* Die Stimme erkannte ich sofort. Sie hatte sich buchstäblich in meine Gehörgänge eingebrannt, und ich hörte sie seitdem wie einen Radiosong. Freundlich und sanft.

Nathan.

Ich starrte angestrengt an die Fensterscheibe. Da es draußen schon dunkel war und im Zimmer die Tischlampe brannte, spiegelte sich ein junger Mann darin. Kein Zweifel. Das war Nathan.

Stell dich tot, dachte ich panisch und rührte mich nicht. Hastig schloss ich die Augen und tat so, als würde ich schlafen. Ich stank wie ein Iltis, war bleich wie eine Leiche und auch noch total ausgemergelt. Zu allem Überfluss hatte ich mir lediglich mein Lieblingsschlabbershirt angezogen. Die Ärmel reichten nur bis zu den Ellbogen und offenbarten meine abgemagerten Arme.

Nathan war ein paar Schritte in den Raum gekommen, hatte die Tür aber bereits geschlossen. Das war nicht gut. So was machte jemand nur, wenn er bleiben wollte.

»Amy?«, versuchte er es erneut. Ich kniff ganz fest die Augen zusammen und behielt meine reglose Haltung bei.

Nathan seufzte. »Ach, komm schon! Bitte spiel nicht Dornröschen. Ich hab mich fünf Mal bei der Schwester erkundigt, ob das auch wirklich dein Zimmer ist. Dann hab ich gewartet, bis deine Mum gegangen ist, und mich jetzt endlich reingetraut. Leider hab ich mir schon den ersten Anraunzer wegen meiner Blumen abgeholt. Die musste ich am Empfang lassen. Aber ich hab dir das hier mitgebracht.«

Es knisterte.

Ich zählte bis drei und nahm meinen ganzen Mut zusammen. Langsam drehte ich mich zu Nathan rum, musterte das Etwas in seinen Händen.

»Ein weggefressener Schokoriegel?«, fragte ich irritiert, als ich die leere Verpackung erkannte.

Er grinste frech. »Das ist doch unser Ding. Ein Schokoriegel pro Treffen. Aber schön zu wissen, womit man dich neugierig macht. Bei meiner Katze hat das auch immer geklappt. Kaum hab ich mit was geknistert, kam sie angelaufen.«

»Hör endlich auf, mich mit deiner verdammten Katze zu vergleichen«, knurrte ich, doch es fiel mir schon nicht mehr leicht, ihm gegenüber kalt zu bleiben. Dafür freute ich mich zu sehr. Unter dem Schutz meiner Bettdecke streckte ich einen Arm aus. »Du hast zwei Schokoriegel dabei. Das hab ich genau gesehen. Her mit dem anderen.«

Nathan grinste mich frech an. »Den bekommst du nur, wenn du die blöde Bettdecke wegnimmst.«

»Ich sehe mieser als mies aus. Die Decke bleibt, wo sie ist.«

»Dann gilt das für den Schokoriegel ebenfalls.«

Wir maßen uns stumm mit Blicken, dann zog ich ganz langsam die Decke vom Mund bis zum Hals. Jetzt war mein Kopf frei und offenbarte vermutlich die dunkelsten Augenringe, seit es Pandabären gab. »Was machst du hier?«, brachte ich schwach hervor und meinte damit eigentlich: Unfassbar, dass du gekommen bist.

»Dich besuchen. Was sonst? Es hat eine Weile gedauert, bis ich das richtige Krankenhaus gefunden habe, und dann noch länger, damit mich deine Mum nicht erwischt, aber ta da: hier bin ich!«

Wieder dieses schiefe Grinsen, das meinen ganzen Körper summen und brummen ließ. Ich bemühte mich verzweifelt, Nathan nicht anzustarren. Schon gar nicht seinen Mund, aber es war schwierig. Seine Lippen erinnerten mich sofort an meinen peinlichen Kuss. *Verdammt.* War er hier, um darüber zu reden?

Mein Magen rumorte. Das lag nur zum kleinen Teil an der Aufregung, zum weitaus größeren an den vielen Medikamenten. In den Filmen sah es immer so aus, dass die Heldin augenblicklich ihre Schmerzen vergaß, sobald der Angebetete vor ihr stand. Mein Magen hatte von dieser Regel offenbar nichts gehört. Er tat weh, doch Nathan lenkte mich zumindest ein wenig davon ab.

Er überreichte mir feierlich den Schokoriegel und kam mir damit näher, als mir lieb war. Blitzschnell riss ich ihm den Süßkram aus der Hand und deutete auf den Stuhl am anderen Ende des Raumes. »Setz dich doch.«

Nathan tat wie geheißen, zog sich jedoch den Stuhl näher und näher und näher, bis er beinahe direkt neben meinem Bett stand. Ich starrte ihn an wie eine Erscheinung und konnte einfach nicht fassen, dass er da war.

»Ich bin froh, dass du mich nicht direkt rausgeschmissen hast«, sagte er und setzte sich. »Ich hatte mich innerlich darauf eingestellt und mir schon nette Dinge überlegt, um dich davon zu überzeugen, meine Gesellschaft noch etwas länger zu ertragen.«

Mein Hirn war leer. So leer wie noch nie in meinem ganzen Leben. Wie die letzte Volldeppin umklammerte ich den Schokoriegel mit der einen und die Bettdecke mit der anderen Hand. Von meinen sonst so gefürchteten bissigen Kommentaren war weit und breit nichts zu sehen. Stattdessen spürte ich, wie mir Tränen in die Augen traten.

Hilfe! dachte ich panisch. *Bloß nicht heulen.* Das sah mir überhaupt nicht ähnlich.

Ich betete, dass er meine Reaktion im schummrigen Licht der Neonröhren übersah, doch wie immer hatte ich kein Glück. Das sah ich sofort an seinem bestürzten Gesicht.

»Ich hoffe, das sind Freudentränen«, sagte er.

Ich konnte nicht antworten. Verzweifelt packte ich möglichst umständlich den Schokoriegel aus und vermied auf diese Weise, Nathan ansehen zu müssen. Mein Magen rebellierte beim Anblick der Schokolade. Viele Patienten bekamen bei ihrer Medikation einen unfassbaren Hunger auf Süßkram. Ich hingegen hatte null Appetit. Trotzdem biss ich hinein und kaute so lange, bis die erste Träne rollte.

»Amy«, unterbrach Nathan mein seltsames Tun. Die Stille zwischen uns wurde immer unangenehmer. Also versuchte er es erneut: »Amy, soll ich gehen?«

»Ja … nein … vielleicht?« Ich atmete tief durch und wischte mir die eine Träne fort. Dann sah ich ihn endlich an. »Sorry für den miesesten Kuss der Welt.«

Nathan blinzelte angesichts meines Themenwechsels. Dann verstand er den Wink: Nicht über heulende Mädchen im Krankenhauskittel sprechen. Einfach drüber weggehen. »Zum Küssen gehören immer zwei«, sagte er mit seltsam rauer Stimme.

Wir waren beide momentan emotionaler als eine Oscar-Gewinnerin bei der Verleihung. Das war nicht gut. Es war an der Zeit, mit Witz gegenzusteuern. Leider fühlte ich mich viel zu ausgebrannt, um lustig zu sein. Die Chemo hatte mich härter erwischt als befürchtet.

»Du warst überraschend groß«, erklärte ich leise.

Nathan lachte. Dieses Geräusch war eine Wohltat angesichts der düsteren Stimmung im Zimmer und sowieso in meinem Leben. Sein schelmisches Zwinkern half mir, mich langsam wieder zu berappeln. »Das höre ich öfter«, scherzte er.

Ich brauchte einen Moment, um den eigentlich Sinn hinter dieser Bemerkung zu verstehen. Mir entgleisten zunächst die Gesichtszüge, dann aber musste ich lachen. Vor allem, weil Nathan feuerrot anlief. Ihm war sein Spruch selbst peinlich. »Du Macho«, sagte ich augenrollend. »In diesem speziellen Fall meinte ich jedoch deine Körpergröße. Ich hab schlecht gezielt. Sorry für das Kinnabschlecken.«

»Du darfst es gerne noch mal versuchen. Aktuell sitze ich und halte so lange still, bis du den Abstand genau berechnet hast. Genügend Zeit zum Zielen.«

Ich reagierte nicht auf das Angebot. Das hatte er doch hoffentlich nicht ernst gemeint, oder? »Ich hab gerade erst Galle gespuckt«, informierte ich ihn trocken.

»Und? Ich hab in der Uni-Kantine gegessen. Das kommt in etwa aufs Gleiche hinaus.«

»Spinner«, sagte ich und bewarf ihn mit dem Rest des Schokoriegels. Den mochte ich eh nicht.

Nathan fing ihn spielend leicht auf und reichte ihn mir huldvoll zurück. »Iss«, sagte er. Er wirkte mit einem Schlag viel ernster.

Ich nahm den Riegel wieder an mich und legte ihn wie einen Schatz auf mein Nachttischchen. Es brachte nichts: Wenn mein Magen derart in Aufruhr war, konnte ich ihn zu nichts zwingen. »Ich freue mich, dass du hier bist«, brachte ich dann den Mut auf zu sagen. Ich atmete tief ein und sah Nathan fest in die Augen. »Ich weiß, ich hab mich danebenbenommen auf der Party. Hat Hanna noch was gesagt?«

»Ich hab mit Hanna seit dem Vorfall nicht mehr geredet. Es gibt nettere Leute auf dem Campus.«

»Oh«, brachte ich schwach hervor. Warum gefiel mir dieser Gedanke nicht? Ich runzelte angestrengt die Stirn, bis ich begriff. »Hast du etwa mit Hanna wegen mir gebrochen? Ich will nicht, dass du meinetwegen in Schwierigkeiten gerätst.«

»Welche Schwierigkeiten denn? Bloß weil ich mich von Hanna distanziert habe, bringt mich das nicht um. Die war ohnehin nie wirklich eine Freundin von mir. Ich bin kein kleines Kind mehr, Amy. Du musst nicht auf mich aufpassen.«

»Genauso wenig wie du auf mich«, sagte ich heftiger als gewollt.

Nathan zog eine Augenbraue hoch. Dann stemmte er ganz lässig seine Schuhe gegen den unteren Rand meines Bettes, kippelte mit dem Stuhl und faltete die Hände hinter dem Kopf zusammen, als sei unser Gespräch nicht voller Fallstricke. »Bleib locker«, erklärte er nach einer Weile. »Können wir uns auf eine Sache einigen?«

»Die wäre?«

»Du hörst auf, mich ständig wegschicken zu wollen. Ich weiß schon ziemlich genau, was ich tue.«

»Den Eindruck habe ich nicht. Das hier ist die Krebsstation und keine Notaufnahme. Also hör auf zu kippeln, sonst landest du noch im Streckverband im Krankenhaus gegenüber. Ich verstehe einfach nicht, was du von mir willst! Ich bin der langweiligste Mensch auf Erden, stehe als Einundzwanzigjährige noch unter Beobachtung meiner Mutter und kann nicht mal einen Schokoriegel essen, ohne zu würgen. Das disqualifiziert mich für romantische Dinner, Dates und Romanzen. Bitte verzeih, wenn ich da etwas misstrauisch werde.«

»Mensch, Amy, jetzt beruhig dich mal. Ich will dich nicht auf der Stelle vernaschen oder dir die Sterne vom Himmel holen. Ich bin einfach hier als Kumpel, den du versehentlich auf das Kinn geküsst hast.« Er wurde erneut rot und gleichzeitig ernster.

»Um ehrlich zu sein, wollte ich nur kurz nach dir sehen und dann wieder gehen.«

»Oh«, brachte ich enttäuscht hervor. »Und warum bist du dann noch hier?«

»Weil ich jetzt, wo ich hier bin, keine Ahnung hab, warum ich wieder gehen sollte. Ich freue mich, dich zu sehen, und mag es, mit dir rumzublödeln. Das erinnert mich an Treffen mit meiner kleinen Schwester Naomi.«

Ich konnte einen erstickten, schockierten Laut nicht unterdrücken. *Scheiße!* Er ging auf die großer-Bruder-Schiene. Wie kam ich denn aus dieser Nummer wieder raus?

»Ich hatte schon einen Bruder. Ich brauche nicht noch einen«, rutschte es mir raus.

»Ich weiß«, gab Nathan leise von sich. Er kippelte jetzt noch heftiger und lehnte sich so weit zurück, dass ich automatisch die Luft anhielt. »So hab ich es auch gar nicht gemeint. Ich vermisse meine Familie, das ist alles. Das unbeschwerte miteinander Rumalbern, ohne ständig auf die eigenen Worte achten zu müssen. Naomi ist genauso schlagfertig wie du. Aber nur mir gegenüber. Das meinte ich.«

Aha. Ich war noch nicht ganz beruhigt. Momentan war ich zwar ziemlich durcheinander und wusste nicht recht, was ich von Nathan halten sollte. Aber so viel stand fest: Er war weder ein Kumpel noch ein Bruder für mich. Dafür fühlte ich mich viel zu sehr zu ihm hingezogen. Leider sendete er seltsame Signale. Er lud mich zu einem Date ein, ging dann aber auf die Freundschaftsschiene. Er suchte meine Nähe, wollte dann aber wieder gehen. Das war total seltsam. Als sei er sich selbst nicht sicher, was er von mir wollte. Das tat weh.

Nathan spürte wohl, dass die Stimmung so kippte wie sein Stuhl. Er ließ sich im letzten Moment zur Seite fallen, bevor er rücklings zu Boden krachen konnte. Es schepperte schrecklich laut, als der Stuhl komplett umfiel.

Erst wollte ich mit Nathan schimpfen, aber dann fing ich an

zu lachen. »Wow. Also manch einer hätte das jetzt peinlich gefunden.«

Nathan stellte den Stuhl wieder auf, krabbelte ächzend darauf zurück und hielt sich die Hüfte. »Das gehörte alles zur Show«, stöhnte er und deutete gleich darauf Richtung Tischchen in der Ecke. »Jetzt, wo mein Stolz eh am Boden liegt, können wir ihn auch richtig vernichten. Wie wäre es mit einer Partie Scrabble?« Er hatte das Spiel entdeckt, das seit meinem Einzug in dieses furchtbare Zimmer ungenutzt auf dem Tisch in der Ecke lag. Eilig sprang er auf, schnappte sich den Karton und kam damit zu mir zurück.

»Du willst doch nicht ernsthaft scrabblen?«, fragte ich.

»Wieso nicht? Wir können schlecht die ganze Zeit über Krankheiten reden, also liegt es auf der Hand: Wir spielen jetzt Brettspiele, um dir die Zeit zwischen kotzen und schlafen zu vertreiben.«

An der Art und Weise, wie er das Spiel auspackte, erkannte ich sofort, dass er noch nie in seinem Leben Scrabble gespielt hatte. Er verteilte die Buchstaben auf dem Nachttisch an meinem Bett, anstatt sie im Sack zu lassen. Ich kniff entsprechend genervt die Augen zusammen und wartete, bis er damit fertig war.

»Du bringst mich aus dem Takt«, sagte ich.

»Du mich auch.«

»Aber das ist in der aktuellen Lage überhaupt nicht gut. Ich muss mich aufs Gesundwerden konzentrieren.«

»Und Scrabble ist giftig? Ich bin sicher, so ein Gesellschaftsspiel wird dich nicht umbringen.«

Ich seufzte. Er wollte es einfach nicht verstehen. »Die Party sollte uns doch eigentlich Warnung genug gewesen sein. Unsere Leben passen nicht zusammen.«

»Quatsch. Du hältst mich noch immer für den absoluten Partyhengst. Das bin ich nicht! Im Gegenteil. Ich bin sogar ein richtiger Streber. Zwar ein ziemlich gut aussehender, sexy Streber mit einer charmanten, vor Bescheidenheit nur so strotzenden

Ausstrahlung – aber dennoch ein Streber. Und Streber spielen nun mal gerne Scrabble, und Krebsopfer können nicht schnell genug wegrennen, um ihnen zu entkommen. Also los jetzt. Hilf mir mal beim Aufbau und denk nicht so viel drüber nach, warum ich hier bin. Sei einfach froh, dass ich es bin.«

In der Sekunde gab ich mich geschlagen. Da ich Nathan ohnehin nicht loswurde, konnte ich es auch genießen. Selbst wenn das wegen meiner immer stärker werdenden Angst vor der Zukunft äußerst schwierig war.

Ich musste gut auf mein Herz aufpassen. Denn das war eins der wenigen Organe, das noch einigermaßen funktionierte.

***

Nathan besuchte mich ab da jeden dritten Tag. Ein Segen für mich. Ich kannte wirklich keinen Menschen, der so viel lachte. Mit dem ich mich so sehr amüsieren konnte. Der das Leben so liebte und gleichzeitig fürchtete.

Das hatten wir gemeinsam: Wann immer die Rede auf die Zeit nach seinem Studium kam, wurde er seltsam verschlossen und nervös. Als könne er sich diese Zeit nicht so recht vorstellen. Ich konnte das gut nachvollziehen. Ich hatte so lange gegen den Krebs angekämpft, dass ich ganz vergessen hatte, wie eine Zeit ohne die Krankheit aussehen konnte.

Um nicht vollkommen den Anschluss in seinen Seminaren zu verlieren, nahm Nathan seine Lernsachen mit zu mir. Wir konnten uns immer nur spät abends treffen, damit Mum uns nicht erwischte. Sie hätte den Schwestern sofort verboten, ihn zu mir zu lassen. Natürlich hätte ich mich auch gegen ihre Bevormundung behaupten können, aber momentan fehlte mir dazu einfach die Kraft. Nathan akzeptierte zum Glück unsere Geheimnistuerei und achtete darauf, meiner Mutter nicht über den Weg zu laufen.

Diese Treffen waren unser Geheimnis.

Die Schwestern sagten nichts zu seinen späten Besuchszeiten. Auch sie mieden meine Mutter und konnten uns nur zu gut verstehen. Es war ihre stille Art, uns zu unterstützen.

Während Nathan eine äußerst komplizierte mathematische Formel aufdröselte, döste ich zusammengerollt im Bett. Am Anfang hatte ich das seltsam gefunden. Mittlerweile hatte es etwas Tröstliches. Im Beisein von jemandem zu schlafen war ein großer Vertrauensbeweis. Vor allem, wenn man so krank war wie ich.

Nathan bemühte sich bei jedem Besuch, sich seine Sorgen nicht anmerken zu lassen. Einmal hatte ich ihn dabei erwischt, wie er heimlich meine Krankenakte, die am Bettrand eingehakt war, abfotografierte – wahrscheinlich, um sie sich später in Ruhe genauer anzusehen. Ich schimpfte mit ihm, denn ich wollte nicht, dass er sich zu sehr mit diesem Thema beschäftigte. Es reichte schon, wenn eine Armee aus Ärzten und meine Mutter das taten.

Um meinen Gesundheitszustand zu beurteilten, musste man mich eh nur ansehen. Mir ging es mit jedem Tag mieser. Ich sprach auf die Therapie schlechter an als erwartet.

Meine Freunde bemühten sich, mich aufzumuntern. Sie kannten das Gefühl, vom eigenen Körper verraten worden zu sein. Ihre Aufmunterungsversuche hörten sich allerdings deutlich anders an als die dramatischen Ermahnungen meiner Mutter, jetzt nur ja nicht aufzugeben.

Nirdy: Du darfst auf keinen Fall auf die Intensivstation, Amy! Dann kommt Nathan nachher nicht mehr, und ich bin doch süchtig nach neuen Informationen. Der Kerl ist sooo süß!

Nevergiveup: Schick endlich mal ein Foto von ihm. Online habe ich ihn schon gesucht, aber der Kerl postet so gut wie nie was.

Nirdy: ja, genau!

Dazwischen gab es auch Textnachrichten von Deadlybird.

> **Deadlybird:** Mädels, jetzt kommt mal wieder runter von eurer Wolke 7, aber … na, gut. Ich hätte zugegebenermaßen auch gerne weitere Informationen und ein Foto!

Ergeben knipste ich besagtes Bild, als Nate gerade mal wieder am Lernen war, und schickte es meinen Freunden, die natürlich hin und weg waren. Zumindest *Nirdy* und *Nevergiveup*. *Deadlybird* verschenkte zumindest ein Herzchen.

Leider brachte ich mit jedem Tag weniger Energie auf, die drei auf dem Laufenden zu halten. Auch die Scrabble-Abende mit Nathan wurden deswegen immer kürzer, genau wie unsere Gespräche. Trotzdem kam er weiterhin zu mir. Nur warum? Der Grund machte mir Angst und tröstete mich zugleich. Er mochte mich. Zumindest war das seine Begründung.

»Hör auf, mich anzustarren«, murmelte ich leise beim Dösen. Sobald Nathan dachte, ich würde es nicht bemerken, tat er das ständig.

»Sorry, aber dein Anblick ist einfach deutlich hübscher als diese fucking Formeln.« Pflichtschuldig senkte er seinen Blick zurück auf die Unterlagen und kritzelte darin herum.

Ich atmete tief durch, denn seit Tagen überlegte ich, wann ich es ihm sagen sollte. Jetzt? Für so etwas gab es nie den richtigen Zeitpunkt. Schließlich drehte ich mich auf den Rücken und starrte zur Decke hinauf. »Sie suchen jetzt wieder nach einem Stammzellenspender«, sagte ich in die Stille des Raumes.

Augenblicklich ließ Nathan den Stift fallen, stand auf und kam zu meinem Bett. »Aber ich dachte, du bräuchtest das nicht«, sagte er ungläubig.

»Da die blöde Leukämie unerwartet zurückkam, sind die

Ärzte am Ende ihres Lateins. Die Therapie vom letzten Mal schlägt nicht richtig an, daher überlegen sie jetzt in andere Richtungen.«

Ich hatte ihm vor einer Woche gestanden, dass ich das auf keinen Fall machen wollte. Es bedeutete totale Isolation über Wochen, eine noch heftigere Chemotherapie und ewig langes Warten. Mein Immunsystem würde komplett platt gemacht werden. Immer und immer wieder, damit das neue Knochenmark von meinem Körper angenommen werden konnte. Das war kein Spaziergang. Das war der pure Horror. Ich hatte all meine Hoffnung in die normale Therapie gelegt.

»Wie ernst ist es?«, fragte Nathan und nahm ganz automatisch meine Hand. Das hatte er noch nie getan. Meine Bettkante war immer wie eine unsichtbare Trennlinie, die er nicht überschritt. In diesem Fall ignorierte er unsere stumme Vereinbarung.

»Sie punktieren erneut, nur Mum bevorzugt die Transplantation. Ich hab es in ihren Augen gesehen. Sie möchte kein Risiko eingehen.«

»Aber ist das nicht eher das letzte Mittel der Wahl?«

»Ich schätze, wir sind schon beim letzten Mittel angekommen«, sagte ich leise. »Tut mir leid, Nathan. Ich bin wohl eine noch schlechtere Scrabble-Partnerin als erwartet.«

»Das wird schon wieder«, gab er den Satz von sich, den ich am meisten hasste. »Ich meine …«

Die Tür ging auf. Ich drehte mich überrascht um und erschrak. *Verdammt.* Im Türrahmen stand meine Mutter. Sie starrte Nathan voller Groll an.

Nein, dachte ich verzweifelt. *Bitte nicht. Schlag ihn nicht in die Flucht.*

»Guten Abend, Mrs. Darren«, sagte Nathan erstaunlich freundlich zu ihr.

»Was machen Sie hier?«, entgegnete sie.

»Ich leiste Ihrer Tochter Gesellschaft und lenke sie ein wenig ab.«

Mum sah wie aufs Stichwort auf die schmucklose schwarz-weiße Uhr, die an der Wand gegenüber von meinem Bett hing. »Es ist kurz vor neun. Ich denke, es ist Zeit für Sie, zu gehen.«

Im ersten Moment wollte er eindeutig protestieren. Voll einsteigen in ein Streitgespräch. Dann blickte er mich jedoch an und musste etwas in meinen Augen gesehen haben, das ihn zögern ließ. Er gab auf und trat den Rückzug an.

»Ich komme übermorgen wieder«, sagte er zu mir und strich mir einmal kurz über den Arm. Auch diese Berührung war neu. Normalerweise winkten wir uns lediglich zu.

Dann war er fort und ließ mich mit meiner Mutter allein zurück. Kaum hatte er die Tür hinter sich geschlossen, sah ich sie finster an. »Mum, was sollte das? Ich bin froh über jeden Besuch.«

»Ich habe auch nichts dagegen, solange das zu einer angemessenen Uhrzeit geschieht.«

Als ob, dachte ich bitter. So oder so hätte sie ihn verjagt. Meine Mutter hatte sich leider in den letzten Jahren angewöhnt, jeden Fremden sofort als Feind zu betrachten.

»Wenn Nathan kommen will, dann darf er das jederzeit tun«, stellte ich mit möglichst strenger Stimme klar. »Er ist ein guter Freund von mir. Du darfst ihn nicht vergraulen. Das würde ich dir nie verzeihen.«

»Ich will doch nur dein Bestes!«

»Das weiß ich, aber manchmal verstehen wir unterschiedliche Dinge unter *das Beste*.«

»Nathan ist jedenfalls das Gegenteil davon.«

»Er besucht mich, bringt mich zum Lachen und vertreibt mir die Zeit. Was ist daran so verkehrt?«

»Er hat dich auf Partys eingeladen und dich an den Rand deiner Kräfte getrieben.«

»Ja, er hat mich eingeladen. Aber ich bin freiwillig mitgegangen und wusste genau, was für ein Risiko ich dabei eingehe. Ich bin kein Kind mehr, Mum. Versteh das endlich.«

»Dann benimm dich gefälligst auch nicht wie eins. Das, was du da tust, kann dich umbringen. Du musst deine Kräfte dafür aufwenden, die Chemo zu überleben. Was will Nathan überhaupt von dir? Was verspricht er sich davon?«

Mein Herz zog sich vor Schreck zusammen, als mir klar wurde, auf was dieses Gespräch hinauslief. »Er mag mich«, sagte ich scharf, um jede andere Richtung auszuschließen. »Ist das so seltsam?«

»Nein, natürlich nicht. Du bist ein wunderbares Mädchen, aber … Du musst doch zugeben, dass das seltsam ist. Ein junger Mann, gerade das Studium begonnen, jedes Wochenende eine andere Party, die Welt, die ihm offensteht … Was will so einer in einem Krankenhaus bei einer Todgeweihten?«

Da war das Wort.

Ich fühlte mich, als hätte mir meine eigene Mutter die Faust in den Magen gerammt. Fassungslos starrte ich sie an. »Ich bin nicht todgeweiht«, brachte ich schließlich hervor.

»Nein, natürlich nicht«, beeilte sie sich hinzuzufügen, doch der Schaden war angerichtet.

Sie hatte sich verplappert, und ich wusste jetzt Bescheid. Offenbar war meine Diagnose in den letzten Tagen noch viel beschissener geworden als am Start der Chemo. Natürlich hatte ich die Anzeichen bemerkt. Die Ärzte, die mir immer besorgtere Blicke zuwarfen. Die um den heißen Brei herumredeten, um mich nicht noch weiter zu beunruhigen. Sich wanden und seltsame Formulierungen benutzten, damit ich weiter hoffen konnte. Mein Dad, der noch mehr durch Abwesenheit glänzte als ohnehin schon. Meine Mutter, die immer hektischer und aggressiver wurde.

Ich hatte es nur nicht hören oder sehen wollen, denn … ja … die Zukunft, die Nathan mir an manchen Tagen ausmalte, war schrecklich verlockend gewesen. Vielleicht weckte er doch unrealistische Hoffnungen in mir.

»Ich glaube, du gehst jetzt besser«, sagte ich und zog mir die

Decke über den Kopf, um meine Mutter und das Krankenhauszimmer auszublenden.

Natürlich protestierte sie. Wie immer. Weil ich jedoch eine ganze Stunde lang schwieg, trollte sie sich schließlich, und ich kam unter meiner Decke hervor. Mein erster Griff war zum Handy, um meine Online-Freunde zu informieren.

> **Amy:** Ich glaube, ich bin austherapiert. Die Ärzte waren von jetzt auf gleich so komisch zu mir, und Mum hat mich als Todgeweihte bezeichnet. Ihr wisst, was das heißt!

Natürlich wussten sie das, daher wartete ich gar nicht erst die Reaktionen meiner Freunde ab, sondern klingelte direkt nach der Schwester. Die kam ungewöhnlich schnell zu mir.

»Alles gut?«, fragte sie freundlich.

»Nein, eher nicht. Ich muss mit einem Arzt sprechen. Jetzt. Sofort.«

Es war Zeit, mir selbst ein Bild von meiner Lage zu machen. Bislang hatte ich mich blind auf meine Mutter verlassen, doch ihre Worte hatten mich bis ins Mark erschüttert. Verschwieg sie mir wichtige Details?

Wenn dem so war, musste ich vorsorgen. Für den Fall, dass ich nicht mehr selbst entscheiden konnte. Für den Fall, dass der absolute Ernstfall eintrat. Für den Fall, dass es zu Ende ging.

Wenn es so eintreten sollte, durfte meine Mutter nicht mehr länger das Zepter in der Hand halten.

Ich hatte es bei meinem Bruder gesehen. Sein Sterben war hässlich gewesen, und trotzdem hatte meine Mutter weiterhin so getan, als habe er eine Chance. Als müsse er sich nur genug anstrengen, um gesund zu werden.

Mein Bruder war mit dem Gedanken gestorben, dass er versagt hatte. Dass er Mum und mich im Stich ließ, weil er nicht genug gekämpft hatte.

Ich wusste es besser. Er war seit Wochen chancenlos gewesen. Die Ärzte hatten das gesagt. Die Schwestern auch. Nur meine Mutter hatte es nicht wahrhaben wollen oder tatsächlich nicht geglaubt. Ich hatte geschwiegen und es bitter bereut.

Das würde mir nicht noch einmal passieren. Wenn ich starb, dann nicht in diesem Krankenhaus – selbst wenn das bedeutete, dass ich meiner Mutter das Herz brach.

KAPITEL 14

Amy

Als ich aufwachte, sah ich als Erstes auf eine Palme. Es war ein monströses, hässliches Plastikteil. Viel zu groß für mein Zimmer, sodass der obere Teil der Palme an der Decke klebte und sich traurig nach unten bog. Es verströmte den unangenehmen Geruch von Billigproduktion.

Verschlafen rieb ich mir die Augen. Was war denn jetzt kaputt, dass da auf einmal eine Palme in meinem Zimmer stand?

Es rumpelte neben mir. Ich drehte träge den Kopf und sah Nathan, der sich gerade mit zwei Sonnenliegen abmühte. Eine war bereits aufgebaut, mit der anderen kämpfte er noch. Sobald er beide Stühle aufgestellt hatte, faltete er eine vergilbte gelbe Decke vor der Palme aus, stellte die beiden Liegen darunter und drapierte davor einen klapprigen Holztisch.

»Was zur Hölle machst du da?«, fragte ich schließlich und nahm meine ganze Kraft zusammen, um mich auf meine Ellbogen zu stützen. Aus dieser Perspektive begriff ich endlich, was für eine Szene Nathan erschuf: Einen Miniatur-Strandbereich. Die gelbe Decke stellte den Strand dar. Und die Palme … nun, eben eine Palme.

»Wenn du nicht zum Meer kommen kannst, kommt das Meer mit allem Drum und Dran eben zu dir«, antwortete Nathan und klappte meinen Laptop auf, den er auf den Tisch neben meinem Bett platzierte. Er selbst besaß keinen, was ich für einen

Studenten eher ungewöhnlich fand. Ich hatte angeboten, ihm meinen zu leihen, doch er hatte abgelehnt.

Meeresrauschen erfüllte das Zimmer. »Ich hab etwa eine halbe Stunde Sonnenuntergang über dem Meer für dich aufgenommen. In etwa zehn Minuten müssen wir das Video starten. Dann ist es beinahe zeitgleich mit dem heutigen Sonnenuntergang.«

Mir fiel dazu keine passende Antwort ein. Etwas so Wundervolles hatte noch nie jemand für mich getan.

Wie immer in solchen Momenten setzte tief in mir ein warmes Kribbeln ein, das sich seinen Weg quer durch meinen Körper bahnte. Es war schön und alarmierend zugleich. Einerseits genoss ich das Gefühl, andererseits machte es mir auch Angst. Denn je schöner Nathan mein Leben gestaltete, desto größer wurde die Panik, es zu verlieren. Ihn zu verlieren.

Mir war natürlich klar, warum er solche Dinge tat. Er wollte mich ablenken von meinem Krankenhausalltag. Mir seine Welt zeigen. Letzte Woche hatte er mich mit seinem Handy einen ganzen Tag lang in die Uni mitgenommen. Ich war beim Frühstück mit seinen Kumpels mit dabei, durfte einer Vorlesung lauschen, bei der ich kein Wort verstand (was nicht mal an der schlechten Tonqualität, sondern an den tausend verschiedenen Matheformeln lag), und lungerte mit ihm im Unipark herum, bis es zur nächsten Vorlesung ging. Ich lauschte dem lustigen Streitgespräch von Tess und Ian, amüsierte mich mit Nathan über eine völlig neben sich stehende Professorin und saß am Abend mit im Kino. Viel vom Film bekam ich letztlich nicht mit, denn ich schlief ein, aber mit dem schönsten Gefühl der Welt. So wurde aus einem öden Krankenhaustag eine aufregende, neue Erfahrung.

Und jetzt stand sie da. Die hässlichste und zugleich schönste Palme der Welt.

Ich lachte in mich hinein. »Die Liegestühle sehen sehr bequem aus«, lobte ich Nathan. Er trat wie selbstverständlich neben mich und stützte mich, als ich langsam aus dem Bett stieg.

Mittlerweile war ich so wackelig geworden, dass selbst der Gang zum Klo kaum allein möglich war. Nathan überbrückte den für mich unangenehmen Moment mit Geschichten aus seinem Alltag. Ich war mir ziemlich sicher, dass rund die Hälfte davon frei erfunden war. So viel konnte selbst er nicht innerhalb von drei Tagen erleben. Trotzdem genoss ich es und saugte seine Erzählungen auf wie ein Schwamm.

Nathan bugsierte mich gekonnt in den Liegestuhl, drapierte meine Schnüre vom Tropf wie selbstverständlich um mich herum und machte das Licht aus. Jetzt beleuchteten lediglich der dunkle Bildschirm und eine kleine Leselampe das Zimmer. Als er das Video startete, erkannte ich undeutlich Meerschaum und Sand.

Bevor Nathan sich neben mich setzte, zündete er eine Kerze an und stellte sie auf den Klapptisch vor uns. Dadurch konnte ich noch viel weniger auf dem Laptop erkennen, aber letztlich war das irgendwie völlig egal.

»Sauerstoff hast du heute nicht an, oder?«, fragte Nathan plötzlich beunruhigt. »Nicht, dass ich uns in die Luft jage.«

»Nein. Es ist nur der Flüssigkeitstropf. Trotzdem solltest du die Kerze ausmachen, sobald du Schritte auf dem Flur hörst. Die Schwestern lynchen dich, wenn sie das sehen.«

Nathan brummte irgendetwas vor sich hin und reichte mir ein Klatschblatt, das er aus einem Picknickkorb gezogen hatte. »Bitte sehr, die Dame.« Für sich selbst holte er seine Lernutensilien hervor. Was das anging, waren wir sehr akribisch. Er lernte grundsätzlich, wenn er bei mir war, damit er nicht den Anschluss verlor. Da war er wie ein Getriebener. Aus einem mir unbekannten Grund war er fest entschlossen, seinen Abschluss in Rekordzeit zu schaffen. Ich spürte, dass es ihm weniger um sein eigenes Ego ging. Da steckte mehr dahinter. Leider blockte er Gespräche in die Richtung grundsätzlich ab.

Nathan schüttete fürsorglich Wasser in zwei mitgebrachte Plastikbecher, garnierte sie mit einem Cocktail-Schirmchen und packte noch bunte Strohhalme rein. Wir prosteten uns zu und kehrten dann in unsere so geliebte Stille zurück, untermalt von Meeresrauschen. Während Nathan im Licht der kleinen Leselampe lernte, las ich in meinem Klatschblatt, schlürfte Wasser wie einen Cocktail und beobachtete den sich anbahnenden Sonnenuntergang auf dem Laptop.

»Achtung! Gleich ist es so weit«, sagte ich, als sich die Sonne dramatisch dem Horizont näherte und den Ozean davor in grelles Orange tauchte.

Nathan ließ seinen Matheblock sinken und beobachtete zusammen mit mir das Farbenspiel. »Eines Tages sehen wir das gemeinsam an. Am Strand, Sand zwischen den Zehen und Wind im Gesicht«, sagte er mit merkwürdiger Stimme. Er sprach sehr selten mit mir über die Zukunft. Wir beide vermieden dieses Thema lieber.

Dabei fiel mir auf, dass sein Gesichtsausdruck heute noch angespannter war als sonst. Er wirkte auch schweigsamer. Bedrückt.

»Was ist los?«, fragte ich vorsichtig.

»Nichts.«

»Erzähl das meiner Mum. Irgendwas ist im Busch. Du lernst auch gar nicht richtig, sondern starrst einfach auf die Zahlen.«

Nathan seufzte tief, legte den Block zur Seite und sah mich einen langen Moment an.

»Ich müsste etwas machen, vor dem ich Angst habe. Etwas, das meine Brüder nicht gutheißen, aber das die einzige Möglichkeit ist, damit Kane nicht zu Tode geprügelt wird. Seit Wochen überlege ich, ob es eine andere Möglichkeit gibt, doch mir fällt nichts ein.«

Ich hatte angenommen, dass sich seine Probleme aufs Studium bezogen. Offenbar ein Irrtum. »Was musst du tun?«

»Ich brauche dafür deinen Laptop und dich, um die Zeit zu stoppen. Eine Stunde. Danach muss ich aufhören. Du passt auf, dass ich das auch wirklich mache.«

»Ich verstehe kein Wort. Was musst du tun? Warum soll ich die Zeit stoppen?«

Nathan ignorierte meine Fragen. Stattdessen holte er sich meinen Laptop, klickte das Meeresrauschen weg und rief eine ganz andere Seite auf.

»Online Kasino?«, fragte ich beunruhigt als ich sah, was er da geöffnet hatte. »Was hast du vor?«

Nathan antwortete erneut nicht, sondern loggte sich ein, klickte hier und gab dort etwas ein und gelangte nur wenig später auf eine Seite mit Kartenspielen.

»Ich habe zweihundert Dollar als ersten Einsatz«, sagte Nathan endlich. »Das muss reichen, damit ich heute erst mal einen Zehner mache.«

»Einen Zehner?« Meine Stimme quiekte deutlich.

»Ja. Insgesamt schulden wir ein paar Typen 50.000 Dollar. Mit einem Zehner sollten wir sie zunächst zufriedenstellen. Poker und Blackjack liegen mir, und Kartenzählen ist per se nicht verboten, doch wenn ich erwischt werde, sperrt mich das Kasino. Es funktioniert auch nur, wenn ein echter Dealer vorhanden ist. Ich brauche also eine live-Übertragung. Von daher ist die Wahl eingeschränkt.«

Ich starrte die Karten auf dem Bildschirm an, danach Nathan und versuchte verzweifelt, die veränderte Richtung unseres Abends zu verstehen. Von romantischem Meeresrauschen zu unheimlichen Kartenspielen mit hohen Einsätzen? Wie war das denn plötzlich gekommen?

»Du bist leichenblass«, stellte ich fest.

Endlich sah er vom Bildschirm auf und erwiderte meinen Blick. Er sah todtraurig aus. »Ich dachte, ich hätte diesen Part meines Lebens hinter mir gelassen«, sagte er.

»Dann klapp den Laptop zu.«

»Ich kann nicht.«

»Wieso?«

»Weil meine Familie in Schulden ertrinkt. Weil wir echt miesen

Typen Geld geben müssen. Weil ich Angst um meinen Bruder habe. Angst um meine Familie. Weil ich mit ein paar wenigen Nächten den Karren aus dem Dreck ziehen kann.«

»Dafür steckst du dann drin fest.«

Nathan starrte mich an, er rang eindeutig mit sich selbst. Ich hielt den Atem an und betete, dass er sich mir endlich öffnen würde. Schließlich entließ er zischend den Atem. »Meine Mutter ist spielsüchtig«, brachte er leise hervor.

Das war eine Richtung, die ich erst einmal einordnen musste. Nathan hatte nie viel über seine Familie gesprochen, daher hatte ich mir nur ein undeutliches Bild über seine Eltern zusammenbasteln können. Spielsucht war bislang noch kein Thema gewesen, und es erwischte mich kalt. Mein Herz schlug schneller, als ich begriff, was mit Nathan los war. »Du auch?«, hakte ich vorsichtig nach.

Er zögerte. »Vielleicht. Womöglich nicht. Keine Ahnung. Mum hatte ein echtes Glücksspielproblem. Pferderennen. Blackjack. Roulette. Dabei war es völlig egal, bei wem sie Kredite dafür aufnahm. Ich war ja da, um ihr zu helfen. Wenn ich für sie Geld verdienen sollte, ging das allerdings nur online, weil ich noch zu jung fürs Kasino war. Die Schuldeneintreiber hatten trotzdem schnell raus, dass ich Mums Absicherung war. Wenn sie sich verzockt hatte, bügelte ich das wieder aus. Die Leute bekamen ihr Geld. Immer. Das weckte ihre Neugier und sorgte dafür, dass sie höhere Zinsen als normal verlangten. Keine gute Kombination. Es wurde übel. So sehr, dass Kane und Jack schließlich dazwischengehen mussten. Sie verbaten mir das Spielen, warfen meinen Computer auf den Müll und nahmen mir das Handy ab. Seitdem habe ich nicht mehr gespielt. Die beiden würden mir den Kopf abreißen.«

»Vermutlich nicht ohne Grund. Hast du deshalb keinen Computer? Keinen Laptop?«

Nathan nickte. »Es könnte mich in Versuchung führen. Auf meinem Handy hat mir Jack sämtliche Webseiten gesperrt, damit ich gar nicht erst drüber nachdenke. Zum Glück bin ich genug Herr meiner selbst, um diese Sperrungen nicht einfach wieder aufzuheben. Kartenspielen ist für mich die Exit-Strategie. Nur wenn wir ganz, ganz dringend Geld brauchen, spiele ich. Letztlich ist Blackjack aber ein Glücksspiel. Ein gewisses Risiko bleibt immer.« Übergangslos klickte er auf einen Button, tippte wild herum und wollte vermutlich das Spiel starten, als ich ihm den Laptop aus den Händen riss und zuklappte.

Als er instinktiv danach griff, wollte ich den Laptop eigentlich nur auf das Bett werfen. Allerdings verfehlte er sein Ziel und flog auf den Boden. Es schepperte. Plastikteilchen verteilten sich bis unters Bett und in die hinterste Ecke.

Ich starrte meinen völlig zerstörten Laptop genauso entgeistert an wie Nathan. »Du spielst nicht«, sagte ich schließlich in die Stille hinein.

»Offenbar.«

Endlich schaffte ich es, Nathan ins Gesicht zu sehen. Es war ausdruckslos. So kannte ich ihn gar nicht. Um den nächsten Schritt zu wagen, musste ich meinen gesamten Mut zusammennehmen. Ich legte meine Hand auf seine. »Du hast das Spiel nicht ohne Grund in meiner Anwesenheit begonnen«, sagte ich sanft. »Du wolltest, dass ich dich aufhalte.«

»Eigentlich nicht. Eigentlich wollte ich nur jemanden dabeihaben, der mich nach einer Stunde auf jeden Fall stoppt. Die Stunde ging allerdings schneller rum als erwartet.«

»Nein, Nathan. Das glaube ich nicht. So blass, wie du aussiehst, quälst du dich schon lange damit herum. Du wusstest, wie ich reagieren würde. Du wusstest, dass ich dich aufhalten würde.«

»Irrtum. Ich wusste definitiv nicht, dass du zu so radikalen Methoden greifen würdest. Dein armer Laptop!«

Ich schaute ihm direkt in die Augen. »50.000 Dollar Schulden bedeuten eine Menge Ärger.«

»Erzähl mir was Neues. Du hast jedenfalls gerade meinen ersten Anlauf, sie abzutragen, am Boden zerschellen lassen.«

Ich atmete tief durch, um den aufkommenden Ärger zu unterdrücken. Nathans Strategie kam mir bekannt vor. Er übertünchte seinen emotional aufgeputschten Gemütszustand, indem er versuchte, lässig und witzig zu sein. Doch das hier war ernst. Sehr ernst.

»Wir lassen uns was einfallen, Nathan. Zusammen. Okay? Aber Blackjack zu spielen ist keine Option. Denk dir was anderes aus.«

Endlich bröckelte seine Fassade, und ich sah den wahren, völlig verzweifelten Nathan dahinter hervorkommen. Daraufhin nahm ich ihn in die Arme. Sehr vorsichtig, dafür umso liebevoller.

»Alles wird gut«, flüsterte ich in sein Ohr.

»Das sagt die Krebskranke zum Spielsüchtigen mit den Schulden.«

»Nein. Das sage ich als Amy, die niemals ihren Optimismus verliert, zu Nathan, der viel zu klug ist, um sich für den dümmsten aller Wege zu entscheiden. Deine Familie braucht dich auf andere Weise. Also denk nach!«

Ich spürte Nathans Nicken an meinem Hals und wie er sich langsam entspannte. Irgendwann ließ ich ihn jedoch los, aus Angst, diese Umarmung könnte etwas zwischen uns zerstören.

»Jetzt hab ich dir den Abend versaut«, stellte er fest.

»Überhaupt nicht. Vielmehr bin ich froh, dass du mir endlich mal was von dir erzählt hast Sonst ist das ja immer nur anders herum.«

Nathan lachte leise. Dann wurde er unvermittelt wieder ernst. »Und was mache ich jetzt? Wie retten wir Ambroses uns aus diesem Schuldenberg?«

Derlei Probleme waren mir vollkommen fremd. Ich ahnte jedoch, dass ich Nathan auf keinen Fall Geld anbieten durfte. »Jedenfalls nicht über Poker oder Blackjack.«

Nathan nickte. Er hatte sich entschieden und gab nach. Schweigend sammelte er die Einzelteile meines zerstörten Laptops ein und musterte sie. »Den Sonnenuntergang können wir jedenfalls nicht mehr ansehen. Da musst du wohl demnächst mit mir rausgehen und ihn live erleben.«

Der Satz saß. Etwas Ähnliches hatte er bereits zuvor angedeutet. Mir von einer Zukunft erzählt, die es vermutlich nicht für mich geben würde. Ich musste es endlich deutlicher sagen. Es ihm begreiflich machen. Ich schluckte, weil mir die Antwort immens schwerfiel. »Nathan«, hob ich vorsichtig an.

»Sag es nicht.«

»Doch, ich glaube, ich muss es endlich aussprechen. Es sieht nicht gut aus. Selbst wenn wir einen Spender finden, wird es knapp werden. Meine Werte sind miserabel.«

Diesmal nahm Nathan meine Hand. Sehr sanft. Momentan bekam ich von jeder Kleinigkeit blaue Flecken, die nur schwer wieder weggingen. »Du bist eine Kämpferin. Du packst das.«

Ich sparte mir die Antwort.

»In drei Tagen nehme ich dich mit der GoPro auf meinem Motorrad mit.«

»Ich hasse Motorradfahren.«

»Bloß, weil du es noch nie probiert hast. Du wirst es lieben. Das wird super.«

»Aber fahr vorsichtig. Wehe, ich bin live bei einem Unfall dabei.«

»Ich bin ein sehr guter Fahrer. Du wirst stolz auf mich sein.«

Wir lächelten uns an. Er hatte mir etwas gegeben, auf das ich mich freuen konnte. Ein kleiner Lichtblick in meinem trüben Krankenhausalltag.

In dieser Sekunde schwor ich mir, dass ich bis zum Letzten alles geben würde. Ich wollte das hier überleben, um auf Nathans Motorrad zu sitzen. Ich wollte ihm helfen, einen Weg aus den Schulden seiner Mutter zu finden. Ich wollte so vieles. So sehr.

Ich würde kämpfen. So lange und so heftig wie nötig.

* * *

Am nächsten Tag konnte ich nicht mehr aufstehen.

Danach kaum noch wach bleiben.

Dann dämmerte ich dahin.

Und landete schließlich auf der Intensivstation.

Das Piepen der Geräte, das Zischen des Sauerstoffs und mein schweres Atmen wurden zu einem Hintergrundrauschen meines Lebens.

Aus. Vorbei.

Ich war nicht schnell genug gewesen, um zu entkommen. Mit letzter Kraft sagte ich noch ein Wort zur Schwester.

»Nathan.«

Dann verlor ich das Bewusstsein.

KAPITEL 15

Nathan

Ich lag neben Tess im Gras unter einem Baum und lernte wie verrückt. Wenn ich einige Prüfungen vorziehen wollte, musste ich mich ranhalten. Ich musste in Rekordzeit fertig werden. Nur so konnte ich anfangen, Geld zu verdienen, um Kane und Jack zu helfen.

Wenn ich die 50.000 Dollar nicht über Kartenspielen beschaffen konnte, musste ich mir was anderes einfallen lassen. Schneller studieren gehörte dazu. Je schneller ich fertig war, desto eher hatte ich meine Zeit bei Highgrove Industries abgesessen. Fünf Jahre. Danach war ich frei und wollte in die IT gehen. Da lag das wahre Geld. Deshalb hatte ich mittlerweile Informationstechnik als Wahlpflichtfach belegt und wollte mein Wissen im Master vertiefen. Bis ich damit allerdings reich werden konnte, hatte ich mich auf gleich drei Studierendenjobs beworben. Jeder Cent war hilfreich.

Das Mathelernen fiel mir denkbar leicht. In den meisten Fällen brauchte ich keine zwei Zwischenschritte, um zum richtigen Ergebnis zu kommen. Dass andere dafür zehn benötigten, ging nicht in meinen Kopf. Ich konnte nicht mal erklären, was ich da gerechnet hatte. Für mich war es einfach … pure Logik.

»Vielleicht sollten wir mal eine Pause machen«, schlug Tess in genau der Sekunde vor, in der ich das ebenfalls tun wollte. »Wir …«

»Nathan Ambrose«, unterbrach sie jemand.

Ein bulliger Typ tauchte neben uns auf und warf seinen breiten Schatten auf Tess und mich. Weil er in der brennenden Sonne stand, konnte ich lediglich seine Kontur sehen, aber selbst die hätte ich unter Tausenden erkannt – von der dröhnenden Stimme mal ganz abgesehen.

Vor Schreck ließ ich mein Mathebuch ins Gras plumpsen und war noch nicht ganz auf den Beinen, als mich mein großer Bruder auch schon in eine Umarmung zwang. Er war eigentlich nicht so der körperliche Typ, aber zur Begrüßung war das bei ihm quasi Pflichtprogramm. Selbst wenn mir hinterher immer alles wehtat.

»Jack?«, fragte ich ungläubig, während er mir die Luft aus der Lunge quetschte. »Was machst du hier?«

»Hab Urlaub nehmen müssen, weil ich sonst zu lange auf der Bohrinsel gewesen wäre. Das sehen die da nicht so gerne. Ich bin auf der Durchreise zu Kane und den Mädels. Außerdem gibt es da noch die kleine Komplikation, wenn du verstehst, was ich meine.«

Ach du Kacke. Die armen Mädels. Jack war die denkbar schlechteste Nanny der Welt. Sehr ambitioniert. Sehr bemüht, nur als Babysitter eine echte Fehlbesetzung. In Rollenspiele konnte er sich überhaupt nicht reinversetzen, beim Spielen mit Barbie-Puppen saß er lediglich passiv dabei und starrte die Dinger schaudernd an, und Windeln wechseln war für ihn schlimmer als jede Zahnwurzelbehandlung. Aber der Wille zählte.

»Scheiße, bin ich froh, dich mal wieder zu sehen«, brachte ich schließlich hervor, nachdem ich den ersten Schock überwunden hatte. Es war etwa vier Monate her, dass wir uns das letzte Mal gesehen hatten. Sobald ich die Bestätigung für mein Stipendium bekommen hatte, war er Richtung Bohrinsel aufgebrochen – ohne großen Abschied. Er hatte mir lediglich eine Nachricht aufs Handy geschickt.

Bin dann los.

Dass er damit unser gesamtes Leben auf den Kopf stellte und uns zwang, wirklich und wahrhaft den Plan umzusetzen, den wir so lange geschmiedet hatten, war ihm vermutlich gar nicht bewusst gewesen. Er hatte dafür gesorgt, dass Kane und ich keinen Rückzieher mehr machen konnten.

Jack ließ mich endlich los, trat einen Schritt zurück und musterte mich eindringlich. »Du lernst echt?«, fragte er grinsend. »Dachte ja, du schmeißt eine Party nach der nächsten. Nach Kater siehst du nicht gerade aus. Eher überarbeitet.«

Als ob, dachte ich. Jack wusste genau, wie ernst ich die Sache nahm. Bevor ich darauf etwas sagen konnte, hatte er sich bereits Tess zugewendet.

»Hey, ich bin Jack«, sagte er und nickte ihr zu. Da war er wieder. Der alte distanzierte Kerl. Mich umarmte er knochenberstend, nur bei anderen Menschen blieb er auf Abstand.

»Freut mich. Tess.« Sie blinzelte noch immer gegen die Sonne und wirkte dabei verkniffen. Normalerweise war sie an Freundlichkeit kaum zu übertreffen. Jack gegenüber verhielt sie sich gerade seltsam … distanziert. »Nate hat mir erzählt, dass du auf einer Bohrinsel arbeitest.«

Autsch. Endlich verstand ich. Tess engagierte sich sehr für die Umwelt und ging auch gerne mal auf eine Protestaktion gegen … die Öllobby.

»Ja. Ist das ein Problem?« Jack kniff die Augen leicht zusammen und musterte Tess.

»Wann willst du denn weiter?«, fragte ich hastig, bevor Tess antworten konnte.

Jack sah auf die Uhr. »In etwa drei Stunden geht mein Bus. So lange hätte ich Zeit. Hunger?«

»Klar. Immer.«

»Fastfood? Ich hätte Bock auf so richtig fettiges, billiges Fleisch.« Während er das sagte, sah er Tess herausfordernd an.

In dem Moment hätte ich meinen Bruder sehr, sehr gerne geschlagen. Stattdessen seufzte ich. »Essengehen klingt gut.«

»Kommst du mit?« Jack fragte ernsthaft Tess, die entsprechend verdutzt guckte.

»Ne, lass mal«, antwortete sie und deutete auf ihr Shirt, auf dem fett *There is no planet B* stand. »Ich knabber meinen Salat, um deine Ökobilanz auszugleichen. Irgendjemand muss es ja tun.«

Shit. Das lief gar nicht gut. Bevor ich aber einschreiten konnte, klingelte mein Telefon. Theoretisch hätte ich es ignorieren können, doch ich holte es aus meiner Hosentasche und ging ran, ohne auf die Anruferkennung zu sehen. Stattdessen starrte ich meinen Bruder warnend an.

»Nathan Ambrose?«, fragte mich eine etwas älter und gesetzter klingende Frauenstimme.

»Jap. Der bin ich.«

»Sie müssen sofort ins Santa Barbara Cottage Hospital kommen. Es geht um Amy Darren.«

Ich spürte, wie mir mein gesamtes Blut aus dem Gesicht wich. *Nein*, dachte ich. *Lass sie nicht tot sein.* »Was ist mit ihr?«, fragte ich tonlos.

»Wir mussten sie auf die Intensivstation verlegen. Die Situation ist kompliziert.«

»Inwiefern?«

»Mr. Ambrose, es ist wohl das Beste, wenn Sie einfach so schnell wie möglich kommen.«

»Aber … Wieso ich? Ich meine, ich bin ja froh, dass Sie mich informieren, aber …«

»Sie sind von Miss Darren als Notfallkontakt bestimmt worden. Dieser Notfall ist jetzt eingetreten. Sie möchte Sie sehen. Sofort.«

»Mich? Was? Wie? Was ist denn mit ihrer Mutter? Ich dachte …«

»Mr. Ambrose. Bitte kommen Sie. So schnell es geht.«

Damit legte sie einfach auf.

Okay … Verwirrt starrte ich einen Moment mein Handy an,

als könne mir das eine Erklärung liefern. Mein Gehirn war wie schockgefroren. Ich kam erst wieder richtig zu mir, als mich Tess am Arm berührte. »Ist was mit Amy?«, fragte sie besorgt. Sie war die Einzige, mit der ich noch über Amy sprach. Ian gegenüber vermied ich es, um seinen spitzen Bemerkungen zu entgehen.

»Ich muss los«, antwortete ich nur.

»Nathan! Was ist los?«, hakte Tess nach.

»Das war das Krankenhaus. Ich soll sofort kommen. Offenbar hat Amy mich zu ihrem Notfallkontakt gemacht.«

Tess riss die Augen auf. »Nathan«, hob sie an, doch ich warf ihr einen Blick zu, der jedes weitere ihrer Worte im Keim erstickte.

»Spar dir dein ›Ich hab es dir ja gesagt‹. Ich muss gehen.«

»Wer zur Hölle ist Amy? Und wieso Krankenhaus? Nathan, was ist hier los?«

Verdammt, verdammt, verdammt. Ich hatte Jack komplett vergessen, weil ich mich auf Tess und das seltsame Telefonat konzentriert hatte. Weder Jack noch Kane wussten etwas von Amy. Ich hatte es wohlweislich verschwiegen, um kein Drama auszulösen. Ich kannte meine Brüder, sie hätten sich nur eingemischt.

»Jack, ich … Es tut mir leid. Kannst du warten, bis ich zurück bin?«

»Klar, kann ich warten. Drei Stunden lang. Dann fährt mein Bus. Allerdings glaube ich nicht, dass du bis dahin wieder zurück bist.«

Wohl wahr. Ich klaubte meine Bücher vom Boden auf und eilte Richtung Wohnkomplex. Da hatte ich meine geliebte Dukati geparkt. Jack folgte mir, und selbst Tess schloss sich an.

»Ich erkläre dir alles«, versuchte ich meinen Bruder zu beruhigen. »Später. Am Telefon.«

»Nix später. Ich will jetzt Antworten. Wer liegt im Krankenhaus? Und warum weiß ich nichts von einer Amy?« Jacks

Stimme war nicht nur lauter, sondern auch immer schärfer geworden.

Anstatt zu antworten, drückte ich ihm meine Bücher in die Hand und zog meinen Motorradschlüssel hervor. »Mach dir keine Sorgen. Ist bestimmt falscher Alarm.«

Mit diesen Worten drehte ich mich um und eilte zu meiner Maschine.

»Von wegen falscher Alarm!«, brüllte mir Jack hinterher. »Du glaubst ja wohl nicht, dass ich einfach ohne Erklärung verschwinde.«

Na, toll. Jack hatte Blut geleckt. In dem Fall war er wie ein Pitbull, der Fährte aufgenommen hatte. Er würde mich bis ins Kleinste über Amy ausfragen – und was sollte ich ihm sagen?

Ich wusste selbst nicht genau, warum ich so viel Zeit mit ihr verbrachte. Warum ich mich jede freie Minute zu ihr stahl.

Ich wusste es nicht.

Ich wusste nur, dass mir gerade speiübel vor Angst war. *Lass sie nicht tot sein*, dachte ich immer und immer wieder. Unser Weg konnte nicht enden. Noch nicht.

Dazu waren weder sie noch ich bereit.

Die Fahrt ins Krankenhaus war übel. Dass ich überhaupt lebend ankam, glich einem Wunder. Ich parkte meine Maschine direkt neben dem Haupteingang bei den Fahrrädern. Vermutlich würde ich mir damit ein Knöllchen, wenn nicht sogar das Abschleppen der Dukati einfangen, aber das war mir egal. Jack und Tess hatten mich schon zu lange aufgehalten.

Ich rannte in das Gebäude und hastete die Treppe empor, immer zwei Stufen auf einmal nehmend. Mit meinen langen Beinen war ich zu Fuß schneller als jeder Fahrstuhl. Auf dem Flur donnerte ich beinahe einem Arzt die Tür vor die Nase. Im Laufen rief ich ihm eine Entschuldigung zu, aber seine Antwort bekam ich bereits nicht mehr mit.

Keuchend gelangte ich auf die Krebsstation und stoppte eine Schwester, die ich vom Sehen her kannte. »Amy Darren. Wo ist Sie?«

»Gang runter, bis zum Ende. Da müssen Sie klingeln, um auf die Intensivstation zu kommen. Aber …«

Ich raste weiter.

»Nicht rennen«, rief sie mir hinterher.

Ich ignorierte sie, lief zwischen zwei Patienten auf dem Gang hindurch und klingelte danach Sturm an der Intensivstation. Hibbelig wartete ich darauf, dass sich die Tür öffnete.

Mein Weg endete vor einer Plexiglasscheibe, hinter der mich eine missmutig dreinblickend Schwester erwartete. »Mr. Ambrose, nicht wahr?«, begrüßte sie mich mit tadelnder Stimme. »Schön, dass Sie endlich da sind.«

Endlich? Ich beschloss, die Spitze zu überhören. »Wo ist Amy?«, fragte ich stattdessen.

Die Schwester erhob sich von ihrem Stuhl und winkte mich um ihren Tresen herum. Erst jetzt bemerkte ich die Stille. Als hätte der Lärm des Alltags diesen Bereich des Krankenhauses ausgespart.

Schwer atmend folgte ich der Frau und sah mich um. Von einem schmalen Gang gingen einzelne Zimmer ab, in die man durch Fensterscheiben hineinsehen konnte. Privatsphäre gab es hier nicht. Ich sah einen älteren Mann mit grauen Haaren im Bett liegen, der zwischen einem Wall aus Computermonitoren und medizinischen Geräten zu verschwinden schien. Im Zimmer dahinter sah es ähnlich aus, nur dass der Mann dort deutlich jünger war und keine Haare mehr besaß.

Bei seinem Anblick zog sich mir die Brust zusammen. Krebspatient. Eindeutig.

Wappne dich besser vor dem, was gleich passiert, dachte ich bitter, doch was dann kam, hätte ich nie erwartet.

Mrs. Darren stand am Ende des Flurs und redete wild gestikulierend auf einen Arzt ein. Wie immer trug sie ein tadellos sitzendes Kostüm – diesmal in Taubenblau – und dazu passende High Heels. Anders als sonst wirkte sie jedoch völlig derangiert. Ihre Haare waren unordentlich, die Schminke leicht verlaufen, die Wangen zierten hektische Flecken, und ihre gesamte Haltung war so voller Empörung, dass ich unwillkürlich langsamer wurde.

Das nützte mir allerdings auch nichts. Sobald sie mich sah, wurde sie noch röter im Gesicht und stürmte mir entgegen. »Was hast du zu ihr gesagt?!«, brüllte sie mich an.

Instinktiv blieb ich stehen und hob abwehrend die Hände. Bevor ich jedoch einen Satz hervorbringen konnte, kam mir die Krankenschwester zuvor.

»Mrs. Darren, wenn Sie sich nicht endlich beruhigen, muss ich Sie meiner Station verweisen. Atmen Sie tief durch, rufen Sie meinetwegen eine Armee aus Anwälten an, aber gehen Sie uns endlich aus dem Weg.«

Wow. Das war mal eine Ansage. Ich ahnte, dass die Schwester und Mrs. Darren nicht zum ersten Mal derart aufeinander getroffen waren. Erbost duellierten sie sich mit Blicken, und zu meiner Überraschung trat Mrs. Darren zur Seite, sodass die Krankenschwester mich an ihr vorbeiziehen konnte.

»Amy Darren hat gestern Abend alle lebensverlängernden Maßnahmen verweigert und Sie zu ihrem Bevollmächtigten erklärt, falls sie keine eigenen Entscheidungen mehr treffen kann. So weit ist es allerdings noch nicht. Wir haben ihren Wunsch befolgt, die Chemo abgebrochen und ihre Medikamentendosis verändert. Sie wird jetzt nur palliativ behandelt, damit sie keine Schmerzen hat. Den Sauerstoff hat sie behalten, aber ansonsten …«

Die Schwester erzählte noch mehr, doch mein Hirn war an einem Wort hängen geblieben. *Palliativ*. Es ging zu Ende. Sie hatte die Chemo abgebrochen. Sie …

Doch alle Gedanken waren wie weggeblasen, als ich Amy durch die Fensterscheibe hindurch im Bett liegen sah. Ein winziges Menschlein, zu einer Kugel zusammengekrümmt, unter Decken begraben. Aber immerhin: Sie war nicht wie der alte Mann an tausend Geräte angeschlossen, vielmehr fiel mir sofort auf, dass die vielen verschiedenen Tropfbeutel fehlten.

Die Schwester war mittlerweile verstummt und sah mir dabei zu, wie ich Amy anstarrte. Nach einer Weile räusperte sie sich. »Ihre Mutter tobt«, sagte sie trocken.

»Das habe ich bemerkt.«

»Sie will Amy für unzurechnungsfähig erklären lassen, damit die Chemo weitergehen kann. Deshalb hat Amy Sie zum Handlungsbevollmächtigten erklärt. Damit ihre Mutter nicht mehr länger für sie entscheiden darf.«

»Mich? Aber …«

»Mr. Ambrose, Amy hält große Stücke auf Sie. Sie ist sich absolut sicher, dass Sie im Gegensatz zu ihren Eltern ihre Wünsche akzeptieren werden. Im Moment braucht sie Sie nicht, um zu entscheiden. Das kann sie selbst. Aber sie braucht Sie, um sie hier rauszubringen.«

»Rauszubringen? Wohin will sie denn, verdammt noch mal?«

»Sie will nicht im Krankenhaus sterben. Als Volljährige darf sie natürlich selbst entscheiden, wohin sie gehen möchte. Ihr Wunsch ist dabei eindeutig. Sie will nicht hierbleiben. Momentan suchen wir einen Platz im Hospiz für sie, nur kann das eine Weile dauern. In der Zwischenzeit möchte Amy fort von hier.«

Mir sackte der Magen in die Knie, als ich begriff, was sie mir da sagen wollte. »Mr. Ambrose, Amy kann nicht nach Hause. Ihre Mutter würde sie so lange bequatschen, bis sie wieder im Krankenhaus landet und die nächste Chemo ansteht. Sie müssen sie irgendwohin bringen, wo sie bleiben kann – bis wir ein geeignetes Hospiz für sie gefunden haben. Schaffen Sie das? Können Sie sich um Amy kümmern?«

Ob ich konnte? Nein! Auf keinen Fall. Ich wollte das nicht. Das war zu viel Verantwortung. Zu viel Drama. Zu viel … einfach zu viel von allem. Ich kannte sie ja nicht mal besonders lange. Und dennoch nickte ich mechanisch. Was sollte ich auch anderes tun? Einer Todkranken den letzten Wunsch verwehren? Bestimmt nicht. Gleichzeitig wusste ich aber auch, dass ich jetzt ein richtiges Problem hatte.

Was sollte ich denn bloß mit Amy machen?

KAPITEL 16

Amy

Als Nathan den Raum betrat, nahm ich all meine Kraft zusammen und richtete mich im Bett auf. So schnell ich konnte, sprudelte ich all das heraus, das ich mir für diesen Moment überlegt hatte.

»Es tut mir total leid, aber mir ist niemand anderes eingefallen, der diesen Weg mit mir gehen würde.« Ich holte pfeifend Luft, keuchte. »Ich kann nicht mehr, Nathan, ich kann wirklich nicht mehr und …« *Atmen, Amy, atmen!* »… Mir ist klar, wie unfair ich mich verhalte. Ich hätte dich fragen müssen, nur wenn du …« Ich musste husten und hasste es. So sehr. »Wenn du abgelehnt hättest, wäre das eine Katastrophe gewesen. Bitte verzeih mir, ich …«

Er trat ans Bett, sah auf mich hinunter. Dann beugte er sich vor und nahm mich in den Arm. Einfach so. Vorsichtig und sanft und gleichzeitig kräftig genug, um mir Halt zu geben. Leukämiepatienten ohne Schutzkleidung und ohne funktionierendes Immunsystem zu umarmen, war ein Frevel, doch in meinem Fall war es egal. Was hatte ich schon noch zu verlieren?

Ich hatte mich für den letzten Weg entschieden. Einen Weg, bei dem man mich wieder umarmen durfte, wenn ich das wollte.

Und ich wollte. Unbedingt.

Dass Nathan genau das tat, zeigte mir, dass er verstanden hatte. Ich wollte umarmt werden, statt weitere Behandlungen über mich ergehen lassen zu müssen. Mich nur einmal wieder wie ein Mensch fühlen.

Ich klammerte mich an ihm fest und vergrub mein Gesicht in seinem T-Shirt. Es war feuchter als erwartet. In Liebesromanen kam so etwas nie vor, aber ja: Nathan war vermutlich gerannt und deswegen nassgeschwitzt. Bei einem anderen hätte mich das vielleicht gestört, doch in Nathans Fall war mir das egal. Er war in Schweiß gebadet, weil er zu mir gekommen war. Im Rekordtempo.

Was mich wieder zum Grund seiner Eile führte.

»Bitte verzeih mir«, flüsterte ich heiser.

»Ich bin einfach nur froh, dass du lebst. Als ich den Anruf vom Krankenhaus bekommen habe, hat mein Herz ein paar Schläge ausgesetzt. Danach bin ich gerannt wie der Teufel und ... Fuck, Amy! Ich hab echt gedacht, du liegst hier in deinen letzten Atemzügen.«

Er drückte mich von sich und nahm mein Gesicht zwischen seine Hände, starrte mir prüfend in die Augen. Langsam wich der Stress aus seinem Gesicht und machte etwas anderem Platz. Erleichterung. Vorsichtige Freude. Und ja, ein klein wenig bildete ich mir ein, einen sehr liebevollen Ausdruck darin zu entdecken.

»Ich bin so froh, dass wir miteinander reden können«, brachte er schwach hervor. »Ganz ohne Intubationsschlauch, Beatmungsgerät oder Herzpiepton-Dingsbums.«

Ich musste lachen, obwohl die Situation alles andere als lustig war. »Glaub mir. Es war knapp. Meine Mutter wollte mich ins künstliche Koma versetzen lassen, weil mein Körper die letzte Runde Chemo so gar nicht vertragen hat. Er hat sich dagegen gewehrt.«

Nathan musterte mich prüfend. Vermutlich wunderte er sich, dass ich überhaupt mit ihm sprechen konnte.

»Ich habe die Ärzte die Chemo abbrechen lassen. Sie haben mich mit Medikamenten vollgepumpt, die meiner Heilung hinderlich sind, aber dafür sorgen, dass es mir besser geht. Zumindest für den Moment.«

Nathan schluckte. Er hatte verstanden, was ich ihm sagen wollte. »Bist du dir sicher?«, fragte er leise.

Ich nickte.

»Und was ist jetzt der Plan?«

»Erst mal raus aus dem Krankenhaus. Ich möchte in ein Diner. Einen Milchshake trinken.«

»Einen Milchshake?«

»In Regenbogenfarben. Mit Marshmallows und bunten Streuseln.«

»Und dann?«

Ich sah die Sorge in seinen Augen mit jedem Moment größer werden. Vermutlich hielt er mich für komplett irre. Verzweifelt kämpfte ich gegen die Tränen an. Ich hatte so schreckliche Angst, dass Nathan sich weigern würde, mir zu helfen. Verdenken konnte ich es ihm nicht. Was ich da verlangte, wäre selbst für jemanden zu viel, der mir viel näher stand als Nathan.

»Die Ärzte haben mir bei meinen Leberwerten noch zwei Wochen gegeben. Maximal einen Monat«, platzte ich heraus. »Ich weiß, du hast viel zu tun, aber … Kannst du mir zumindest das Wochenende über helfen? Höchstens eine Woche. Dann habe ich bestimmt einen Platz im Hospiz. Ich nerve nicht mehr lange rum.«

Autsch. Nathan sah mich an, als hätte ich ihm in die Eier getreten. »Du nervst nicht, Amy. Nie. Scheiß auf die Uni, scheiß auf … ach, scheiß auf alles.« Er zog mich an sich, und diesmal war er es, der sich an mir festhielt.

Ich wartete, bis er sich gesammelt hatte, bevor ich meine nächste Bombe platzen ließ. »Es gibt eine Hütte am Meer. Sie hat meinen Großeltern gehört, und ich war als Kind sehr oft dort. Seit Jahren liege ich meinen Eltern in den Ohren, dass ich noch einmal dorthin will.« Ich holte tief Luft. »Kannst du mich bitte hinbringen? Mir ist klar, dass das viel verlangt ist, aber …«

»Klar, natürlich. Das machen wir«, unterbrach Nathan mich. »Wann?«

»Jetzt?«

»Oh, äh, ja. Da gibt es allerdings ein kleines Problem.«

»Du bist mit dem Motorrad da.«

»Jap. Du hast es erfasst. Ich nehme nicht an, dass du dich darauf halten kannst?«

»Ich nehme nicht mal an, dass ich laufen kann.«

»Okay. Ich ... denke mir was aus.« Er ließ mich los, und da war plötzlich ein ganz anderer Ausdruck in seinem Gesicht: Als wäre er in eine Falle gelaufen. Ohne Ausweg. Ohne Aussicht auf Rettung.

Mein Herz zog sich zusammen. »Du kannst noch gehen«, brachte ich mühsam hervor. »Fühl dich nicht verpflichtet.«

Nathans Miene verfinsterte sich. »Ich hab gesagt, ich helfe dir, dann mach ich das auch.«

Wir sahen uns an, und ich fragte mich, wie der Moment zwischen uns weitergegangen wäre, wenn wir nicht in einem Krankenhauszimmer gehockt hätten. Hätte es geknistert? Wären die Funken geflogen? Hätte ich seine Hand genommen, ihn gar geküsst? Da war von Anfang an etwas zwischen uns gewesen. Eine Kraft, die uns zusammendrückte. Die dafür sorgte, dass wir einander nicht entkommen konnten.

Aber wir saßen in diesem verdammten Zimmer, und ich verlangte von Nathan das Unmögliche. Ich wollte, dass er mich begleitete. Dass er bei mir blieb, obwohl es für mich aufs Ende zuging. Wenn ich ein besserer Mensch gewesen wäre, hätte ich ihn verschont. Ich wäre den Weg allein gegangen – so weit, wie es eben ohne Hilfe ging. Doch leider war ich zu schwach und zu ängstlich, um das zu tun. Ich brauchte jemanden an meiner Seite. Jemanden, der ohne Wenn und Aber handelte und ohne Zögern das tat, was meine Eltern nicht tun konnten.

Mich gehen lassen.

»Ich bleibe bei dir«, fügte er mit deutlich ruhigerer Stimme hinzu. »Mach dir keine Sorgen. Ich bin doch Mr. Superschlau, schon vergessen? Das Studium schaffe ich mit links. Ich hol das alles auf. Hauptsache, du wirst …«

Er konnte den Satz nicht beenden und sah mich ratlos an. »Ich werde jedenfalls nicht wieder gesund«, sagte ich sanft.

»Weiß ich doch oder … vielmehr … Ich beginne, es zu begreifen. Gib mir einen Moment, um das zu verdauen.«

»Du kannst auch gerne länger brauchen, nur keinen ganzen Monat. Das wäre schlecht.«

»Bitte, Amy. Mach gerade keine schlechten Witze über Krebs und das Sterben, ja? Ich bin dafür …« Er brach erneut ab und nahm meine Hand. »Fuck. Ich hab echt gedacht, dass du das packst.«

Zum ersten Mal sah ich pure, absolute Trauer in seinen Augen. Ich kannte den Ausdruck von meinem Dad. Er hatte mich bei seinem letzten Besuch vor einer Woche ganz genau so angesehen. Vermutlich hatte er es bereits gespürt und war deshalb schnell wieder auf Geschäftsreise gegangen. Jeder Mensch ertrug nur ein gewisses Maß an Trauer, und dieses Maß war sehr unterschiedlich. Im Fall von meinem Dad war es schon seit langer Zeit voll.

»Ich wünschte, es wäre so«, flüsterte ich. »Bist du böse, dass ich aufgebe?« Meine Mutter war es gewesen. Sie hatte getobt. Dass sie nicht den Halter für die Infusionsbeutel nach dem Arzt geworfen hatte, war reine Glückssache gewesen. Als sie dann noch hören musste, dass ihre eigene Tochter nicht gewillt war, nach ihren Handlungsempfehlungen zu kämpfen, war sie komplett ausgerastet. Die Oberschwester hatte sie schließlich rausgeworfen. Seitdem war Ruhe, selbst wenn ich sie immer mal wieder auf dem Gang entdeckte. Sie warf mir flehende, finstere, böse, verzweifelte und verletzte Blicke durch das große Fenster in der Wand zu. Ihrer Meinung nach warf ich mein Leben weg. Sie hatte noch Hoffnung. Ich nicht.

»Du hast dir deine Entscheidung gut überlegt«, sagte Nathan. »Wenn du in die Hütte willst, werden wir das tun. Ich muss nur kurz telefonieren. Okay?«

Ich nickte und sah ihm dabei zu, wie er sein Handy hervorholte und eine Nummer eintippte. Erschrocken bemerkte ich, dass seine Hand zitterte. Er war aufgewühlter, als ich gedacht hatte.

»Ich brauche deinen Wagen. Sofort. Kannst du ihn zum Krankenhaus an der Lower State bringen?«, sagte er ohne Begrüßung zu seinem Gesprächspartner. »Nein, so weit alles okay. Naja. Halbwegs okay. Ich erkläre es dir später. Was? Der ist immer noch da? Ja, sorry. Sag ihm, er soll sich benehmen. Nein! Nein, auf keinen Fall nimmst du ihn mit. Ist er das im Hintergrund? Nein! Tess! Nein! Gib ihn mir ni… Hey, Jack. Jajaja. Ich weiß, ist scheiße gelaufen. Kann ich aber auch nicht mehr ändern. Was ist mit dem verdammten Bus? Wie jetzt, verpasst? Hör auf, rumzuknurren. Doch, du knurrst … Ne, du brauchst dir keine Sorgen zu machen. Fahr zu Kane und … Jack?«

Fluchend sah Nathan sein Handy an und schüttelte es sogar, als könne er dadurch seinen Gesprächspartner zurückzwingen. Schließlich gab er auf und steckte es genervt zurück in die Hosentasche. Ich starrte ihn mit großen Augen an.

»Jack? Dein Bruder Jack?« Mit ganz viel Mühe hatte ich aus Nathan mittlerweile herausgekitzelt, dass er zwei Brüder hatte und eine unbestimmte Anzahl kleiner Schwestern. So richtig war ich da noch nicht durchgestiegen. Er machte ein Riesengeheimnis daraus, und sobald das Gespräch auf das Thema Familie kam, musste er plötzlich gehen. Was mit seinen Eltern los war, hatte ich bis heute nicht verstanden. Seine Mutter war spielsüchtig. Das war alles an Informationen, die ich hatte. Aber der Vater? Ich hatte keine Ahnung, ob er überhaupt noch lebte. Jedenfalls tat er so, als wären sie schlichtweg inexistent. Jetzt aber war offenbar ein Familienmitglied aufgetaucht. Jack.

»Ja, mein Bruder ist hier. Zum Überraschungsbesuch. Aus irgendeinem Grund hat er sich an Tess' Fersen geheftet und verfolgt sie so lange, bis ich wieder auftauche.« Er seufzte. »So wie es aussieht, kommt er mit Tess hierher. Die leiht uns ihr Auto. Ians Schrottmühle hat den Geist aufgegeben.«

Mein Herzschlag beschleunigte sich sofort. Ausgerechnet heute lernte ich Jack kennen? Den ominösen Jack, von dem ich mir nur ein äußerst unklares Bild zusammengestückelt hatte. Ich wusste eigentlich nur, dass er eher wortkarg war, einen gefährlichen Job hatte und Fisch nicht mochte.

Mühsam schwang ich die Beine über die Bettkante und zeigte auf meinen Wollpulli in der Ecke des ansonsten sterilen Raumes. Nathan ging hinüber und holte ihn für mich. Um mich herum standen eine Menge ausgeschalteter Monitore und Geräte. Gestern noch hatten sie jedes Zucken meines Körpers überwacht. Das Zischen der Luftfilter war zu einem beständigen Klang in meinen Ohren geworden, vermischt mit dem monotonen Piepen meines aufgezeichneten Herzschlages. Heute waren diese Geräusche verstummt. Das machte mir Angst und gab mir gleichzeitig Hoffnung auf das Ende. Es war meine Wahl gewesen. Das tröstete mich erstaunlicherweise.

»Ich hab die Entlassungspapiere schon unterschrieben. Die Schwester müsste gleich mit dem Rollstuhl da sein«, sagte ich und nahm Nathan den Wollpulli ab. Nur mit äußerster Kraftanstrengung konnte ich ihn anziehen.

Nathan sah mir zweifelnd dabei zu. »Draußen herrschen dreiunddreißig Grad.«

»Mir ist eiskalt. Eine Nebenwirkung der vielen Medikamente.«

»Bist du dir sicher, dass wir gehen sollten? Wäre es nicht sinnvoller, im Krankenhaus auf einen Hospizplatz zu warten?«

Erschöpft schloss ich die Augen und konzentrierte mich auf meine Atmung, um dieses immens komplizierte und gleichzeitig so wichtige Gespräch führen zu können. »Ich will nicht hier sterben«, brachte ich heraus.

Nathan nickte. Er verstand. »Warte. Ich schau mal nach dem Rollstuhl.« Er verschwand und kam nur wenig später zusammen mit der Schwester und meiner schimpfenden Mum zurück. Kurz bevor sie mein Zimmer betreten konnte, machte Nathan ihr die Tür vor der Nase zu. Das Schimpfen wurde dumpfer, mein schlechtes Gefühl größer. Ich wollte Mum nicht verärgern und schon gar nicht noch mehr leiden lassen. All das tat mir wirklich in der Seele weh, doch sie ließ mir keine andere Wahl. Oft genug hatte ich sie gebeten, mir zuzuhören. Da sie das nicht tat, musste sie jetzt mit den Konsequenzen leben.

So hart sie auch waren.

Die Schwester schob den Rolli ans Bett und lächelte mich warm an. Meiner Mutter gegenüber war sie zur Furie geworden. Mich hatte sie aus irgendeinem Grund lieb.

»Bist du so weit, Kleines?«, fragte sie und half mir vom Bett in den Rollstuhl. Sie klappte die Fußstützen hoch und überreichte Nathan ein Päckchen voller Pillen.

»Ich habe alles beschriftet, damit Sie klarkommen. Die rot markierten Medikamente sollte Amy nur im äußersten Notfall einnehmen – für den Fall, dass die Schmerzen zu groß werden.«

Nathan nahm den Beutel, als sei er eine Handgranate. Kurz blickte er hinein, dann verschloss er ihn sorgfältig und mit immer ernster werdender Miene. Vermutlich erkannte er erst jetzt, was wir im Begriff waren zu tun.

»Mit welchen Schmerzen müssen wir denn rechnen?«, fragte er mit banger Stimme.

»Wenn Amy die Medikamente gleichmäßig einnimmt und sich die Spritzen setzt, sollte sie eigentlich gar keine Schmerzen haben. Müdigkeit, Verwirrung, Desorientierung. Das werden die größten Probleme. Die Kopf- und Gliederschmerzen solltet ihr mit den Schmerzmitteln gut in den Griff bekommen. Sie soll nicht leiden. Das ist das Wichtigste.«

»Was ist mit ihrer Atemnot?«

»Das sollte bald besser werden. Hauptsächlich haben die

Chemo-Medikamente die Atemnot verursacht. Da sie die abgesetzt hat, müsste sie recht zügig wieder gut Luft bekommen. Bis dahin geben wir euch Sauerstoff mit.«

»Und ihr fehlendes Immunsystem?«

»Das wird natürlich ein Problem. Bereits ein Schnupfen kann schnell zur Lungenentzündung werden. Von daher: Kein wildes Rumknutschen, wenn Sie Schnupfensymptome haben.«

Ich spürte, wie mir die Röte innerhalb von einer Nanosekunde in die Wangen schoss. Dass die Schwester automatisch angenommen hatte, wir wären ein Paar, war natürlich verständlich. Trotzdem war es mir unangenehm.

Ich mied Nathans Blick, der weiterhin mit dem Beutel beschäftigt war. Erst als die Schwester mich losschob, erwachte er aus seiner Starre. »Deine Mutter wartet draußen. Sie wird alles tun, um uns aufzuhalten.«

»Dann solltest du nicht anhalten«, entgegnete ich.

Die Schwester und Nathan tauschten einen wissenden Blick und wechselten die Plätze. Jetzt schob er den Stuhl, während die Schwester uns die Tür aufhielt. Eine kleine Sauerstoffflasche lag auf meinem Schoß, und ich hielt mich daran fest, wappnete mich.

Meine Mutter gab einen zischenden Ton von sich, als sie mich im Rollstuhl erblickte. »Amy«, sagte sie verzweifelt. »Tu das nicht.«

»Es wird alles gut, Mum. Ich brauche momentan ein wenig Abstand, aber ich melde mich, sobald sich alles beruhigt hat.«

»Beruhigt? Ich werde mich nie beruhigen. Nicht, wenn meine einzige Tochter ihren Selbstmord plant. Nathan, ich bitte Sie! Tun Sie das nicht!«

Nathan antwortete nicht und schob mich stur an Mum vorbei. Die machte Anstalten, ihre Hand auf den Rollstuhl zu legen. Vermutlich, um uns aufzuhalten. In letzter Sekunde stoppte sie. Zum Glück. Ich hätte nicht gewusst, was wir bei einer Konfrontation hätten machen sollen. Nathan konnte sich schlecht mit Mum prügeln.

»Ich liebe dich«, rief ich ihr hinterher und übertönte damit das leise Schluchzen meiner Mutter. Sofort krallte ich mich fester an die Sauerstoffflasche. Das hier fiel mir schwerer als gedacht. Ich liebte meine Mum. Sie derart leiden zu sehen, war schrecklich.

Wir schafften es bis zum Fahrstuhl, ehe Mum uns eingeholt hatte. Sie weinte stumm.

Ich starrte erst sie und danach die Zifferanzeigen des Fahrstuhls an. Wartete und wartete. Noch nie war mir ein Fahrstuhl so lahm vorgekommen. Das Schweigen war erdrückender als jedes Wutgeheul. Meine Mutter hatte aufgegeben. Das war vielleicht das Schlimmste von allem.

Als die Fahrstuhltüren endlich aufglitten, rollte mich Nathan hinein und drückte auf den Knopf für den Ausgang. Mum blieb draußen stehen und hob lediglich die Hand zum Abschied, während sich die Türen langsam wieder schlossen. Ein stummer Gruß, den ich zu spät erwiderte. Sie hatte es nicht sehen können.

»Soll ich noch mal aufmachen?«, fragte Nathan prompt.

Ich schüttelte den Kopf. »Ich rufe sie morgen an und … Es ist kein Abschied für immer. Wir brauchen nur etwas Abstand, damit sie meine Entscheidung besser verstehen kann. Akzeptieren wird sie es wohl nie.«

Nathan sagte nichts dazu. Womöglich konnte auch er meinen Entschluss nicht recht fassen. Ich haderte ja selbst mit mir. Tat ich das Richtige? Ich hoffte verdammt noch mal, ja.

Eine Berührung an meiner Schulter gab mir Kraft. Nathan strich mir sanft über den Oberarm. Tröstete mich. Als die Fahrstuhltüren wieder aufglitten und uns in eine völlig überfüllte Eingangshalle des Krankenhauses entließen, ging es mir schon etwas besser.

Ja, doch. Ich tat das Richtige. Das Einzige, das mir jetzt noch übrig blieb.

Ich hielt die Luft an, als wir aus dem klimatisierten Krankenhaus nach draußen kamen, denn bei der Hitze begann sogar ich zu schwitzen. Dennoch behielt ich den Wollpulli an. Er war tröstlich kuschelig. Mein Schutz gegen das, was auf mich zukam.

Ich war dem Krankenhaus entkommen. Ich war frei, musste keine Chemo oder gar eine Knochenmarkspende fürchten.

Nathan steuerte einen Parkbereich direkt neben dem Krankenhaus an und hielt auf einen riesigen Pick-up mit breiter Ladefläche zu. Er war dunkelblau verchromt, mit glänzenden Felgen und aufgeklebten Feuerstreifen an den Seiten. Ich starrte den Wagen fassungslos an und fragte mich, wer solch ein elefantöses Gefährt kaufte. Als ich Tess hinter den leicht getönten Scheiben entdeckte, konnte ich es kaum glauben.

Sie machte den Motor aus und sprang aus der Fahrertür. »Hey, Amy«, sagte sie mit kieksender Stimme. Sie war nervös und völlig überfordert mit der Situation.

»Schön, dich zu sehen, Tess. Was zur Hölle ist das für ein Teil?«

Tess wurde rot im Gesicht. »Den Truck hab ich geerbt. Lange Geschichte, aber mein Herz hängt daran, selbst wenn es die Umweltsünde auf vier Rädern ist. Wenigstens ist er ein Hybrid. Wollen wir?«

Sie streckte die Hand aus, als wolle sie mir mein Gepäck abnehmen. Als sie bemerkte, dass ich nichts bei mir hatte, sah sie Nathan ratlos an. »Soll ich den Rollstuhl verstauen?«

»Der gehört dem Krankenhaus. Komm, Amy. Ich helf dir ins Auto.« Er kam um mich herum und reichte mir eine Hand. Mir war das etwas peinlich, aber tatsächlich war ich nicht in der Lage, mir selbst zu helfen. Hoffentlich hatte die Schwester recht, und zumindest diese Symptome lagen an der Chemo und würden sich bessern.

Ich setzte gerade meine Füße, die nur in Schlappen steckten, auf den Gehsteig, als ein Mann um das Auto herumkam und vor uns stehen blieb. »Du bist also Amy«, sagte er in vollkommen neutralem Tonfall. Eine reine Feststellung.

Ich musterte den Hünen vor mir. Er war bulliger als Nathan, hatte breitere Schultern und erinnerte ein wenig an einen gut bemuskelten Bodyguard. Sein Dreitagebart war genau die richtige Mischung aus ordentlich, verwegen und sexy. Er hatte erstaunlich große Augen, die er allerdings gegen die Sonne leicht zusammenkniff. Um seinen Mund herum entdeckte ich zwei Grübchen.

»Die bin ich«, bestätigte ich mit einiger Verspätung. »Und du?«

»Jack. Nathans großer Bruder.«

Ich hatte mir das natürlich bereits gedacht, denn es gab ein paar Ähnlichkeiten. Der Mund erinnerte an Nathan, genau wie der Ausdruck in seinem Gesicht. Sie hatten die gleichen dunklen Augen, allerdings guckte Jack deutlich strenger.

Er sah Nathan an. »Wie lautet der Plan?«

»Amy will nicht im Krankenhaus sterben. Ich bringe sie in die Hütte ihrer Großeltern. Ans Meer.«

»Nicht dein Ernst.«

»Mein voller Ernst.«

»Nathan! Denk doch mal nach. Das kannst du unmöglich machen. Du …«

Nathan öffnete die hintere Tür, hob mich hoch und setzte mich auf die Rückbank des Pick-ups. »Und ob ich das kann. Siehst du doch.«

Ich begegnete Jacks Blick. Sorge. Panik. Wut. Er versuchte, seine Gefühle zu verstecken, allerdings zu spät. In Jacks Augen verlangte ich zu viel. Tatsächlich waren wir da schon zu zweit. Aber was blieb mir anderes übrig?

»Tess, ist es in Ordnung, wenn ich den Wagen eine Woche nutze?«, fragte Nathan, während er mich wie ein kleines Kind anschnallte. Ich hätte das gerne selbst gemacht, doch mir schwirrte der Kopf. Um dem Gespräch folgen zu können, benötigte ich all meine Energie. *Atme, Amy. Ganz ruhig. Alles wird gut*, sagte ich mir in Gedanken und kämpfte dabei gegen die Tränen an.

Tess und Jack waren böse auf Nathan. Meinetwegen. Das war ein schreckliches Gefühl.

»Klar. Natürlich. Geht auch länger«, stotterte Tess. »Ist aber nicht vollgetankt.«

Nathan hatte endlich den Sicherheitsgurt eingerastet. Bevor er sich zurückzog, sah er mir fest in die Augen, halb im Wagen hängend, halb draußen. »Wir packen das. Mach dir keinen Kopf«, sagte er sanft.

Kaum war Nathan draußen, kam ich mir seltsam verlassen vor. *Reiß dich zusammen, Amy*, dachte ich streng. *Hör auf zu klammern. Du bist kein Baby mehr.*

Leider hatte mir der Tag alles abverlangt, und meine Nerven lagen blank. Von meinem rebellierenden Körper ganz zu schweigen.

Nathan stand bei mir auf der Fahrerseite und streckte die Hände Richtung Tess. »Die Schlüssel«, bat er.

Tess wollte sie ihm überreichen, doch Jack war schneller. Er schnappte sie sich, riss die Fahrertür auf und setzte sich hinters Lenkrad.

»Ich fahre«, knurrte er.

»Nie im Leben. Jack, hör auf mit dem Scheiß. Du kannst nicht mitkommen.«

»Klar kann ich. Werde ich auch.«

»Und was ist mit Kane? Er wartet auf dich.«

»Kane weiß nichts von seinem Glück. Ich wollte ihn überraschen. Jetzt muss ich mich erst mal um meinen kleinen Bruder kümmern und ihm helfen, damit er sich nicht völlig in die Scheiße reitet. Mit einer Sterbenden auf eine einsame Hütte zu gehen ist das Dämlichste, das ich je gehört habe.«

»Wir haben Medikamente dabei.«

»Wie schön für euch. Schon mal Spritzen gesetzt? Ich bin ausgebildeter Rettungssanitäter. Ich komme mit und weiche euch nicht von der Seite. Die gesamte Zeit über. Punkt.«

»Bestimmt nicht.«

»Mensch, Nathan. Kane reißt mir den Arsch auf, wenn ich dich jetzt allein lasse. Was ist mit deinem Studium? Deinen Verpflichtungen an der Uni? Den Kids bei Kane? Lass uns dein

Zeug holen, und dann fahren wir zu dieser bekloppten Hütte. Zusammen.«

Eine Autotür klapperte. Tess hatte die Fahrertür geöffnet, sich über Jacks Schoß gebeugt und den bereits steckenden Autoschlüssel abgezogen. Der beinahe lautlos surrende Motor erstarb.

»Komm raus da. Ich fahre.«

»Piepts bei dir? Ich fahre.«

»Das ist mein Wagen. Ich lasse bestimmt nicht zu, dass du ihn zu Schrott fährst.« Sie wandte sich an Nathan. »Sag deinem Bruder, dass er aussteigen soll.«

»Ihr steigt jetzt alle beide aus, beziehungsweise gar nicht erst ein«, sagte der.

Was das anging, waren Jack und Tess sich beunruhigend einig: Sie wollten uns nicht allein lassen. Sie wechselten lediglich die Plätze. Jack rutschte über die Mittelkonsole auf den Beifahrersitz, und Tess glitt hinters Steuer. Nur Sekunden später erwachte der Motor erneut leise zum Leben.

»Nathan? Kommst du, oder müssen wir allein mit Amy zur Hütte fahren?«

Nathan zögerte, doch schließlich seufzte er, knallte wütend meine Hintertür zu, lief ums Auto herum und schwang sich neben mich auf die Rückbank.

Ich wusste nicht so recht, was ich sagen oder tun konnte. Natürlich war mir klar, dass ich der Auslöser für die Diskussion war. Dass Jack und Nathan wegen mir stritten. Normalerweise hätte ich zu vermitteln versucht, doch ich war müde. Unendlich müde. Durch die Medikamente fühlte ich mich wie in Watte gepackt. Ich spürte meine Panik nur undeutlich aus weiter Ferne und wusste, dass ich unter normalen Umständen vermutlich geweint oder gewütet hätte. So aber legte ich den Schultergurt hinter mich, damit ich mich langsam zur Seite quer über die Rückbank gleiten lassen konnte. Nicht eine Sekunde hielt ich es länger sitzend aus.

Nathan bemerkte mein Manöver und rutschte zu mir, drapierte meinen Kopf auf seinem Schoß und atmete laut und tief ein und aus. »In Ordnung, ihr zwei Dramaqueens. Dann fahren wir gemeinsam zu der verdammten Hütte. Sagt aber nicht, ich hätte euch nicht gewarnt. Ich ziehe das durch. Komme, was wolle.«

»Ich weiß, Brüderchen. Ich weiß«, brummte Jack. Er verdrehte den Hals, um mich ansehen zu können. »Wohin geht es?«

Ich nannte murmelnd die Adresse und schloss danach die Augen. Schlaf. Schlaf war jetzt das einzig Wahre.

Während ich einschlummerte, spürte ich Nathans warme Hand auf meiner Schulter. Er streichelte sie vermutlich unbewusst und hielt mich mit der anderen sanft umschlungen, damit ich bei den Kurven nicht zu sehr hin und her rutschte.

»Hey, Prinzesschen! Zur Interstate geht es rechts ab«, hörte ich Jack sagen.

»Ich muss noch ein paar Sachen aus meiner Wohnung holen«, durchbrach Tess' Stimme den Nebel meines Schlafs. Die Augen zu öffnen war mir unmöglich, aber ich hörte zumindest zu. »Wenn wir ein paar Tage auf einer einsamen Hütte verbringen, brauche ich was zum Wechseln. Was ist mit euch? Neandertaler? Soll ich deinen Seesack mitbringen?«

»Wenn du ihn tragen kannst, Prinzesschen.«

Tess schnaubte lediglich und ignorierte Jack. »Nathan?«

»Ich würde auch noch gerne ein paar Sachen holen. Aber vorher halte bitte kurz hier am Diner. Ich muss einen Milchshake besorgen.«

Trotz meines Zustands musste ich schmunzeln. Das Auto hielt ruckelnd an. Eine Tür schlug zu. Tess und Jack stritten sich weiter miteinander, während Nathan auf die Jagd nach einem Milchshake ging. Als er wieder ins Auto kletterte, roch ich kalte Milch und Süßkram.

»Ich hab den für Zähne tödlichsten Shake genommen, den es gab«, sagte er zu mir. Ich konnte leider nur nicken und dankbar lächeln. Mich aufrichten oder ihn gar trinken, war unmöglich.

»Ich probiere später«, murmelte ich, zwang nun aber doch meine Augen auf. In seiner Hand hielt Nathan einen reichlich mit Smarties, bunten Streuseln und Glasur verzierten Shake.

Das Brennen in meinem Magen wurde kurz von einem warmen, glückseligen Gefühl abgelöst. Nathan war so unfassbar süß. Zumal er wie selbstverständlich meinen Kopf auf seinem Schoß drapierte.

Tess fuhr wieder an, und wir rollten eine Weile schweigend weiter, bis sie wieder stoppte.

»Tess und ich brauchen nicht lange. Jack passt auf«, flüsterte Nathan mir zu. Er schob mich sanft von sich runter und legte mich danach auf dem Rücksitz ab, öffnete sogar meinen Gurt, damit ich es bequemer hatte. Ich zog die Beine an und seufzte. Besser.

»Bin gleich wieder da«, sagte Nathan noch, dann klapperte die Autotür. Er war gegangen.

Ich vermisste seine Wärme schon jetzt.

Eine Weile dämmerte ich vor mich hin, doch dann erinnerte ich mich an Jack, der auf dem Beifahrersitz schweigend vor sich hinbrütete. »Ich weiß, dass du mich für egoistisch hältst. Entschuldige«, murmelte ich.

Es dauerte lange, bis Jack reagierte. Ich meinte, das leise Rascheln seines Shirts zu hören, als er sich zu mir umwandte. »Wenn man so krank ist wie du, darf man auch ein bisschen egoistisch sein. Mach dir keine Sorgen.«

»Aber du bist sauer.«

Eine erneute Pause entstand. »Stimmt«, gab Jack schließlich zu. »Aber das hat weniger mit dir als mit den Umständen zu tun. Ich war so froh, dass Nathan sein Stipendium bekommen hat. Seine Chance, ein bisschen leben zu können. Seit er klein ist, muss er sich ständig kümmern. Um alles und jeden. Unsere Familie ist ein einziges Chaos. Das Studium war sein Ticket, um rauszukommen. Klar muss er sich anstrengen. Klar erwarten wir von ihm nur Bestnoten.« Ich hörte Jacks Grinsen heraus. Ganz so ernst meinte er seine Worte wohl nicht. »Ich hatte gehofft, dass Nathan nicht mehr ständig die Verantwortung, die er seit Jahren trägt, auf seinen Schultern lasten spürt. Und dann kamst du.«

Beim letzten Satz öffnete ich jetzt doch wieder die Augen und sah Jack an. Er wirkte traurig und sehr, sehr besorgt.

»Nathan hat ein echtes Helfersyndrom. Er will es allen recht machen. Alle retten. Stets vermitteln. Das macht ihn aus, und das macht ihn auch so sympathisch. Ich hab nur Schiss, dass es ihn eines Tages zerbrechen lässt.«

Die Botschaft war angekommen. Ich musste auf Nathan aufpassen. Ihn nicht noch weiter in die Sache verstricken. Kurzerhand griff ich an meinen Hals und brauchte eine Weile, um die Kette von meinem Dad abzubekommen. Ich hielt sie Jack hin. Der starrte stirnrunzelnd darauf.

»Nimm«, forderte ich ihn schließlich auf. »Es ist ein Geschenk, das ich nicht haben will. Nimm es und vertick es. Die Kette ist bestimmt einen Zehner wert.«

»Spinnst du? Was soll ich mit dem Ding? Und warum trägst du so ein verdammt teures Teil?«

»Es ist ein Geschenk von meinem Dad gewesen. Seine Entschuldigung, weil er eigentlich nie bei uns ist. Ich will die Kette nicht länger tragen. Sie macht mich traurig. Aber sie kann euch Luft verschaffen.«

Jack verstand. Aus Empörung wurde Staunen. »Nathan hat dir von den Schulden erzählt«, stellte er fest.

»Ja, und wenn ihr nicht bald eine Lösung findet, wird er dumme Dinge tun. Das Online-Pokerturnier hatte er jedenfalls schon angeschaltet. Ich musste radikale Methoden anwenden, um das Spiel zu verhindern. Er selbst würde diese Kette niemals annehmen, aber du … Du musst!«

»Einen Scheiß muss ich.«

»Doch, du musst. Ich bringe so viel in Nates Leben durcheinander. Sieh es als Entschuldigung.«

Jack zögerte, doch schließlich nahm er die Kette. Widerwillig, aber mit einer gewissen Erleichterung. »Danke. Ich mein es ernst. Danke. Das rettet uns vorerst den Arsch und wird die Typen zunächst ruhigstellen. Und trotzdem: Ich bin ehrlich gesagt hier, weil Kane und ich das Haus verkaufen müssen«, sagte er nach einer langen Pause.

»Umso wichtiger, dass du die blöde Kette annimmst. Sonst werfe ich sie ins Meer.«

»So schlimm?«

»Schlimmer. Ich bin echt sauer auf Dad.« Müde schloss ich die Augen und besann mich darauf, wo ich war. In einem Auto auf dem Weg ans Meer. Meine letzte Fahrt. »Die Kette ist keine Bestechung. Sie ist ein Geschenk. Kannst du mir aber trotzdem helfen? Nicht als Gegenleistung, sondern aus Freundlichkeit. Gib mir eine Woche in der Hütte mit Nathan. Danach denke ich mir was anderes aus. Bitte.«

Jack seufzte tief. »Du machst es mir schwer, dir böse sein zu können, aber eins sollte klar sein: Nathan muss weiter studieren. Verliert er sein Stipendium, ist alles aus. Er hat verdammt hart dafür gearbeitet, sich kaum eine Atempause gegönnt, ist zwischen Kinderbetreuung, Familiendrama, lernen und arbeiten fast am Stock gegangen. Er hat es verdient, das Unileben zu genießen. Selbst wenn ich jetzt den fiesen großen Bruder rauskehren muss, sag ich es noch mal deutlich: Er wird deinen Weg nicht bis zum bitteren Ende begleiten können. Das macht ihn kaputt. Er ist viel sensibler, als du denkst.«

Ich versuchte zu schlucken, doch meine Kehle war zu trocken. »Sie geben mir maximal einen Monat.«

»Du bist zäh, sonst wärst du nicht hier. Kämpf und mach ein Jahr draus. Für dich. Aber Nathan muss zurück zur Uni.«

Ich hatte verstanden. Sowohl die Warnung als auch die Liebe, die hinter Jacks harten Worten steckte.

Eine Woche. Danach war ich auf mich allein gestellt.

KAPITEL 17

Amy

»Was ist los mit euch? Seit Stunden schweigen wir und starren frostig aus dem Fenster. Können wir nicht miteinander reden?« Nathans Worte weckten mich aus meinem Dämmerschlaf. Ich lag zusammengerollt in seinen Armen auf dem Rücksitz und ertrank in dem weißen Nebel in meinem Kopf. »Was hast du zu Amy gesagt, Jack?«

»Was soll ich denn gesagt haben?«, knurrte Jack von vorne.

»Sie hat mich so komisch angesehen, als ich zurückgekommen bin. So traurig und verstört.«

»Das bildest du dir ein.«

»Wer weiß, was der Neandertaler ihr zugebrummt hat. Vermutlich, dass sie gefälligst ohne deine Anwesenheit sterben soll.«

»Hey, Prinzesschen. Sag noch einmal Neandertaler zu mir, und ich flippe aus.«

»Solange du mich Prinzesschen nennst, bleibe ich beim Neandertaler, du Neandertaler. Jetzt hör auf rumzuknurren und gib mir was von der Cola.«

»Du hast schon eineinhalb Liter getrunken.«

»Bist du meine Mami, oder was? Jetzt rück sie raus.«

»Nö. Im Namen deines Magens muss ich den Sanitäter rauskehren: Keine Cola mehr für das Prinzesschen.«

Der Wagen ruckelte unangenehm, als Tess plötzlich auf die Bremse trat und seitlich ausscherte. Vermutlich auf einen

Parkplatz. Ich hörte Nathans tiefen Seufzer und musste unwillkürlich grinsen. Tess und Jack stritten sich seit zwei Stunden. Sie hatten mich damit immer wieder aus meinem unruhigen Schlaf gerissen. Eigentlich hatte Nathan seine Freundin Tess als sanftes, eher schüchternes Wesen dargestellt. Davon bemerkte ich momentan nicht sehr viel.

Tess stellte den Motor ab, und die Geräusche eines mittelschweren Handgemenges drangen zu mir rüber. Vermutlich versuchte Tess, mit Gewalt an die Cola zu kommen.

»Wie geht es dir?« Nathan musste bemerkt haben, dass ich aufgewacht war.

Ich zwang ein Auge auf und starrte sein dunkles Hemd an. Meine Nase stupste immer wieder gegen seinen Ledergürtel. Noch immer lag ich mit dem Kopf auf seinem Schoß. Eine seltsam intime Haltung, die mir mit einem Schlag peinlich wurde.

Langsam drehte ich mich auf den Rücken und blickte hoch in Nathans braune Augen. Er lächelte, doch der Rest seiner Miene blieb ernst.

»Ich habe von Neandertalern und Prinzessinnen geträumt, die sich gegenseitig die Weltherrschaft abluchsen wollten«, log ich. Sofort hörte das Gerangel vorne im Auto auf. »Hilfst du mir mal hoch?«

»Klar.«

Nathan stützte mich und wartete, bis mein Kreislauf einigermaßen stabil geworden war. Dann blinzelte ich aus dem Fenster. Die Aussicht war der Wahnsinn. Das Meer funkelte in einem satten Blau, dazwischen blitzte das helle Weiß der schäumenden Wellen hervor. Tess hatte am Rand einer Klippe geparkt, sodass ich bis weit zum Horizont blicken konnte. Ein azurblauer Himmel und die brennend gelbe Sonne über Kalifornien sorgten für ein Postkartenmotiv.

Ich seufzte dankbar auf. »So schön«, flüsterte ich.

»Voll«, kam es vorne von Jack.

Ich musste schmunzeln. Vor allem, weil Tess ihren Sitznachbarn derart erbost ansah, dass deutlich wurde: Die beiden wurden definitiv keine Freunde. Ausgeschlossen.

Erst dann fiel mein Blick auf die Küstenlandschaft weiter vor uns. Da der Hügel etwas abfiel, konnte ich seitlich zum Strand hinunter sehen. Feinster Sand, dazwischen schwarze Felsen und … eine Hütte, die ich nur zu gut kannte.

»Wir sind ja schon da«, sagte ich erstaunt.

»Ja, deshalb parke ich hier. Ich habe keine Ahnung, wie wir da runterkommen sollen. Müssen wir laufen?« Tess hatte sich im Sitz umgedreht.

Der Anblick unseres Ziels ließ mich munter werden. Ich deutete auf eine Kurve weiter vor uns. »Da lang. Ich zeig es euch. Es wird euch gefallen. Versprochen.«

Den ausladenden Pick-up den steilen Küstenpass hinunterzubekommen stellte sich als recht gewagt heraus. Tess ignorierte Jacks herablassendes Angebot, dass er fahren könne, und kroch im Schneckentempo bis zum Strand.

Kaum hatte Tess auf dem schmalen gekiesten Vorplatz gehalten, öffnete ich die Tür und atmete tief ein. Die Hitze des Tages ließ mich kurz schwindeln, doch der Wind auf meiner Nase war unbezahlbar. Hier an der Steilküste war es häufig recht stürmisch. Entsprechend rau präsentierte sich das Meer. Früher waren wir häufiger nach Pismo Beach gefahren, um dort den Surfern zuzusehen. Perfekte Bedingungen für die Sportart.

Nathan war mittlerweile um das Auto herumgekommen, öffnete meine Tür und stützte mich wie selbstverständlich, damit ich vom Kiesweg über den Sandstreifen bis zur Hütte kam. Die war ganz aus Holz gemacht und presste sich eng gegen die steil aufragenden Küstenfelsen dahinter. Feuerholz stapelte sich rund herum, gut geschützt durch das weit überhängende Dach und die Veranda. Bis zum Meer waren es noch gut fünfhundert Meter. Mein Großvater hätte die Hütte gerne näher ans Wasser gebaut, doch die Angst vor Sturmfluten hatte ihn davon Abstand nehmen lassen. In die Gegend verirrten sich auch nur wenige

Touristen. Sie blieben meist bei Pismo Beach und fuhren dann die Steilküste weiter nach Santa Barbara.

Nathan musste mich zum Haus hinübertragen. Gehen war ein Ding der Unmöglichkeit. Auf der Veranda angekommen, setzte er mich sanft ab und sah mir dabei zu, wie ich den Schlüssel unter dem dritten Blumentopf von links hervorzog. Dort ruhte er seit bestimmt fünf Jahren. Einmal im Monat kam eine Putzkraft hierher, um Ordnung zu schaffen. Mum hatte sich aus irgendeinem Grund noch nicht von der Hütte lösen können, obwohl wir keine Zeit mehr für ihre Instandhaltung hatten. Verkommen lassen war aber keine Option gewesen. Das kam mir jetzt zugute.

Selbst der kurze Weg von der Veranda bis zur Tür war leider zu viel für mich. Wortlos drückte ich Nathan den Schlüssel in die Hand und ließ mich auf einen alten Schaukelstuhl aus Holz nieder. Meine Grandma hatte darin viele Stunden gesessen und dem Spiel der Wellen zugeschaut. Die Farbe am Holz war inzwischen recht abgeblättert. Gemütlich war er trotzdem.

Nathan hatte mittlerweile die Haustür geöffnet und war hineingegangen, um sich umzusehen. Jack polterte hinterher. Einzig Tess zögerte und lehnte sich stattdessen an die Veranda direkt neben mir.

»Ein wunderschöner Ort«, sagte sie verträumt.

»Wir sind früher jedes Jahr hergekommen, um die Sommerferien hier zu verbringen. So lange, bis Ben krank geworden ist und wir stattdessen ins Krankenhaus gehen mussten. Dieser Ort ist magisch für mich. Wir haben hier stundenlang im Meer gebadet, Kartenspielmarathons abgehalten und so viele Sandburgen gebaut, dass an jedem Strandabschnitt mindestens eine irgendwann mal gestanden hat. Hier hatte Dad endlich Zeit für uns, und Mum hat sich erlaubt, auch mal herumzualbern. Grandma hat in diesem Stuhl Dutzende von Pullovern und Mützen gestrickt, und Grandpa hat neben ihr seine Pfeife geraucht. Dieser Ort steht für die schönste Zeit in meinem Leben. Ganz ohne Krankheit und Überlebenskampf.«

Tess starrte die Wellen an und nickte schließlich. »Kann ich verstehen. Für mich ist es unvorstellbar, dass …«

»Tess! Ich fürchte, wir müssen reden«, rief Jack von drinnen.

Die Angesprochene verdrehte die Augen. »Was ist denn jetzt schon wieder los?«

»Sieh es dir selbst an. Unten oder oben?«

Ich lachte leise. »Er hat die Stockbetten im einen Raum entdeckt, vermute ich«, erklärte ich Tess.

Die riss die Augen auf. »Nie im Leben schlafe ich mit diesem Neandertaler in einem Raum.« Sie drehte sich um und brüllte: »Das Zimmer gehört mir. Du nimmst gefälligst die Couch.« Fragend sah sie mich an. »Gibt es überhaupt eine Couch? Bitte, sag mir, dass es eine Couch gibt!«

»Die Couch ist für Nathan reserviert«, rief Jack zurück und klang jetzt eindeutig amüsiert. »Von daher: unten oder oben? Du hast noch drei Sekunden, sonst nehme ich dir die Entscheidung ab. Eins, zwei …«

Tess schoss wie ein Blitz in die Hütte und ließ mich allein. Mich störte das nicht. Vielmehr genoss ich den Moment, ganz für mich zu sein. Der Tag war hektisch gewesen. Vielleicht der stressigste und folgenschwerste in meinem Leben. So viel war geschehen. So viel hatte sich verändert. Ob gut oder schlecht, musste ich erst noch ergründen.

Ich drehte erneut den Kopf und blickte auf die schäumenden Wellen in einiger Entfernung. Der salzige Geruch weckte alte Erinnerungen an Ballspiele im Sand, lachen und den Geruch von Sonne auf der Haut. Natürlich musste ich vorsichtig sein, was die Hitze anging, aber ich konnte es kaum erwarten, meine Füße ins Wasser zu halten.

Heute allerdings nicht. Ich war völlig erschöpft von der Fahrt. Außerdem konnte ich Nathan unmöglich bitten, mich von der Hütte bis zum Meer zu tragen. Das war mir nicht nur peinlich, sondern vermutlich auch zu viel verlangt.

»Willst du zum Wasser?«, fragte mich der Geist meiner Gedanken in real. Ich hatte gar nicht bemerkt, dass Nathan zu mir gekommen war und nun an der gleichen Stelle lehnte, wo Tess gestanden hatte.

Ich schüttelte den Kopf. »Erst mal müsste ich mich ausruhen. Es gefällt mir nicht, aber wenn ich mich jetzt total verausgabe, bereue ich es morgen.«

»Da drin ist allerdings der dritte Weltkrieg ausgebrochen. Der Kampf ums obere Bett wird hart ausgefochten«, warnte Nathan mich. Er half mir hoch und führte mich in die Hütte hinein. Die Pause im Schaukelstuhl hatte mir gutgetan und mich ein wenig zu Kräften kommen lassen, sodass ich nicht getragen werden musste. Zunächst mussten sich meine Augen an die hier herrschende Dunkelheit gewöhnen. Mein Vater hatte die Fenster vernageln lassen, um ungebetene Besucher und potenzielle Unwetterschäden draußen zu halten.

Der Duft nach Kamin, trockenem Holz und Salz begrüßte mich. Die Hütte roch noch genauso wie damals. Unwillkürlich lächelte ich erleichtert.

»Du bekommst natürlich das große Schlafzimmer mit dem Doppelbett«, sagte Nathan zu mir und führte mich hinüber.

Ich hatte keine Kraft zu protestieren und sank nur wenig später auf die Matratze, auf der sonst immer meine Eltern oder meine Großeltern geschlafen hatten. Damals. In einem anderen Leben.

Da ich statt Schuhen Schlappen trug, rollte ich mich direkt zusammen und bekam kaum mit, dass Nathan mich mit einer dünnen Steppdecke zudeckte.

»Ich muss nur ganz kurz ausruhen, dann komme ich«, murmelte ich und war eingeschlafen, sobald ich meine Augen geschlossen hatte.

Ich wachte von einer wilden Diskussion über Bio-Fleisch, Tofu und Discounter-Sachen auf. Der Duft von Tomatensoße wehte in mein Zimmer, gefolgt von einem schrecklichen Krachen.

Sofort saß ich senkrecht im Bett.

»Lebt ihr noch?«, rief ich besorgt Richtung Tür, die lediglich angelehnt war.

»Sorry. Hab die Abdeckung vom Wohnzimmerfenster abgenommen.« Das war Jack.

»Du meinst wohl, du hast sie halb eingeschlagen, du Höhlenmensch«, kam es von Tess.

»Vertragt euch«, warf Nathan dazwischen.

Ich lachte leise in mich hinein, schob die Beine über den Bettrand und stand vorsichtig auf. Dank des Schlafes fühlte ich mich schon wesentlich besser. Fehlte nur noch eins.

Etwas wackelig gelangte ich zur Tür und sah, dass Nathan direkt davorstand, als ich sie ganz öffnete. »Wir machen gerade Abendessen«, erklärte er. »Also Tess und ich kochen. Jack nimmt das Haus auseinander.«

»Das war nicht zu überhören.«

Nathan bot mir seinen Arm an, als sei ich eine Tänzerin beim Ball. Ich hakte mich unter und freute mich über den Sonnenschein, der auf den Esstisch fiel. Jack war gerade dabei, die Bruchstücke des Holzes zusammenzusammeln.

»Habe ich noch Zeit für eine kurze Dusche? Ich würde mir gerne den Krankenhausmief vom Körper waschen«, sagte ich zu Nathan.

»Äh, klar. Nur hab ich keine Ahnung, ob es überhaupt warmes Wasser gibt.«

»Das dürfte kein Problem sein. Die Hütte sieht zwar nach außen hin rustikal aus, ist aber technisch so modern, wie es vor fünf Jahren eben der Fall war. Mein Vater legte großen Wert auf Komfort.« Ich hielt bereits auf die Badezimmertür zu.

Nathan begleitete mich eher zögerlich. »Kannst du das alleine?«

Oh. Daher wehte der Wind. »Das sollte ich hinkriegen«, sagte ich rasch und spürte prompt, wie mir die Röte in die Wangen schoss. Ganz bestimmt ließ ich mir nicht von Nathan unter die Dusche helfen.

»Ich hole von draußen eben einen der Plastikstühle, die ich da gesehen habe. Da kannst du dich zur Not draufsetzen«, schlug er vor.

Mir war es peinlich, wie erleichtert ich über diesen Vorschlag war. Tatsächlich hätte ich mich beim Duschen so oder so hinsetzen müssen. Wie eine alte Frau. Also setzte ich mich auf den Toilettendeckel und wartete, bis Nathan besagten Stuhl unter die Dusche gestellt hatte.

»Es ist echt ätzend, dass du mich bedienen musst«, sagte ich müde.

»Kein Ding. Ich bin froh, dass du laufen kannst. Das macht vieles einfacher. Falls du was brauchst, schrei. Ich sag Tess Bescheid, dass sie dann nach dir sehen muss.«

Gute Idee! Noch nie war ich so dankbar für die Anwesenheit der anderen Studentin gewesen. Generell war ich wie überrollt von den Ereignissen. Dermaßen unerwartet Nathans Bruder kennenzulernen, war irritierend. Was ich von Jack hielt, konnte ich noch nicht genau sagen. Er verhielt sich so anders als Nathan. Viel ruppiger, streitsüchtiger und … kantiger.

Ich wartete, bis Nathan verschwunden war, setzte mich danach auf den Plastikstuhl, zog mir den Wollpulli und die Leggins aus und ließ mir im Sitzen das heiße Wasser auf den Kopf prasseln. Dabei schloss ich die Augen und versuchte meine Gefühlswelt zu sortieren. Vergebens.

Ich hatte Angst vor dem Tod. Angst vor meiner Entscheidung. Angst vor dem Zorn meiner Mutter und Angst davor, sie im Stich gelassen zu haben. Gleichzeitig war ich erleichtert, der Chemo und dem Krankenhaus entkommen zu sein. Doch vor allem war ich glücklich, Nathan bei mir zu wissen.

War das egoistisch? Vermutlich. Und dennoch spürte ich da diese vertraute Nähe zwischen uns. Ich hoffte und betete, dass ich mir das nicht nur einbildete. Wenn Nathan lediglich dem Wunsch einer Sterbenden entsprechen wollte, wäre das äußerst peinlich für mich. Ich wollte so gerne, dass er die Zeit mit mir genoss – ungeachtet der Tatsache, dass ich ihm quasi die Pistole auf die Brust gesetzt hatte.

Ein unangenehmer Stich ging durch meinen Körper. Ich hatte ihn gezwungen. Das hinterließ natürlich einen schalen Nachgeschmack. Nur was hätte ich sonst tun sollen?

Entschlossen drehte ich dem Hahn das Wasser und meinen Gedanken die Zufuhr ab. Es brachte nichts, sich selbst zu malträtieren. Das Leben war zu kostbar dafür. Er war hier. Das war alles, was zählte.

Es klopfte an der Tür. »Ich hab dir ein paar Klamotten von mir mitgebracht«, rief mir Tess vom Flur aus zu. »Keine Ahnung, ob sie passen, aber willst du sie haben?«

»Ja! Ja, unbedingt.« Ich hatte schon mit viel Ablehnung meine alten Sachen angestarrt und mich dafür verflucht, nichts Neues mitgenommen zu haben.

»Ich komm kurz rein.« Die Tür ging auf, und Tess schob die Sachen auf das Waschbecken, ohne mich anzusehen. Das war natürlich albern, auf der anderen Seite konnte ich es aber verstehen. »Brauchst du Hilfe?«

»Es geht schon. Danke.« Tess verschwand so schnell, wie sie gekommen war, und ließ mich mit einer gemütlichen Jogginghose, einem viel zu großen Unterhemd plus Unterhose, T-Shirt und passender Jacke zurück. Ich zog mich im Schneckentempo an und lauschte dem Lachen der Männer, dem Klappern der Teller und der Musik aus dem alten Radio, das jemand angestellt hatte.

So viel Leben hatte diese Hütte schon lange nicht mehr gesehen.

Ich schmunzelte und vermied weiterhin einen Blick in den zum Glück beschlagenen Spiegel. Meinen Anblick konnte ich momentan nicht ertragen. Früher hatte ich ein recht gutes Verhältnis zu meinem Körper gehabt. Mit der Krankheit hatte sich das geändert. Zunächst war ich ihm böse gewesen. Ich hatte ihn verflucht und auf ihn geschimpft, weil er mich im Stich ließ. Dann kam die äußerliche Veränderung hinzu. Die fehlenden Haare. Die fehlenden Kilos. Das müde Aussehen. Seit das so war, betrachtete ich mich nicht mehr gerne. Die einzige Ausnahme war, als ich mich für die Studentenparty zurechtgemacht hatte.

Die Party. Der Kuss. Das war schön gewesen.

Dann mal los, feuerte ich mich in Gedanken an. Am liebsten wäre ich noch mal zurück ins Bett gekrochen, doch das ging natürlich nicht. Auf keinen Fall wollte ich die letzten Tage meines Lebens verschlafen. Also schlurfte ich zu dem gewaltigen Esstisch, der das Wohnzimmer und den Essbereich dominierte. Die rustikalen Stühle passten alle nicht zueinander und bildeten dadurch eine Einheit. Ich liebte jeden einzelnen, waren sie doch das komplette Gegenteil zu den durchgestylten Möbeln meines Elternhauses.

»Was gibt es denn zu essen?«, fragte ich, obwohl ich nicht den Hauch von Hunger verspürte.

»Drei verschiedene Sorten von Nudeln, die noch einigermaßen okay ausgesehen haben. Dazu Tomatensoße aus der Dose. Mehr gaben die Schränke nicht her. Wir müssen morgen dringend einkaufen fahren.« Tess stellte mir einen Teller vor die Nase und setzte sich direkt neben mich. Sie wirkte deutlich entspannter als noch während der Fahrt. »Ich war eine Weile am Strand und hab die Meeresluft genossen. Unglaublich, wie schön es hier ist.«

»Hier vergisst man den Rest der Welt da draußen. Ich gehe auch gleich raus.« Dass ich das wirklich schaffte, bezweifelte ich.

»Wenn du magst, begleite ich dich.« Nathan stellte einen Topf auf den Tisch und schöpfte daraus eine merkwürdige Mischung aus winzig kleinen Makkaroni, langen Spaghetti und als Tiere geformten Nudeln. Mir tat er nur recht wenig drauf, wofür ich ihm sehr dankbar war.

»Klar kannst du mit.« Erst jetzt fiel mir auf, dass da jemand fehlte. »Wo ist Jack?«

»Der kümmert sich ums Feuerholz. Es herrschen zwar momentan dreißig Grad, aber er ist wild entschlossen, den Kamin anzuzünden. Fürs Ambiente.« Nathan verdrehte die Augen. »In Wirklichkeit steckt nur ein kleiner Pyromane in ihm.«

Jack kam wie aufs Stichwort herein, warf einen Arm voller Brennholz in die Ecke und klopfte sich die Späne vom Hemd. Danach setzte er sich mit Schwung an den Tisch und angelte sich den anderen Topf mit der Soße. Dabei musterte er mich eingehend. »Wie geht es dir? Hast du Schmerzen? Dann könnte ich dir zwei Tabletten geben.«

Ich schüttelte den Kopf. Ich wollte dem Nebel in meinem Kopf entkommen. Jedes Gefühl war abgedämpft und fühlte sich surreal an. Nein. Ich wollte die letzten Tage spüren. Ich wollte ans Meer. Ich wollte Sandburgen bauen. Gleich.

»Alles gut, Jack«, versicherte ich ihm und schob mir wie zum Beweis eine Nudel in den Mund. Sie runterzuschlucken war dann schon etwas schwieriger.

Die nächste halbe Stunde bemühte ich mich, dem Gespräch am Tisch zu folgen, doch ich war zu erschöpft. So viel zu meinem Plan, ans Meer zu gehen. Das würde wohl noch warten müssen. Jack schwieg genau wie ich, während Tess und Nathan sich über die Gegend, Surfmöglichkeiten, Kochkünste und die Hütte unterhielten. Schließlich gab ich auf. »Es tut mir wirklich leid, aber ich muss noch mal ins Bett. Morgen bin ich bestimmt schon besser drauf.«

Das glaubte vermutlich niemand, trotzdem nickten alle bestätigend. Diesmal brachte mich Tess ins Bett und lehnte wie zuvor die Tür an, damit ich jederzeit nach Hilfe rufen konnte.

Ich schaffte es gerade noch, meinen Online-Freunden eine Nachricht zu schreiben. Bevor ich meinen Notfallplan im Krankenhaus hatte starten können, hatten wir eingehend miteinander die Vorgehensweise diskutiert.

Amy: Ich bin mit Nathan in einer einsamen Hütte. Er hat mich für die letzten Tage dorthin gebracht. Danke für eure Liebe, Freundschaft und Unterstützung. Ihr seid mit mir durch die Hölle gegangen. Ich liebe euch!

Dann war ich auch schon eingeschlafen, bevor auch nur einer von ihnen reagieren konnte.

***

Die Matratze bewegte sich wie von selbst. Sie quietschte dabei und weckte mich auf. Verwirrt blinzelte ich in die Dunkelheit. Himmel, war das düster um mich herum.

Ich spürte die Wärme eines Körpers neben mir und wandte mich ihm zu. »Nathan?«, fragte ich verschlafen.

»Ja, ich bin's. Leg dich wieder hin und ignorier mich. Ich halt es auf der Couch nicht mehr aus. Zu ungemütlich.«

»Die ist saubequem. Da hab ich als Kind immer drauf geschlafen.«

Nathan grunzte. »Für ein zierliches Mädchen mag sie perfekt sein. Für einen langen Lulatsch wie mich ist sie definitiv zu kurz. Meine Füße ragen über die Armlehne.«

Ich kicherte unwillkürlich, als ich mir das vorstellte. »Dann roll dich zusammen«, schlug ich vor.

»Dafür ist sie nicht breit genug.« Er seufzte leise. »Na, gut. Wem mache ich was vor? Ich kann nicht schlafen, weil ich Angst habe, dass du hier in Ohnmacht fällst und niemand das mitbekommt. Das könnte ich mir echt nicht verzeihen.«

»Ich falle nicht sofort tot um.«

»Aber es geht dir auch nicht so gut, wie du uns weismachen willst.« Er nestelte eine Weile an der Decke herum. Plötzlich stockte er jedoch. »Oder ist dir das unangenehm?«

»Nein. Bleib ruhig liegen. Ist okay.« Mehr als okay, fügte ich in Gedanken hinzu und bemühte mich, mein zu schnell schlagendes Herz zur Raison zu bringen.

Mir war sein warmer Körper überdeutlich bewusst. Direkt neben mir. Ich musste nur die Hand ausstrecken, um ihn zu berühren.

»Hast du Angst vorm Sterben?«, fragte Nathan plötzlich.

»Was für ein Thema mitten in der Nacht.«

»Für dieses Thema gibt es nie einen richtigen Zeitpunkt. Du wirkst so cool. So gelassen.«

»Das bin ich definitiv nicht. Ich habe eine Scheißangst und bin gleichzeitig total angepisst, dass ich nicht drum herum komme.«

»Ich dachte, dass du nicht mit deinem Schicksal haderst, sondern es angenommen hast. Ich erinnere mich da an eine wilde Diskussion.«

»Da habe ich mir auch noch eingebildet, einen Ausweg zu finden. Jetzt, wo die Sache klar ist, hadere ich doch. Ich ... dieser Abend. Das Essen mit euch. Euer Lachen. Das Meer. Ich will davon noch viel mehr erleben und selbst mitmischen. Dass das nicht geht, frustriert mich und macht mich traurig. So traurig, dass ich schreien möchte. Aber selbst dazu bin ich zu schwach.« Kaum hatte ich das gesagt, hätte ich gerne meine Worte zurückgenommen. Auf keinen Fall wollte ich wie eine gefrustete, verzweifelte und panische Sterbende wirken. Ich hatte mir fest vorgenommen, diese Welt mit erhobenem Haupt zu verlassen. Okay. Vielleicht in Nathans Armen und mit Mums Hand in meiner. Ja, das würde mir gefallen.

Im Dunkeln konnte ich von Nathan nur einen schwarzen Hügel ausmachen, wenige Zentimeter von mir entfernt.

»Je länger ich dich in meinem Leben habe, desto mehr klammere ich mich daran. Ich will nicht gehen. Ich will dich weiter kennenlernen. Dir nahekommen. Dich spüren. Mit dir lachen und streiten und herumalbern.« Die nächsten Worte hätte ich nie im Leben ausgesprochen, wenn mir nicht die Zeit davongelaufen wäre. So aber sammelte ich allen Mut zusammen. »Ich möchte dich noch mal küssen und diesmal besser zielen. Ich weiß, dass das gemein dir gegenüber ist. Ich sollte nicht darum betteln, dir näherkommen zu dürfen, wo der Abschied so nah ist. Ich sollte dich mit aller Kraft von mir stoßen und dir ein schönes Leben wünschen. Ein Leben ohne den Tod an der

Bettkante, aber … Gerade bin ich zu müde dazu, vernünftig zu sein. Ich habe eine Scheißangst. Vor allem vor dem Alleinsein.«

Nathan schwieg beunruhigend lange. Schließlich rutschte er näher und nahm mich sehr sanft in die Arme, hielt mich einfach fest. »Du bist nicht allein«, sagte er leise.

»Aber küssen willst du mich auch nicht.«

»Ich will schon, aber es wäre so was von dämlich. Schon allein mit dieser Umarmung habe ich Angst, dir wehzutun.«

»Ohne Berührungen geht jeder Mensch irgendwann drauf. Dann sterbe ich lieber zwei Tage eher, als mich immer fern von allen Leuten zu halten. Das ist auf Dauer schrecklich.« Ich bemühte mich gleichzeitig, den einen Gedanken von mir fortzuweisen. Er wollte mich küssen. Und auch wieder nicht. »Falls du darauf wartest, dass es mir besser geht, dann muss ich dich enttäuschen. Das wird in nächster Zeit nicht passieren. Besser gesagt: niemals.«

»Ich weiß, und genau deshalb … Himmel, Amy! Wie sind wir denn jetzt auf dieses Thema gekommen?«

»Es beschäftigt mich. Ich bin eine noch ungeküsste Einundzwanzigjährige im vermutlich letzten Monat ihres Lebens. Neben mir liegt der heißeste Typ diesseits und jenseits meiner Mädchenträume und hält mich im Arm. Da liegt der Wunsch nahe, andere Dinge zu tun.«

Nathan rutschte ein Stück von mir fort. Seine Arme blieben aber zum Glück weiterhin um mich geschlungen. »Du weißt, dass ich dich mag. Sehr sogar. Wenn wir mehr Zeit gehabt hätten, hätte ich dich … keine Ahnung … umgarnt? Klingt so altmodisch. Verführt? Zu verrucht. Ich hätte dich jedenfalls garantiert geküsst und auch versucht, dir an die Wäsche zu gehen.«

»Aber?«

»Aber was? Die Welt ist nun einmal nicht so, wie wir sie gern hätten. Du sprichst von einem Kuss. Den kann ich dir geben.

Jederzeit. Sanft. Romantisch. In Wirklichkeit redest du aber von einer anderen Art von Kuss. Von etwas Intimerem. Sinnlicherem. Da muss ich passen.«

»Weil du mich nicht sexy findest? Nicht anziehend genug?«

»Nein, das ist es nicht. Aber … Ich bin in diesen Dingen selbst nicht sehr bewandert. Meine letzte feste Freundin hatte ich mit sechzehn, und die Beziehung hielt nur einen Monat lang. Danach stand mein Leben Kopf, sodass ich zum Thema Liebe und Verliebtsein nicht viel beitragen kann. Ich hab selbst wenig Erfahrung in diesen Bereichen. Wenn ich ein Mädchen heiß fand, hab ich mit ihr rumgeknutscht, bin manchmal mit ihr in die Kiste gegangen, und das wars. Jetzt schau nicht so irritiert. Für was Festeres hatte ich keine Zeit.«

»Dann küss mich doch so, wie du diese Mädchen geküsst hast. Das würde mir völlig reichen.«

»Wir wissen beide, dass unser Kuss niemals so sein könnte. Er wäre etwas Besonderes. Für dich und auch für mich.«

»Und wo ist dann das Problem? Wir finden es nicht heraus, wenn wir es nicht probieren.«

Nathan schüttelte den Kopf, was ich viel mehr spürte als sehen konnte. »Ich kann dich nicht küssen. Es ist falsch. Punkt.«

Mir taten seine Worte so weh, dass ich mich am liebsten aus seinen Armen gewunden hätte. Damit hätte ich mir jedoch mehr geschadet, daher blieb ich, wo ich war, und kämpfte stumm mit den Tränen. Natürlich hatte er recht. Er und ich … wir waren keine Zufallsbekanntschaft mehr, die ohne Gefühlsbindung miteinander rumknutschen konnte. Außerdem war die Tatsache, dass es mein erster Kuss sein würde, auch nicht gerade hilfreich. Trotzdem …

Ich wollte nicht ungeküsst aus dieser Welt gehen. Und ich mochte Nathan. So sehr, dass mein Kopf voll mit seinen Worten, seinem Lächeln und seinem sanften Blick war. Mir war schon lange klar, was das bedeutete. Was es hieß, dass er meine Gedanken erfüllte, meine Träume beherrschte und mein Handeln lenkte. Niemand anderem hätte ich die Vollmacht übertragen. Ihm schon. Es war daher eindeutig:

Ich war verknallt. Und zwar so richtig.

Bislang hatte ich mir leichte Hoffnung gemacht, dass er ähnlich empfand. Mittlerweile und gerade nach diesem Gespräch war ich mir nicht mehr so sicher. Ich hatte mir etwas vorgemacht. Nathan befand sich nach wie vor in der Friendzone, und es sah nicht danach aus, als könnten wir sie rechtzeitig verlassen.

Ich brauchte eine Weile, um diese Erkenntnis zu verdauen. Dann beschloss ich, zu nehmen, was ich kriegen konnte. Allein die Umarmung war mehr, als ich mir gestern noch erträumt hatte. Also wandte ich mich ihm zu, legte ebenfalls einen Arm um seinen Körper und kuschelte mich an ihn.

Er hatte vermutlich kurz zuvor geduscht, denn er roch frisch nach Shampoo. Ich atmete tief ein und verdrängte mit jedem Heben meines Brustkorbs die aufsteigende Traurigkeit in meinem Herzen. Er war hier. Das war das Wichtigste überhaupt.

»Ich muss morgen früh meine Mum anrufen«, murmelte ich zusammenhanglos. »Sie macht sich bestimmt Sorgen.«

»Ich habe eine Nachricht auf eurem Anrufbeantworter hinterlassen.«

Das machte mich prompt wieder wacher. »Ernsthaft?«

»Deine Mum meint es nur gut. Sie schießt zwar übers Ziel hinaus, aber sie liebt dich abgöttisch und erträgt den Gedanken nicht, dich auch noch zu verlieren. Natürlich hast du jedes Recht, dich von ihr zu lösen und fortzugehen, aber ich hab es nicht über mich gebracht, sie die Nacht über im Dunkeln zu lassen.«

»Jetzt sag nicht, du hast ihr verraten, wo ich bin.«

»Selbstverständlich nicht. Ich habe ihr lediglich gesagt, dass du lebst, dass so weit alles in Ordnung und jemand bei uns ist, der Rettungssanitäter ist. Ich habe ihr erzählt, dass wir dich mit mehreren Leuten unterstützen und du dich sobald es geht melden wirst.«

Dieser Typ war zu gut für diese Welt. Dankbar kuschelte ich mich wieder an ihn und zeigte ihm hoffentlich allein dadurch, wie sehr ich ihn schätzte. Eine Weile ließ ich die Stille zu, doch ich hatte den Eindruck, wertvolle Zeit zu verschwenden. Ja, ich war müde. Ja, mir tat alles weh, aber … Es gab noch so viel zu sagen zwischen uns! »Was ist mit dir und deiner Mum? Warum sprichst du nie über sie?«

»Es gibt nicht viel, was ich erzählen könnte. Ganz davon ab, dass ich dieses Thema ungerne anschneide. Sagen wir so: Deine Mum und meine leben auf unterschiedlichen Planeten. Während deine viel zu sehr an ihren Kindern hängt, hat meine Mutter wenig Interesse an uns. Ich habe es aufgegeben, ihre Liebe erhalten zu wollen. Meine Familie sind meine Brüder und Schwestern.«

Mir war bewusst, dass ich mich auf gefährliches Terrain bewegte. Dennoch wagte ich es. »Das klingt sehr verbittert.«

»Das war ich mal, aber mittlerweile würde ich es eher als abgeklärt bezeichnen. Es hat mich Jahre gekostet zu erkennen, dass sich meine Mum nicht ändern kann. Ihr fehlt einfach das Muttergen. Stattdessen wird es immer nur kompliziert, wenn sie in unser Leben tritt. Also nein. Ich rede ungern über meine Mum und noch viel weniger über meinen Dad. Das tut zu weh.«

Ja, genau danach klang es. Nathan hatte mit neutraler Stimme gesprochen, doch ich hörte den Schmerz dahinter. An keinem Kind ging es spurlos vorüber, wenn die Eltern kaum Interesse zeigten. Ein schrecklicher Gedanke. Kein Wunder, dass er für meine Mutter stets Partei ergriff.

»Dann erzähl mir was von deinen Brüdern.«

»Warum hast du nur so viel Interesse an meiner Familie?«

»Weil du immer ablenkst, sobald ich danach frage. Dabei ist Familie so prägend. Sie macht einen zu dem Menschen, der man ist. Zumindest in großen Teilen. Im Krankenhaus hatte ich nicht die Energie, dich in die Enge zu treiben. Hier im Dunkeln hingegen habe ich alle Zeit der Welt. Ich bin gerade erstaunlich munter.«

»Das merke ich.« Nathan seufzte leise und überlegte vermutlich, was er mir erzählen wollte oder konnte. »Kane ist der Älteste von uns. Ich bezeichne ihn gerne liebevoll als Schwiegermutterschreck. Zumindest war er das, als er jung war. Mittlerweile haben wir sein wildes Temperament ein bisschen gezähmt. Erstaunlicherweise hat er sich als derjenige mit der größten Geduld herausgestellt. Ein echter Segen. Jack kennst du ja. Er ist eher der Schweigsame, es sei denn, jemand fordert ihn heraus, so wie Tess. Keine Ahnung, warum die zwei wie Katz und Hund sind, aber mich freut es, dass er an Tess so was wie den Endgegner gefunden hat. Jack redet nur, wenn er sich aufregt, jemanden verteidigen will oder betrunken ist. Handwerklich ist er sehr begabt, nur mit der Schule hat er es nie so gehabt. Er hat vermutlich mehr Fehlstunden angesammelt als ein Schweizer Käse Löcher. Und ich … tja … ich bin ›the brain‹ in der Familie. Auf mir ruhen die hochakademischen Hoffnungen der Ambroses. Jack sagt immer, er hätte die Muskeln, Kane die Nerven und ich das Gehirn abbekommen.« Nathan lachte leise in sich hinein und schwieg danach.

Oh, nein, dachte ich. *So leicht mache ich es dir diesmal nicht.* »Und deine Schwestern?«, bohrte ich nach.

»Die sind Zucker. Naomi ist die Älteste mit sechs Jahren, danach kommt Hanna mit vier und Emma mit zwei. Als Naomi geboren wurde, hat mich Jack zur Seite genommen und zu mir gesagt: ›Ab sofort bist du nicht mehr das Nesthäkchen. Du bist jetzt ein großer Bruder. Unser Job ist es, dieses Mädchen zu beschützen, egal was passiert. Für Babygeheul ist kein Platz mehr in diesem Haus. Ab sofort sind wir Männer.‹ Nach dieser Ansprache habe ich gedacht, mein Leben sei gelaufen. Tatsächlich bin ich aber ein ziemlich guter großer Bruder. Nur mit Windeln wechseln hab ich es nicht so.«

Ich wusste, dass Nathan an so gut wie jedem Wochenende nach Los Angeles zu seiner Familie gefahren war. Er hatte vermutlich auf seine Schwestern aufgepasst. Kein Wunder, dass er sich unter der Woche so einen Stress mit der Uni machte. Wenn die Wochenenden anderweitig verplant waren, blieb nicht viel Zeit, um den Stoff zu verinnerlichen.

»Ich hatte auch einen tollen großen Bruder«, flüsterte ich in die Dunkelheit. »Ich vermisse ihn jeden Tag. Wir gegen den Rest der Welt. Jetzt, wo er nicht mehr da ist, fühle ich mich wie der letzte Mensch auf Erden.«

Nathan reagierte auf meine traurigen Worte, indem er mich an sich zog und mir mit der Hand über den Rücken fuhr. Ein wohliger Schauer fuhr durch meinen gesamten Körper. Er mochte noch so angeschlagen sein. Sobald Nathan in der Nähe war, fühlte ich mich beinahe normal.

»Gute Nacht, Nathan«, sagte ich schließlich nach einer längeren Pause. Das Gespräch hatte mich doch mehr erschöpft als gedacht.

»Gute Nacht. Ich bin hier, falls was ist. Ich gehe nicht weg.«

Mit dem Gefühl, zumindest in dieser Nacht nicht der letzte Mensch auf Erden zu sein, schlief ich ein. Ohne Schmerzen. Ohne das erdrückende Gefühl, bald zu sterben. Ohne den Gedanken, den nächsten Morgen nicht mehr zu erleben.

***

»Wie lange ist sie schon in diesem Zustand?«

»Ich bin davon aufgewacht, dass sie unglaublich heiß war und geröchelt hat. Vor etwa zehn Minuten. Der Fieberschub kann also noch nicht lange andauern.«

Jemand fluchte.

Ich versuchte verzweifelt, meine Augen zu öffnen, nur wollte mir das nicht gelingen. Es war, als sei eine überschwere Decke über meinem Kopf ausgebreitet. Dunkel, einengend, erstickend. Ich bekam kaum Luft, doch ich konnte mich nicht artikulieren.

»Wir müssen das Fieber runterbekommen. Nimm die Decken weg. Zieh sie aus. Mensch, Nathan, jetzt zier dich nicht.

Erzähl mir nicht, dass du deine Freundin noch nie nackt gesehen hast.«

»Sie ist nicht meine Freundin. Zumindest nicht so, wie du jetzt denkst.«

»Klar. Erzähl das einem Dümmerem als mir.«

Endlich fiel mir der Name zu der vor Sarkasmus nur so triefenden Stimme ein. Jack.

»Tess. Hol nasse Wickel. Egal, was. Aber schnell. Und bring den Beutel aus dem Krankenhaus mit.«

Tess' Antwort bekam ich nicht mit, denn ich driftete weit, weit fort, sah Dunkelheit, glimmende Sterne und dann ein großes Nichts, in dem ich verging und aus dem ich nach einer kleinen Ewigkeit wieder auftauchte.

»Nathan«, flüsterte ich heiser, musste die Augen aber weiterhin geschlossen lassen.

»Ich bin hier. Scheiße, hast du uns einen Schrecken eingejagt. Jack! Amy ist wach.«

»Amy. Dem Himmel sei Dank. Ich will dich in ein Krankenhaus bringen, aber Nathan weigert sich. Du bist von jetzt auf gleich kollabiert, und ich bekomme deinen Kreislauf nicht stabilisiert.«

»Kein Krankenhaus«, brachte ich hervor.

»Sag ich doch.« Obwohl ich die Augen nicht aufbekam, spürte ich Nathans Präsenz nah bei mir. Er saß vermutlich an meiner rechten Seite auf dem Bett und … ja … definitiv. Er hielt meine Hand.

»Lasst mich einfach gehen.« Müde driftete ich erneut in tiefste Dunkelheit ab und erwachte erst wieder daraus, als das Meeresrauschen merkwürdig laut klang und eine sanfte Brise um meine Nase wehte. Wind in einer Hütte?

Diesmal stemmte ich mich bedeutend vehementer gegen die Finsternis und stellte erstaunt fest, wie einfach sie sich vertreiben ließ. Die Schwere in meinen Knochen war längst nicht mehr so erdrückend. Selbst der dumpfe Schmerz in meinem Magen war kaum noch zu spüren.

Ich öffnete die Augen einen Spalt und erblickte blauen Himmel, der lediglich von dem auseinanderdriftenden Kondensstreifen eines längst vorbeigeflogenen Flugzeuges zerschnitten wurde. Meine linke Gesichtshälfte wurde von warmen Sonnenstrahlen beschienen. Ich roch aufgeheizten Sand und vernahm das Rauschen der Brandung.

Erst jetzt spürte ich eine Bewegung unter mir. Ich lag auf etwas Weichem. Lebendigem. Nathan. Vermutlich quer auf seinem Schoß. In seinen Armen. Augenblicklich beschleunigte sich mein Herzschlag. Vor allem, als ich seine mir mittlerweile so vertraute Wärme wahrnahm.

»Amy? Amy, bist du wach?«

Ich wurde ordentlich durchgerüttelt, als Nathan in Bewegung kam. Er drehte mich, sodass mein Gesicht kurz in sein Hemd gepresst wurde. Ich blickte geradewegs in Nathans dunkle Augen, die vor Erleichterung und purer Panik geradezu glühten. Er hielt mich. Fest und sicher.

Ich wollte ihm antworten, doch da hatte er mich bereits an sich gezogen. »Gott, Amy. Du bist wach. Scheiße.«

Küsste er mich gerade ernsthaft auf meine Glatze?

Die Hitze in meinen Wangen kam jetzt nicht mehr nur von meinem Fieber. Bevor ich etwas sagen konnte, hatte er mich bereits wieder von sich gedrückt, sodass er mich besser ansehen konnte. Unsere Gesichter waren nur Zentimeter voneinander entfernt.

»Du lebst«, murmelte er immer wieder. Er zog mich erneut an sich, aber ich hatte es dennoch gesehen. Da waren Tränen in seinen Augen. Verdammte Tränen. Er hielt mich vermutlich absichtlich eine Weile fester als nötig, um sie unauffällig fortzuwischen.

Mein Herz stolperte vor sich hin, während mein Verstand sich bemühte, die letzten Stunden noch einmal aufzurufen. Nathan war jedenfalls völlig außer sich.

»Bin ich froh, dass du endlich wach bist.«

Er küsste mich erneut. Auf den Kopf, das Ohr, die Schläfe, während er mich hin und her wiegte. Ich ließ ihn zunächst gewähren. Das war besser für sein und mein emotionales Gleichgewicht. Erst mal beruhigen. Erst mal durchatmen.

»Bin ich am Strand?«, murmelte ich verwirrt.

»Ja, ich habe dich rausgetragen, nachdem dein Fieber endlich gesunken ist. Vorher hat Jack das nicht zugelassen. Er war wild entschlossen, dich diese Nacht nicht sterben zu lassen. Offenbar war er erfolgreich.«

Nathans Worte wirkten lapidar, doch ich hörte das Vibrieren in seiner Stimme. Mein Zustand hatte nicht nur Jack alarmiert.

Erst jetzt wurde mir klar, was ich da von ihm verlangt hatte. »Es tut mir leid, Nathan. Ich wollte dich nicht derart erschrecken.« Weil er mich noch immer an seine Brust presste, konnte ich nur nach oben schielen, sah jedoch lediglich den Schatten eines Bartes an seinem Hals.

»Nathan, du zerquetschst mich«, brummte ich schließlich gezwungenermaßen. Eigentlich hätte ich mich gerne noch länger umarmen lassen, doch allmählich machte das mein Körper nicht mehr mit.

»Klar. Natürlich. Entschuldige.« Er drückte mich etwas von sich, sodass ich endlich wieder sein Gesicht sehen konnte. Er lächelte. Und wie. Sein Lächeln war das Schönste, das ich jemals gesehen hatte.

Er küsste jede Stelle meines Gesichts, und als er zu meinen Lippen kam, herrschte mit einem Schlag ein Flirren und Sirren zwischen uns, das mir den Atem nahm und mein Hirn leer fegte. Er küsste mich. Ganz zart. Ganz sanft auf die Lippen.

»Ich dachte, du willst mich nicht küssen. Niemals«, brachte ich danach schwach heraus.

»Was interessiert mich mein Geschwätz von gestern? Das Leben ist kurz. Viel zu kurz.«

»Besonders meins.«

Nathan seufzte, aber es klang erleichtert. »Da ist sie wieder.

Frau Sarkasmus. Selten habe ich mich so über spitze Bemerkungen gefreut. Aber ja. Besonders mit dir muss ich jeden Tag leben, als könnte es unser – beziehungsweise dein – letzter sein. Ich war echt dumm.«

»Nathan? Alles okay?« Jack brüllte quer über den leeren Strandabschnitt zu uns hinüber. Ich entdeckte ihn auf der Veranda stehend.

»Ja, alles gut! Amy ist wieder wach. Wir kommen zurück.« Nathan sah mich beinahe entschuldigend an, dann schob er mich wie eine Puppe von seinem Schoß und stand auf, um mir aufzuhelfen. Ich war etwas wackelig auf den Beinen. Zwei Schritte konnte ich tun, dann musste Nathan mich tragen. Erst als wir kurz vor dem Haus waren, ließ er mich wieder runter. Ich wollte den warmen Sand an den Füßen spüren.

Halb lief ich, halb trug er mich zur Veranda. Ich prägte mir den Moment ganz fest ein, um ihn nie wieder zu vergessen. Vielleicht würde er mir in den kommenden Tagen gute Dienste leisten. Auch den zarten Kuss auf meine Lippen schob ich in diese Schublade und ließ sie offen stehen für weitere Augenblicke.

Jack musterte mich wie eine Erscheinung, als Nathan mir die vier Stufen hoch zur Veranda half.

»Dass ich dich noch mal auf den Beinen sehe, hätte ich nicht gedacht. Als ich euer Bett leer gefunden habe, bin ich vom Schlimmsten ausgegangen.« Jacks Lächeln wirkte mühsam, erreichte aber durchaus seine Augen. Sanft legte er mir seine riesige Hand auf die Schulter und drückte ganz kurz zu. »Ich bin froh, dass du noch bei uns bist.«

Da hatte ich wohl reichlich dramatische Stunden verpasst. Als die Tür aufging und Tess neben uns auftauchte, blieb ich erschrocken stehen. Sie sah fürchterlich aus. Verheult, zerzaust, übermüdet.

»Amy!«, rief sie und fiel mir geradewegs in die Arme. Zum Glück hielt Nathan mich von hinten fest, sonst wäre ich vermutlich zusammen mit ihr zu Boden gegangen.

»Überraschung«, brachte ich schwach heraus. »Ich lebe noch.«

Tess ließ mich eher widerwillig los und wischte sich danach mehrmals über das verheulte Gesicht. »Das war echt ein Horrortrip. Fürs Hospiz bin ich definitiv nicht gemacht. Dafür bin ich viel zu sensibel. Sterbende machen mir Angst.«

»Tut mir leid, dass ich euch so einen Schrecken eingejagt habe. Ich reiße mich die nächsten Tage zusammen. Versprochen.«

Zunächst musste ich allerdings ins Bett, um wieder zu Kräften zu kommen. Nathan trug mich. Die paar Schritte vom Strand zur Veranda hatten mich völlig erschöpft. Im Bett blieb ich auch den Rest des Tages, bis ich mich am nächsten Morgen endlich wieder traute, aufzustehen. Es war seltsam, wie gut es mir nach meinem Fieberdelirium ging. Natürlich war ich schrecklich schwach auf den Beinen und ermüdete sehr schnell, aber die Knochenschmerzen und das Drücken im Magen waren wie weggeblasen. Ich dachte zunächst, dass mir Jack irgendein Supermedikament verabreicht hatte, damit ich schmerzfrei sterben konnte, doch nein. Er versicherte mir, dass ich momentan medikamentenfrei war.

»Manchmal bäumt sich der Körper noch mal auf, bevor er aufgibt. Er mobilisiert die letzten Kraftreserven. Die Mediziner gehen davon aus, dass die Betroffenen in dieser Phase beinahe schmerzfrei sind. Ich vermute, das ist bei dir der Fall.« Jacks Worte waren nicht gerade aufbauend, doch ich akzeptierte die Erklärung, da sie plausibel klang. Letztlich war es auch egal, warum es mir besser ging. Hauptsache, ich konnte einige Schritte gehen, war bei klarem Verstand und quälte mich nicht im Bett liegend herum.

Von Bett war ich weit entfernt.

Ich aß die obligatorischen Nudeln, die es offenbar jeden Tag gab, denn niemand war bislang zum Einkaufen gekommen. Anschließend trank ich ein ganzes Glas Wasser und legte mich danach auf die Couch, blieb aber wach und unterhielt mich mit Tess. Ich fühlte mich irritierend fit, was mir wiederum

Kopfzerbrechen bereitete. War das womöglich das endgültige Ende?

Ich verdrängte den Gedanken und beschloss, den kostbaren Moment zu nutzen. Zunächst schrieb ich meinen Online-Freunden. 49 ungelesene Nachrichten von ihnen. Das meiste davon waren lange Sprachnachrichten. Um sie alle abzuhören hatte ich gerade keine Zeit, aber ich sah ein, dass ich die drei beruhigen musste.

> **Amy:** Ich lebe noch. Sorry für die dramatische Verabschiedung, aber ich war mir sicher, dass es zu Ende ging. War auch echt knapp. Aber noch atme ich. Ich melde mich wieder bei euch.

Danach fragte ich Nathan, ob er noch mal mit mir zum Meer gehen könnte. Er fand sogar zwei Liegen plus Sonnenschirm im Schuppen neben der Hütte und brachte das alles zum Strand, sodass ich einen optimalen Blick auf die schäumenden Wellen und zugleich die imposanten Klippen zu meiner Rechten hatte. Ich konnte von hier aus die Wasservögel beobachten und sah Jack dabei zu, wie er sich todesmutig zum Schwimmen ins Meer wagte und sein Vorhaben rasch aufgab. Die Strömung war zu gefährlich.

Tess legte sich zu uns in die pralle Sonne, natürlich mit ihren Lernsachen bewaffnet. Nach gut einer Stunde forderte sie uns zu einem Kartenspiel heraus, woraufhin Nathan sofort reagierte und auf einem Brettspiel bestand. Wir wechselten einen kurzen Blick miteinander. Offenbar vermied er jede Art von Kartenspiel, um gar nicht erst in Versuchung zu geraten. Das fand ich vernünftig und erleichternd zugleich. Es zeigte, wie ernst er seine Lage einschätzte.

Zum Glück fanden wir ein Brettspiel und beschäftigten uns damit die nächsten zwei Stunden. Zwischendurch musste ich immer mal kurz dösen, aber ansonsten blieb ich wach und aktiv.

Selbst als Jack uns mit Wasser bespritzte und danach von Nathan verfolgt im Meer landete, war ich mitten im Geschehen. Die meiste Zeit saß oder lag ich auf einem Handtuch am Strand und genoss das Gefühl, ein Teil dieser Gruppe zu sein. Ich lachte mit Nathan, als der prustende Jack wieder aus dem Wasser auftauchte und quietschte, als beide Jungs zu uns gelaufen kamen und sich Tess schnappten. Sie schrie, zappelte und fluchte, landete aber letztlich im Meer. Bei der nun folgenden Wasserschlacht war ich zwar wie immer nur Zuschauerin, doch ich genoss das Spektakel. Es war kein Film im Fernsehen, sondern das reale Leben. So nah. Zum Greifen nah.

Als Nathan sich danach tropfnass direkt hinter mich setzte und mich an sich zog, kreischte auch ich auf und wäre beinahe davongesprungen. Erst in letzter Sekunde erinnerte ich mich daran, dass mein Körper nur bedingt agil war.

Es war ein toller Nachmittag. So schön und einzigartig, wie ich ihn selten erlebt hatte.

Schließlich zogen Jack und Tess ab, um mit dem Auto in die nächste Stadt zu fahren und einzukaufen. Nathan und ich blieben zurück, was mir mehr als recht war.

Nathan schien es ähnlich zu gehen. Kaum waren die beiden weg, zog er mich ganz nah an sich heran. »Du glaubst gar nicht, wie erleichtert ich bin, dass du wieder lachen kannst. Ich hab echt gedacht, dass es das jetzt war. Dass das letzte Gespräch zwischen uns ausgerechnet so unangenehm für uns beide geendet hat.«

Unangenehm? Ich blinzelte verwirrt, bis ich mich an unser Gespräch über erste und letzte Küsse erinnerte. »Soweit ich mich erinnere, haben wir zuletzt über deine Familie gesprochen«, wandte ich ein.

»Mag sein. Für mich war aber nur wichtig, was ich im entscheidenden Moment zu dir gesagt habe – beziehungsweise nicht gesagt habe. Du hast so verletzt ausgesehen. So zurückgewiesen.«

»Du hast mich ja auch zurückgewiesen. Was vollkommen okay war. Ich will weder dich noch die Situation ausnutzen. Außerdem hattest du recht. Ein Kuss zwischen uns macht diese Situation nur surrealer, als sie es ohnehin schon ist. Ich würde dir noch mehr zumuten, dich noch weiter in meine Probleme verstricken, dich …«

Er zog mich so abrupt herum, dass mir nicht nur wegen meines angeschlagenen Kreislaufs schwindelig wurde. Ich konnte nur in seine dunklen wunderschönen Augen blicken, die mich ernst und gleichzeitig mahnend anfunkelten.

»Ich war so dumm«, sagte er ruhig. »Als du den Fieberschub hattest, ist mir erst mal klargeworden, wie blöd ich mich verhalten habe. Ritterlichkeit in allen Ehren, aber …«

Er drehte mich in seinen Armen, damit wir uns ansehen konnten. Dabei fuhren seine Hände an meinem Hals entlang, umfassten mein Kinn, mein Gesicht. Der rechte Daumen tanzte über meine Wange, während sich sein Blick tief in mein Herz bohrte.

Wie ging atmen doch gleich?

Vermutlich bist du noch im Fieberdelirium, dachte ich verwirrt. Anders war das hier nicht zu erklären. Vor allem, weil Nathan Ambrose mich endlich küsste.

Und zwar richtig.

Seine Lippen legten sich federleicht auf meine. Ich hielt ganz still, um meinen Traum nicht zum Zerplatzen zu bringen. *Bloß nicht bewegen.* Sonst wachte ich nachher noch auf.

Der Druck seiner Lippen erhöhte sich minimal, sodass mein Mund zu kribbeln begann und ich mich ihm instinktiv entgegenlehnte. Wir schmiegten uns aneinander. Mit den Lippen. Den Händen. Unserem Atem. Unseren Herzen.

Zumindest war mein Herz voll dabei. Es wandte sich Nathan mit allem zu. Sein in letzter Zeit holperiger Takt veränderte sich, wurde gleichmäßiger, schneller, stärker. Parallel reagierte der Rest meines Körpers, indem er Nathans vorsichtige Umarmung erwiderte und all meine Gefühle in diese Berührung legte.

Gleichzeitig schlang ich meine Arme um seinen Hals und erwiderte den Kuss so heftig, dass kein Zweifel mehr bestand.

Ich wollte ihn. So sehr, dass es mich selbst erschreckte.

Er zog mich hoch, sodass ich rittlings auf ihm sitzen konnte. Schon allein das ließ mich schwindeln und vor Nervosität und purer Freude zergehen. Als er dann aber auch noch seine Hände über meinen Rücken hinauf zum Hals und zurück Richtung Po gleiten ließ, schoss mein Puls ins Nirvana.

Seine Lippen teilten meine, und ich schmeckte ihn zum ersten Mal. Automatisch folgte ich seinem Beispiel. Ich wollte mehr. Mehr von ihm. Mehr von seinem Körper. Mehr von seiner lebendigen, warmen Art.

Seine Zunge strich zart über die Innenseite meiner Lippen, tippte gegen meine. Ich seufzte leise auf, denn das Gefühl war berauschend und einzigartig. Doch als ich forsch meine Hände unter sein Hemd schob und ihm quer über die Bauchmuskeln streichelte, rückte er sofort von mir ab.

Schwer atmend starrten wir einander an, kaum zu einer Bewegung fähig. Der Kuss hatte mir bestätigt, was ich bereits gewusst hatte. Ich war verliebt in Nathan Ambrose. Mit allem, was dazugehörte. Sehnsucht, Verlangen, Kribbeln, Atemlosigkeit. Ich wollte ihn berühren. Spüren.

So wie er mich ansah, ging es ihm ähnlich. Dennoch hielt er meine Hand von weiteren Erkundungstouren ab.

»Wie geht es dir?«, fragte er mich stattdessen und erinnerte mich unsanft daran, dass ich erst vor Kurzem aus einem lebensgefährlichen Delirium erwacht war.

»Viel, viel besser. Durchaus bereit für wildes Rumknutschen.« Ich betonte das letzte Wort möglichst lapidar, um die Spannung aus unserem Gespräch zu nehmen. Dabei hatte sich der Kuss keineswegs wie bloßes Rumknutschen angefühlt. Dafür war er zu gefühlvoll gewesen.

»Ich bin froh über deine wiedererwachten Lebensgeister, denke aber auch, dass wir es erst mal langsam angehen lassen sollten.« Nathans Stimme klang belegt, vor allem, weil er mir auf die Lippen blickte. Tatsächlich küsste er mich, allerdings deutlich sittsamer als zuvor. Beinahe schüchtern. »Ich habe Angst, dass du wieder zusammenklappst.«

Autsch. Die Aussage war wahrhaftig der Stimmungskiller Nummer eins. Leider hatte er recht. Ich war dem kräftemäßig womöglich wirklich nicht gewachsen. Also versuchte ich, einen Gang runterzuschalten, doch das war schwierig. Ich kuschelte mich an ihn und ließ es zu, dass er mir kleine Küsse hinters Ohr setzte. In meinem Bauch explodierte daraufhin ein Feuerwerk.

Diesmal küsste ich ihn. Und zwar richtig. Ich schob erneut meine Hände unter sein Shirt und ließ die Finger über seine Haut gleiten. Er stöhnte leise an meinem Mund. Der letzte Rest meiner Müdigkeit verflog.

Leider zog Nathan wie zuvor sofort die Reißleine, als ich wieder zu forsch wurde. Er schob meine Hände zwar nicht fort, rückte aber augenblicklich etwas ab. Gleichzeitig seufzte er. »Ich bin mir nicht sicher, was wir hier tun. Ob es klug ist oder total dämlich.«

»Es fühlt sich gut an.«

»Ja, für den Moment. Ich … Amy. Wenn du deine Finger da liegen lässt, bin ich zu keinem vernünftigen Gedanken mehr fähig.«

Ich grinste fies und ließ meine Hände natürlich genau da liegen. Nathan verdrehte die Augen und küsste mich, doch seine Miene blieb ernst.

»Ich hab Angst um dich«, sagte er schließlich leise. »Angst, dich zu verlieren. Angst, mich zu sehr an dich zu gewöhnen. Angst vor der Zeit nach deinem Tod.«

Was sollte ich zu so etwas sagen?

Ich nahm ihn in die Arme und hielt diesmal ihn statt umgekehrt. Dann sah ich ihm tief in die Augen. »Wir genießen jetzt unser Zusammensein. Für Panik und traurige Gedanken ist später Zeit. Wir wissen nicht, was geschieht. Wann es mir wieder schlechter geht oder wie lange ich noch habe. Nur wir sind gerade wichtig. In Ordnung?«

Nathan nickte, doch er wirkte skeptisch. Kein Wunder. Für mich war mein Tod das Ende. Für Nathan war er der Beginn einer Zeit ohne mich.

Was hatte ich ihm da nur angetan?

KAPITEL 18

Nathan

Ich war joggen gegangen, um einen klaren Kopf zu bekommen. In der Hütte hatte ich es plötzlich nicht mehr ausgehalten. Normalerweise genoss ich es, wenn Amy sich an mich schmiegte und dabei glückselig lächelte. Heute hatte ich genau diesen Ausdruck nicht mehr ertragen können.

Wir waren jetzt schon über eine Woche hier. Viel länger, als ich jemals für möglich gehalten hätte. Es ging ihr mit jedem Tag ein wenig besser. Das Meer, die Umgebung und vielleicht auch meine Nähe taten ihr Übriges. Sie war jetzt schon viel munterer, als ich es jemals für möglich gehalten hätte.

Stillschweigend hatten wir unseren Aufenthalt verlängert, doch Jack wurde unruhig. Er wollte zu Kane. Musste vermutlich wieder arbeiten. Ähnlich ging es Tess. Die Welt da draußen rückte wieder in den Fokus, und mir war klar, dass ich eine Entscheidung treffen musste.

Und jetzt war ich hier. Wartete auf eine Erleuchtung. Nach etwa einer Meile wusste ich wieder, warum laufen auf Sand so unglaublich anstrengend war. Meine Fußgelenke taten von dem kaum Halt gebenden Untergrund bereits weh, und ich war müder als erwartet. Offenbar hatte mir die letzte Woche doch mehr abverlangt. *Verdammt.*

Ich blieb stehen und atmete tief den Meergeruch ein, versuchte mich zu beruhigen. Vergeblich. Das Gefühl, ohne Ausweg zu sein, wurde schier erdrückend.

Amy war mir unter die Haut gegangen. Sie war in jede meiner Poren gesickert und hatte sich dort ausgebreitet. Jetzt war sie von dort kaum noch wegzudenken.

Was sollte ich denn tun, wenn sie … wenn sie … *Fuck*!

Ich ballte fest die Finger zur Faust und starrte zum Horizont, bemühte mich, meine Gedanken loszulassen. Als das nichts brachte, bückte ich mich, hob kleinere Steine auf und warf sie mit aller Kraft so weit es ging ins Wasser. Das Geräusch, das erklang, sobald sie versanken, vertrieb die finsteren Gedanken in meinem Kopf.

Bis ein Stein neben meinem ins Wasser plumpste, den ich nicht geworfen hatte.

»Hier bist du also. Ich hab dich schon überall gesucht. Bist du etwa joggen gewesen?«

Verdammte Kacke. Ich achtete seit Tagen sorgsam darauf, Jack nicht allein zu begegnen. Wenn ich nur an das Gespräch dachte, wurde mir anders. Die Blicke, die er mir seit unserer Ankunft in dieser verflixten Hütte zuwarf, sprachen Bände.

»Auf dem Sand laufen ist scheiße«, brummte ich abweisend und warf den nächsten Stein.

Jack näherte sich mir, bis er direkt neben mir stand. Gemeinsam sahen wir zu, wie der Stein von den schäumenden Wellen verschluckt wurde.

»Wann fahren wir zurück?«, fragte Jack möglichst beiläufig. »Ich würde gerne Kane vorwarnen, dass ich bei ihm aufschlage.«

Ich heftete meinen Blick fest aufs Meer, um meinen Bruder nicht ansehen zu müssen. Zeitgleich entschied ich mich endlich. Ich wusste genau, was zu tun war. »Mein Plan ist, dass ich euch morgen früh bis nach Pismo Beach bringe. Von dort könnt ihr den Bus nehmen.«

Jack stoppte in der Bewegung, und ich spürte seinen irritierten Blick auf mir. »Wer ist denn bitte ›ihr‹?«

»Tess und du. Ich hab das mit ihr abgeklärt. Von ihr aus kann ich das Auto noch eine Woche behalten. Mir ist klar, dass es für euch umständlich wird, aber …«

Jack packte mich und zog mich mit einem Ruck zu sich herum, zwang mich, ihn anzusehen. »Verarschst du mich?«, fragte er scharf.

»Nein. Amy und ich bleiben noch hier. Jack! Du siehst es doch selbst. Sie wird mit jedem Tag munterer. Es geht ihr besser. Warum auch immer.«

»Das ist das letzte Aufbäumen ihres Körpers. Sie versammelt die verbliebenen Reserven, um mit dir die Tage genießen zu können. Sobald ihre letzte Energie verbraucht ist, wird es so werden wie an unserem ersten Abend. Erinnerst du dich daran, Nathan?« Weil ich mich weigerte, ihm in die Augen zu blicken, schüttelte er mich. »Was machst du, wenn sie wieder apathisch wird, schreit und um jeden Atemzug ringt? Willst du dann allein mit ihr an diesem einsamen Ort sein?«

Nein, dachte ich für mich. *Auf keinen Fall.* Aber ich wollte unbedingt noch ein paar unbeschwerte Tage mit ihr in dieser Hütte verbringen. Für sie, aber auch für mich. Klar, war das vermutlich nicht gut für meine geistige Gesundheit. Vielleicht war es um die jedoch eh schon längst geschehen.

Jack las die Antwort in meinen Augen und fluchte. Wütend trat er gegen den Sand, der für meine Entscheidung rein gar nichts konnte, und knurrte. Das tat er immer, wenn er seine eskalierenden Zornausbrüche kontrollieren wollte. Anscheinend half ihm das.

Leider klappte es diesmal nicht besonders gut. Als er sich mir wieder zuwandte, wirkte er noch genauso wütend wie zuvor. »Wir haben einen Pakt, Nathan! Einen verdammten Familienpakt. Gemeinsam haben wir uns geschworen, den Plan durchzuziehen. Egal, was passiert. Egal, wie schwer es uns fällt. Einen Plan, den du im Übrigen entwickelt hast. Wie genau willst du Amy darin integrieren? Kannst du mir das mal verraten?«

Jack hatte gebrüllt, aber das kannte ich schon. Solange er noch tobte, war alles fein. Wenn er still und bedächtig wurde, musste man aufpassen. Den lauten Jack konnte ich einordnen. Er machte sich nur Sorgen um mich und wollte mich wieder in die Spur bringen.

»Eine Woche, Jack. Danach bin ich wieder an der Uni und lerne, was das Zeug hält.«

»Eine Woche? Belüg dich doch nicht selbst. Wer sagt denn, dass Amy nach dieser einen Woche gestorben ist? Was machst du, wenn es einen Monat, wenn nicht sogar länger dauert? Sie ist zäh. Schon allein, dass sie es in ihrem Zustand bis hierher geschafft hat und noch immer lebt, sagt eigentlich alles.«

Ich wusste, dass Jack die Worte nicht so meinte, wie es zunächst klang. Er machte sich nicht wirklich Sorgen um unseren Familienplan. Na, gut. Vielleicht etwas. Hauptsächlich machte er sich Sorgen um meine emotionale Stabilität. Um mich. Um mein Seelenheil.

»Amy ist mir unter die Haut gegangen«, sagte ich ruhig.

»Das hab ich bemerkt. Glaub mir. War nicht zu übersehen. Du schläfst in ihrem Bett. Ich dachte, das sei alles ach so platonisch. Kein Grund zur Sorge. Das hast du zu mir gesagt, als sie totenbleich in diesem verdammten Bett lag. Nach einer platonischen Beziehung sah dieser Kuss am Strand aber nicht gerade aus.«

Wann hatte er denn Amy und mich beim Küssen beobachtet? Ich bemühte mich, ruhig zu bleiben, doch langsam kochte der Ärger in mir hoch. »Das geht dich nichts an, Jack.«

»Wenn es den Familienplan bedroht, dann schon«, brüllte Jack zurück.

Okay. Langsam wurde mir das Brüllen doch unheimlich. Vor allem, weil er soeben tief einatmete und die nächsten Worte betont ruhig sprach. »Ich bin am Limit, Nathan. Eine Überstunde nach der nächsten, die meisten Urlaubstage ausgezahlt statt genommen, Typen, die mir auf den Sack gehen, Chefs, die echte Arschlöcher sind. Glaub mir. Das Leben auf dieser verdreckten

Bohrinsel ist alles andere als ein Spaß. Wer dort arbeitet, braucht entweder ganz dringend Geld, ist vorbestraft und findet sonst keine Anstellung oder ist ein verdammter Psychopath, der in der realen Welt nicht klarkommt. Nach drei Monaten auf der Plattform bist du nicht mehr normal, aber ich halte durch und denke mir: Du weißt ja, für was du das tust. Kane geht ebenfalls am Stock. Als Supermum ist er nur auf den ersten Blick ideal. Doch auch er hält Kurs. Nur du weichst ab. Wegen … wegen …«

»Wegen Amy.«

»Scheiße, ja, wegen Amy! Jetzt sieh mich nicht so an und lass mich nicht wie den letzten Riesenarsch dastehen. Ich mag Amy. Wirklich. Sie ist tough und zäh und willensstark. Eine echte Kämpferin. Sie hat mir sogar ihre verdammte Kette gegeben, damit wir das Haus nicht verkaufen müssen.«

Mir fiel buchstäblich alles aus dem Gesicht. »Sie hat *was* getan?«

»Mir ihre Kette gegeben.« Jack zog den hässlichen Teddybären mit den vielen Diamanten aus der Tasche. »Ich soll sie verticken, um die Prügelknaben von Kane fernzuhalten.«

»Gib ihr die Kette zurück. Wir kommen auch allein klar.«

»Nein, kommen wir nicht. Ich habe ihr Geschenk angenommen. Jetzt guck nicht so. Im Gegensatz zu dir bin ich so verzweifelt, dass ich Geld annehme, wenn es mir freiwillig geboten wird.«

»Wann genau wolltest du mir denn sagen, dass ihr das Haus in LA verkaufen müsst?«

»Zu gegebener Zeit. Wir hatten Angst, dass du zu Pokerspielen oder Blackjack greifst. Dank dieser kleinen Kette werden wir einen Aufschub bekommen. Ich kenne die Typen. Die wissen genau, wenn sie uns völlig fertig machen, bekommen sie keinen Cent mehr von uns. Diese Kette rettet uns erst mal den Arsch. Das hilft uns aber bei deinem Problem nicht weiter. Du und Amy …«

»Aber es ist nun mal passiert«, unterbrach ich ihn ruppig. »Okay? Ich weiß, es war dumm, aber es ist passiert. Ich hab mich irgendwie in die Sache verstrickt und den Absprung nicht mehr geschafft. Jetzt stehen wir hier, streiten uns und wissen ganz genau, dass ich gar nicht mehr anders kann.«

»Doch, Nathan. Du kannst! Wir fahren morgen nach Hause, geben sie bei ihrer Mutter ab und Ende der Geschichte. Den letzten Rest muss sie allein schaffen.«

»Als ob du das könntest.«

»Ja, verdammt, ich könnte das – und du musst das auch können. Nathan! Du musst der Vorzeigestudent sein. Der perfekte Vorzeigebruder. Wenn das Jugendamt auf der Matte steht, bist du unser einziges Ass. Kane mit seiner verdammten Jugendakte ist raus als Vormund, und mich als Bohrplattformarbeiter ohne Schulabschluss will auch keiner als Elternersatz sehen. Aber du, Nathan, hast eine saubere Weste. Das ist alles futsch, wenn du von der Uni fliegst. Also flehe ich dich an: Fahr morgen mit uns allen nach Santa Barbara. Wir bringen Amy zu ihrer Familie, und dann düsen wir zu Kane und den Mädchen, um dich auf andere Gedanken zu bringen – und um dich daran zu erinnern, wofür wir uns den Arsch aufreißen.«

Ich starrte Jack an und hasste ihn in diesem Moment für seine Worte. Ernsthaft. Ich hasste ihn. Gerne hätte ich ihm eine reingehauen, aber da hätte ich den Kürzeren gezogen.

Das Schlimmste jedoch war: Er hatte recht.

Um mich abzureagieren, nahm ich den dicksten Stein, den ich finden konnte, und schleuderte ihn mit aller Wut und jedem Fitzelchen Frust in mir so weit es ging ins Meer.

»Scheiße«, sagte ich dann.

»Ja, Scheiße. Und zwar so richtig.«

* * *

Ich hatte Amy zum Glück noch nichts über meine Pläne erzählt. Sie war daher ohnehin davon ausgegangen, dass wir am nächsten Tag abreisen würden. In der Nacht schmiegte sie sich noch viel enger an mich, und ich spürte die ein oder andere Träne auf meiner Haut. Sie weinte still vor sich hin. Ich bemühte mich, ihr Halt und Trost zu geben, indem ich sie küsste, streichelte und hielt. Viel mehr war eh nicht drin.

Mir war natürlich klar, was Amy mit ihren forschen Streicheleinheiten am Strand bezweckt hatte. Sie testete an, wie weit ich gehen würde. Bei jedem anderen Mädchen wäre ich längst schwach geworden, hätte sie geküsst, als wenn es kein Morgen gäbe (welch Ironie), und hätte wilden, hemmungslosen Sex mit ihr gehabt. In jeder verdammten Ecke dieser Hütte.

Mit Amy war hingegen alles anders.

Sie wollte es ungern hören, aber ich hatte panische Angst, sie zu überfordern. Emotional und körperlich. Ich traute ihrer plötzlichen Genesung kein Stück. Jack hatte vermutlich recht. Ihr Körper gab alles, um diese Tage schmerzfrei zu überstehen. Nicht auszudenken, wenn sie bei einer wilden Fummelei die Augen verdrehte und so in Ohnmacht fiel wie am ersten Tag unserer Ankunft.

Der Vorfall steckte uns allen noch immer in den Knochen. Es war unheimlich, dass es ohne Vorwarnung geschehen war. Ich hatte den Eindruck, mich auf einem Mienenfeld ohne Metalldetektor zu befinden. Jeden Moment konnte die Welt um mich herum explodieren.

Im Krankenhaus hatte ich mir die ganze Zeit eingeredet, dass ich Amy als Mensch mochte. Ihre lustige und sarkastische Art, die sie trotz ihrer Krankheit nicht verlor.

Mittlerweile war da noch eine Ebene hinzugekommen, die mir Sorgen machte. Das unter-die-Haut-gehen war nur die erste Stufe. Sie sickerte immer tiefer und erreichte langsam auch mein Herz.

Ob ich verliebt war, wusste ich nicht. In meinem ganzen Leben war ich das nicht so richtig gewesen.

Bis Jack mir klarmachte, dass ich Amy loslassen musste.

Nein. Dazu war ich definitiv nicht bereit. Das musste anders gehen. Wenn sie starb, war das eine Sache. Sie jetzt aber im Stich zu lassen, fand ich unmöglich.

»Einen Cent für jeden deiner Gedanken«, murmelte Amy, die ihr Gesicht an meinen Hals gepresst und bislang geschlafen hatte. Sie küsste die empfindliche Haut unter dem Kinn und knuffte mich in die Seite. »Was ist los?«

»Ich frage mich, wie deine Mum reagieren wird, wenn wir dich zu Hause abliefern. Steckt sie dich direkt zurück ins Krankenhaus?«

»Das bezweifle ich. Schätze, sie hat die Warnung verstanden.«

»Aber sie wird stinksauer sein.«

»Glaube ich nicht. Ich habe ihr immer mal gesimst. Sie wirkt eher erleichtert, dass es mir besser geht. Vielleicht war die Auszeit für uns beide gut.«

»Trotzdem mache ich mir Sorgen.«

»Nathan Ambrose. Sag bloß, du hast Angst vor meiner Mutter.«

»Naja, sie ist eine beeindruckende Persönlichkeit. Vor ihr würde selbst der Präsident strammstehen, wenn sie ihn derart böse anstarren würde wie mich, als ich dich im Rollstuhl an ihr vorbeigeschoben habe.«

Amy kicherte leise und ließ ihre Hände von meiner Brust bis zum Bauch wandern. Vermutlich tat sie das eher unbewusst, doch ich musste tief einatmen, um mich davon nicht ablenken zu lassen. Amy sah optisch wahrhaftig krank aus, aber das interessierte meinen Körper mal so gar nicht. Er reagierte auf jede ihrer Bewegungen auf eine für mich recht schwierige Art und Weise. Auf keinen Fall wollte ich Amy die falschen Signale senden.

Sex mit ihr war nicht drin. Im Leben nicht.

»Wir könnten auch noch etwas hierbleiben«, platzte ich plötzlich heraus und gab mir gedanklich gleichzeitig eine saftige Ohrfeige.

»Jack hat schon angedeutet, dass du das ansprechen könntest. Du musst zurück zur Uni, genau wie Tess. Und ich … Mir geht es erstaunlich gut. Glaubst du an Selbstheilungskräfte?«

»Bei Blasenentzündung mag das klappen. Bei Leukämie fürchte ich, sind da natürliche Grenzen gesetzt. Also nein. Ich halte Selbstheilungskräfte in deinem Fall für ausgeschlossen.«

»Und wieso geht es mir dann so viel besser?«

»Keine Ahnung. Frag das die Ärzte.«

»Das würde bedeuten, dass ich wieder ins Krankenhaus müsste.«

»Das ist deine Entscheidung. Nicht meine.«

Sie seufzte leise und zeichnete mit ihrem Finger kleinere und größere Kreise auf meinen Bauch. Ich trug zwar ein dünnes Hemd, trotzdem fühlte es sich so an, als wäre ich nackt. *Tiiiief durchatmen, Nathan. Bleib cool. Denk an rosa Pinguine oder an tanzende Waschbären.*

»Es könnte für uns die letzte Gelegenheit sein, ein wenig mehr voneinander kennenzulernen«, sagte sie mit seltsamer Stimme zu mir. »Wenn die Anstandspolizei wieder in meiner Nähe ist, wird es schwierig.«

Okay. Waschbären. Waschbären!

Ich rückte von ihr ab, was ihr natürlich nicht entging. »Ich kann das nicht – und du auch nicht. Wir müssen vernünftig sein. Sonst gerät das hier noch mehr außer Kontrolle als ohnehin schon.«

KAPITEL 19

Amy

Ich wachte von einer wilden Diskussion auf. Jack schimpfte, während Tess beruhigend auf alle Beteiligten einredete. Nathan klang verärgert und sehr bestimmend. Ich spitzte die Ohren, doch ich konnte nicht verstehen, was sie sagten.

Die Tür schlug zu. Schritte erklangen auf der Holzveranda. Danach erklang das Brummen eines Motors. Jemand hatte das Auto gestartet. Sofort saß ich senkrecht im Bett und warf die Decke zur Seite. Was war denn jetzt kaputt?

Ich wollte aufspringen, besann mich aber in letzter Sekunde. Es ging mir wirklich deutlich besser, nur wie ein junges Reh konnte ich nicht herumlaufen. Ungeduldig wartete ich, bis sich mein Kreislauf stabilisiert hatte. Dann lief ich barfuß ins Wohnzimmer und sah schon von Weitem ein Blatt Papier auf dem Tisch liegen.

Ich bringe Tess und Jack zum Busbahnhof. Wir bleiben noch ein wenig länger. Sobald ich zurück bin, erkläre ich dir alles. Bis später. Nathan

Ich starrte die Notiz an und konnte nicht recht fassen, was ich da las. Natürlich hatte ich mitbekommen, dass Nathan über eine Verlängerung unseres Aufenthalts nachgedacht hatte. Allerdings war ich davon ausgegangen, dass er die Idee verworfen hatte. Jack war strikt dagegen gewesen, genau wie ich. Wütend schnappte ich mir die Notiz, las sie noch einmal durch und suchte dann mein Handy, um Nathan anzurufen. War ja klar, dass er nicht ranging.

Der konnte was erleben!

Weil ich wusste, dass die Fahrt eine Weile dauern würde, machte ich mich zunächst frisch, bereitete mir ein Frühstück aus Obst und Toast zu und setzte mich nach draußen auf die Veranda. Der Anblick des Meeres ließ meinen Zorn beinahe verebben, doch als ich schließlich das Brummen des Motors in weiter Ferne hörte, war er wieder zurück.

Kaum hatte Nathan das Auto geparkt, stand ich auch schon neben ihm. Noch vor zwei Tagen wäre ich zu dieser Strecke nicht imstande gewesen, doch mein Körper erholte sich auf beinahe wundersame Weise.

Ich riss die Fahrertür auf, bevor Nathan sie öffnen konnte. »Bist du bescheuert?«, fauchte ich ihn an. »Wir wollten heute alle zusammen zurück nach Santa Barbara fahren.«

»Planänderung.« Nathan wirkte empörend gelassen. Als er meinen lodernden Blick bemerkte, hob er besänftigend die Hände. »Wir fahren Ende der Woche zurück. Versprochen. Bis dahin solltest du dich hier erholen. Es ist unglaublich, wie viel besser es dir zu gehen scheint. Mir kann keiner erzählen, dass du lediglich deine letzten Kräfte mobilisierst. Nie im Leben. Was immer es ist: Es muss mit diesem Ort zusammenhängen. Also bleiben wir.«

»Aber was ist mit deinem Studium?«

»Ich hab meine Lernsachen mitgenommen. Mach dir keine Sorgen. Ich bekomme das hin!«

»Das ist der absolute Wahnsinn. Ich habe dich und Jack diskutieren gehört. Auch wenn ich kein Wort verstehen konnte, bin ich mir sicher, dass Jack das für keine gute Idee hält.« Ich hielt kurz inne. Mein Inneres begann zu brodeln. »Mein ganzes Leben lang wurde ich bevormundet, Nathan. Meine Eltern haben mir gesagt, was ich zu tun und zu lassen habe, die Ärzte haben mir Medikamente ungefragt verabreicht, und jetzt ... jetzt fängst du auch noch damit an.« Ich stampfte mit dem Fuß auf. »Das will ich nicht mehr! *Ich* bestimme über mein Leben!«

An Nathans betroffener Miene erkannte ich, dass er darüber keine Sekunde nachgedacht hatte. »Entschuldige«, sagte er zerknirscht. »Aber ...«

»Kein Aber. Ich bin echt sauer.« Langsam atmete ich ein und aus und drehte mich zum Meer herum, um ihn nicht ansehen zu müssen. »Ärgerlicherweise hast du leider recht. Ich fühle mich wirklich besser und würde gerne noch weiter zu Kräften kommen. Trotzdem war deine Aktion nicht in Ordnung.«

Nathan war mittlerweile aus dem Auto geklettert und nahm mich vorsichtig von hinten in die Arme. Er drückte mir einen Kuss in den Nacken, der mir einen wohligen Schauer durch den Körper jagte. »Frieden?«, fragte er hoffnungsvoll.

»Nicht wirklich, aber jetzt ist es nun mal passiert. Wir bleiben. Bist du dir denn sicher, dass du keine Probleme mit deinem Studium bekommst?«

Nathan nickte. »Das wird schon alles werden. Komm. Ich verhungere.« Er zog mich zurück zur Hütte, und ich ließ mich ziehen. Ein leises Stimmchen rief mir eindringlich zu, weiter mit Nathan zu diskutieren. Das Gefühl, lediglich die halbe Wahrheit gehört zu haben, wollte partout nicht verschwinden. Tat ich das Richtige? Für mich? Für Nathan?

Ich war so schrecklich durcheinander. *Schlaf eine Nacht drüber*, beschloss ich. *Morgen können wir immer noch nach Hause fahren.*

Als ich daran dachte, dass wir diese Nacht zum ersten Mal vollkommen allein in dieser Hütte sein würden, schlug mein Herz sofort schneller. Nathan zog mich auf eine Art und Weise an, die mich kribbelig machte. Jetzt, wo es mir insgesamt besser ging, war es sogar noch intensiver. Am liebsten hätte ich ihn gar nicht mehr losgelassen. Ich wollte noch so viel mehr von ihm.

Wir machten ein Lagerfeuer, an dem wir bis in die späte Nacht saßen, grillten Burger auf dem Außengrill auf der Veranda, liefen am Strand entlang und genossen die Zeit zu zweit. Allmählich stabilisierte sich auch mein Kreislauf. Dinge, die mir sonst immer zu schwergefallen waren, schaffte ich mittlerweile.

Am Abend machten wir es uns vor dem Kamin gemütlich, obwohl es dafür eigentlich viel zu warm war. Über dem Feuer grillten wir Marshmallows und aßen sie zusammen mit Toast und Schokoküssen. Daraus entwickelte sich prompt eine Schokokussschlacht, die in wildem Geknutsche mündete. Es war herrlich, ausgelassen und romantisch. Ich fühlte mich wie aus der Welt ausgeklammert und genoss jede Sekunde. Ein kostbares Geschenk. Nie im Leben hätte ich gedacht, meine verlorene Jugend zumindest ein wenig nachholen zu können.

Nathan war dabei alles für mich. Er steckte mich immer wieder mit seiner guten Laune an. Manchmal lagen wir lediglich nebeneinander im Sand, hielten uns gegenseitig fest und beobachteten entweder die Wolken am Himmel oder das Spiel der Wellen.

Mit jeder Nacht wurde ich ein wenig forscher, ließ meine Hände weiter über seine Haut wandern und nahm schließlich sogar den Mut zusammen, um ihm das Hemd auszuziehen.

Unsere Küsse wurden heißer und unser Streicheln deutlicher. Als ich bemerkte, dass Nathan diesmal meine Hände einfach wandern ließ, stockte mir der Atem. Wir sahen uns tief in die Augen, während er den Zipfel meines Tops in die Finger nahm.

»Bist du dir sicher?«, fragte er mich leise, und ich nickte.

»Mir geht es gut. Mehr als gut.« Entschlossen half ich ihm, mein Top über den Kopf zu ziehen. Einen BH trug ich nicht. Warum auch? Meine Brüste waren lediglich winzige Äpfelchen und verschmolzen beinahe mit meinem knochigen Brustkorb. Als mir das bewusst wurde, spürte ich die Röte in meine Wangen schießen.

Doch dann hauchte Nathan mir Küsse auf das Schlüsselbein, und seine warmen großen Hände glitten quer über meinen jetzt nackten Rücken.

»Hör auf zu denken«, murmelte Nathan mit den Lippen an meiner Haut. Er drückte mich vorsichtig nach hinten. Sein Mund legte sich in die Kuhle an meiner Kehle, wanderte tiefer Richtung Brüste.

Ich konnte kaum noch atmen, geschweige denn einen klaren Satz zusammenfassen. Konnten wir nicht das Licht ausmachen? Meinen geschundenen Körper verdecken? Mir war jedoch die Frage allein bereits peinlich, und ich wusste eh, was Nathan darauf erwidern würde. Er mochte mich. So, wie ich war.

Nathan streichelte und drückte nun sanft meine Brüste, sodass ich komplett vergaß, worüber ich mir eben noch Sorgen gemacht hatte. Ein blitzartiges Verlangen zuckte quer durch meinen Körper und endete zwischen meinen Beinen. Ich konnte nicht anders und stieß einen Seufzer aus, der Nathan innehalten ließ. »Gefällt dir das?«, fragte er.

Ich nickte lediglich, zu mehr war ich gerade nicht imstande. Da ich nicht so recht wusste, wohin mit meinen Händen, streichelte ich seine Haare und krallte mich wenig später hinein, als seine Finger über meinen Bauchnabel bis zu den Oberschenkeln strichen.

Nie im Leben hätte ich gedacht, dass fremde Hände auf meinem Körper solch einen Wirbelsturm in mir entfachen konnten. War es das, wovon so viele schwärmten? Warum es sich bei vielen nur um das Eine drehte?

Ich atmete scharf ein, als Nathan am Saum meiner Leggins entlangstrich. Gleichzeitig wurde mir bewusst, dass ich mich etwas sehr passiv verhielt. Nervös nestelte ich an Nathans Hose herum, kam aber nicht weit.

Er lachte leise und kam mir entgegen, indem er sie selbst auszog. Das Gleiche machte er auch mit meiner Leggins und nahm die Unterhose wie selbstverständlich mit. Die Tatsache, dass ich unvermittelt komplett nackt im Bett lag, verdeckte er damit, dass er sich über mich beugte und seinen warmen Körper an meinen schmiegte. Ich vergaß alle Zweifel, als er mich küsste.

Wir ließen uns Zeit. Sehr viel Zeit. Nathan war dabei genauso sensibel, wie ich ihn eingeschätzt hatte. Er horchte auf jedes Seufzen von mir. Auf jede noch so kleine Bewegung. Erst dann unterbrach er sich, um aus seiner Brieftasche auf dem Beistelltischchen eine Packung Kondome hervorzuziehen.

Das Geräusch schickte eine neue Welle aus Nervosität durch meinen Körper, doch Nathan küsste sie fort, zog sich jetzt erst die Boxershorts aus und den Schutz über.

Mein Herz machte derweil Anstalten, aus meinem Brustkorb zu hüpfen. Nathan musste das bemerkt haben, denn er nahm sofort Tempo raus, beugte sich erneut über mich und streichelte und küsste mich, bis ich wieder besser atmen konnte.

»Du bist wundervoll, Amy. Weißt du das eigentlich?«

»Dito«, murmelte ich an seinen Lippen und ging deutlich forscher vor, um ihn zu ermutigen.

Er stöhnte leise auf. »Wenn du das weiter machst, kann ich mich nicht mehr lange zurückhalten.«

»Musst du auch nicht.« Als Bestätigung umschlang ich seine Hüften mit meinen Beinen und zog ihn runter. Er folgte meiner Bewegung. Sein Atem strich mir nun ebenfalls schneller über die Wangen, sein Kuss wurde intensiver.

»Wir sollten langsamer machen«, murmelte Nathan an meinen Lippen. »Viel langsamer.«

»Es geht mir gut«, wiederholte ich.

»Was ist mit deiner Chemo? Ich habe mich erkundigt, was sie für Auswirkungen auf die Sexualität haben kann. Bist du …«

»Nathan! Hör auf zu quatschen. Ich sag schon Bescheid, wenn was ist«, knurrte ich nun deutlich genervter.

»Okay.« Nathan klang noch immer nicht ganz überzeugt. Mir war klar, dass er sich erst ganz sicher sein wollte.

Um ihn abzulenken, küsste ich ihn auf eine Weise, die keine Zweifel mehr übrig ließen. Langsam spürte ich, dass er wieder ganz bei mir und meinem Körper war – und nicht mehr länger bei mir und meiner Krankheit.

Der nächste Kuss war süß und verheißungsvoll. Sehnsuchtsvoll und absolut umwerfend. Er sorgte dafür, dass ich keine Angst verspürte. Stattdessen machte sich eine Vorfreude in mir breit.

Natürlich hielt Nathan sich weiterhin zurück. Zügelte sich, um mich nicht zu überfordern. Ich hingegen schmiegte mich immer fester an ihn, lockte ihn, forderte ihn – bis er endlich, endlich losließ und mich nicht mehr länger wie Porzellan behandelte.

»Gott, Amy«, flüsterte er in mein Ohr. »Was tust du nur mit mir?«

Ich lächelte ihn an und war jetzt dankbar für das Licht, denn dadurch konnte ich sein wunderschönes Gesicht sehen. Diesen Blick in seinen Augen, der bis in meine Seele reichte.

»Ich gehe dir unter die Haut – und noch viel weiter«, antwortete ich ihm.

* * *

Ich erwachte vom Sonnenlicht, das auf meinem Gesicht tanzte. Zufrieden reckte ich mich und seufzte leise, als ich Nathan an meinem Rücken spürte. Die Erinnerung an letzte Nacht kam zurück. An das unbeschreibliche Gefühl, ihm so nahe gewesen zu sein. An meine Erregung. An unser gemeinsames Seufzen und den Moment vollkommener Ekstase.

Mein Körper fühlte sich nicht wie befürchtet völlig erschöpft und ausgelaugt an, sondern vital und voller Elan.

»Guten Morgen«, raunte mir Nathan ins Ohr. Er zog mich fester an sich, und ich spürte seine nackte Brust mit dem feinen Haarflaum darüber.

»Guten Morgen«, antwortete ich verschlafen, drehte mich in seinen Armen um und gab ihm einen kurzen Kuss auf den Mund. Nackt neben ihm zu liegen störte mich weit weniger, als ich erwartet hatte. Seine Wärme beruhigte mich, genau wie sein Lächeln, das mir ins Herz stach.

»Wie fühlst du dich?«, fragte er zögerlich. Wie immer scheute er sich davor, mich ständig an meine Krankheit zu erinnern. Gleichzeitig wusste ich aber auch, dass er große Angst um mein Wohlergehen hatte.

»Bereit für die nächste Runde.« Ich grinste breit.

Er lachte, stand dann allerdings auf. Wenigstens hatte ich eine gute Sicht auf seinen wirklich hübschen Hintern. »Ich mache uns erst mal Frühstück. Du musst was essen.«

Ich ließ mich mit einem tiefen Seufzen in die Kissen sinken und starrte zur Decke hoch. *Toll*. Eigentlich war Frühstück am Bett ja etwas sehr Schönes und garantiert auch Romantisches. In meinem Fall steckte aber mehr dahinter: Nathan hatte Sorge, der nächste Lufthauch könne mich umwerfen.

Zugegeben, ich wäre vor wenigen Tagen beinahe in diesem Bett gestorben. Unter Umständen hatte seine Sorge durchaus eine Berechtigung.

»Mach viel Speck auf meine Eier«, rief ich ihm hinterher.

»Ich würde niemals etwas anderes wagen«, antwortete er, und das wohlig-warme Gefühl in meinem Inneren verstärkte sich. Er ging mir zwar mit seinem Bemuttern auf die Nerven, gleichzeitig war es aber auch schön, von ihm umsorgt zu werden.

»Morgen mache ich Frühstück«, sagte ich. »Pancakes. Du wirst sie so was von lieben.«

»Wenn ich noch Eier übrig lasse, kannst du das gerne machen.«

Nathans Pfeifen wehte bis ins Schlafzimmer. Er pfiff eigentlich immer, sobald er sich wohl fühlte. Meistens die immer gleiche Melodie, was mir unter normalen Umständen garantiert irgendwann auf den Geist gegangen wäre, doch bei Nathan war das anders. Ich verband die fünf Töne mittlerweile mit Glück und Zufriedenheit.

Ich musste wieder eingedöst sein, denn das Vibrieren eines Handys riss mich aus dem Schlaf. War das etwa meins? Orientierungslos richtete ich mich auf und sah auf mein Display. Eine Sprachnachricht von *Nirdy*.

Nirdy: Alles klar bei euch? Euer Schweigen macht mich langsam nervös. Deadlybird? Alles paletti bei dir? Und Amy? Lebst du noch?

Sie klang wirklich panisch. Deshalb nahm ich schnell eine Nachricht auf:

Amy: Alles in Ordnung. Es geht mir erstaunlich gut. Lange Geschichte. Ich berichte sie euch später. Deadlybird? Was ist mit dir?

Ich schickte sie ab und bemerkte erst da, dass ich einen verpassten Anruf hatte: Tess. Die rief in genau dieser Sekunde erneut an.

Auch das noch.

Einen Moment überlegte ich, den Anruf zu ignorieren, kam mir dann aber schäbig vor. Tess hatte uns ihr Auto geliehen und war mit einem Typen, den sie nicht leiden konnte, mehrere Stunden unterwegs gewesen, weil wir sie quasi ausgesetzt hatten. Da war es ja wohl das Mindeste, wenn ich ranging.

»Hey, Tess«, begrüßte ich sie eine Sekunde später.

»Amy, Gott sei Dank gehst wenigstens du ran. Nathan ignoriert meine Anrufe, seit ich ihn zur Rede gestellt habe.«

Ich runzelte die Stirn. »Du hast mit ihm geschimpft?«

Sie ignorierte meine Frage. »Ist er da?«

»Er lässt vermutlich gerade die Eier schwarz werden. Ich werde nie verstehen, wie man sein Rührei derart verkohlt genießen kann. Soll ich ihn holen?«

Tess zögerte, dann seufzte sie. »Ach, Amy, ich fühle mich total mies, wenn ich dir das erzähle, nur langsam bin ich ratlos, was ich mit Nathan machen soll.«

Mein Herzschlag beschleunigte sich. Das klang nicht gut. »Ist es wegen mir? Weil er wegen mir hiergeblieben ist? Jack war deshalb echt sauer. Ich hab ebenfalls protestiert, aber er wollte nicht hören.«

Die Pause, die nun folgte, machte es mir klar: Ja, es ging um Nathans Abwesenheit von der Uni.

»Nathan redet kein Wort mehr mit mir, wenn ich dir das jetzt erzähle.«

»Ich schätze, du hast keine Wahl. Zumindest nicht nach dieser Ankündigung.«

Tess fluchte. Ich hörte, wie sie tief einatmete, und sah vor meinem inneren Auge den Arschtritt, den sie sich selbst gab. »Nathan und ich haben einen Test verpasst«, platzte sie heraus. »Er war unangekündigt, nur macht es das nicht besser.«

Mir rutschte das Herz in die Hose. »War er denn wichtig?«

»Für mich nicht so sehr. Ich kann ihn nachholen, aber ... Amy! Die Leute von seinem Stipendium sind die Hölle. Die achten auf so was. Ein unentschuldigt versäumter Test kann sein ganzes Stipendium gefährden. Ich hab ihm das bereits geschrieben, aber er hat nicht drauf reagiert. Als würde ihn das alles nicht interessieren. Ich weiß, dass es hier um Leben und Tod geht. Mir ist auch klar, wie beschissen die Lage für dich ist. Aber ... Ich muss es jetzt einfach aussprechen: Wenn Nathan nicht bald zurück zur Uni kommt, wird es für ihn bald kein Studium mehr geben. Er *muss* zur Uni zurück. Heute noch.«

Ich fühlte mich scheußlich. Hundsmiserabel. Am Boden zerstört. Nur mühsam rang ich mir eine Antwort ab. »Das wusste ich nicht.«

»Dachte ich mir. Kannst du mit ihm reden? Ihn zur Vernunft bringen? Du bist die Einzige, auf die er hören wird.«

»Das mache ich. Versprochen. Ich ... leg jetzt auf und schreib dir, sobald wir unterwegs sind. Und Tess?«

»Ja?«

»Danke für den Anruf.«

Sie seufzte. »Viel Glück, Amy. Er ignoriert mich absichtlich, weil er die Wahrheit nicht hören will. Aber wenn er nicht auf sich aufpasst, dann müssen wir das tun.«

»Ja, sehe ich genauso. Ich melde mich.« Meine Hände zitterten, als ich auflegte. *Scheiße.* Das wohlige Gefühl in mir zerplatzte wie ein Ballon in der Sonne und ließ nur noch Gummi in meinen Knochen zurück.

Und jetzt?

Ich atmete tief durch. Noch mal. Und noch mal. Dann brachte ich es endlich über mich, zu Nathan in die Küche zu gehen. In der Pfanne brutzelte es; das versprochene Rührei mit Speck. Seine Spezialität. Dabei pfiff er noch immer vor sich hin, als wäre die Welt völlig in Ordnung.

Ich wartete, bis er aufblickte. »Wolltest du es mir erzählen?«, fragte ich provokant.

Nathan runzelte verwirrt die Stirn. »Dir was erzählen?«

»Dass Tess versucht hat, dich zu erreichen. Dass du einen Test verpasst hast. Dass dein Stipendium womöglich in Gefahr ist.«

Nathan erstarrte, dann zog er abrupt die Pfanne vom Herd, damit das Brutzeln aufhörte. »Tess hat dich angerufen und dir davon erzählt, nicht wahr?«, stellte er fest.

»Das tut hier absolut nichts zur Sache. Wichtig ist nur, ob es wahr ist.« Ich starrte ihn fragend an, bis Nathan schließlich nickte.

»Ja, anscheinend habe ich einen unangekündigten Test verpasst, aber ich habe bereits mit dem Professor gemailt und ihm meine Lage geschildert. Ich warte noch auf Antwort.«

Erst jetzt bemerkte ich, dass ich die Luft vor Aufregung angehalten hatte. Langsam entließ ich sie und merkte, dass ich etwas ruhiger wurde. »Okay, gut. Und dein Stipendium?«

»Was soll damit sein?«

»Tess meinte, die wären ziemlich streng, was verpasste Tests angeht.«

Nathans Ausdruck veränderte sich ganz leicht. Aha. Ich hatte ihn ertappt. Sofort kehrte das ungute Gefühl in meiner Magengegend zurück. »Du hättest mir von diesem Problem niemals erzählt, nicht wahr?«

»Keine Ahnung. Ja, ja, verdammt, wahrscheinlich hätte ich dir dieses Detail vorenthalten. Warum auch nicht? Wenn die mich wegen des verpassten Tests rausschmeißen, ist es ohnehin zu spät. Passiert ist passiert. Was soll ich dich deshalb beunruhigen?«

»Weil du wegen mir in dieser Scheiße steckst!«, brüllte ich ihn unvermittelt an. »Weil du meinst, mich retten zu müssen, und dabei total vergisst, dass dein Leben nach meinem Tod weitergeht. Nathan, du kannst doch nicht alles wegschmeißen, damit ich noch zwei, drei nette Tage mit dir in dieser Hütte verbringen kann. Das wird mich auch nicht retten.«

»Aber es geht dir doch schon so viel besser.«

»Ja, und? Glaub mir, mir ging es schon einige Male plötzlich wieder besser, aber Scheißkrebs ist nun einmal Scheißkrebs. An Wunderheilungen glaube ich schon lange nicht mehr. Woran ich aber glaube, ist Ehrlichkeit. Dazu zählt auch, dass du mir Probleme, die du meinetwegen hast, nicht vorenthältst. Was meinst du, wie ich mich da fühle?«

»Fuck, Amy!« Jetzt wurde Nathan ebenfalls lauter, was ich bei ihm so noch nicht erlebt hatte. »Ich weiß doch auch nicht, wie ich mit dieser Situation umgehen soll. Meinst du, ich hätte das geplant, mich in dich zu verlieben?«

Wir erstarrten gleichermaßen. In Nathans Augen trat ein Ausdruck purer Panik. Ich machte erschrocken einen Schritt zurück. Gleichzeitig dehnte sich mein Herz vor Freude, und eine wilde Horde Schmetterlinge begann, in meinem Magen herumzuflattern. Aber sorry. Nein. Ich rief sowohl Herz als auch Schmetterlinge zur Raison und zwang mich dazu, meine finstere Miene beizubehalten.

»Das gibt dir trotzdem nicht das Recht, dein Leben wegzuwerfen. Glaub ja nicht, dass ich dir das durchgehen lasse. Wir fahren. Jetzt.«

KAPITEL 20

Amy

Entschlossen drehte ich mich um und wollte ins Schlafzimmer gehen, um zu packen, doch Nathan erwischte meinen Ellbogen und zog mich zu sich herum in seine Arme.

»So können wir das nicht stehen lassen.« Sein Atem kitzelte in meinem Ohr und strich mir danach sanft über den Hals. »Ich wollte dir meine Gefühle eigentlich in einer ruhigen Minute gestehen und nicht auf diese Weise.«

Wir standen so dicht beieinander, dass ich die dunkleren Pünktchen in seinen braunen Augen erkennen konnte. Diese freundlichen hoffnungsvollen Augen. Wie gerne wäre ich wieder mit ihm ins Bett gekrabbelt, um die Welt zu vergessen, auszuklammern aus unserem kleinen Universum. Vermutlich hätte ich all meine Habseligkeiten hergegeben, um nur noch zwei Tage länger mit ihm in dieser Hütte bleiben zu dürfen.

Aber all das durfte, konnte und sollte nicht sein.

Ich trat einen Schritt nach vorne, um seiner Umarmung zu entkommen. Dafür benötigte ich mehr Kraft als für die letzte Runde Chemotherapie. Zumindest fühlte es sich so an. »Wir sollten jetzt fahren. Sofort«, erklärte ich mit belegter Stimme.

»Amy«, hob Nathan an, aber ich schüttelte den Kopf.

»Mein Entschluss steht fest. Wir verlassen die Hütte. Lass uns aufräumen und alles abschließen.«

»Dann frühstücke zumindest.«

Im ersten Moment wollte ich ablehnen, doch letztlich siegte die Vernunft. Das Essen war bereits so gut wie fertig, und ich musste auf meinen Körper achten. Außerdem würde ich all meine Kräfte benötigen, um diesen Tag zu überstehen.

Ich aß im Stehen direkt aus der Pfanne und räumte dabei allerhand Dinge an ihren Platz. Nathan tat dasselbe. Er spülte das benutzte Besteck, während ich im Bad schnell durchputzte. Zwischendurch musste ich mich immer wieder auf das Klo setzen, um auszuruhen. Das war allerdings etwas, das ich niemals zugegeben hätte.

»Können wir?«, rief ich schließlich Nathan zu, nachdem ich meinen Jutebeutel bereits in den Jeep geschmissen hatte.

Ich sah ihn zögernd aus der Hütte kommen. Er wirkte traurig und verloren. Langsam schloss er ab, blickte noch einmal Richtung Meer und versteckte danach den Schlüssel.

Während er sich dem Auto näherte, wurde der Kloß in meinem Hals immer größer. Auch ich wäre lieber geblieben, doch es war die einzig richtige Entscheidung, nun zu gehen. Ich könnte es mir nie verzeihen, wenn er wegen mir von der Uni flog.

Nathan setzte sich neben mich auf den Fahrersitz. »Bist du sicher?«

»Ich bin sicher. Jetzt fahr.«

Also fuhren wir los. Schweigend.

Ich zwang mich, aus dem Fenster zu blicken und die sagenhafte Landschaft zu genießen. Die Küstenstraße war bei den Touristen sehr beliebt. Die Klippen, das blaue Meer, die wunderschönen Sandstrände.

Nathan bemühte sich immer wieder um ein Gespräch, doch ich blockte ab. Erst einmal musste ich mir klar darüber werden, was ich tun würde. Tun musste.

Allein der Gedanke daran ließ mich frösteln.

Als wir die Stadtgrenze von Santa Barbara erreichten, klopfte mein Herz so schnell, dass es sich wie ein wild flatterndes Vögelchen in meiner Brust anfühlte.

Ich gab es nicht gerne zu, doch ich hatte panische Angst vor der Reaktion meiner Mutter. Mein plötzliches Verschwinden musste für sie wie ein Schlag vor den Kopf gewesen sein. All die Jahre hatte sie sich um mich gekümmert, mich umsorgt und für mich entschieden – und von einer Sekunde auf die nächste war alles anders. Ich hatte mich gegen sie gestellt und ihr vermutlich sehr, sehr wehgetan.

Ich bereute meine Aktion nicht. Im Gegenteil. Sie war notwendig gewesen, damit Mum endlich verstand, was meine Wünsche waren. Entweder sie akzeptierte sie, oder sie würde mir gleich die kalte Schulter zeigen. Ich hatte für beide Szenarien aber noch keine Antwort darauf, wie ich mich verhalten würde.

Wir erreichten die Straße, die uns hinauf zum Haus meiner Eltern bringen würde. Steiler und steiler ging es hinauf. Je näher wir unserem Ziel kamen, desto seltsamer fühlte ich mich. Als wäre ich völlig fehl an diesem Ort. Als hätte ich ihn für immer verlassen wollen und würde jetzt gegen meinen Willen zurückkehren.

Dabei hatte ich das selbst so entschieden. Trotzdem. Ich hatte mich im Krankenhaus von dem Gedanken verabschiedet, mein altes Zuhause jemals wiederzusehen. Dass jetzt das Gegenteil eintraf, brachte mich völlig aus dem Tritt.

Nathan hielt vor dem schmiedeeisernen Tor, das unser Anwesen von der Küstenstraße abtrennte. »Und jetzt?«

»Wir warten. Meine Mutter hat uns bestimmt schon in der Überwachungskamera gesehen.« Tatsächlich. Das Tor schwang wie von Geisterhand auf.

Langsam fuhr Nathan wieder an, und ich konnte vor Aufregung kaum noch stillsitzen. »Sie wird es mittlerweile verstanden haben«, sagte Nathan ruhig zu mir.

Ach, verdammt. Der Typ kannte mich einfach zu gut. Weil ich keine Luft zum Sprechen übrig hatte, nickte ich lediglich und starrte meine Mum an, die perfekt gestylt wie die First Lady oben an der Treppe auftauchte und zu uns hinunterblickte.

Eigentlich parkten wir immer seitlich vom Treppenaufgang, doch Nathan hielt direkt davor, sodass ich es nicht so weit hatte.

Ich musste meinen gesamten Mut aufbringen, um zu Mum hochzublicken. Ihre Lippen waren fest zusammengepresst, doch sie breitete die Arme aus, als wolle sie mich willkommen heißen. Uff. Mir purzelte ein riesiger Stein vom Herzen.

Gemächlich ging ich die Treppenstufen hinauf und sank in ihre Arme, ließ es zu, dass sie mich fest an sich presste und dabei sogar ein oder zwei Tränen vergoss. Zumindest glaubte ich das zu spüren. Ganz sicher war ich mir nicht. Amanda Darren weinte nie in der Öffentlichkeit – und schon gar nicht vor einem jungen Mann, den sie vermutlich als Staatsfeind Nummer eins ansah.

»Ich bin so froh, dass du zu uns zurückgekehrt bist«, flüsterte sie in mein Ohr. »Wenn du gestorben wärest …« Sie konnte den Satz nicht beenden, denn ihre Stimme brach.

Ich drückte sie fest an mich und strich ihr über den Rücken. Wann hatte ich sie das letzte Mal trösten dürfen? Bei Bens Beerdigung? Nein. Da hatte sie keinerlei Berührungen zugelassen. Sie war wie ein Zombie herumgelaufen und hatte sich mit ihrer Rolle als Gastgeberin abgelenkt. Viele Trauergäste waren von dieser Haltung überfordert gewesen. Heulen und weinen – damit hatten sie ja gerechnet, aber nicht mit dieser geschäftsmäßigen Frau, die ihnen Häppchen aufschwatzte und die Belegschaft herumscheuchte.

»Ich musste gehen«, sagte ich leise. »Auf keinen Fall wollte ich in diesem Krankenhaus sterben.«

Mum drückte mich von sich, um mich eingehend zu mustern. Wie erwartet entdeckte ich pure Irritation in ihren blauen Augen. »Du siehst erstaunlich munter aus.«

»Es geht mir auch deutlich besser. Keine Ahnung, warum.«

»Wir könnten Doktor …«

»Keine Ärzte«, unterbrach ich sie direkt. »Ich will mich nicht noch mal auf den Kopf stellen lassen. Im Moment akzeptiere ich einfach, dass es mir besser geht.«

»Aber ...« Mum stoppte sich selbst, indem sie ihren Satz abwürgte und sich übergangslos Nathan zuwandte. »Wie schön, Sie zu sehen.«

Nathan blieb überrascht auf der obersten Treppenstufe stehen. Mit einem Willkommen hatte er ganz sicher nicht gerechnet. Ebenso wenig wie ich. »Wenn es nach mir gegangen wäre, wären wir noch etwas länger fortgeblieben. Amy wollte jedoch nach Hause.« Er war so lieb, den Grund wegzulassen. Sollte Mum ruhig denken, dass ich ihretwegen zurückgekommen war.

»Ja, dann ... Kommt rein. Hier draußen ist es so schrecklich warm. Amy, möchtest du dich hinlegen?«

»Nein, ich würde mich gerne an den Pool setzen und was trinken. Ist Dad da?« Mir war natürlich klar, dass die Frage überflüssig war.

»Nein, er ist derzeit auf Geschäftsreise, aber ich rufe ihn gleich an. Er wird sehr erleichtert sein, dass du wieder zurück bist.«

Mum nötigte uns, dass wir uns auf zwei gemütlich gepolsterte Stühle unter einen gigantischen weißen Sonnenschirm setzten, und eilte direkt fort, um uns Wasser und vermutlich noch tausend andere Getränke zu organisieren.

»Dein Dad ist nicht daheim, obwohl seine Tochter verschwunden ist und laut letztem Stand im Sterben liegt?«, fragte Nathan, kaum dass Mum ins Haus gelaufen war.

Ich zuckte mit den Schultern. »Das ist Dads Art, mit Problemen umzugehen: Er geht arbeiten.«

Nathan starrte mich sprachlos an, was ich geflissentlich ignorierte. Mir war bewusst, wie seltsam sich mein Vater verhielt, aber das war schon immer so gewesen. Irgendwann hatte ich mich an einen ständig abwesenden Dad gewöhnt. Sich darüber aufzuregen, brachte nichts. Außerdem hatte ich mit meiner Supermum genug zu tun. Noch ein Helikopterelternteil hätte ich nicht ertragen.

Nathan ließ sich in seinem Stuhl zurücksinken und starrte den Pool, die fest installierte Tischtennisplatte, den riesigen Außengrill und die Palmen samt Liegeflächen fassungslos an. »Mir war klar, dass ihr reich seid, aber so reich …«, murmelte er.

»Das sind wir auch nur, weil Dad so viel arbeitet. Er ist ein Workaholic. Als ich klein war, habe ich gedacht, das sei in jeder Familie so. Ich war überrascht, als ich herausfand, dass das so nicht stimmt.«

Nathan kam zu keiner Antwort, denn Mum kehrte zu uns zurück – natürlich ohne Getränke. Die brachte unsere Haushälterin wenig später mit einem kleinen Wägelchen. Nathan hatte sichtlich Mühe, den Schock über die Anwesenheit einer Angestellten in diesem Haus zu überdecken.

Mum setzte sich mit großem Abstand zu Nathan hin, schlug die Beine grazil übereinander und musterte erst mich und danach ihn. »Wo seid ihr denn gewesen?«

»Am Meer«, antwortete Nathan vage.

Zum Glück hatte er die Hütte nicht verraten. Vermutlich hätte Mum sie noch am Abend zum Verkauf angeboten, um mir diesen Rückzugsort zu nehmen. So war sie einfach. Alles musste nach ihrem Willen geschehen. Und wenn nicht, tat sie alles dafür, dass sich das änderte. Schon allein, wenn ich in ihr Gesicht blickte, wurde ich nervös. Da lag dieses Lauern in ihren Augen. Als wolle sie Nathan bezwingen. Sie musste denken, dass er an meinem Sinneswandel im Krankenhaus schuld war.

»Die Idee mit dem Hospiz ist auf meinen Mist gewachsen. Ich wollte die Medikamente nicht mehr. Ich habe mich gegen die Chemo gestellt. Ich habe die Ärzte weggeschickt«, platzte ich heraus. »Nathan hat versucht, mich umzustimmen, aber … Mum … Ich will das alles nicht mehr!«

Rose, unsere Haushälterin, warf mir einen liebevollen Blick zu, als sie die Getränke vor uns platzierte, und nickte verständnisvoll. Sie hatte Bens Leiden lange genug begleitet, hatte Berge von nassgeschwitzten Laken gereinigt, vollgekotzte Teppiche gesäubert und ihn gewaschen, wenn wir es nicht gekonnt hatten. Sie wusste also, wovor mir graute.

Im Gegensatz zu Mum. Ihr Blick sprach Bände. »Darüber sprechen wir später«, sagte sie steif.

»Nein, Mum. Darüber diskutieren wir überhaupt nicht weiter. Entweder du akzeptierst, dass ich mich nicht weiter behandeln lassen werde, oder ich verlasse dieses Haus erneut, nur dann für immer.«

»Und wo willst du hin?«

»Sie kann bei ihrer Freundin Tess wohnen«, mischte sich Nathan trocken ein.

Die Information kam für mich genauso überraschend wie für Mum. In letzter Sekunde verbiss ich mir eine erstaunte Nachfrage. Stattdessen nickte ich bekräftigend. »Genau. Dann gehe ich zu Tess, bis ich einen Platz im Hospiz gefunden habe.«

»Das ist doch lächerlich. Natürlich wohnst du weiter bei uns, aber … Schatz. Du siehst besser aus als je zuvor. Das müssen wir untersuchen lassen. Zumindest ein kleiner Abstecher zu Doktor …«

Ich stand auf. »Nathan, wir gehen.«

»Nein, nein.« Mum kam ebenfalls auf die Beine und hob beschwichtigend die Hände. »Ich hab es verstanden. Keine Untersuchungen. Hauptsache, mein kleines Mädchen ist wieder zurück.«

Kleines Mädchen. Mich schauderte es. In Mums Augen würde ich das wohl für immer sein. Ihr kleines Mädchen. Dabei wollte ich das so gern ändern können. Ausziehen, erwachsen werden, mein eigenes Leben leben.

Ich bemerkte Nathans fragenden Blick. »Gut, dann bleibe ich«, sagte ich schweren Herzens. Es war besser so. Auf keinen Fall wollte ich Tess Schwierigkeiten bereiten. Es reichte schon, wenn Nathan welche hatte. »Ich bringe dich noch zur Tür«, wandte ich mich ihm zu. Er musste dringend zur Uni zurück.

Er nickte und folgte mir zur Gartenpforte, die über eine steile Steintreppe runter zum Parkplatz führte. Wir benutzten den Weg nie, sondern gingen immer durchs Haus, nur heute vermied ich das lieber. Nathan hatte bereits genug Prunk gesehen. Nicht, dass ich ihn ganz verschreckte.

Mum machte zunächst Anstalten, uns zu folgen, blieb dann aber zurück. Gut so. Was ich zu sagen hatte, ging sie auch definitiv nichts an.

Wir liefen ums Haus herum und hintereinander die steile Treppe hinunter. Das forderte meine gesamte Konzentration, doch letztlich hatte ich es geschafft. Unten angekommen, nahm ich Nathans Hand. Der Kloß in meinem Hals wurde noch größer.

»Ich danke dir«, sagte ich ruhig. »Für alles.«

»Na klar. Selbstverständlich.« Er räusperte sich, und erst jetzt erkannte ich, wie nervös er war. »Meldest du dich bei mir?«, fragte er zögerlich.

Das war die Frage aller Fragen. Ich hatte keine Antwort darauf. Natürlich wollte ich mich melden. Nichts lieber als das. Ich wäre sogar am liebsten mit ihm gefahren, um mich bei Tess zu verstecken, nur war das unmöglich.

Mein Weg endete. Nathans und Tess' Weg begann erst. Zumindest, wenn Nathan es sich nicht schon versaut hatte.

»Klar melde ich mich«, log ich schließlich nach einer langen Schweigepause.

Nathan wirkte wenig überzeugt. Er zog mich an sich und nahm mein Gesicht zwischen seine Hände und blickte mir tief in die Augen. »Du musst dich melden«, sagte er zu mir. »Lass mich nicht hängen. Ich muss wissen, dass es dir gut geht – und ich will dich so schnell wie möglich wiedersehen.«

»Du musst zur Uni«, flüsterte ich.

»Das eine schließt das andere nicht aus. Komm schon, Amy. Du willst doch nicht hier und jetzt das mit uns beiden beenden. Lass mich weiter ein Teil deines Lebens sein. Es tut mir leid, dass ich dich angelogen habe. Es tut mir leid, dass ich dich bevormundet habe. Botschaft ist angekommen. Das wird nicht noch einmal passieren. Versprochen.«

Mein Magen zog sich bei seinen Worten beinahe schmerzhaft zusammen. Ich wollte ihn nicht verlieren. Wirklich nicht. Und trotzdem wusste ich, dass ich ihn gehen lassen musste. Zumindest im Moment. »Ich melde mich«, sagte ich schließlich erneut, weil es das war, was er hören wollte.

Ob ich mich tatsächlich daran hielt, stand auf einem anderen Blatt.

Nathan glaubte mir zumindest. Erleichtert gab er mir einen Kuss. So zart. So liebevoll. Ich erwiderte ihn und versteckte darin all meine Gefühle. Ohne dass er es ahnte, sagte ich ihm lautlos Auf Wiedersehen.

***

Die Tage danach waren schwer für mich. Nathan schrieb mir regelmäßig, teils auch in längerer Ausführung. Ich antwortete vage und kurz. Dabei fühlte ich mich, als würde ich mir selbst einen bedeutenden Körperteil amputieren. Als würde ich ihm langsam die Blutzufuhr abschnüren mit der absoluten Gewissheit, dass es mich umbringen konnte.

Aber das mit Nathan und mir … Es reichte, wenn mich meine Krankheit zerstörte. Das sollte sie nicht auch noch mit Nathans Leben tun.

Ich zog mich zurück. Vor Nathan, der Welt, sogar meinen Freunden. Mum akzeptierte im Moment meine eigenbrötlerische Art. Sie ließ mich sogar mit Arztbesuchen oder sonstigen Tests in Ruhe. Da sie früher einmal Ärztin gewesen war, kannte sie sich gut im medizinischen Bereich aus. Viele Untersuchungen hatten wir daheim erledigen können. Damals, als ich noch Hoffnung gehabt hatte, diesem Wahnsinn lebend zu entkommen. Sie wusste also, was sie tat. Dass sie mich in Ruhe ließ, wertete ich eher als schlechtes Zeichen. Vielleicht hatte Jack recht mit seinen Ausführungen über die letzten Kräfte.

Als Tess mir schrieb und mich fragte, wie es mir ging, wusste ich genau, wer dahintersteckte. Nathan hatte sie bestimmt dazu angestiftet. Ich lungerte am Pool herum, hatte mich mit einer doppelten Ladung Sonnencreme eingerieben und mich zusätzlich noch in den Schatten verzogen. Die Auswirkungen der Chemo und ein Sonnenbrand vertrugen sich nicht gut miteinander.

Vielleicht lag es an meiner entspannten Haltung, dass ich mein zurückgezogenes Leben schließlich unterbrach und Tess zurückschrieb.

Amy: Es geht mir erstaunlich gut. Der Kreislauf ist stabil, ich fühle mich gut. Keine Ahnung, woran das liegt. Da ich aber noch immer keinen Platz im Hospiz habe, kommt mir das sehr gelegen. Momentan liege ich am Pool und genieße das Leben.

Tess: Willst du Gesellschaft? Ich habe gebüffelt wie eine Wahnsinnige und keine Nerven mehr für noch mehr Algebra.

Amy: Wenn du die neugierigen Fragen meiner Mutter erträgst, dann kannst du gerne kommen. Ich würde mich freuen. Ein wenig Gesellschaft könnte ich gut gebrauchen.

Tess: Ich bin in einer halben Stunde bei dir. Stell schon mal den Saft kalt. Ich will auch an einen Pool! Darf ich schwimmen gehen?

Amy: Klar. Der Pool freut sich. Er wurde seit beinahe zehn Jahren nicht mehr benutzt.

Ich schickte Tess die Adresse und spürte eine unglaubliche Vorfreude in mir aufkommen. Seit meiner Grundschulzeit hatte mich keine Freundin mehr besucht. Nur ein paar Jahre hatten Ben und ich wie ganz normale Kinder zur Schule gehen dürfen, bis er krank geworden war. Es war die schönste Zeit meines Lebens gewesen. Weil er zügig zu schwach geworden war, um die Schule zu besuchen, hatten meine Eltern einen Privatlehrer engagiert. Damit Ben nicht allein war, wurde auch ich fortan von zu Hause aus unterrichtet. Für mich war das damals hart. Der Kontakt zu meinen Freundinnen schlief wahnsinnig schnell ein.

Für die Highschoolzeit hatte ich meine Eltern überredet, mich noch mal auf die Schule zu schicken. Ich durfte ein halbes Jahr gehen. Dann war ich selbst krank geworden. Ein paar Freundinnen waren zunächst aus Loyalität und vermutlich auch Voyeurismus gekommen, aber als sich das alles hinzog, blieben diese Besuche aus. Als es mir ein wenig besser ging, starb Ben, und mein Zustand verschlechterte sich wieder. Da war nicht viel Zeit gewesen, um mich um Freundinnen zu bemühen. Die Einzigen, die mir in all der Zeit treu geblieben waren, war meine Truppe von der Selbsthilfegruppe. Online war allerdings nicht dasselbe, als wenn man sich live traf.

Ich erhob mich von meiner gemütlichen Liege, setzte umsichtig meinen Sonnenhut auf und ging in die Küche, um Limonade und Kekse zu holen. Rosa wollte mir die Sachen natürlich gerne hinausbringen, doch das erledigte ich selbst. Es war meine kleine Rebellion gegen die vielen Annehmlichkeiten in diesem Haushalt.

Als es klingelte, war ich sogar schneller an der Tür als Rosa oder Mum. Hastig drückte ich den Toröffner und wartete darauf, dass Tess endlich vor der Haustür erschien. Kaum war sie da, lächelte sie mich breit an und hielt erst eine Tüte Chips und danach eine Packung M&Ms in die Höhe. »Ich wusste nicht, ob du eher süß oder salzig magst.«

Ich lachte, schnappte mir die M&Ms und bedeutete ihr, mir zu folgen. Tess blieb zunächst staunend in der Eingangshalle stehen, musterte die extravaganten Blumenbuketts und die gläsernen Kronleuchter. »Ihr habt ja eine geschwungene Treppe wie in *Cinderella*. Sogar mit Samtteppich und verschnörkeltem Handlauf«, sagte sie grinsend.

»Wenn du magst, darfst du hochlaufen und wie eine Prinzessin hinunterschreiten,« bot ich ihr grinsend an.

Tess schüttelte lachend den Kopf und kam mir durch das große und offen gestaltete Wohnzimmer auf die Außenterrasse nach.

»Wow. Der Pool hat ja Wettkampfausmaße«, sagte sie, kaum dass sie das glitzernde Wasser gesehen hatte.

»Es gibt sogar eine Gegenschwimmanlage. Mein Bruder wollte sie haben, um sich wieder fit zu machen. Such dir eine Liege aus. Limonade?«

»Aber immer.« Tess ließ sich vergnügt auf die Liege rechts von mir sinken und nahm das Glas mit einem dankenden Nicken an. Dabei konnte sie kaum ihren Blick von der unglaublichen Aussicht abwenden.

»Hübsche Hütte hast du da«, sagte sie anerkennend.

»Nathan hat fast einen Herzkasper bekommen, als er sie gesehen hat. Ich glaube, ihm ist erst in der Sekunde bewusst geworden, wie reich meine Eltern wirklich sind.«

»Ich gebe zu, dass auch ich ein wenig erschlagen bin. Fast scheue ich mich, mir mein T-Shirt auszuziehen. Darunter verbirgt sich nämlich ein Bikini, den ich im Midseason Sale für fünf Dollar gekauft habe. Nicht, dass dein Pool beleidigt ist, dass ich mit so einem Billigteil in ihm herumschwimme.«

»Der ist froh, endlich benutzt zu werden. Dafür würde er dich sogar nackt akzeptieren, allerdings muss ich dich warnen: Ihm macht es zwar nichts aus, meiner Mum aber schon.«

Tess gluckste vor sich hin und zog sich beschwingt das Shirt über den Kopf. Sie war auf eine ganz natürliche Weise gebräunt. Offenbar war sie keine Sonnenanbeterin, die stundenlang am Strand rumlag, sondern eher der Typ Wanderin, die nebenbei braun geworden war. Die Ränder ihres T-Shirts zeichneten sich deutlich an ihren Armen ab.

»Den Bikini führe ich heute zum ersten Mal aus«, erklärte sie mir.

Für mich war es jenseits aller Vorstellungen, einen Bikini anzuziehen. Dafür fühlte ich mich zu unwohl in meinem Körper. Einzig bei Nathan war es anders gewesen. Er hatte mir das Gefühl gegeben, perfekt zu sein, ganz unabhängig von meinem Aussehen.

Tess zog ihre Liege ein Stückchen in die Sonne und legte sich dann neben mich. Mit einem Lächeln setzte sie ihre Sonnenbrille auf. »Puh. Nach den letzten Tagen kann ich diese Auszeit wirklich gebrauchen.«

»Ist das Studium so hart?«

»Nicht nur das. Meine Mitbewohnerin Hanna will ausziehen, und bei der Auswahl einer neuen tue ich mich sehr schwer.« Sie seufzte tief. »Um ehrlich zu sein hatte ich mit meiner Mitbewohnerin nicht sonderlich viel Glück. Wir haben nicht gut zusammengepasst. Deshalb bin ich momentan besonders vorsichtig. Ich suche jemand Ruhiges. Nettes.« Jetzt sah sie mich an. »Nathan sagt, ich suche so jemanden wie dich.«

Ich erwiderte ihr sanftes Lächeln. »Ich fürchte, ich stehe momentan nicht so wirklich zur Auswahl.«

»Das hab ich mir schon gedacht. Schade eigentlich. Finde ich nicht bald jemanden, der einzieht, muss ich mir selbst eine kleinere Bleibe suchen. Doch das ist nicht das einzige Problem. Hauptsächlich nimmt mich die Sache mit Nathan ziemlich mit. Ich mag deshalb grad nicht gern allein sein.«

Ich schluckte. Dass das Gespräch früher oder später auf ihn kommen würde, war mir natürlich klar gewesen. »Ist er dir sehr böse?«, fragte ich zögerlich.

Tess setzte sich abrupt wieder auf und nahm die Sonnenbrille ab. »Nathan bemüht sich, normal mit mir umzugehen. Ich glaube, tief in sich drin weiß er, dass ich keine große Wahl gehabt habe und ihm nur helfen wollte. Nur … Er vertraut mir jetzt nicht mehr. Daher sind unsere Gespräche ätzend oberflächlich. Und er geht mir aus dem Weg. Da hilft es nicht gerade, dass du ihm offensichtlich ebenfalls böse bist. Was ist zwischen euch vorgefallen?«

»Was meinst du?«

»Naja, du ghostest ihn. Sagt er zumindest. Er leidet wie ein Hund, würde sich deswegen aber nie beschweren.« Sie wartete, bis ich sie ansah. »Wenn du ihn gar nicht mehr sehen willst, dann sag es ihm bitte. Ihm lediglich nicht mehr zu antworten, quält ihn unnötig. Ich weiß gar nicht, was ich schlimmer finde. Dass er kaum noch mit mir redet oder dass du ihn offensichtlich meidest.«

Ach, Mist. Ich drehte den Kopf Richtung Himmel, um Tess nicht weiter ansehen zu müssen. »Ich will ja mit ihm reden, aber ich weiß nicht recht, was ich ihm sagen soll.«

»Wie wäre es damit, dass du ihn vermisst? Das zwischen euch ist etwas Besonderes. Das kannst du nicht einfach ignorieren.«

»Ich hab Angst, ihm sein Studium komplett zu versauen. Weißt du, was mit seinem Stipendium ist?«

Tess schüttelte bekümmert den Kopf. »Leider nicht. Er sagt nur, dass er alles im Griff hat, aber das glaube ich nicht. Er büffelt noch mehr als jeder andere und wirkt dabei völlig geistesabwesend und unglücklich. Ich mache mir Sorgen um ihn. Kannst du denn wirklich nicht mit ihm reden?«

»Nicht jedes Problem lässt sich durch Reden lösen. Ich hatte gedacht, dass es uns leichter fällt, wenn wir Abstand voneinander halten. Damit er wieder in sein altes Leben zurückfinden kann und ich … keine Ahnung.«

Tess wusste eindeutig, was ich eigentlich hatte sagen wollen. Sie nickte verständnisvoll und stand dann auf. »Sprich mit Nathan. Vielleicht findet ihr eine Lösung«, schlug sie vor und lief gleichzeitig Richtung Wasser. »Ich muss jetzt diesen armen Pool testen. Geht ja gar nicht, dass er so lange ignoriert wurde.«

Ich sah ihr lächelnd dabei zu, wie sie hineinstieg. Sie spritzte mich absichtlich ein wenig nass und zog danach ihre Bahnen. Weiter hinten sah ich Mum an der Terrassentür stehen. Ihren Gesichtsausdruck konnte ich nicht recht deuten. Eigentlich hatte ich erwartet, dass sie sich für mich über Besuch freuen würde. Stattdessen wirkte sie hauptsächlich besorgt und … traurig.

KAPITEL 21

Nathan

Leider müssen wir Ihnen mitteilen, dass Highgrove Industries ab dem kommenden Semester nicht weiter für Ihre Studiengebühren aufkommen wird.

Diesen Satz hatte ich in den letzten drei Tagen bestimmt schon tausendmal gelesen. Jedes Mal drehte sich mir der Magen um. *Verdammt.* Wenigstens verlangten sie nicht ihr Geld zurück. Dann wäre ich am Ende gewesen. Aber auch so war es schlimm genug. Woher sollte ich ein neues Stipendium bekommen? Und zwar so, dass es möglichst niemand mitbekam?

Mein Problem hatte ich bisher für mich behalten. Weder Tess, Ian noch Kane und Jack ahnten etwas. Ich hatte also noch Zeit, mich aus meinem selbst geschaufelten Loch herauszuholen.

Highgrove Industries hatte selbstverständlich mitbekommen, dass ich zu einem Test nicht erschienen war. Der Professor hatte zwar Mitgefühl mit mir gehabt, nachdem ich ihm von Amy berichtet hatte. Ich durfte den Test nachschreiben. Highgrove Industries sah das jedoch anders. Für sie war ich nicht länger tragbar.

Ich hatte mich nun dazu entschlossen, Mr. Palmer anzurufen. Bislang hatte ich mich davor gescheut, doch letztlich blieb mir nichts anderes übrig. Also suchte ich mir eine ungestörte Ecke zwischen den steilen Klippen vor den Stränden von Santa

Barbara und wählte mit klopfendem Herzen eine Nummer, die ich zu fürchten gelernt hatte.

Mr. Palmer meldete sich, kurz bevor mich der Mut verlassen und ich aufgelegt hätte. Seine barsche, seltsame Art zu sprechen jagte Schockwellen durch meinen Körper.

»Mr. Palmer, hier ist Nathan Ambrose. Ich rufe wegen meines Stipendiums an.«

»Ihres Stipendiums? Mr. Ambrose. Sie sind nicht länger einer unserer Stipendiaten.«

Ich schluckte. »Exakt darüber wollte ich mit Ihnen sprechen.«

»Da gibt es nichts zu besprechen. Sie haben versagt. Ende der Geschichte.«

Der Typ war ein echter Menschenfreund. »Mir ist bewusst, dass ich Sie enttäuscht habe. Ich hatte Startschwierigkeiten, aber das habe ich jetzt unter Kontrolle.«

»Highgrove Industries vergibt niemals zweite Chancen.«

»Auch nicht, wenn ich die letzten vier Tests als bester meines Jahrgangs bestanden habe? Auch nicht, wenn ich laut meinem Matheprofessor gute Aussichten habe, mit Auszeichnungen zu bestehen? Ich bin mir sicher, dass sich so etwas gut auf Ihrer Förderungsliste machen würde.«

»So jemand schon, nur leider sind Sie das offensichtlich nicht. Um Tests herausragend zu bestehen, muss man sie absolvieren. In dem Bereich haben Sie bereits bewiesen, dass das nicht Ihr Ding ist.«

Autsch. Wollte ich das Stipendium eigentlich noch haben? *Ja, verdammt.* Ich brauchte es. Aber bei so einem Unternehmen sollte ich mich über Jahre verpflichten? Das Dumme war nur, dass mir meine Familie im Nacken saß. Jack hatte recht. Kane und er hatten viel auf sich genommen, um mir das Studium zu ermöglichen. Sie zu enttäuschen kam nicht infrage.

»Wenn ich es schaffe, dieses Semester als Bester zu bestehen, keinen einzigen Test mehr verpasse und ich mich als absoluter

Musterstudent herausstelle, können wir dann noch mal über mein Stipendium sprechen?«

Mr. Palmer zögerte einen kurzen Moment. »Dann können wir noch mal sprechen«, sagte er schließlich. »Glauben Sie aber nicht, dass wir für Sie bis dahin bezahlen werden. Ab sofort sind Sie auf sich gestellt. Seien Sie froh, dass wir nicht sofort die Studiengebühren für dieses Semester zurückfordern. Noch nicht. Sollten Sie jedoch entgegen meiner Erwartungen tatsächlich als Bester abschneiden, können wir noch mal über Ihr weiteres Stipendium verhandeln.«

Ich entspannte mich. Das war zumindest keine kategorische Absage, wenn auch nicht die erhoffte Versicherung. Weiter auf Highgrove Industries zu setzen war also ein echtes Wagnis.

Ich verabschiedete mich steif von Mr. Palmer und starrte danach auf das Meer hinaus. *Scheiße*. Es fühlte sich nicht so an, als hätte ich heute einen großen Erfolg erzielt.

Müde rieb ich mir die Augen. Ich schlief mies, weil ich die düsteren Gedanken nicht abschütteln konnte. Besonders das schlechte Gewissen gegenüber Amy trieb mich um. Ich hatte sie mit meinen Halbwahrheiten in die Flucht geschlagen. Womöglich hatte ich sie verloren. Früher als gedacht.

Oder hatte sie genau das beabsichtigt?

Ich wusste, dass Amy sich um meine Zukunft sorgte. Das Gefühl, dass sie mich lediglich ausschloss, um mich zu schützen, fand ich noch viel schlimmer. Ich brauchte nicht beschützt zu werden. Ich konnte verdammt gut auf mich aufpassen und wusste, was ich wollte.

Sie.

Kurzerhand wählte ich ihre Nummer und rief sie an, doch sie ging mal wieder nicht ran. Natürlich nicht.

Nathan: Wir müssen reden. Bitte, Amy. Schließ mich nicht aus.

Ich schickte die Nachricht direkt ab und fühlte mich danach überraschend gut. Ja, genau. Das war der richtige Weg. Ich würde sie nicht aufgeben. Niemals.

Amy hatte sich in meinem Herzen eingenistet und würde sich so schnell auch nicht vertreiben lassen. Solange es mir möglich war, wollte ich sie auf ihrem Weg begleiten. Selbst wenn das bedeutete, mich weiterhin auf für mein Studium gefährlichen Pfaden zu bewegen.

Entschlossen stand ich auf, atmete noch einmal die frische Meeresluft ein und lief danach direkt in die Bibliothek. Die nächsten Tage büffelte ich, machte Extraaufgaben, verpasste nicht eine Vorlesung und starrte in den wenigen freien Sekunden mein Handy an, das weiterhin beharrlich schwieg.

Verdammt, verdammt, verdammt.

Mit jedem verrinnenden Tag wurde ich müder und genervter von meinem Lernstoff. Ich liebte Mathe, genau wie die Bereiche rund um IT, aber Ökonomie machte mir weniger Spaß.

Hinzu kam, dass es in der dunklen Bibliothek immer schwieriger wurde, einen Tisch zu ergattern. Die Midterm Exams standen an. Die Angst vor den Prüfungen lag wie ein schlechter Geruch in der Luft.

Eines Nachmittags fand ich nach langem Suchen endlich einen Platz hinten in einer Ecke. Es lagen zwar noch Bücher auf dem Tisch, aber es wirkte nicht so, als würde gerade noch jemand mit ihnen arbeiten. Seufzend schob ich sie zur Seite und setzte mich. Dabei fiel mein Blick auf den Titel des obersten Buches.

Es war ein dicker Wälzer über medizinisches Fachwissen. Die armen Studierenden, deren Traum es war, Arzt zu werden.

An der UCSB konnte man zwar nicht Medizin studieren, doch den Bachelor für die Vorbereitung dazu machen. So viel wusste ich zumindest darüber. Neugierig schlug ich das Buch auf und überflog das Inhaltsverzeichnis.

Krebs. Akute myeloische Leukämie. AML. Es gab darüber ein ganzes Kapitel. Zwar hatte ich Amys Krankheit schon mal recherchiert, doch das war eine Weile her. Außerdem war ich da nicht sonderlich in die Tiefe gegangen. Also blätterte ich gespannt zum entsprechenden Kapitel und vertiefte mich in die Lektüre. Blutarmut. Knochenschmerzen. Bauchweh. Punktförmige Hautblutungen. Blutanalyse. Lumbalpunktion. Analyse des Knochenmarks.

Zwischendurch fröstelte es mich. Erneut wurde mir klar, wie lang Amys Leidensweg gewesen sein musste. Beim Punkt der Stammzellentransplantation blieb ich eine Weile hängen, las mir auch dieses Kapitel durch und erwischte mich dabei, dass ich relativ rasch den kompletten Bereich zum Thema Krebs durchging. Zwischendurch machte ich mir Stichpunkte, obwohl ich das gar nicht benötigte. Mein Gehirn merkte sich ohnehin jeden Satz, den ich las. Trotzdem war es eine liebgewonnene Angewohnheit, vor allem, weil es mich nicht so seltsam anders erscheinen ließ. Jeder machte sich Notizen. Ich war ungern ein Außenseiter, daher hatte ich gelernt, mich anzupassen.

Parallel rief ich die von mir abfotografierte Krankenakte von Amy auf und holte mir schon bald ein weiteres Fachbuch über Leukämie heran. Amy hatte mir sogar einige Akten ihres Bruders überreicht, die ich ebenfalls heimlich abfotografiert hatte. Sie hatte die Unterlagen stets griffbereit in ihrem Nachttischchen liegen gehabt.

Ehe ich mich's versah, war ich tief in die Wissenschaft über Krebs vertieft. Natürlich bildete ich mir nicht ein, Amys Krankheit heilen zu können. Ihre Mum hatte garantiert die besten Fachärzte der gesamten Nation darauf angesetzt. Aber ich wollte dieses Monster, das Amys Leben bedrohte, zumindest bis ins kleinste Detail verstehen.

Jetzt stutzte ich bei einigen Untersuchungen. Amys Leukämie hatte unglaublich schwankende Werte. Gerade, was die Leukozytenzahlen anging, sah die Kurve äußerst ungewöhnlich aus. Das hatte auch andere Ärzte irritiert, doch die Tests waren wenig aussagekräftig gewesen.

Interessiert las ich mir die Berichte über die anderen Untersuchungen durch, die sich von der Leukämie als Diagnose gelöst hatten. Da musste ich natürlich viel nachschlagen, denn die Begriffe sagten mir am Anfang rein gar nichts. Irgendwann gab ich auf und fing mit den Grundlagen der Medizin an. Tatsächlich kam mein Gehirn da das erste Mal an seine Grenzen. Das war wirklich viel Stoff, vermittelt auf eine derart komprimierte Weise, dass ich nur mühsam eine Seite nach der nächsten schaffte. Je tiefer ich mich in die Materie einfand, desto aufgeregter wurde ich. Es war spannend. Es war praktisch und gleichzeitig voll mit Mathematik, Logik und Zahlen.

»Entschuldigung? Wir schließen jetzt die Bibliothek. Du müsstest woanders weiterlernen.«

Ich schreckte auf und sah erstaunt eine junge Studentin an, die mich mit großen Augen musterte.

»Aber ich dachte, die Bibliothek macht nur zwischen drei und vier Uhr nachts zum Saubermachen zu«, protestierte ich.

»Ganz genau.« Die Studentin deutete über ihre Schulter auf die Uhr.

Da hatte ich ernsthaft stundenlang völlig versunken über meinen Büchern gehangen.

»Kann ich mir die noch ausleihen?«, fragte ich, während ich meine Sachen zusammenklaubte. Dabei deutete ich auf die Medizinbücher.

»Klar. Das kriege ich hin. Komm.«

Ich folgte ihr die ausgestorbenen Gänge entlang und merkte erst jetzt, wie übermüdet ich war. Mein Gehirn brauchte dringend eine Pause. Gleichzeitig verarbeitete es mit Blitzgeschwindigkeit die Informationen, die ich erst vor Kurzem gelesen hatte. Diese Nacht würde ich unruhig schlafen. So viel Input musste verdaut werden.

Ich schleppte mich zusammen mit meinen dicken Fachbüchern zum Bett, kroch angezogen wie ich war unter die Decke und war eingeschlafen, bevor ich auch nur das Nachtlicht ausgemacht hatte. Als mein Wecker klingelte, war ich kurz durcheinander. Doch dann zog ich bereits mein Handy hervor.

Mich hatte die absolute Neugier gepackt. Ich kannte das Gefühl noch von früher. Als ich das erste Mal binomische Formeln gesehen hatte, war ein derartiger Adrenalinkick durch meinen Körper gerauscht, dass ich zwei Tage nicht hatte schlafen können. Erst nachdem ich das gesamte Prinzip verstanden hatte, war ich ruhiger geworden.

Von Ians Bettseite hörte ich ein Grunzen. Wenigstens lag er diesmal alleine unter seiner Decke. Ein zerknittertes Gesicht hob sich aus dem Kissen heraus. »Bist du schon wieder am Lernen? Meinst du nicht, du übertreibst es langsam? Gönn deinem Hirn mal eine Pause.«

Mittlerweile hatte ich auch die Bücher um mich herum auf dem Bett verteilt. Ich blickte nicht mal auf, da ich gerade bei den Grundlagen im Bereich *Krankheiten* angekommen war. Darüber verpasste ich dann leider das Frühstück und musste mich beeilen, um noch rechtzeitig zu meiner Vorlesung zu kommen. Dort langweilte ich mich fürchterlich und musste mich zwingen, aufzupassen. Jetzt machte sich auch der Schlafmangel bemerkbar.

Gegen Mittag trank ich gleich zwei Kaffee hintereinander und nahm mir zusätzlich einen Energydrink mit, um wieder munterer zu werden. Dabei fiel mein Blick auf die Schilder, die neuen Studenten den Weg zeigten. Ich schlug wie von selbst die Richtung zu den Biologieräumen ein. Bislang war ich noch nie hier gewesen.

Als ich vor den Vorlesungsräumen angekommen war, blieb ich ratlos stehen. Und nun? Eigentlich wusste ich eh nicht so genau, wohin ich wollte. Ich zückte mein Handy und ging das Vorlesungsverzeichnis durch. Bei einer über Biologische Zusammenhänge im menschlichen Körper überlegte ich. Das klang vielversprechend. In einer halben Stunde würde der Kurs beginnen. Natürlich war ich dafür nicht angemeldet, aber mich reinzusetzen konnte nicht schaden.

Ich gab es nur ungern zu, aber eigentlich hatte ich keinen richtigen Grund, mich in die Materie einzulesen. Und trotzdem … Ich musste mehr erfahren.

Wenig später saß ich in der letzten Reihe des Vorlesungssaals und lauschte einem Vortrag über die Funktionsweise des Herzens. Das brachte mich nicht wirklich weiter, erweckte aber durchaus meine Neugier.

Bald schon musste ich zu meiner eigenen Vorlesung aufbrechen, doch ein paar Minuten hatte ich noch. Kaum hatte die Professorin ihre Studierenden entlassen, lief ich nach vorne zu ihr.

»Prof. Stanton? Darf ich Sie kurz etwas fragen? Ich bin mir allerdings nicht sicher, ob Sie mir weiterhelfen können und dürfen.«

Die Professorin räumte gerade ihre lederne Tasche ein und blickte erst auf, als ich ihr meine zusammengestellte dicke Akte über Amys Krankheit hinhielt. Dabei spürte ich meinen Herzschlag unangenehm in der Kehle.

»Was ist das?«, fragte Prof. Stanton, während sie bereits nach der Akte griff.

Sie schlug die Mappe auf und überflog das Inhaltsverzeichnis. Jetzt war ich dankbar für meinen Perfektionismus.

»Das sieht mir nach sehr privaten Patienteninformationen aus«, sagte sie schließlich mit gerunzelter Stirn.

Mist. »Das sind die Laboruntersuchungen meiner Freundin Amy. Sie gilt als austherapiert und ist momentan auf der Suche nach einem Hospiz. Seltsamerweise geht es ihr seit ein paar Tagen aber deutlich besser.«

Die Professorin klappte umgehend die Akte zu und reichte sie mir zurück. »Ich bin keine Ärztin«, sagte sie sanft. »Und erst recht keine Diagnostikerin.«

»Aber Sie sind Wissenschaftlerin mit Ahnung von Biologie, Chemie und dem menschlichen Körper. Ein frischer Blick könnte gewiss nicht schaden.«

»Ich bin sicher, dass Ihre Freundin in fähigen Händen gewesen ist. Wenn die Kollegen sagen, es gibt keine Hoffnung mehr, maße ich mir nicht an, das Gegenteil beweisen zu wollen.«

»Aber ich maße es mir an. Bitte, Prof. Stanton. Ich bin mir mittlerweile unsicher, ob meine Freundin wirklich Leukämie hat.« Seitdem mir der Verdacht in der Nacht gekommen war, ließ er mich nicht mehr los. Es gab zu viele Schwankungen. Zu viele Ungereimtheiten.

Ihr Bruder ist ebenfalls an Leukämie erkrankt. Nur ist AML überhaupt nicht genetisch veranlagt.«

»Das ist nicht ganz korrekt. Es gibt durchaus genetische Faktoren, von daher kann es durchaus eine Tendenz geben, daran zu erkranken«, widersprach die Professorin. Dann seufzte sie und zog mir die Mappe wieder aus den Händen. Nachdenklich blätterte sie hindurch. »Ich bin mir sicher, dass sich Ärzte gerade bei einer AML eher nicht irren werden, bin jedoch bereit, Ihre Zusammenstellung einem Bekannten zu geben. Er lehrt Diagnostik an der UCLA und findet solche Dinge äußerst spannend. Wie ich sehe, haben Sie den Namen Ihrer Freundin unkenntlich gemacht. Das ist gut. Wenn er Ihren Fall als interessant genug beurteilt, führt er ihn gerne seinen Studierenden vor, damit diese Ideen für neue Ansätze liefern. Sie müssten mir nur schnell Ihre Kontaktdaten aufschreiben. Ist das in Ordnung für Sie?«

Ich nickte und entschuldigte mich gleichzeitig innerlich bei Amy für die erneute übergriffige Handlung. Würde sie mir dafür den Kopf abreißen? Auf der anderen Seite: Wenn es nichts ergab, würde sie nie davon erfahren. Fand der Professor hingegen etwas, könnte ihr das das Leben retten.

KAPITEL 22

Amy

Selbst Tage nach Tess' Besuch gingen mir ihre Worte nicht aus dem Kopf. Sollte ich Nathan antworten? Ihn zu ghosten war wirklich nicht die feine Art. Außerdem vermisste ich ihn schrecklich, und ein großer Teil von mir konnte sein Handeln durchaus nachvollziehen.

Er hatte mir nicht alles gesagt, um mich nicht zu beunruhigen. Damit ich eben nicht genau das tat, was ich getan hatte: ihn von mir weisen und ihn zwingen, sich auf die Uni zu konzentrieren.

Eines Abends nahm ich mein Handy entschlossen zur Hand und tippte ihm endlich wieder eine Nachricht.

Amy: Wie geht es dir?

Zu mehr war mein Hirn gerade nicht fähig. Ich war viel zu aufgeregt, um hin und her zu überlegen. Vermutlich gab es elegantere Anfänge eines Gesprächs, aber das hier war wenigstens unverfänglich.

Nathan: Das fragst du mich? WIE GEHT ES DIR???? Ich büffele brav, hab schon alle verpassten Inhalte aufgeholt und bin ein echter Musterstudent. Du glaubst gar nicht, wie froh ich bin, von dir zu hören.

Mein verräterisches Herz machte natürlich Freudensprünge, als ich das las. Unsere seltsame Auseinandersetzung kurz vor Nathans Fortgang fühlte sich mit einem Schlag unwirklich an. Vor allem, wenn er wie behauptet sein verlorenes Pensum aufgeholt hatte.

Amy: Ich bin froh, dass du fleißig bist. Nie im Leben könnte ich es mir verzeihen, wenn du wegen mir dein Studium vergeigst. Mir geht es weiterhin erstaunlich gut. Trotzdem fleht Mum mich jeden Tag an, mich untersuchen zu lassen.

Ich zögerte. Dann tippte ich recht langsam den nächsten Satz ein. Löschte ihn. Tippte ihn. Löschte ihn. Tippte ihn.

Nathan: Meine Güte. Was schreibst du da für einen Roman? Sollen wir nicht einfach telefonieren?

Grinsend verdrehte ich die Augen. Nathan hatte mich mal wieder ertappt.

Amy: Ich weiß nicht so recht, wie ich es schreiben soll. Daher mache ich es kurz. Ich vermisse dich. Hast du Lust, dich mit mir zu treffen?

Nathan: Bin schon unterwegs.

Amy: Nein, Nathan! Es ist kurz vor zehn Uhr nachts. Lass uns für morgen ein Treffen vereinbaren.

Nathan antwortete nicht darauf. Vermutlich war er bereits losgelaufen. Ich knirschte einen Moment verärgert mit den Zähnen, dann erst begriff ich, was das bedeutete. Nathan kam. Hierher. Und ich trug nur meinen Schlabbertrainingsanzug und hatte Hauspuschen an den Füßen.

Hastig kletterte ich aus dem Bett, band mir in Rekordzeit ein buntes Tuch um den nackten Schädel, malte mir Schminke ins Gesicht und zog mir gerade ein hübsches Strickkleid über, als mein Handy bereits klingelte.

Nathan: Bin da. Stehe vor dem Tor, aber will wegen deiner Mum nicht klingeln.

War Nathan geflogen?

Amy: Bleib in Deckung. Ich komme.

So schnell es meine Kondition zuließ, rannte ich die Treppe runter und schnappte mir meine dünne Jacke. Noch immer achtete ich peinlich genau darauf, mich nicht zu verkühlen. Ein Schnupfen konnte ohne Immunsystem tödlich ausgehen.

»Ich bin kurz draußen, Mum«, rief ich und ließ wenig später die Haustür hinter mir zufallen. Das Knirschen des Kieses unter meinen Füßen klang heute viel freundlicher als beim letzten Mal. Ich öffnete das Tor, was sowohl vom Haus aus als auch direkt draußen möglich war, per Knopfdruck und lächelte, als ich eine schwarz gekleidete Gestalt auf einem Motorrad direkt neben dem Zaun entdeckte. Nathan zog sich soeben seinen Helm vom Kopf und erwiderte mein Lächeln mindestens genauso erleichtert.

Ich hielt auf ihn zu und fragte mich für den Bruchteil einer Sekunde, wie ich ihn begrüßen sollte. Der Gedanke erübrigte sich jedoch, denn gleich darauf lag ich in Nathans Armen und gab ihm einen Kuss, der mir selbst den Atem verschlug. Nathans Geruch umhüllte mich, versprach nicht nur Wärme, sondern auch Geborgenheit. Alle Anspannung und jeder Zweifel fielen von mir ab. Bei Nathan fühlte ich mich wohl. An seiner Seite fühlte ich mich, als wären wir die einzigen beiden Menschen auf der Welt.

Gefühlt küssten wir uns eine Ewigkeit, bis Nathan mich schließlich von sich schob und mein Gesicht mit den Händen umfasste. Waren das etwa Tränen in seinen Augen?

»Du glaubst gar nicht, wie froh ich bin, dich wiederzusehen. Dich wieder halten zu dürfen«, sagte er mit belegter Stimme. »Ich hatte solche Angst, dich verloren zu haben.«

»Ich bin ja noch mal zur Vernunft gekommen«, wiegelte ich ab. Der Ausdruck in seinen Augen schmerzte mich.

»Nein, du hattest jedes Recht, sauer auf mich zu sein. So oft hast du mir erzählt, wie genervt du von deinen Mitmenschen bist, weil sie dich schonen, weil sie dir halbe Wahrheiten erzählen, weil sie dir Lügen auftischen. So will ich nicht sein. Trotzdem ist es passiert, und es tut mir leid. Bitte entschuldige.«

Nun war ich es, die mit den Tränen zu kämpfen hatte. »Ich verzeihe dir«, sagte ich. »Was ist denn jetzt mit deinem Stipendium? Durftest du es behalten?«

»Es sieht nicht gut aus.« Nathan war das Thema eindeutig unangenehm. Er konnte mir kaum in die Augen sehen. »Ich arbeite daran, es behalten zu können. Ein klein wenig Hoffnung habe ich noch. Ich konnte mit Mr. Palmer einen Deal aushandeln.«

»Und der wäre?«

»Ich muss einfach nur der Beste aller Besten werden. Dann zahlen sie weiter.«

»Sonst nichts?«

»Nein. Das wäre alles.«

Wir lachten gemeinsam, obwohl ich seine unterschwellige Angst durchaus wahrnahm. Er tat zwar locker, doch wir wussten beide, was für ihn an diesem Studium hing. Es war die Fahrkarte für ihn in ein besseres Leben. Für ihn und seine Familie. Verlor er das, stand alles auf der Kippe.

Ich räusperte mich. »Ich würde dich ja zu mir reinbitten, aber das verkraftet meine Mum vermutlich nicht. Zumindest nicht um diese Uhrzeit.«

Nathan zögerte nur kurz, dann drehte er sich um und holte einen zweiten Helm aus dem Motorradkoffer. »Wir könnten zum Strand fahren«, schlug er vor.

Ich starrte den Helm an und fühlte, dass sich mein Leben mit einem Schlag weiter veränderte. In den letzten Tagen hatte ich viele erste Male erlebt. Ich lag wieder länger am Pool. Ich hatte mit Nathan geschlafen. Seit meinem Kollaps in der Hütte war es mir jeden Tag besser gegangen.

Und jetzt sollte ich Motorrad fahren? War das nicht doch zu viel des Guten?

Ich besann mich. Ich musste jeden Moment nutzen, der sich mir bot. Niemand konnte mir sagen, wie lange meine wundersame Heilung anhielt – zumindest nicht, solange ich mich nicht untersuchen ließ. Entschlossen schnappte ich mir den Motorradhelm und stülpte ihn mir mit zitternden Fingern über. Nathan bemerkte das natürlich.

»Ich fahre ganz langsam.« Sanft schob er meine Hände zur Seite, um den Verschluss für mich zu verschließen. Er gab mir seine dickere Motorradjacke ab, half mir aufs Bike und zeigte mir, wo ich meine Füße hinstellen sollte. »Halt dich an mir fest und leg dich zusammen mit mir in die Kurven. Das hast du ganz schnell raus.«

Er fuhr im Schneckentempo an und tuckerte mit mir um die Ecke, um zu drehen. Das Brummen des Motors kitzelte an meinem Hintern, während ich mich in Nathans Shirt krallte. So also musste sich ein Teenager fühlen, wenn er das erste Mal mit seiner großen Liebe durch die Straßen brauste. Darüber schmunzelte ich. Ich *war* gefühlt noch ein Teenager, und Nathan … oh, Gott! Ja! Er war meine erste große Liebe.

Die Erkenntnis traf mich mit einer Wucht, dass sie mir den Atem nahm. Instinktiv klammerte ich mich fester an Nathan, der das natürlich sofort bemerkte. Er drosselte noch mehr das Tempo und drehte den Kopf.

»Alles klar?«, rief er mir zu.

»Ja, alles gut«, antwortete ich und war froh über unsere Helme. Mein Kopf fühlte sich an, als würde er gleich explodieren. Vermutlich war ich dunkelrot angelaufen.

Ich liebte Nathan Ambrose.

Wann war *das* denn passiert?

Dass ich ihn wirklich und wahrhaftig liebte – das war mir erst durch unsere Trennung vollkommen bewusst geworden.

Unglaublich und dennoch wahr.

Mit der Erkenntnis kam die Trauer. Warum verliebte ich mich ausgerechnet jetzt, wo es der denkbar ungünstigste, weil vermutlich letzte Augenblick für mich war? Warum hatte Nathan nicht früher in mein Leben treten können? Warum …

Stopp! Ich war nie jemand gewesen, der mit seinem Schicksal gehadert hatte. Ich hatte mich nie bedauert oder war neidisch auf andere, gesunde Menschen gewesen. Auf keinen Fall wollte ich jetzt damit anfangen. Das machte aus mir eine Person, die ich nicht sein wollte.

Und dennoch …

Als ich mich auf die Suche nach einem Tattoo begeben hatte, sollte das für mich eine kleine Rebellion sein. Ein Statement. Eine Kampfansage. Im Krankenhaus war mir dann klar geworden, dass ich genau diesen Kampf aufgeben musste. Ich war zu erschöpft, um weiter so leben zu wollen. Also hatte ich aufgegeben. Und jetzt? Jetzt war mein Kampfgeist zurück. Stärker denn je.

Ich klopfte Nathan fest auf den Rücken und bedeutete ihm, rechts ranzufahren. Er lenkte das Motorrad an den Straßenrand und parkte. Rechts von uns trennte uns lediglich eine Leitplanke vom Abgrund. Unten erstreckten sich der Sand und das Meer.

Nathan verdrehte sich, um mich ansehen zu können. Als er bemerkte, dass ich mir meinen Helm vom Kopf riss, tat er das ebenfalls. »Was ist los?«, fragte er panisch. Offenbar dachte er, dass ich kurz vor der Ohnmacht stand.

Ganz im Gegenteil. Ich fühlte mich so lebendig wie selten zuvor.

»Ich lasse mich doch noch weiter untersuchen«, platzte ich heraus. »Das kann es nicht gewesen sein. Ich fühle mich gut. So gut wie schon lange nicht mehr. Das muss einen Grund haben – und den will ich herausfinden.«

Nathan starrte mich verblüfft an. Mit dieser Wendung hatte er eindeutig nicht gerechnet. Ich ja auch nicht.

»Aber du wolltest dich doch nicht mehr länger quälen lassen«, wandte er ein. »Was hat dich umgestimmt?«

»Ich will leben. Ja, verdammt! Ich will leben.« Meine Augen füllten sich mit Tränen. Kurz kämpfte ich dagegen an, ließ sie dann aber doch fließen.

Nathans Miene wandelte sich von überrascht zu betroffen. »Amy«, sagte er leise, stellte jetzt auch den Motor ab und bemühte sich, von seiner Maschine abzusteigen. Da ich wie festgetackert draufhockte, war das nicht so einfach für ihn. Er fluchte, bis er es so geschafft hatte, dass weder ich noch das Motorrad umkippten. Dann stand er neben mir und nahm mich mit festem Griff in den Arm. »Ich hab dich nie mehr als ein paar Tränchen weinen sehen«, flüsterte er mir ins Ohr. »Selbst als ich dachte, dass du gleich deinen letzten Atemzug tun würdest, hast du immer so tapfer und unbeirrt gewirkt.«

»Das war ich bislang auch«, schniefte ich. »Wirklich. Ich war mit mir und meinem Entschluss im Reinen. Aber jetzt … Das mit dir und mir, das fühlt sich so toll an. So spannend. So neu. Ich will das nicht verlieren. Ich will Tess besser kennenlernen. Mich mit *Nirdy* treffen. Ich will mit dir Motorrad fahren und endlich im Meer schwimmen. Ich will joggen, lachen und doofe Dinge auf Partys tun. Ich will dir betrunken sagen, dass ich dich liebe, und es anschließend wieder vergessen, nur um es dir am nächsten Morgen mit einem Mordskater ins Ohr zu raunen, während du mir eine ganze Reihe Kopfschmerztabletten und einen After-Kater-Drink servierst. Ich will …«

Ein LKW rauschte an uns vorüber und hupte, sodass ich für einen Moment verstummte.

»Amy, können wir darüber am Strand reden?«, schlug Nathan schließlich vor und deutete auf die an uns vorbeibrausenden Fahrzeuge. »Ich hab Angst um unser Leben. Also wenn du nicht gleich ohnmächtig vom Bike fällst, würde ich uns gerne zur nächsten Parkbucht retten, okay?«

Ich nickte noch immer weinend und setzte bereits meinen Helm auf. Nathan wirkte weiterhin besorgt und zögerte, doch nach einem prüfenden Blick in mein verheultes Gesicht beschloss er wohl, dass ich die restliche Fahrt schaffen würde.

Wir fuhren wieder los, und ich hatte einen Moment zum Nachdenken. Als mir klar wurde, dass ich Nathan unabsichtlich eine Liebeserklärung gemacht hatte, wäre ich vor Panik beinahe doch vom Motorrad gehüpft. Nur unter großer Anstrengung blieb ich artig sitzen und wartete ab, bis er in der Nähe geparkt, den Motor abgestellt und seinen Helm abgenommen hatte.

»Motorrad fahren ist nichts für mich. Da werde ich ganz kribbelig und hysterisch«, sprudelte ich hervor, kaum dass ich meinen Helm ebenfalls abgenommen hatte.

»Offenbar.« Er musterte mich eingehend. »Aber wenn es dazu führt, dass du mir noch mal sagst, dass du mich liebst, darfst du gerne wieder hysterisch werden«, setzte er sanft hinzu.

Ich spürte, dass ich rot wurde. Er hatte also ganz genau zugehört und jedes Wort verstanden. Trotz Gehupe. »Gerade bin ich null hysterisch«, sagte ich und lächelte. »Und trotzdem sage ich dir noch einmal, dass ich dich liebe.«

Er erwiderte mein Lächeln, und wir versanken in diesen Moment. In die Ruhe. In das Gefühl, alles zwischen uns geklärt zu haben. Also beugte ich mich vor und küsste ihn. So intensiv, als könnte es unser letzter gemeinsamer Kuss sein.

»Wir sollten öfters Motorrad fahren«, merkte er danach an.

Ich grinste als Antwort und löste mich von ihm, um ihm dabei zuzusehen, wie er die Helme verstaute. Nebeneinander gingen wir zum Strand und ließen uns abseits der Touristen nieder. Dadurch lag recht viel Sandbereich zwischen uns und dem Meer, allerdings hatten wir auch einen wunderbaren Überblick. Obwohl es schon spät war, liefen noch immer Strandbesucher auf und ab.

»Du willst dich also doch weiter untersuchen lassen«, nahm Nathan das Gespräch wieder auf. Er nahm meine Hand in seine und hauchte einen Kuss drauf. Das war so altbacken und gleichzeitig süß, dass ich grinsen musste. »Hast du dir das gut überlegt? Du hast ja nicht ohne Grund die Reißleine gezogen.«

»Ich muss wissen, was los ist. Sonst werde ich verrückt. Also ja, ich will mich untersuchen lassen.« Ich sog tief die Luft ein und sammelte Mut, ehe ich die nächsten Worte sorgfältig aussprach. »Tess hat es eigentlich eher nur so dahingesagt, aber ich glaube, indirekt hat sie es ernst gemeint. Sie hat erklärt, ich wäre eine gute Mitbewohnerin für sie. Das sehe ich genauso. Deshalb möchte ich den ersten großen Schritt wagen und bei ihr einziehen. Bei meiner Mutter halte ich es nicht länger aus. Die Kontrollen, die ständig besorgten Blicke, der Aufstand um meine Krankheit. Mum belauert mich die ganze Zeit, weil sie panische Angst davor hat, dass es mir wieder schlechter gehen könnte. Mein Vater ist noch weniger daheim als sonst. Ihm ist mein aktueller Zustand vermutlich unheimlicher, als wenn ich sterbenskrank im Bett herumliegen würde. Nein. Ich denke, Abstand täte mir gut. Bevor ich aber ausziehe, muss ich Klarheit haben. Geht es mir jetzt wirklich dauerhaft besser oder ist das nur eine kurze Momentaufnahme? Sollte Letzteres der Fall sein, werde ich mich intensiver um einen Hospizplatz bemühen. So oder so will ich raus aus dem riesigen Haus. Ich will selbstbestimmt sein. Solange mir das noch möglich ist.« Ich legte meinen Kopf an Nathans Schulter und genoss es, dass er mich sofort fest umarmte. »Daran siehst du schon, wie schräg die Situation momentan ist. Ich denke darüber nach, zu einer Freundin in eine WG zu ziehen oder ins Hospiz zu gehen. Ich muss wissen, womit ich planen kann. Sonst werde ich noch verrückt.«

Nathan drückte mir einen Kuss auf den Kopf. »Egal, wie du dich entscheidest: Ich bin dabei. Wenn du mich lässt.«

Ich nickte glücklich und fühlte eine Welle der puren Erleichterung über mir zusammenschwappen. Ein wunderbar wohliger Kokon, in den ich mich einkuscheln und zur Ruhe kommen konnte.

Mit der Ruhe war es allerdings vorbei, sobald ich auch nur einen Fuß in den Hausflur gesetzt hatte. Mum tauchte wie ein Racheengel aus dem Nichts auf und funkelte mich an. »Wo bist du gewesen? Wie kannst du um diese Uhrzeit einfach verschwinden? Du musst dich schonen. Was …«

Sie unterbrach sich, als sie Nathan hinter mir sah. Er hatte mich unbedingt zur Haustür begleiten wollen und ahnte jetzt vermutlich, warum ich protestiert hatte.

»Mrs. Darren, ich wollte nur Guten Abend sagen.« Er trat an mir vorüber, um Mum die Hand hinzuhalten.

Sie ignorierte diese und hatte nur Augen für mich. Ich seufzte leise auf. »Nathan, ich glaube, du gehst jetzt besser. Ich kläre das alles mit Mum.«

»Sicher?«

»Absolut sicher.« Ich schob ihn regelrecht aus der Haustür und gab ihm einen hastigen Kuss auf die Wange. Nathan verstand.

»Ich melde mich bei dir«, raunte er mir zu, dann brachte er die Treppen mit drei bemerkenswert eleganten Schritten hinter sich. Er winkte und verschwand Richtung Tor.

Ich sah ihm nach, bevor ich mich meiner Mutter zuwandte. »Es geht mir gut, Mum«, versicherte ich ihr zum bestimmt tausendsten Mal in dieser Woche.

»Trotzdem solltest du dich schonen«, erwiderte sie.

»Okay. Mach ich.« Ich wollte an ihr vorübergehen, doch sie hielt mich auf.

»Seid ihr jetzt zusammen?«, fragte sie direkt. »Du und … dieser Student.«

»Ja, ich und Nathan. Wir sind ein … Paar.« Glaubte ich zumindest. So ganz hatten wir das noch gar nicht geklärt. Oh, Gott! Ich war auf dem Gebiet eine totale Anfängerin. Hätten wir darüber reden müssen? War das etwas, das man definieren musste? Oder ergab es sich einfach von selbst?

Mums finsterer Blick durchbrach meine Gedanken. »Ich weiß, was eine neue Liebe alles bewirken kann. Momentan fühlst du dich stärker, lebendiger und energiegeladener als jemals zuvor. Vermutlich ist es das, was dich gerade auf den Beinen hält. Aber Amy … Du musst aufpassen. Wirklich. Er versteht nicht, was es heißt, Leukämiepatient zu sein. Er erfasst die Tragweite nicht. Für ihn bist du vermutlich …«

»Mum, das geht dich gar nichts an«, unterbrach ich sie scharf. »Was Nathan weiß oder nicht, ist auch völlig unerheblich. Er behandelt mich jedenfalls nicht wie ein rohes Ei, das jederzeit zerbrechen kann. In seiner Gegenwart fühle ich mich wie ein normaler Mensch mit einer Zukunft.«

»Aber das ist es doch gerade. Er erfasst nicht, dass es bei dir um Leben und Tod geht.«

»Nein. Bei dir geht es immer nur um Leben und Tod. Sobald ich in deiner Nähe bin, fühle ich mich, als müsste ich ersticken. Du hast meine Krankheit derart zu deinem Lebenssinn gemacht, dass du über nichts anderes mehr reden kannst. Jedes Zucken, jeder Laut von mir wird analysiert. Das geht nicht mehr so weiter. Mum …« Ich holte tief Luft. Eigentlich hatte ich noch mit Tess sprechen, beziehungsweise die nächsten Tests abwarten wollen, doch gerade war es hier und jetzt genug. »Ich werde ausziehen. Sobald die nächsten Untersuchungen durch sind und die Ärzte mein Gefühl bestätigt haben, dass es mir wirklich besser geht, bin ich weg.«

Mum wurde bleich wie die Wand. »Wie meinst du das?«

»Ich ziehe in eine WG.«

»Sag mir bitte, dass das ein Scherz ist.«

»Nein, das ist mein voller Ernst.« Ich trat auf Mum zu und nahm sie in die Arme, obwohl sie das nicht gerne hatte. Ich hingegen brauchte das jetzt dringend. »Ich hab dich lieb, Mum«, sagte ich leise in ihr Ohr. »Das musst du mir glauben. Ich weiß auch, wie viel du für Ben und mich geopfert hast. Deine Karriere, deine gesamte Freizeit, deine Freunde und vielleicht sogar deinen Mann, aber Mum … Es kann so nicht weitergehen. Wir zwei tun einander nicht mehr länger gut. Abstand wird uns helfen, wieder neu zueinander zu finden. Kannst du das verstehen?«

Mums Nicken war kaum wahrnehmbar. Als sie meine Umarmung mit ein wenig Verzögerung erwiderte, entspannte ich mich zum ersten Mal, seit ich hier reingekommen war. Vielleicht wurde doch noch alles gut.

Hoffentlich.

KAPITEL 23

Nathan

Amy: Die Ärzte stehen vor einem Rätsel. Mal wieder. Meine Blutwerte sind so, so viel besser. Sie wollten mich für weitere Tests dabehalten, aber das habe ich abgelehnt. Nie im Leben verpasse ich auch nur noch einen gesunden Moment. Und ... halt dich fest ... ich habe meiner Mum gesagt, dass ich ausziehe. Sie war sogar erstaunlich zugänglich. Entsetzt, aber kaum überrascht. Jetzt muss ich nur noch Tess sagen, dass ich bei ihr einziehe. Hahahaha. Ich mache immer alles in verkehrter Reihenfolge.

Lächelnd las ich mir die Nachricht zum dritten Mal durch. Ich freute mich für Amy und bewunderte sie für ihren Mut. Das hatte bestimmt viel Kraft gekostet. Hoffentlich übernahm sie sich nicht. Ich hütete mich natürlich, das laut auszusprechen. Sie hätte mich gelyncht.

Müde drehte ich mich mit dem Handy in der Hand in meinem Bett auf den Rücken und blendete Ians Schnarchen so gut es ging aus.

Nathan: Ich bin stolz auf dich – nicht, dass du das nötig hättest. Aber ja. Ich bin stolz und freue mich. Sehen wir uns morgen?

Ich schickte die Nachricht ab und wollte mein Handy weglegen, als Amy bereits antwortete.

Amy: Wir könnten ins Kino gehen.

Nathan: Klingt gut. Dieses Wochenende muss ich auch nicht nach LA. Da passt das prima.

Dass ich eigentlich keine Sekunde Zeit dafür hatte, ignorierte ich. Für Amy musste ich mir die Zeit nehmen. Ich musste einfach!

Amy: Ich freue mich. Dann bis morgen.

Gähnend wollte ich mein Handy weglegen, entdeckte dann aber eine ungelesene Mail eines mir unbekannten Absenders im Spamordner. Dr. Mike Parsen. War das wirklich Spam? Ich klickte sie auf und hielt gleich darauf die Luft an.

Sehr geehrter Mr. Ambrose,
Prof. Stanton hat mich gebeten, mir den Fall Ihrer Bekannten näher anzusehen. Genau das habe ich getan und bin fassungslos. Ich kenne den Sachverhalt bereits und bin froh, dass Prof. Stanton mir die Unterlagen weitergereicht hat. Bitte rufen Sie mich umgehend zurück – egal zu welcher Tageszeit. Ich arbeite oft bis spät in die Nacht hinein.
Es ist vermutlich Eile geboten.

Mit freundlichen Grüßen
Dr. Mike Parsen

Meine Müdigkeit verflog sofort.

Hastig rief ich die Nummer zurück, die mir Dr. Parsen notiert hatte. Leider ging er nicht ran. Also hinterließ ich eine Nachricht auf dem Anrufbeantworter, legte auf und rief direkt noch mal an. Nichts. Verdammt. Okay, es war drei Uhr nachts. Vermutlich schlief selbst eine Nachteule wie er irgendwann.

Ich schrieb ihm hastig eine Mail, dass ich jederzeit erreichbar sei. Danach lag ich schlaflos im Bett und starrte meine Zimmerdecke an. Fuck. Ich hätte Amy längst davon erzählen müssen. Jetzt steckte ich zu tief im Schlamassel. Wie war das? Ab sofort wollte ich offen und ehrlicher zu ihr sein? Das war mir ja super gelungen.

Jetzt warte erst mal ab, was der Doktor dir zu sagen hat, ermahnte ich mich.

Nur mit größter Mühe hielt ich es bis sechs Uhr im Bett aus. Dann zog ich mich an, rief noch mal den Doc zurück und war kurz davor, mich aufs Motorrad zu schwingen, um nach LA zu Dr. Parsen zu fahren. Vermutlich war ich total übergeschnappt, aber ich spürte einfach die Dringlichkeit mit jedem Atemzug in meiner Brust größer werden.

Kurz vor acht. Ich musste eigentlich zur Vorlesung. Stattdessen hielt ich es nicht mehr aus, schnappte mir meinen Motorradhelm und zog die Jacke an.

In der Sekunde klingelte mein Handy.

Ich ließ Schlüssel und Helm einfach zu Boden fallen, während ich mein Handy aus der Jacke zog. Doch es war längst wieder still, als ich aufs Display starrte. Es war nur eine Nachricht gewesen. Kein Anruf.

Amy: Heute Abend? Um sieben? Wir müssten die Karten fürs Kino vorbestellen. In welchen Film willst du gehen? Ich freu mich schon so sehr darauf, dich wiederzusehen.

Was sollte ich antworten? Gerade war mein Kopf so voll mit Sorgen, dass ich mich nicht mal an einen Film erinnern konnte, der momentan lief.

Nathan: Such gerne einen aus. Ich freue mich auch.

Zu mehr war ich gerade nicht in der Lage. Oder war das zu passiv? Ich …

Mein Handy klingelte. Endlich. Ein Anruf von einer unbekannten Nummer. Jeder Gedanke an Kino verflog, und ich nahm atemlos ab. »Dr. Parsen?«, fragte ich direkt.

»Korrekt. Sie sind dann wohl Mr. Ambrose. Es ist gut und wichtig, dass wir uns endlich sprechen. Wie geht es Ihrer Freundin Amy Darren momentan?«

Dr. Parsen war eindeutig kein Freund von Small Talk. Er kam direkt zur Sache. Das gefiel mir. »Deutlich besser, was erstaunlich ist. Wir dachten, es ginge mit ihr zu Ende, und haben sie deshalb aus dem Krankenhaus geholt. Sie wollte das Meer noch mal sehen. Innerhalb weniger Tage hat sie sich allerdings erholt. Die Blutwerte sind sehr viel besser. Das haben die letzten Untersuchungen bewiesen.«

»Sind Sie mit ihr allein gefahren? Ohne die Eltern?«

Verwirrt über die Frage runzelte ich die Stirn. »Äh, ja«, stammelte ich, »aber …?«

»Verzeihen Sie die seltsamen Erkundigungen, doch ich muss momentan sehr vorsichtig sein. Mit der Familie Darren habe ich mich schon einmal angelegt, und das hat meiner Reputation nicht besonders gut getan. Sind Sie ein enger Freund von Amy Darren?«

»Wir sind ein Paar«, sagte ich und war selbst erstaunt, wie selbstverständlich ich das formulierte. »Sie ist meine Freundin.«

»Das erklärt dann einiges.«

Aha. Ich hingegen verstand kein Wort.

»Und Sie sind Medizinstudent? In welchem Semester?«

Meine Verwirrung wuchs. »Ich studiere Mathe mit einigen Nebenfächern«, antwortete ich zögerlich. »Erstes Semester.«

Dr. Parsen schwieg einen Moment. »Das erklärt zumindest die ungewöhnliche Anordnung der einzelnen Fakten. Sie haben den Fall auf eine bemerkenswerte Art und Weise aufbereitet. So wie Sie es sortiert haben, fällt mir mein Verdacht viel deutlicher ins Auge, als es damals der Fall gewesen ist. Umso mehr ärgere ich mich, nicht nachgehakt zu haben.«

Wie war das denn jetzt zu verstehen? Kannte er Amy? »Verzeihen Sie, Dr. Parsen, aber kennen Sie meine Freundin persönlich? Wurden Sie in ihrem Fall zu Rate gezogen?«

»Sie war meine Patientin, genau wie ihr Bruder. Ben war damals mitten in einer Chemotherapie, Amy zeigte ganz plötzlich ebenfalls Anzeichen einer Erkrankung. Ich fand den Wechsel von einem Krankenhaus zum anderen während der Behandlung durchaus seltsam, doch damals arbeitete ich noch in einer Privatklinik ... Da kamen Wechsel immer mal wieder vor. Besorgte Eltern, die sich eine noch bessere Behandlung bei einem anderen Spezialisten erhofften. Neue Medikamente. Erweiterte Forschungsgebiete. Mein Kollege führte die Chemo von Ben fort. Ich sollte mich auf Amy konzentrieren.« Er räusperte sich. »Der Fall war ehrlich gesagt für mich als Mediziner sehr spannend, weil es sich um ein Geschwisterpaar handelte. Mr. Ambrose, Sie haben mich kontaktiert, weil Ihnen die schwankenden Werte Ihrer Freundin aufgefallen sind?«

»Das ist korrekt.«

»Genau das hat mich damals auch stutzig gemacht. Wissen Sie, manchmal ist es im stressigen Alltag als Mediziner leichter, den Weg des Vorgängers zu gehen, als die Tests noch mal komplett von vorne zu beginnen. Die Ärzte im Krankenhaus davor hatten Ben wegen einer AML behandelt. Sie gingen aufgrund von Amys Blutwerten davon aus, dass sie ebenfalls davon betroffen sein könnte. Allerdings passten einige wenige Werte nicht ganz genau ins Bild. Ich löste mich deshalb von der Anfangsdiagnose und versuchte einen anderen Blickwinkel zu bekommen, andere Tests zu machen. Tatsächlich kam ich dadurch auf ein ganz anderes Ergebnis als eine AML.«

Ich hielt erschrocken die Luft an. Da war es. Die Bestätigung, dass ich nicht völlig verrückt war.

»Ich ging von einer Benzolvergiftung aus«, sprach Dr. Parsen bereits weiter. »Dieser dauerhaft ausgesetzt, schädigt sie das Knochenmark und greift das blutbildende sowie das lymphatische System an. Letztlich kann sie zur Leukämie führen, was in Bens Fall auch geschehen ist. Seine Werte waren am Ende immer eindeutig. Bei Amy hingegen nicht. Die Werte springen häufig. Das tun sie bis heute, wie ich ihrer aktuellen Akte entnehmen darf. Interessant ist, dass sich ihr Zustand stets verbessert, wenn sie zum Beispiel im Krankenhaus anstatt zu Hause ist.«

»Also ist es das Haus?«, unterbrach ich ihn aufgeregt.

»Den Verdacht hatte ich zumindest damals. Ich erzählte Mrs. Darren davon und bat sie, ihre Räumlichkeiten untersuchen zu dürfen. Sie wollte davon nichts hören und hielt meine Theorie für einen Versuch, von meiner, ihrer Meinung nach, Inkompetenz abzulenken. Ben ging es zu diesem Zeitpunkt sehr schlecht. Er starb am nächsten Tag an Nierenversagen in Folge der Chemotherapie. Sein Körper war durch die vorangegangenen Behandlungen bereits zu geschwächt, um die aggressive Vorgehensweise überleben zu können. Das sage ich völlig wertfrei. Den Ärzten war nichts anderes übrig geblieben, als es zu versuchen. So oder so wäre er gestorben. Die Chemo war sein letzter Ausweg. Mrs. Darren hingegen sah sich darin bestätigt, dass wir allesamt Stümper sein mussten. Sie wechselte erneut das Krankenhaus, damit Amy nicht länger an dem Ort behandelt wurde, an dem ihr Bruder gestorben war. Ich bemühte mich noch einmal, meinen Verdacht zu bekräftigen, und rief Mrs. Darren an. Sie sollte begreifen, dass sie nach der Ursache einer möglichen Benzolvergiftung suchen musste. Was danach folgte, war sehr hässlich. Sie kennen vermutlich Mr. Darren. Er ist ein erfolgreicher Anwalt, und genau das bekam ich zu spüren. Ohne Umschweife machte er mir klar, dass ich seine Frau nicht mit solchen Theorien belästigen sollte – schon gar nicht direkt nach dem Tod ihres Sohnes. Es war, als würde ich seinen Leidensweg infrage stellen, wenn ich die Diagnose AML anzweifelte. Dabei war das gar nicht meine Absicht. Ben war definitiv an einer AML verstorben, nur was sie verursacht haben könnte – da gingen unsere Meinungen auseinander. In Amys Fall glaubte ich gar nicht weiter an Leukämie.« Ich hörte, wie Dr. Parsen tief einatmete. »Ich bin nicht stolz darauf, aber ich ließ mich damals abwimmeln. Was hätte ich auch tun sollen? Die Eltern drohten mir, andere Patienten benötigten dringend meine Aufmerksamkeit, und Amy war in einem anderen Krankenhaus untergebracht. Ich kontaktierte noch den behandelnden Arzt, um ihn über meinen Verdacht zu informieren. Darauf bekam ich lediglich die knappe Antwort, dass Amy in guten Händen wäre. Also schloss ich die Akte. Bis Sie mich kontaktierten.«

»Wir müssen den Ursprung der Benzolvergiftung finden«, sagte ich sofort.

»Das ist es gerade. Ich denke, ich kenne den Ursprung. Den haben Sie mir geliefert. Mit Informationen, die ich damals nicht hatte.«

»Was meinen Sie?«

»Ich meine damit die lange Krankenhausgeschichte Ihrer Freundin. Mir war das damals überhaupt nicht klar gewesen. Wir hatten lediglich die Untersuchungsergebnisse vom Vorgängerkrankenhaus. Dass Ben und Amy davor bereits in vielen verschiedenen Krankenhäusern gewesen waren, hat uns die Mutter verschwiegen. Wir hatten das auch nicht abgefragt. Warum auch? Solche Informationen werden uns normalerweise nicht verschwiegen. Als ich jedoch den Namen des aktuellen Krankenhauses las, wurde ich stutzig. Da sind auch Unterlagen von einer weiteren Klinik dabei. Noch mehr unterschiedliche Ärzte.«

Mein Herzschlag beschleunigte sich abrupt. »Amy hat mir erzählt, dass sie oft das Krankenhaus wechseln musste, weil die Ärzte nicht mehr weiterwussten.«

»Das wird ihr ihre Mutter gewiss eingeredet haben. Ich bezweifle das mittlerweile. Mr. Ambrose! Amy kam damals von einem Krankenhaus zu uns und ging in ein weiteres zur Behandlung. Das sind schon drei Kliniken. Danach kam die AML angeblich zurück, und sie wurde in einer komplett neuen Klinik behandelt. Das macht noch eine Klinik mehr. Ich habe jede einzelne davon angerufen und mich erkundigt. Die Mutter wechselte immer dann das Krankenhaus, sobald ein Mediziner die Diagnose AML anzweifelte.«

Ich verstand sofort. Zählte eins und eins zusammen. Mein Magen sackte ab, mir wurde speiübel, als ich die Tragweite begriff.

Die schwankenden Werte. Die vielen Krankenhauswechsel. Das abgeschottete Leben von Amy. Die seltsame Atmosphäre im Haus.

Mein Eingreifen. Die Verbesserung ihrer Werte.

»Es ist die Mutter«, sagte ich tonlos und begriff noch mehr. »Sie wollen auf das Münchhausen Stellvertreter Syndrom hinaus.« Ich hatte darüber eine Dokumentation gesehen.

»Das ist korrekt. Dabei handelt es sich um eine Mutter, die ihre Kinder vergiftet. Sie ist häufig selbst im pflegenden oder ärztlichen Bereich tätig, wechselt ständig die Krankenhäuser, um ihr Tun zu verschleiern, und ist nach außen hin ganz die umsorgende Mutter. In der Regel glänzt der Vater durch Abwesenheit. Man kommt ihr häufig nur auf die Schliche, wenn sich der Zustand des Patienten verbessert, sobald man sie von ihm trennt.«

Mir wurde eiskalt, als ich die Zusammenhänge erfasste. »Genau das habe ich getan. Ich habe sie aus dem Krankenhaus geholt und ans Meer gebracht. Innerhalb von wenigen Tagen ging es ihr besser. Ich dachte, es läge nur an der fehlenden Chemotherapie, aber in Wirklichkeit …«

»War sie nicht mehr den Giften ihrer Mutter ausgesetzt. Natürlich wird es auch geholfen haben, dass die Chemotherapie abgesetzt wurde. Viele Patienten erholen sich von der Übelkeit und dem Schwächegefühl innerhalb weniger Tage. Bei Amy kam noch hinzu, dass ihre Mutter nicht mehr länger an sie rankam. So dürften jetzt nicht mehr nur die Werte schwanken. So lässt sich auch Amys plötzliches Wohlbefinden erklären.«

Dr. Parsen ließ mich einen Moment nachdenken. Zeit, alles zu verarbeiten. »Sie kennen die Mutter besser als ich. Was denken Sie über diese Theorie?«, hakte er dann vorsichtig nach.

Übervorsichtig. Extrem mütterlich. Sie zog aus ihrer Sorge um die Tochter und ihrem Wissen über die Krankheit die Anerkennung von Schwestern und Ärzten. Sie war quasi die Dompteurin dieser Show.

»Ich denke, dass ich zu meiner Freundin muss«, sagte ich tonlos und legte auf, um so schnell es ging zu Amy zu fahren.

KAPITEL 24

Amy

Ich war am Boden zerstört. Seit heute Morgen ging es mir deutlich schlechter. Der Schwindel war zurück, genau wie die Übelkeit und der Kopfschmerz. Gegenüber Mum hütete ich mich, auch nur ein Wort dazu zu sagen. Auch Nathan hatte ich in meinen Nachrichten nichts geschrieben, doch allmählich befürchtete ich, dass ich die Verabredung absagen musste.

Mir war einfach nicht gut genug dafür.

Dass Nathan mich erneut an meinem Krankenbett besuchen würde, war ausgeschlossen für mich. Nein. Das wollte ich ihm nicht antun. Ich hatte die Hoffnung in seinen Augen gesehen, als ich ihm sagte, dass ich mich untersuchen lassen wollte. Diese Hoffnung klang noch immer in mir nach. Eine Hoffnung, die mit jedem schmerzenden Muskel in meinem Körper mehr verblasste.

Ich hatte mir was vorgemacht.

Meine Tränen blieben von der Außenwelt unbemerkt. Ich litt stumm, bis ich mich wieder unter Kontrolle hatte und Nathan endlich eine Nachricht schreiben konnte.

Amy: Ich muss für heute doch absagen. Meine Mum und ich brauchen ein wenig Zeit miteinander.

Eine glatte Lüge, nur musste es sein. Ich konnte ihm die bittere Wahrheit noch nicht sagen. Seine Antwort hingegen irritierte mich.

Nathan: Bin auf dem Weg zu dir. Wir müssen reden.

Stirnrunzelnd starrte ich die Worte an. Dieser Befehlston sah Nathan gar nicht ähnlich. Worüber wollte er so dringend mit mir sprechen? Mit einem Schlag war ich beunruhigt.

Können wir das nicht auf morgen oder übermorgen verlegen?, antwortete ich prompt, erhielt jedoch keine Antwort. Das war sogar noch merkwürdiger. Ich spürte, wie die Kopfschmerzen meinen Schädel spalteten. Meine normalen Tabletten halfen da schon längst nicht mehr. Mit zusammengekniffenen Augen wählte ich Nathans Nummer, doch ich blieb erfolglos.

»Amy, trinkst du gleich einen Tee mit mir zusammen?«, rief Mum ausgerechnet jetzt zu mir hoch.

»Nein, danke. Ich bleib noch ein wenig im Bett«, brüllte ich zurück und bereute es sofort. Mir wurde speiübel von meinem eigenen Ruf. Zu laut. Zu viel.

Stöhnend zog ich mir die Decke über den Kopf und überlegte, was ich tun sollte. Natürlich könnte ich Mum informieren. Die hatte durchaus Tabletten, die mich dermaßen ausknocken würden, dass ich nichts mehr fühlte. Das bedeutete leider auch, kaum sprechen zu können. Ich würde schlafen wollen.

Vorher musste ich das aber mit Nathan klären. Ich wählte erneut, doch bevor der Ruf rausging, musste ich auflegen. Mein Magen drehte sich um. Fluchend erbrach ich mich in meinen neben dem Bett stehenden Papierkorb und hörte ein immer lauter werdendes Piepen in meinen Ohren. *Wach bleiben*, dachte ich verzweifelt. *Wach bleiben!*

Nathan

Dreizehn unbeantwortete Anrufe in Abwesenheit. Fünf von Kane, drei von Tess und eine von Amy. Hilfe. Was war denn da los?

Während ich zu meinem Motorrad zurückjoggte, rief ich meine Mailbox ab.

»Nathan, ruf sofort zurück. Es ist dringend.« Kane. Wie immer hatte er nicht gesagt, was los war. Sein Tonfall war jedoch deutlich genug. Er hörte sich beunruhigt an. Sogar sehr.

Die nächsten vier seiner Nachrichten klangen ähnlich, was seltsam war. Wieso sagte er nicht einfach, was los war? Waren die Typen wieder hinter ihm her? Eigentlich hatten die Ruhe gegeben, seitdem Jack sie mit dem Geld aus dem Kettenverkauf zufriedengestellt hatte. Mit den nächsten Raten waren wir noch nicht im Verzug. Oder war wieder was mit Mum? Oder – ich schauderte – was mit Dad?

Stirnrunzelnd wollte ich Tess' Nachrichten anhören, als sie auch schon anrief.

»Scheiße, Nathan. Wo bist du?«, brüllte sie regelrecht ins Handy.

»Geht dich das was an?«, entgegnete ich viel bockiger, als ich normalerweise reagiert hätte. Momentan lagen meine Nerven blank. Ich musste dringend über Amy und ihre Mutter nachdenken. Überlegen, wie ich es Amy sagen sollte. Oder brauchte ich Beweise? War an der Theorie überhaupt was dran? Nach wie vor war es ja nur eine Theorie. Und …

»Da war so ein Heini von deinem Stipendium vor Ort, der eigentlich mit dir sprechen wollte. Er hat mich zufällig gefragt, wo du steckst. Leider konnte ich ihm das nicht sagen. Also hat er stattdessen mit deinen Professoren gesprochen und garantiert festgestellt, dass du heute geschwänzt hast. Wo zur Hölle bist du? Nathan, wenn du noch weiter hier studieren willst, musst du deinen Arsch hierherbewegen«, unterbrach Tess meine Gedanken.

Geschockt verharrte ich in der Bewegung. »War das ein Mr. Palmer?«, fragte ich tonlos.

»Keine Ahnung, wie der Kerl hieß. Ich weiß nur, dass er nicht sehr zufrieden ausgesehen hat. Du musst kommen. Sofort.«

Scheiße, Scheiße, Scheiße. Und jetzt?

»Ich kann nicht. Ich muss erst zu Amy.«

»Du machst Witze, oder?«

»Nein. Tess … Ich hab da was über ihre Krankheit rausgefunden, das sie wissen sollte.«

Tess stöhne laut in den Hörer. »Oh, Nathan, bitte sag mir, dass du das nicht getan hast. Bitte hab dich nicht darin verrannt, sie retten zu wollen. Sie ist sterbenskrank. Selbst dein Superhirn wird innerhalb der wenigen Wochen, die ihr noch bleiben, kein Heilmittel erfinden können.«

Ich war kurz davor, Tess einzuweihen, doch dann wurde mir klar, wie irre das klang. Nein. Tess würde es mir ausreden wollen. Sie würde verlangen, eine Nacht darüber zu schlafen. Beweise zu sammeln. Nachzuforschen. Nur was war, wenn wir keine Zeit mehr für Beweise hatten? Wenn ich sie *sofort* da rausholen musste?

»Ich melde mich«, sagte ich hölzern, schwang mich in der gleichen Sekunde auf das Bike und schaltete mein Handy aus.

Die Welt dort draußen konnte warten. Erst mal musste ich Amy retten. Denn falls der Doc recht hatte, schwebte sie in Lebensgefahr.

Amy

Mein Handy klingelte seit geraumer Zeit. Ich hatte es lautlos gestellt, weil mir der Ton Gänsehaut verursachte, doch das Leuchten des Displays sah ich trotz geschlossener Augen. Durch die bohrenden Kopfschmerzen war ich besonders lichtempfindlich. Da registrierte mein Hirn sogar winzig kleine Leuchtdioden.

Ich linste auf die Anzeige. Nathan. Schon wieder.

Stehe unten, las ich noch, bevor ich die Augen schließen musste. *Scheiße*. Wahrscheinlich wartete er vor dem Tor. Und jetzt? Blind tastete ich nach dem Handy und wählte mit halb geschlossenen Augen seine Nummer. Fuck, war das hell!

Nathan ging direkt ran. »Amy, komm bitte runter. Wir müssen dringend reden.«

Ach, Mann, dachte ich bitter. So viel dazu, dass ich ihn noch ein wenig vor der Wahrheit schonen wollte. »Ich kann nicht«, sagte ich müde. »Mir geht es gerade nicht so gut. Kopfweh. Vielleicht nur Migräne, vielleicht mehr. Morgen weiß ich vermutlich genauer Bescheid. Ich … kann jetzt nicht sprechen.«

Nathan atmete scharf ein. »Es ist wirklich dringend. Kannst du mir nicht öffnen? Dann komme ich zu dir hoch.«

»Nathan, ich melde mich, sobald es wieder geht. Mach dir keine Sorgen.« Ich drückte ihn weg und rollte mich zu einer Kugel zusammen, um die Welt erneut auszublenden.

Kurz bevor ich einschlief, bemerkte ich, dass ich bittere Tränen weinte. Der Traum vom Gesundsein war ausgeträumt. Ein kleiner Teil von mir hatte sich ernsthaft Hoffnungen gemacht. Nathan hatte sie genährt und sie befeuert. Jetzt tat es umso schlimmer weh, die Wahrheit zu akzeptieren. Eine Wahrheit, die ich schon vor vielen Jahren gewusst hatte.

Ich würde jung sterben.

Nathan

Und jetzt? Ich wurde so dermaßen nervös, dass ich beinahe vor Frustration gegen das Tor geschlagen hätte. Eine alte Unart von mir, die ich mir eigentlich abtrainiert hatte. Eigentlich.

In letzter Sekunde stoppte ich mich und trat stattdessen in

die Luft, um mich abzureagieren. Ich musste mit Amy sprechen. Sofort.

Weil mir nichts anderes übrig blieb, klingelte ich schließlich. Viel Hoffnung hatte ich nicht, aber man wusste ja nie.

»Ja, bitte?« Dem Tonfall nach hatte Amys Mutter natürlich längst bemerkt, wer da vor ihrem Tor herumlungerte. Die Gegensprechanlage verzerrte die Stimme leicht, und selbst das Knacken überdeckte die Aggression nur unzureichend.

»Ich würde gerne mit Amy sprechen. Könnten Sie mich reinlassen? Hier ist Nathan Ambrose.«

»Amy schläft.«

»Bitte, Mrs. Darren. Es ist dringend und dauert auch nicht lange.«

»Ich sage Amy, dass Sie hier gewesen sind. Sie meldet sich bestimmt die Tage. Guten Abend, Mr. Ambrose.«

Das Klacken in der Leitung zeigte mir an, dass sie aufgelegt hatte. *Fuck!*

Ich knirschte vor Wut mit den Zähnen und schlug jetzt doch gegen das Tor. Es krachte unangenehm, als die Scharniere gegen den Stahl knallten. Da sich die kleine Videokamera oben an der Mauer sofort in meine Richtung drehte, machte ich lieber, dass ich hier wegkam. Mittlerweile traute ich Mrs. Darren so ziemlich alles zu.

Oder verrannte ich mich lediglich in diese Sache?

Ich zog mein Handy hervor, aber statt Amy hatte Kane angerufen. Was war da bloß los? Ich tippte auf seine Nummer, doch er ging nicht ran.

»Mann, Kane. Was machst du hier für einen Wirbel? Ruf mich an.« Ich legte auf, fuhr mein Bike ein Stück von Amys Grundstück weg und versteckte es hinter einem Baum. Danach kehrte ich zur Mauer zurück und wartete darauf, dass es dunkler wurde. Zwei Stunden vergingen. Drei. Endlich war Nacht und ich entschlossener denn je. Ich würde da reinkommen. Egal, was es kostete.

Amy

Ich wachte davon auf, dass sich eine große Hand sanft auf meine Schulter legte und mich rüttelte. »Amy. Amy? Kannst du mich hören? Mach die Augen auf, bitte.«

»Nathan?«, fragte ich verwirrt. »Aber … Was tust du hier? Hat Mum dich reingelassen?«

»Ich hab mich selbst reingelassen. Da, wo ich herkomme, gehört es zum guten Ton, Schlösser knacken zu können.«

Allein der Satz ließ mich munter werden. Ich richtete mich auf und starrte den dunklen Schemen neben mir ungläubig an. Nathan war hier. Erstaunlicherweise sorgte der Adrenalinkick, den sein Anblick in mir auslöste, dafür, dass meine Kopfschmerzen abflauten. Ich breitete die Arme aus, sodass Nathan mich an sich ziehen konnte.

»Hier drin riecht es penetrant nach Kotze. Alles okay?«

»Ich hab mich in den Papierkorb übergeben und noch keine Möglichkeit gehabt, ihn zu reinigen«, murmelte ich an seiner Schulter. Allein sein Duft sorgte dafür, dass sich mein Magen beruhigte. Soviel dazu, dass ich Nathan schonen und von mir fernhalten wollte. Er war offenbar besser als jede Medizin für mich. »Du bist ernsthaft hier eingebrochen?«

»Naja, eigentlich nur über die Mauer geklettert, um euer Haus herumgeschlichen, und dann hab ich gewartet, bis deine Mum auf der Terrasse telefoniert hat. In dieser Zeit bin ich hinter ihrem Rücken reingeschlichen. Gilt das auch als Einbruch?«

»Ich fürchte, schon.« Streng drückte ich ihn von mir fort und sah ihn an. »Du musst dringend lernen, ein Nein zu akzeptieren. Es ist inakzeptabel, dass du ständig deinen Willen durchsetzen willst.«

Nathan wirkte sofort kleinlaut. »Ich hab mir Sorgen gemacht.«

»Das musst du nicht. Ich … okay. Deine Sorge war berechtigt, aber jetzt geht es mir schon deutlich besser.« Ich brachte ein schiefes Grinsen zustande, löste mich von ihm und angelte nach einem Glas Wasser auf meinem Nachttisch. Bevor ich jedoch daraus trinken konnte, riss Nathan es mir aus der Hand.

»Amy, wir müssen reden«, sagte er.

Ich seufzte. »Eindeutig. Was ist denn los? Du verhältst dich so merkwürdig.«

Nathan rang sichtbar nach Worten. Irritiert sah ich ihm dabei zu, wie er mein Wasserglas ganz weit weg trug, als sei es eine tickende Zeitbombe. Danach setzte er sich wieder auf meinen Bettrand und nahm meine Hand.

»Ich habe etwas getan, das dir nicht gefallen wird«, sagte er leise.

»Klingt nach einer Kopfnuss.«

»Klingt eher nach Kopfabreißen. Ich ... Ich hab wegen deiner Krankheit recherchiert und daraufhin jemanden kontaktiert. Einen Diagnostiker. Er ...«

Ich hob die Hände. »Stopp! Was immer du weiter erzählen wirst: Ich will es nicht hören. Egal, was dieser Superarzt herausgefunden haben mag – es interessiert mich nicht. Eine Diagnose mehr oder weniger wird mich nicht retten.« Ich rutschte ein Stück von ihm fort. Erstaunlicherweise war ich gar nicht wütend, sondern eher traurig. Müde. »Du hast hinter meinem Rücken mit Ärzten über meine Krankheit gesprochen?«, hakte ich nach. »Ich dachte wirklich, du hättest kapiert, wie ich fühle und denke. Meine Mum und mein Dad haben mich zu jedem Superarzt der Nation geschleppt. Es gibt nichts, was man mir nicht schon angedichtet hätte. Ich will deine Theorie nicht auch noch ertragen.«

»Du musst.« Nathan nahm meine Hand und hielt sie, obwohl ich sie ihm entziehen wollte. »Amy, du musst mir zuhören. Der Arzt hat einen Verdacht, der viele Dinge erklärt.«

»Hör auf«, fauchte ich ihn an. »Weißt du eigentlich, wie oft ich das schon in meinem Leben gehört habe? Diese Aussage impliziert jede Menge Tests, weitere unangenehme Untersuchungen, und am Ende ist die Diagnose trotzdem dieselbe. Ich sterbe. Punkt.«

»Er glaubt, dass du vergiftet wirst. Mit Benzol«, platzte Nathan heraus.

Okay. Diese Diagnose war zumindest neu.

Ich starrte Nathan verdattert an und wusste nicht recht, was ich sagen sollte. Vergiftet?

Nathan nutzte rasch meine Verblüffung und weitete seine Ausführungen aus. »Er glaubt, dass auch dein Bruder Opfer von Gift war, das letztlich eine AML ausgelöst haben könnte. Etwas in diesem Haus hat euch krank gemacht – oder jemand.«

Oder jemand … »Was willst du mir sagen?«, fragte ich tonlos.

»Ich weiß es nicht. Ich weiß nur, dass du mit mir kommen musst, und bevor du mich wieder anschreist, denk darüber nach, wann es dir plötzlich besser gegangen ist. Kaum hatte ich dich aus dem Krankenhaus raus, schon hat sich dein Zustand stabilisiert. Das ist vermutlich bereits öfter passiert. Oder?«

Ich ignorierte die Frage, denn mein Verstand war weiterhin an der einen Aussage hängen geblieben. »Was meinst du mit, jemand in diesem Haus könnte mich vergiftet haben?«

»Mir fehlen Beweise für diese Anschuldigung, deswegen musst du mitkommen. Bitte!«

»Nathan, bist du verrückt geworden? Du kannst unmöglich mitten in der Nacht hier auftauchen und mir solche Theorien um die Ohren hauen! Ich bin doch nicht doof. Wer hat mich deiner Meinung nach vergiftet? Meine Mum? Bist du irre? Sie ist die Einzige, die all die Jahre an mich geglaubt hat. Die mit mir mitgekämpft, mich umsorgt hat. Der Tod von Ben hat sie beinahe umgebracht. Wie kannst du solche Sachen sagen? Vor allem ohne stichhaltige Beweise?«

»Weil die Indizien erschreckend gut passen. Weißt du, was das Münchhausen-by-proxy-Syndrom ist?«

»Das ist eine Mutter, die ihre eigenen Kinder vergiftet, um Mitleid und Aufmerksamkeit zu erhalten.«

»Deine Mum ist Ärztin, nicht wahr? Ihr ganzes Leben hat sie eurer Krankheit gewidmet. Wann immer ein Arzt eine andere Diagnose als AML gestellt hat, wechselte sie das Krankenhaus. Ihr seid nicht ohne Grund von Doktor zu Doktor gezogen. Sie wollte …«

»Hör auf, Nathan. Ich höre mir diesen Scheiß nicht länger an. Fuck! Ich weiß ja, dass manche Menschen nicht damit klarkommen, wenn jemand austherapiert ist, aber dass du einer davon bist, kommt überraschend. Akzeptier um Himmels willen, dass ich unheilbar krank bin. Statt verrückte Theorien aufzustellen, solltest du mich unterstützen. Wie kannst du nur so etwas über meine Mum sagen?«

»Amy, bitte. Wenn du mir nicht glaubst, dann komm zumindest mit. Lass dich untersuchen. Sollte ich mich irren, tut es mir unendlich leid, aber falls …«

Pures Adrenalin sauste durch meine Adern und sorgte dafür, dass ich voller Energie war – und stinksauer. »Nein! Ganz einfach nein. Du tickst wohl nicht mehr ganz sauber. Verschwinde. Verschwinde sofort!« Ich warf die Bettdecke von mir und stand auf, baute mich vor Nathan auf. Mein gesamter Körper war in Aufruhr. Mein Herz schlug mir bis in die Stirn, das Rauschen in meinen Ohren nahm zu, doch gleichzeitig war ich so entschlossen wie noch nie. »Geh«, sagte ich und zeigte auf die Tür.

Die ging in der gleichen Sekunde auf, und Licht flutete den Raum. Mum hatte uns gehört. Mit vor Staunen aufgerissenen Augen starrte sie erst Nathan, danach mich an.

»Was ist denn hier los?«, fragte sie scharf.

»Nathan wollte gerade verschwinden. Reg dich nicht auf, Mum. Das tu ich schon für uns zwei. Nathan. Geh!«

Nathan stand endlich vom Bett auf und sah mich flehend an. »Bitte, Amy. Komm mit mir mit. Lass dich untersuchen.«

»Hau ab. Sofort!« Das letzte Wort hatte ich gebrüllt. So laut, dass es mir in den Ohren klingelte. »Geh, und lass dich hier nie wieder blicken.«

KAPITEL 25

Amy

Kaum war Nathan gegangen, konnte ich mich nicht mehr auf den Beinen halten. Mum brachte mich ins Bett zurück, deckte mich zu und strich mir liebevoll über die Stirn. »Willst du drüber reden?«

»Nein. Ich … Ich möchte nur schlafen.«

»Aber du siehst nicht gut aus. Geht es dir wieder schlechter?«

»Nur Kopfweh. Ich muss dringend schlafen. Vermutlich war die Aufregung zu viel.«

»Aber …«

»Mum. Bitte geh.«

»Wir müssen trotzdem über den Auftritt deines Freundes sprechen. Wie kam er überhaupt hier rein? Was wollte er?«

»Das erkläre ich dir morgen. Könntest du jetzt gehen?«

»Na, gut. Ich hole dir noch schnell ein Glas Wasser. Brauchst du eine Kopfschmerztablette?«

»Nein. Nur das Wasser. Danke.«

Mum verschwand, kam kurz danach mit dem Glas zurück und ließ mich dann allein. Ich lag auf dem Rücken in meinem Bett und starrte im Dunkeln die Decke an. Trotzdem schlug mir mein Herz vor Aufregung hart in der Brust. Tränen brannten in meinen Augen.

Wie konnte Nathan so etwas nur behaupten? Wie kam er bloß darauf? Ich hatte schon von anderen gehört, dass ihre Bekannten mit immer wilderen Theorien aufwarteten, je schlechter es dem Patienten ging. Aber das hier war haarsträubend.

Ich drehte mich auf die Seite und starrte das Wasserglas an, das meine Mum mir gebracht hatte. Wieso nur sah ich es plötzlich mit anderen Augen? Wieso brachte ich es nicht über mich, daraus zu trinken?

Kurzerhand richtete ich mich auf, nahm es in die Hand und trank es in einem Zug leer. Mein Magen rebellierte augenblicklich. Ich schaffte es diesmal zumindest in mein Bad, bevor ich mich erbrach. Vor der Toilette sank ich auf den Boden und erlebte einen Nervenzusammenbruch. Ich weinte und weinte, bis ich keine Träne mehr übrig hatte.

Nathan. Hatte ich gerade Schluss mit ihm gemacht? Endgültig? Wie sollte ich ihm jemals wieder unter die Augen treten, wenn er solche Sachen über meine Familie sagte? Wie …

Scheiße. Lass dich nicht unterkriegen. Du bist eine Kämpferin, also kämpf!

Ich quälte mich auf die Beine und tappte barfuß zu meinem Laptop. Das Licht des Displays ließ meinen Kopf explodieren, doch ich kämpfte gegen den Schmerz an.

Amy: Einer wach? Ich habe Redebedarf.

Ungeduldig wartete ich, ob sich jemand aus meiner Selbsthilfegruppe meldete. Meistens war immer einer online. Die Medikamente brachten einen unruhigen Schlaf und oft auch seltsame Tages- und Nachtrhythmen mit sich.

Deadlybird schrieb nur Sekunden später zurück: Was ist los?

Klingt dramatisch, kam es von Nirdy.

Amy: Nathan hat sich unerlaubt meine Krankenakte gekrallt und jetzt seine eigene Theorie zu meiner Krankheit aufgestellt.

Deadlybird: Oh no! Gott schütze die Todkranken vor der Internetrecherche ihrer Liebsten.

Deadlybird sprach aus Erfahrung. Sein Dad las jede noch so kleine Eintragung über Leukämie, die er finden konnte.

Ich zögerte kurz, alles offenzulegen. Was, wenn sie Nathan danach schlechtmachten? Natürlich war ich ebenfalls sauer, doch tief in mir wusste ich, dass er es nur gut gemeint hatte.

Und Mum? Was war, wenn der Verdacht wie bei mir einen bitteren Geschmack auf der Zunge hinterließ? Wenn meine Freunde, wie ich, das Wasserglas plötzlich anders bewerteten?

Der Schaden war bei mir bereits angerichtet und … ja … Das war Nathans Schuld.

Amy: Nathan glaubt, dass mich meine Mum vergiftet. Münchhausen-by-proxy-Syndrom. Schon mal gehört? Er hat mit einem Arzt darüber gesprochen, der seinen Verdacht bestätigt hat.

Es dauerte erstaunlich lange, bis jemand zurückschrieb. Wie immer war *Deadylbird* der Schnellste.

Deadlybird: Was für Beweise hat er dafür?

Amy: Nur Indizien. Mum ist Ärztin, hat sich für uns Kinder aufgeopfert, und ja, ich gebe es zu: Sie ist schon gerne Expertin darin, wenn es um meine Behandlung geht. Das macht sie doch noch lange nicht zur Giftmischerin. Wir haben ziemlich oft die Krankenhäuser gewechselt, allerdings nur, weil die Ärzte nicht mehr weiterwussten.

Deadlybird: Warte kurz. Ich les eben nach, was das ist, und melde mich. Gott schütze dich vor meiner Internetrecherche. *g*

Auch ich tippte das Syndrom in die Suchleiste ein. Was ich las, ließ das bedrückende Gefühl in meinem Inneren größer und größer werden. Nein. Das konnte nicht sein. Das war völlig verrückt.

Am Ende wusste ich selbst nicht mehr, was ich glauben sollte. Rein von den Fakten passte das Syndrom erschreckend gut auf meine Mum. Mir gegenüber war sie oft seltsam kühl. War ein Arzt in der Nähe, änderte sich das schnell. Sie schlüpfte blitzartig in die Rolle der Übermutter, die alles für ihr Kind tun würde. Ich erinnerte mich an viele Ärzte, die über die Blutwerte von Ben und mir gestolpert waren. Wie oft war etwas anderes im Gespräch gewesen als AML? Erst gegen Ende war es bei Ben ganz eindeutig geworden. Aber vorher …

Deadlybird unterbrach meine finsteren Gedanken.

Deadlybird: Da du uns angeschrieben hast, scheinst du beunruhigt zu sein. Ist die Theorie so haltlos, wie sie auf den ersten Blick erscheint? Du hast ja auch schon eine ganze Menge Untersuchungen hinter dir. Gab es denn je einen Hauch von Zweifel?

Ach, Scheiße. Zu gerne hätte ich jetzt ein klares Nein geschrieben, doch das wäre gelogen gewesen. Es hatte genug Zweifler gegeben, bloß war Mum in solchen Fällen sehr deutlich geworden. Ich hatte immer gedacht, sie wolle mich schützen. Vor weiteren Tests. Vor neuen Hoffnungsschimmern, die sich als haltlos herausstellten. Vor übereifrigen Ärzten, die in mir ein spannendes Objekt sahen.

Mein Magen rumorte prompt, als ich mich meinen alten, längst verdrängten Erinnerungen stellte.

Ben, der gerade am Anfang sehr häufig Zweifel an Mums Leukämie-Wahn hatte. Er hatte einem Arzt geglaubt, der in eine andere Richtung überlegt hatte. Was war bloß daraus geworden? Ich erinnerte mich nicht mehr.

Ben, der völlig entsetzt reagiert hatte, als auch ich krank wurde. Für ihn war das der Beweis, dass die Ärzte auf dem Holzweg waren. Mum hatte seine Zweifel weggewischt.

Dad, der immer und immer wieder in eine andere Richtung recherchiert und schließlich kapituliert hatte, weil er gegen Mum nicht ankam. Daraufhin hatte er sich komplett von uns entfernt und sich ganz auf die Arbeit konzentriert. Als hätte er uns aufgegeben.

Mum, die uns beständig irgendwelche Medikamentencocktails gemixt hatte, damit es uns besser ging. Oft war das Gegenteil der Fall gewesen, aber wir hatten ihre Bemühungen hingenommen. Erst musste es schlechter werden, bevor es aufwärtsging. Oder?

Ich erinnerte mich an Mum, die mir Medikamente in Döschen überreichte. Die mit Ärzten diskutierte und gleich darauf verärgert unsere Sachen packte, um die Klinik zu wechseln. An Mum, die weinend von einer ganzen Schar Schwestern getröstet wurde. Die sich stark für uns gemacht hatte, solange wir ihrem Weg folgten.

Taten wir das nicht, erstickte unsere Rebellion an der Krankheit. Oft war es uns recht abrupt immer schlechter gegangen, bis wir willenlos einfach alles hatten über uns ergehen lassen.

Denn Mum wusste schließlich am besten, was gut für uns war.

In der Sekunde wurde mir klar, dass ich Gewissheit haben musste. Das war das Gemeine an abstrusen Theorien: Sie fraßen sich trotz ihrer Absurdität tief ins Gehirn und setzten sich dort fest.

Amy: Ich muss da was nachsehen und melde mich, sobald ich Genaueres weiß.

Deadlybird: Melde dich aber auf jeden Fall! Vergiss es nicht. Sonst schicke ich die Kavallerie los.

Amy: Keine Sorge. Ich melde mich spätestens morgen früh. Bis später!

Ich loggte mich aus und atmete tief durch. Mum hatte ein eigenes Arbeitszimmer, in dem sie sämtliche unserer Krankenakten hortete. Ben hatte das immer seltsam gefunden. Ich fand es eher umsichtig. Wer so kranke Kinder hatte, musste zwangsläufig Expertin werden. Dazu gehörte es, Informationen über die Krankheit zu sammeln.

Leise tappte ich in den Flur und horchte. Mum schlief in ihrem Zimmer. Ich hörte ihr leises Atmen bis hierher. Sie ließ grundsätzlich ihre Tür offen, um jederzeit zur Stelle zu sein, falls wir sie riefen. Beziehungsweise falls ich sie rief. Ben war längst nicht mehr da.

Dad war wie immer nicht daheim.

Ich schauderte und wünschte mir, Nathans Verdacht nie gehört zu haben. Jetzt fand ich das Verhalten meiner Mum plötzlich unheimlich. *Danke, Nathan*, dachte ich und verdrehte innerlich die Augen.

Meine Kopfschmerzen hatten sich auf ein erträgliches Maß eingependelt. Vermutlich lag das am Adrenalin, das noch immer durch meine Adern rauschte. Wenigstens das. Ich war noch etwas wacklig auf den Beinen, aber den Umstand machte ich durch pure Entschlossenheit wett.

Auf Zehenspitzen lief ich in Mums Arbeitszimmer. Die Tür schloss ich so leise wie möglich und knipste lediglich die kleine Schreibtischlampe an. Der Raum war kalt eingerichtet: Weißer Schreibtisch, weiße Ledercouch, kein Teppich, keine Vorhänge. Nur ein riesiger Aktenschrank. Natürlich ebenfalls weiß.

Mist. Und verschlossen.

Ich rüttelte genervt an jeder einzelnen Schublade, bis mir einfiel, dass ich leise sein musste. Also machte ich mich auf die Suche nach dem Schlüssel. Mum hatte den Schrank vermutlich lediglich aus Gewohnheit abgeschlossen. Das tat man mit vertraulichen Patienteninformationen grundsätzlich – oder man rannte damit zu einem unbekannten Arzt und schwatzte mit ihm über krude Theorien. Wie hatte Nathan so was nur tun können?

Ah! Der Schlüssel. Ich fand ihn zwischen den Stiften in einem chromfarbenen Becherchen. Nicht besonders originell, aber dafür praktisch für mich.

Jetzt zitterten meine Hände zum ersten Mal, als ich den Schlüssel in das Schloss der untersten Schublade fummelte. Das war die größte von den vieren. Er hakte. Passte er doch nicht? Doch dann ging die Schublade auf. Es war ein Schrank mit Hängeordnern.

Vorne waren die Akten von Ben abgeheftet, dahinter meine.

Im ersten Moment griff ich nach meinen, überlegte es mir dann aber anders. Stattdessen ging ich die Ordner von meinem Bruder durch und suchte nach Hinweisen, warum wir weshalb die Krankenhäuser gewechselt hatten.

Als mir klar wurde, nach welchem System die Akten abgeheftet waren, wurde mir kalt. Pro Krankenhaus ein Hängeordner. Es waren viele. Sehr viele. Mal private Ärzte. Mal Krankenhäuser. Mal Rehaeinrichtungen. Dann wieder private Krankenhäuser. Überall waren beinahe identische Tests gemacht worden. Rückenmarkpunktionen. Blutanalysen. Niere, Leber, Milz, Herz. Ben war komplett auf den Kopf gestellt worden. Viel intensiver, als es bei mir der Fall gewesen war.

Am Ende jeder meist dünnen Akte hatte Mum eine Notiz gemacht.

Gewechselt wegen Verdacht auf Leberversagen.

Gewechselt, weil unkooperativ.

Gewechselt wegen Weigerung, weitere Tests durchzuführen.

Gewechselt wegen …

Ich erstarrte.

Gewechselt wegen Verdacht auf Vergiftung.

Hastig blätterte ich die Akte auf und entdeckte eine ganze Reihe von Tests, die zuvor noch niemand durchgeführt hatte. Sie waren eindeutig. Der Arzt hatte fast überall Verdacht auf Benzolvergiftung notiert und Mum offenbar darum gebeten, ihr Haus auf den Kopf stellen zu dürfen.

Mum hatte daraufhin die Klinik erneut gewechselt.

Verwirrt ging ich andere Akten durch. Sie wurden erst dicker, als das erste Mal AML diagnostiziert worden war. Ab da war Ben für lange Zeit im gleichen Krankenhaus geblieben. Daran konnte ich mich gut erinnern. Warum waren mir vorher diese häufigen Wechsel nie aufgefallen?

Weil du mit deinem Leben beschäftigt gewesen bist, dachte ich bitter.

Ich griff mir umgehend meine Akten. Fast in jeder fand ich den Hinweis, dass die Mutter die Ärzte eingehend über den Befund des Bruders informiert hatte. Dadurch waren die Ärzte sofort Richtung Leukämie gelenkt worden. Kaum einer hatte bei mir solch umfangreiche Tests angeordnet, wie Ben sie durchlaufen hatte.

Mir wurde schwindelig, also setzte ich mich auf den Boden und atmete tief durch. Auch das bewies lediglich, dass Mum alles daran gesetzt hatte, den Grund für unsere Krankheit herauszufinden. Oder?

Jede andere Familie wäre schon allein an den Arztrechnungen zugrunde gegangen. So viele Tests. So viel Geld, das dafür eingefordert worden war. Doch Geld hatte keine Rolle gespielt.

Bloß waren es bei mir immer dieselben Tests gewesen. Mir war das nie aufgefallen. Ich hatte gedacht, das müsste so sein. Die Arztberichte lasen sich allerdings eher so, als hätte Mum immer wieder auf denselben Tests bestanden. Und nur einem Arzt war das merkwürdig erschienen. Er war derjenige mit einer anderen Diagnose gewesen.

Verdacht auf Vergiftung. Blei. Möglicherweise auch Benzol.

Die Akte endete mit dem obligatorischen Vermerk.

Gewechselt wegen Verdacht auf Vergiftung.

Mein Magen zog sich ruckartig zusammen und begann zu brodeln. Mum hatte die Diagnose einfach ignoriert und nicht weiter verfolgt. Stattdessen hatte sie mich in das nächste Krankenhaus geschleppt und mir eine Chemo verpasst. Sie hatte den für mich schmerzhafteren Weg gewählt, anstatt eine andere Theorie überprüfen zu lassen.

Mit nun wild zitternden Fingern suchte ich bei Ben nach ähnlichen Vorgängen. Bestimmt …

»Was genau tust du da, Amy?« Mum stand im Türrahmen und schaltete in der gleichen Sekunde das Oberlicht ein, sodass ich geblendet blinzeln musste.

Ich hockte neben dem Schreibtisch auf dem Boden, umgeben von Akten und Untersuchungsergebnissen. Die Frage erübrigte sich eigentlich. Ich starrte Mum an und stand an einem Scheideweg. Suchte ich weiter nach Beweisen, bis mich der ungeheuerliche Verdacht in den Wahnsinn getrieben hatte? Oder konfrontierte ich meine Mutter einfach damit?

»Nathan hat eine Theorie«, sagte ich langsam. »Am Anfang hielt ich sie für weit hergeholt, aber mittlerweile bin ich mir nicht mehr so sicher.« Ich kramte in den Unterlagen, bis ich die mit der Bleiverdachts-Diagnose gefunden hatte. Bens Akte über die Benzol-Vergiftung hatte ich ebenfalls schnell entdeckt. Ich hob sie in die Höhe. »Gleich zwei Ärzte haben unabhängig voneinander auf eine Vergiftung getippt. Einer dachte an Blei, der andere an Benzol. Sie wollten Ben und mich dahingehend untersuchen. Warum hast du diesen Weg nicht verfolgt? Warum hast du uns stattdessen von einem Krankenhaus ins nächste geschleppt?«

Mum kam langsam näher. Ihre Hände hatte sie zu Fäusten geballt. Erschrocken stellte ich fest, dass sie überhaupt nicht überrascht wirkte.

Mir stellten sich unwillkürlich die Nackenhaare auf. Vor allem, weil sie nur einen Meter von mir entfernt stehen blieb und mich von oben herab anstarrte. Dieser Blick. Kalt. Abweisend. Aber auch ein klein wenig erleichtert.

Als wäre sie froh darüber, dass ich ihr endlich auf die Schliche gekommen war.

»Ben sollte nicht so krank werden und schon gar nicht sterben. Ich dachte, ich hätte die Benzolhöhe gut eingestellt. Es reichte völlig, dass er sich nicht so gut fühlte und zu müde war, um auf Partys zu gehen, Drogen zu nehmen oder von zu Hause wegzulaufen. Bei den Ärzten war er in guten Händen, genau wie ich. Man kümmerte sich um uns. Ich sorgte dafür, dass er nie so schlecht dran war, dass es lebensbedrohlich wurde. Dann jedoch bekam er AML. Natürlich kannte ich die Risiken von Benzol, aber ... Das war jedenfalls nicht meine Absicht gewesen. Ich war am Boden zerstört und schwor mir, damit aufzuhören. Zum Glück gilt die Krankheit als gut behandelbar. Ich entspannte mich. Je besser es ihm ging, desto aufmüpfiger wurde er jedoch. Also gab ich ihm ein paar Medikamente, um ihn ein wenig kränker zu machen. Damit wir wieder ein Team werden konnten. Das wollte ich für dich und für mich ebenfalls.«

Ich starrte sie an, unfähig einen klaren Gedanken zu fassen. Bis sich einer in den Vordergrund drängte. »Deshalb hast du auch mich vergiftet«, sagte ich tonlos.

»Ja, aber diesmal nicht nur mit Benzol. Ich wollte nicht noch eine AML riskieren. Allerdings kannte ich mich mittlerweile auf diesem Gebiet gut aus. Ich war eine wahre Expertin geworden. Sorgfältig stellte ich das allgemeine Krankheitsbild einer AML bei dir nach. Nur nachstellen, sie nicht wirklich bei dir auslösen. Ich verabreichte dir in deinem Wasser Blei für die Anämie, Lithium für die Leukozyten und so weiter. Es war ein Drahtseilakt, damit man mir nicht auf die Schliche kam, und gerade Blei und Lithium verursachen noch viele andere Nebenwirkungen, die ich natürlich verschleiern musste. Ich musste dir winzige Mengen verabreichen, damit es nicht auffiel. Vor allem, weil deine Haare selbst nach der Chemotherapie nicht nachgewachsen sind. Das lag am Blei. Vermute ich zumindest. Ansonsten waren die Ärzte relativ leicht zu lenken. Wenn sie einen logischen Verdacht haben, verfolgen die meisten keine anderen Spuren. Bis auf einige wenige, doch das Problem ließ sich durch einen Krankenhauswechsel rasch beheben.«

Irrte ich oder klang Mum ernsthaft stolz auf sich? Stolz darauf, mich vergiftet zu haben? Mich und … Ben?

»Aber wieso?«, hauchte ich schließlich. Zu mehr war ich gerade nicht fähig. »Du bist doch meine Mutter. Du musst mich beschützen.«

»Ich habe dich beschützt. Vor der Welt da draußen. Vor schlechtem Einfluss. Vor dem Bösen. Indem ich dich ein wenig krank gemacht habe, bist du daheim in Sicherheit geblieben. Wir waren ebenfalls ein Team. Haben gemeinsam an einem Strang gezogen, uns mit Ärzten herumgeschlagen. Unsere Umgebung hat uns endlich wahrgenommen – als Kämpferinnen und tapfere Heldinnen, die wir waren. Glaubst du sonst, irgendjemand hätte sich für uns interessiert? Nein. Durch eure Krankheiten sind wir etwas Besonderes geworden. Etwas Einzigartiges.«

»Mum. Du hast mich nicht *etwas* krank gemacht. Du hast mich fast umgebracht«, sagte ich tonlos. Wer war diese Frau? Wie hatte ich das all die Jahre über nicht sehen können?

Mir drehte sich der Magen um, und ich musste mich übergeben. Diesmal gab ich mir nicht mal mehr die Mühe, in einen Mülleimer zu kotzen. Mein Stolz lag eh schon am Boden.

»Nach Bens Tod und deiner Genesung packte ich meinen Chemiekoffer weg und nahm mir fest vor, ihn nie wieder anzufassen. Bis … Bis du auf einmal Pläne ohne mich hattest. Du wolltest ein Tattoo. Hast vom Schulabschluss geredet. Vom Studium. Plötzlich kam ich in deinen Plänen nicht mehr vor. Das konnte ich nicht zulassen.«

Mir wurde kalt vor Schreck. Ich hatte ihr vom Tattoo erzählt und von meinen damit einhergehenden Freiheitsplänen. Ich hatte mich so stark wie noch nie gefühlt. Gesund. Bereit, die Welt zu erobern. Eine Woche später war es mir so dreckig gegangen, dass an ein Studium nicht mehr zu denken gewesen war. Und nie, nicht eine Sekunde, hatte mich das stutzig werden lassen. Ich hatte es einfach als mein Schicksal angenommen.

»Du wolltest mich verlassen«, sagte Mum, und zum ersten Mal hörte ich so etwas wie Qual oder Angst in ihrer Stimme. »Mich ganz allein lassen in diesem Haus. Unser Team wäre in der gleichen Sekunde Vergangenheit geworden. Das konnte ich nicht zulassen.«

Das zog mir den Boden unter den Füßen weg. Ich schwankte und hielt mich nur mit Mühe in sitzender Position. Sie glaubte wirklich und wahrhaftig, dass sie uns einen Gefallen getan hatte. Sie … Sie war eine Psychopathin. Eine waschechte, mörderische Psychopathin.

Zum ersten Mal begriff ich, dass ich mich womöglich in Lebensgefahr befand. Ich hockte vollkommen geschwächt vor ihr und konnte ihr nur zuhören. Wegrennen war unmöglich. Sie angreifen ebenso. Körperlich war ich ihr in jeder Hinsicht unterlegen.

Was sollte ich denn jetzt machen?

Lenk sie ab, dachte ich panisch und kämpfte gegen die Angst an, die sich in mir aufstaute. Es war schon schwer genug zu begreifen, dass die eigene Mutter einen jahrelang vergiftet hatte. Doch der Gedanke, dass sie mich womöglich ermorden könnte, ließ wahre Panik in mir aufkommen.

Bei Ben hatte sie jedenfalls genau das getan. Sie hatte ihn getötet. Selbst wenn es unbeabsichtigt gewesen war. Selbst wenn sie seinen Tod nicht geplant hatte: Sie hatte ihn billigend in Kauf genommen.

»Egal, wohin ich gehe, ich bleibe doch immer deine kleine Tochter«, sagte ich. Ein Fehler.

Wut und pure Frustration veränderten das Gesicht meiner

Mum innerhalb von Sekunden. Sie wirkte jetzt irre. Völlig verrückt. »Ganz genau. Du bist meine kleine Tochter. Eine kleine Tochter, die auf irgendwelche Partys geht und mit jungen Männern rummacht. Wag es ja nicht, das zu leugnen. Ich habe dich gesehen. Dieser Nathan ... Er hat dich beeinflusst. Dich von mir ferngehalten. Dir was von einer Zukunft erzählt, in der ich nicht mehr vorkomme. Aber damit nicht genug. Er hat dich auch noch entführt und vor mir versteckt. Ich bin fast umgekommen vor Angst um dich. Wie konntest du mir das antun? Wie konntest du uns als Einheit so was antun?«

Die verdrehten Worte meiner Mutter raubten mir fast den Atem und ließen mich fassungslos vor ihr stehen. In ihrem Kopf war sie das Opfer und ich die missratene Tochter, die ihre *Aufopferung* nicht zu würdigen wusste. Immerhin machte mir das hinreichend klar, dass ich gar nicht zu diskutieren brauchte. Meine Mutter war jenseits von Gut und Böse. Sie lebte in ihrer eigenen Welt. In einer Welt, die ein normal denkender Mensch niemals verstehen konnte.

»Ich liebe dich, Mum. Mach dir keine Sorgen. Ich bleibe hier bei dir, und alles wird gut«, würgte ich hervor. Prompt brach mir der Schweiß aus. Ab sofort würde ich eine neue Rolle spielen müssen, um zu überleben: Die Rolle der absolut loyalen Tochter.

»Ich weiß, dass du mich lieb hast«, sagte Mum mit einem Lächeln, das mir das Blut in den Adern gefrieren ließ. »Du wirst mir bestimmt auch schnell alles verzeihen können. Sobald du ein wenig darüber nachgedacht hast, wirst du verstehen, dass ich alles nur für euch getan habe. Das hat Ben auch begriffen. Kurz vor seinem Tod habe ich ihm alles erklärt. Er war nicht mal wütend, sondern hat mich nur angesehen und genickt. Danach ist er gestorben. Friedlich.«

Mein Hirn ratterte, bis sich nach und nach die Worte meiner Mutter wie Puzzleteile in meinem Kopf zusammenfügten. »Du hast Ben kurz vor seinem Tod gestanden, dass du ihn vergiftet hast?«, fragte ich fassungslos.

»Ja. Damit er in Frieden gehen konnte.«

Da hatte ich aber andere Erinnerungen. Ben hatte sich gequält. So schrecklich, dass ich es kaum hatte aushalten können. Deshalb hatte ich ja auch das verdammte Zimmer verlassen. Deshalb war ich nicht da gewesen, als er starb. Deshalb …

Frag nicht, dachte ich schaudernd. Frag nicht, *ob sie ein wenig nachgeholfen hat*. Allein die Möglichkeit ließ meinen Magen erneut brodeln. Wo in all diesem Wahnsinn steckte die Wahrheit? Ich musste es wissen. Um meinetwillen. Um Bens Willen. Doch ich behielt die Frage für mich. Ich musste ihr gegenüber den Schein wahren, durfte ihr nicht zeigen, dass ich zweifelte – an ihr.

»Wir sollten wieder schlafen gehen«, schlug ich mit leiser Verzweiflung in der Stimme vor. Es gelang mir einfach nicht, die Fassungslosigkeit aus meiner Stimme zu verbannen. »Lass uns morgen früh ganz in Ruhe miteinander sprechen.«

»Ja, ich denke, das ist ein guter Vorschlag.« Sie nickte, und ich hätte mich um ein Haar entspannt, bis ich bemerkte, dass sie plötzlich nur noch wenige Zentimeter vor mir stand und mich seltsam ansah. »Ich liebe dich, Amy«, sagte sie mit wenig liebevoller, sondern eher tonloser Stimme. »Deshalb muss ich das tun.«

Ehe ich reagieren konnte, steckte eine Nadel seitlich in meinem Hals. Ich versuchte noch, sie fortzuschlagen, doch was immer das für ein Zeug war: Es wirkte erschreckend schnell.

Ich war ohnmächtig, bevor ich auf dem Boden aufschlug.

KAPITEL 26

Nathan

»Du hast ihr *was* gesagt?« Tess schrie mich beinahe an. Ich stöhnte und legte erschöpft den Kopf in den Nacken, starrte die Decke von Tess' kleiner WG-Küche an.

»Ich weiß, ich weiß. Vielleicht hätte ich noch ein wenig damit warten sollen, bevor ich ihr von meiner Theorie erzähle«, gab ich zu. Meine Augen brannten vor Müdigkeit, und der gewaltige Sorgen-Koloss in meinem Bauch drückte unangenehm auf den Magen. Scheiße. Ich steckte richtig tief drin.

»Was mach ich denn jetzt?«, murmelte ich.

»Zu Kreuze kriechen und ihr versichern, dass das alles nur auf einer fixen Idee beruht.«

Das brachte mich wieder zur Besinnung. Entschlossen schüttelte ich den Kopf. »Das ist ja mein Problem. Ich glaube eben nicht, dass das völlig aus der Luft gegriffen ist. Vielmehr bin ich der Überzeugung, dass wir hier weitere Nachforschungen anstellen müssen.«

»Wir?«

»Naja, eigentlich Amy, aber da sie nicht mehr mit mir spricht …«

»Vergiss es.« Tess hob abwehrend die Hände. »Da lass ich mich nicht reinziehen. Wie wäre es, wenn du dich zur Abwechslung um deine eigenen Probleme kümmern würdest? Was ist denn jetzt mit dem Stipendium?«

Ich zückte schweigend mein Handy und öffnete die Mail, die

ich bereits vor dem Besuch von Tess in meinem Postfach entdeckt hatte. Der Betreff klang nicht gut, daher hatte ich sie bislang ignoriert. Bis jetzt.

Sehr geehrter Mr. Ambrose,
Ich habe Sie gewarnt. Doch Sie haben Ihre Chance nicht genutzt. Da Sie bei meinem Besuch nicht anwesend waren und erneut Fehlstunden angesammelt haben, ist Ihnen Ihr Studium offenbar nicht so wichtig. Das Stipendium wird nicht verlängert.

Mit freundlichen Grüßen
H. Palmer, Highgrove Industries

Ich las die Mail zwei Mal, dann legte ich mein Handy langsam auf den Tisch und bemühte mich, cool zu bleiben. Innerlich platzte ich beinahe.

»Was?«, fragte Tess, der meine Reaktion natürlich nicht entgangen war.

»Das Stipendium ist Geschichte.«

»Ach, scheiße, Nathan. Richtig scheiße.« Sie musterte mich. »Und jetzt?«

»Keine Ahnung. Dieses Semester ist bereits bezahlt, doch das kommende wird ein Problem.« Ich stöhnte und starrte wieder hoch zur Zimmerdecke. Ich hatte es vergeigt, und zwar so richtig. Meine Brüder würden ausflippen, Amy sprach eh nicht mehr mit mir, und mein Lebensplan lag in Trümmern. Ich hatte sogar noch mal selbst nachgetreten.

Wie dämlich konnte man sein?

Als hätte Kane Lunte gerochen, rief mein Bruder an. Um ein Haar hätte ich ihn erneut ignoriert. Wir versuchten seit Tagen, uns gegenseitig zu erreichen, aber momentan lagen bei mir die Nerven blank. Ich musste erst nachdenken, bevor ich ihm die Hiobsbotschaft überbringen konnte.

Trotzdem musste ich rangehen. Was immer er von mir wollte – es schien wichtig zu sein.

»Hast du was von Jack gehört?«, fragte Kane ohne jegliche Begrüßung, als ich den Anruf annahm. Seine Stimme klang so angespannt, dass ich mich unvermittelt aufrichtete.

»Nein, aber das ist nicht ungewöhnlich. Er schreibt oft nicht zurück. Zumindest nicht sofort«, sagte ich möglichst beruhigend.

»Aber Naomi antwortet er grundsätzlich. Ohne Verzögerung. Sie erreicht ihn nur auch schon seit Tagen nicht. Weil du ebenfalls nicht ans Telefon gegangen bist, hab ich aus Verzweiflung bei seinem Arbeitgeber nachgefragt Die waren sehr kryptisch. Wir würden selbstverständlich benachrichtigt, sobald man Genaueres sagen könne. Momentan müssten wir uns aber keine Sorgen machen. Die Sache sei unter Kontrolle. Nur was ›die Sache‹ ist, wollte man mir nicht sagen. Ich sag's dir, irgendwas ist da faul.«

Da gab ich Kane recht. Das klang nicht gut. »Soll ich auch noch mal anrufen?«

»Es kann zumindest nicht schaden. Da stimmt was nicht, aber ich kann nicht genau benennen, was es ist.«

Scheiße. Die letzten Male, als Kane das gesagt hatte, war für uns geradezu die Welt untergegangen.

»Ich rufe dich zurück, sobald ich mehr weiß«, sagte ich gepresst und legte auf.

Erst jetzt bemerkte ich, dass Tess ihr Ohr an die andere Seite meines Handys gehalten und dadurch alles mitangehört hatte. »Was ist mit Jack?«, fragte sie beunruhigt.

»Keine Ahnung, aber Kane macht sich Sorgen, und das wiederum ist Grund für große Beunruhigung. Er liegt da meist erschreckend richtig.« Ich stockte. »Kennst du jemanden aus deiner Öko-Truppe, der sich auf Ölplattformen spezialisiert hat? Der vielleicht was aus der Branche hat läuten hören?«

»Bin schon weg zum Telefonieren.« Tess wirbelte herum und verschwand, um ihr Handy zu holen. Ich blieb allein in der Küche zurück und klickte mich quer durch die Homepage von

Jacks Arbeitgeber. *Fuck*. Wenn wir uns irrten, würde Jack uns für so viel Wirbel den Kopf abreißen.

Lieber Nathan, wir kennen uns nicht, aber könntest du mir zurückschreiben? Es ist superdringend und geht um Amy!

Grüße, Deadlybird

Die Mail ploppte einfach so auf dem Handybildschirm auf und ließ sich partout nicht wegklicken. *Was zur Hölle?*

Wer bist du, was hast du mit meinem Mailfach angestellt und vor allem: Woher hast du meine Mailadresse und kennst Amy?, schrieb ich genervt zurück.

Sorry. Ist so eine Art Hobby von mir. Das mit der Mailadresse war nicht schwer. Die Studierenden haben alle die gleiche Kombination aus Vorname, Nachname und Uni-Zugehörigkeit. Und der Zugriff auf dein Postfach war notwendig. Du hast auf meine letzten drei Mails nicht reagiert, und auch über Social Media bist du nicht zu erreichen. Dabei bin ich echt beunruhigt. Amy hat von dir erzählt. Du bist meine letzte Hoffnung. Sonst rufe ich die Polizei.

Ich zögerte keine Sekunde mehr und gab *Deadlybird* umgehend meine Handynummer mit der eindeutigen Aufforderung, mich sofort anzurufen. Nur drei Sekunden später klingelte es bei mir.

»Hey, Nathan«, sagte eine recht hohe Jungenstimme. »Ich bin *Deadlybird*. Wir erreichen Amy nicht. Sie wollte sich heute Morgen auf jeden Fall zurückmelden. Vorher wollte sie deine Theorie überprüfen. Die mit ihrer Mum und der Vergiftung. Leider haben wir seither nichts mehr von ihr gehört. Vielleicht geht es ihr nur gerade nicht so gut. Vielleicht kann sie aber auch nicht zurückschreiben, weil … Naja, du weißt schon. Jedenfalls zögere ich, die Polizei einzuschalten. Nachher ist es nur falscher

Alarm. Ich stehe bei den Behörden eh unter Beobachtung wegen meiner kleinen Hackerangriffe und so. Hab bereits versucht, über ihre Laptopkamera in ihr Zimmer zu linsen, aber da sieht man nur die Decke. Von daher …«

»Seit wann erreichst du sie nicht?«

»Wir haben gesprochen, nachdem du ihr von deinem Verdacht erzählt hast. Seitdem ist Funkstille. Moment … Das sind dann jetzt vier Stunden, dreiundzwanzig Minuten und …«

»Ich kümmere mich drum. Ruf noch nicht die Polizei an. Das mach ich, wenn ich nicht weiterkomme.« Ich legte auf und rannte in den WG-Flur. Dabei prallte ich recht unsanft gegen Tess.

»Mein Kontakt hört sich mal wegen der Plattform um. Er … Was ist los? Weißt du schon was?« Tess musterte meine aufgerissenen Augen.

»Ich brauche deinen Pick-up. Sofort. Ein Freund von Amy hat mich gerade kontaktiert. Er glaubt, dass Amy in Gefahr ist. Ich muss rüberfahren.«

»Äh«, brachte Tess hervor. Dann wirbelte sie herum und schnappte sich ihren Autoschlüssel. »Ich komme mit.«

Dafür liebte ich Tess. Im Laufschritt folgte ich ihr, schwang mich neben sie auf den Beifahrersitz, und dann brausten wir auch schon in halsbrecherischem Tempo los. Wir waren schneller bei Amy, als mein Verstand es fassen konnte. Bei wem hatte Tess denn bitte ihren Führerschein gemacht?

Sie würgte den Motor ab und war schon draußen, bevor ich mich auch nur abgeschnallt hatte. »Lass mich erst mal versuchen. Auf dich ist ihre Mum nicht so gut zu sprechen. Vielleicht lässt sie mich ja rein.«

Sie wedelte mit der Hand, damit ich mich hinter den Wagen duckte. Gleich danach klingelte sie. Es dauerte Ewigkeiten, bis sich etwas tat. Vor Nervosität hielt ich es kaum hinter dem Auto aus. Ich wollte etwas tun, statt hier zu hocken und zu warten. Gleichzeitig wusste ich aber auch nicht recht, wie die beste Vorgehensweise aussehen könnte.

Endlich klackte es in der Gegensprechanlage. »Ja, bitte?«

»Hier ist Tess. Ich wollte Amy besuchen.«

Du klingst zu nervös, dachte ich verzweifelt. *Tess. Beruhig dich.*

»Amy schläft. Es ging ihr nicht so gut. Sie wird sich bei dir melden.«

»Ich brauche auch nicht lange. Nur kurz Hallo sagen.«

»Nein. Bedaure. Das geht nicht.«

Zack. Schon hatte Mrs. Darren das Gespräch beendet. Tess stand noch einen Moment reglos vor dem geschlossenen Tor, dann kehrte sie zu mir zurück.

»Und jetzt?«

»Jetzt bin ich dran. Fahr das Auto weg, aber nicht zu weit. Bleib drin sitzen und halt dein Handy bereit.«

»Nathan … sollten wir nicht besser die Polizei rufen?«

»Und was sagen wir denen? Wir brauchen Beweise, sonst wimmeln die uns eh ab. Zwei Studierende gegen die große, angesehene Darren-Familie. Vergiss es.« Ich packte Tess an der Schulter und sah sie intensiv an. »Fahr das Auto weg. Den Rest musst du mir überlassen. Es reicht, wenn einer von uns den Ärger seines Lebens bekommt.«

»Hast du den nicht eh schon an der Backe?«

Das war wahr, aber schlimmer ging immer. Ich sparte mir eine Antwort, nahm Anlauf und rannte auf die Mauer zu. Beim letzten Mal hatte das hervorragend geklappt. Ich sprang gegen das Mauerstück, drückte mich daran in die Höhe und gelangte auf diese Weise bis zum oberen Rand. Ich hielt mich daran fest und schwang mich dann auf die andere Seite.

Die Landung sah nicht ganz so elegant aus, weil ich mich gleichzeitig klein machen wollte und unter den nächsten Busch hechtete. Unangenehm landete ich auf dem Bauch.

Schwer atmend lag ich unter den schützenden Zweigen und bemühte mich, ruhiger zu werden. Auf dem Gelände war ich schon mal. Jetzt musste ich nur noch in das Gebäude gelangen.

Hinter mir hörte ich das Knirschen von Reifen. Tess wendete und fuhr weg. Ich wartete geduldig, bis ich sie nicht mehr hören konnte, und wollte mich dann aus meinem Versteck wagen, als ich eine Bewegung an der Eingangstür bemerkte. Mrs. Darren kam aus der Haustür und sah sich suchend um. Hatte sie mich etwa bemerkt?

Amy

Mein Körper fühlte sich wie zerschlagen an. Nur mit äußerster Kraftanstrengung bekam ich meine Augen auf, sah unscharf, schloss sie wieder, versuchte es erneut. Ich lag noch immer in Mums Arbeitszimmer. Auf einem Teppich. Nur war es jetzt deutlich heller. War es schon Morgen? Verwirrt starrte ich eine Akte an.

Was war hier nur los?

Dann fiel es mir ein. Meine Suche. Der Verdacht. Mums Geständnis. Ihr Angriff. Die Spritze.

Pures Adrenalin sauste durch meinen Körper. Sie hatte mir offenbar ein Sedativum verabreicht, das mich innerhalb von Sekunden ausgeknockt hatte. Blieb die Frage, wo meine Mutter jetzt abgeblieben war. Das Zimmer schien leer zu sein.

Ich sammelte all meine Kräfte und drehte mich auf den Bauch. Allein das ließ meinen Magen rebellieren. *Nein, Amy, reiß dich zusammen. Du bist aus härterem Holz geschnitzt als jedes verdammte Gift in deinen Adern. Du fällst jetzt nicht in Ohnmacht. Du bleibst wach!*

Mit zusammengekniffenen Augen kroch ich zum Schreibtisch. Was ich dort genau suchte, wusste ich nicht recht. Ich wusste nur, dass ich mich dahinter sicherer fühlen würde. Vielleicht konnte ich mich am Holz in die Höhe ziehen? Völlig erschöpft kam ich an und schaffte es, mich sitzend gegen den Rollcontainer zu lehnen. Alles drehte sich um mich. Ich versuchte, das Schwindelgefühl auszublenden, und peilte die Schreibtischplatte an. Das musste eigentlich machbar sein.

Tatsächlich konnte ich mich daran nach oben ziehen. Es brachte mich fast zum Kotzen, aber am Ende lehnte ich mehr schlecht als recht halb über dem Tisch und angelte nach einer Schere, einem Brieföffner und einem angespitzten Bleistift. Die Schere behielt ich in der Hand. Die anderen Sachen schob ich in meinen Hosenbund, denn meine Schlafanzughose, die ich noch immer trug, hatte keine Taschen.

Als Nächstes musste ich die Tür in Angriff nehmen. Ich machte einen vorsichtigen Schritt und hielt mich dabei am Schreibtisch fest. Nein. Ohne Hilfe würde ich zusammenbrechen. Mein Blick fiel auf den Schreibtischstuhl. Ja, das ging. Ich stützte mich erst an der Lehne ab und fiel fast vorne über, aber schließlich hatte ich den Dreh raus. Schieben, halten, schieben, halten. Verschnaufen. Weiter.

Als ich Schritte auf der Treppe vernahm, gab mir das noch mal einen ordentlichen Kick, und ich erreichte in für mich quasi Blitzgeschwindigkeit die Tür.

Oh, Gott. Was sollte ich tun, wenn Mum den Raum betrat? Die Schere fühlte sich völlig unwirklich in meiner Hand an. Ich konnte doch meine eigene Mutter unmöglich angreifen. Ihr die Schere in den Körper rammen. Wie sollte ich damit jemals leben? Mehr noch: War ich kräftemäßig überhaupt dazu in der Lage, mich zu wehren?

Die Schritte kamen näher.

Nein, nein, nein. Geh weg, Mum, dachte ich verzweifelt. *Zwing mich nicht dazu.*

Ich wusste allerdings, dass ich nur diese eine Möglichkeit hatte. Meiner Mutter war mittlerweile alles zuzutrauen. Sie würde mich nie im Leben gehen lassen. Hielt ich sie nicht auf, war ich geliefert. Sie würde mir vermutlich so lange immer wieder die volle Dröhnung geben, bis ich meinen eigenen Namen nicht mehr kannte.

Die Schritte verharrten vor der Tür.

Lauschte meine Mutter genau wie ich? Schlug ihr ebenfalls der Puls unangenehm in den Schläfen?

Die Klinke senkte sich.

Bitte, dachte ich verzweifelt. *Lass sie nicht reinkommen.*

Mein stummes Gebet blieb ungehört. Die Tür ging auf. Erschrocken stellte ich fest, dass ich auf der falschen Seite der Tür stand, sodass sie in meine Richtung schwang und mir die Sicht und die Angriffsmöglichkeit auf Mum nahm.

Gleichzeitig fiel mein Blick auf das Türschloss. Es drang kein Lichtschein vom Flur hindurch. Steckte etwa der Schlüssel noch von außen drin? Das wäre natürlich eine gute Möglichkeit, Mum einzusperren. Immer vorausgesetzt, ich kam an ihr vorbei.

»Amy, es tut mir wirklich leid, aber ich fürchte, du lässt mir keine andere Wahl«, sagte sie in diesem Moment zum Teppich. Dank des Flurlichts sah ich jetzt auch, dass sie etwas in den Händen hielt. Eine weitere Spritze.

Ich hielt die Luft an, als sie langsam ein wenig in den Raum ging. Sie tat das zögerlich. Als müsse sie sich selbst noch von der Richtigkeit ihres Handelns überzeugen. Das machte es für mich aber auch nicht besser.

Tränen brannten in meinen Augen. Gleichzeitig wusste ich, dass ich keine Wahl hatte. Ich musste handeln. Jetzt.

Mum tat einen Schritt. Blieb stehen. Sie hatte den leeren Teppich entdeckt.

Jetzt!

Ich sprang hervor, so gut ich es in meinem Zustand vermochte. Geistesgegenwärtig hielt ich mich an der Türklinke fest, zog mich herum. *Ja!* Der Schlüssel steckte im Schloss. Jetzt musste ich die Tür nur hinter mir zuziehen, während ich in den Flur lief. Doch so einfach das auch klang, so schwierig war die Ausführung für mich.

Mum war wesentlich schneller als ich, wirbelte herum und kreischte wie eine Banshee, während ich mich verzweifelt in den

Flur retten wollte. Zu spät. Sie packte mich am Arm und riss mich zurück. Ich hielt mich mit der freien Hand an der Klinke fest und verhinderte auf diese Weise, dass ich der Länge nach auf den Boden schlug.

»Wo willst du hin?«, brüllte sie mit hochrotem Kopf.

Ich schrie vor Angst und Überanstrengung laut auf, schlug und trat nach ihr, um freizukommen. Aber es war aussichtslos. Sie war so viel stärker als ich.

In der Sekunde kam die Wut. Siedend heiß und stärkend. »Wie konntest du uns das antun?«, schrie ich. »Du hast Ben umgebracht!«

Da spürte ich einen Stich in dem Arm, den Mum noch immer gepackt hielt. *Nein. Nein!* Die Spritze. Etwas Warmes schoss meine Adern hoch. Ich reagierte instinktiv, ließ jetzt doch die Klinke los und wechselte die Schere in die nun freie Hand. Blind hieb ich nach ihr und traf vermutlich. Zumindest schrie Mum vor Schmerz auf, ließ mich los.

Mir war klar, dass ich nur Sekunden hatte, bevor ich ohnmächtig wurde. Mit dem Mut der Verzweiflung warf ich mich in den Flur, zog die Tür hinter mir zu und schloss in dem Moment ab, in dem Mum an der Klinke riss. Ich hörte ihr Brüllen sogar noch über das Rauschen meines Blutes in meinen Ohren hinweg.

»Mach auf, Amy! Sofort!«

Ich antwortete nicht, war zu atemlos. Schweiß rann mir die Stirn hinab, und meine Atmung war viel zu hektisch. Lag es an dem Zeug, das sie mir gespritzt hatte? An meinem ohnehin schlechten Zustand? An beidem?

Nicht ohnmächtig werden. Mit zusammengebissenen Zähnen kroch ich auf allen vieren den Gang entlang. Hinter mir erbebte die Tür. Mum trat oder schlug dagegen. *Scheiße.* Ich musste hier raus, doch der Weg bis zur Haustür war so schrecklich weit.

Weiter. Nur weiter. Brach ich zusammen, war ich so gut wie tot.

Nathan

Kurz bevor Mrs. Darren mich entdecken konnte, duckte ich mich. Sie blieb noch einen Moment auf der Terrasse stehen, horchte. Ich hielt den Atem an. *Fuck*. Das Klopfen meines zu schnell schlagenden Herzens war eine ganze Weile das Einzige, das ich vernahm. Dann endlich hörte ich die erlösenden Schritte. Amys Mum ging schnellen Schrittes zurück ins Haus.

Vorsichtig wagte ich mich aus der Deckung, huschte in den Garten und musterte die Terrassentür. Mrs. Darren hatte sie fest verschlossen. Da kam ich nicht rein.

Möglichst lautlos schlich ich mich ums Haus, versuchte eine Einstiegsmöglichkeit zu finden. Da hörte ich Amy schreien. Panik stieg in mir auf, lautlos hineinzukommen verwarf ich sofort. Ich rannte nur noch zur Vordertür und rüttelte daran. Natürlich verschlossen. *Fuck!*

»Amy? Amy!«, brüllte ich und lief schnell zum nächstgelegenen Fenster, versuchte von der großen Treppe aus hineinzusehen. Wieder ein Schrei. Er kam von über mir, aus dem ersten Stock.

Das war genug Beweis, um die Polizei einzuschalten. Ich wählte die 911, während ich um das Haus herumeilte und an jeder Tür rüttelte, die ich fand. Als ich erneut zur Terrassentür kam, fiel mir etwas auf: Sie war aus Glas.

Parallel meldete sich ein Polizist, fragte nach dem Grund meines Anrufs. Ich ratterte die Informationen runter, nannte Adresse, meinen Namen, Amys Namen, den der Familie. »Sie müssen kommen. Sofort«, sagte ich noch, bevor ich auflegte, mir einen Gartenstuhl schnappte und ihn mit Schwung in die Terrassentür warf.

Es splitterte und krachte. Scherben sausten mir um die Ohren. Ich schnitt mich fies an einer, als ich durch die Tür ins Wohnzimmer eindrang. Sofort knirschte Glas unter meinen Schuhsohlen.

Ich rutschte beinahe darauf aus, als ich Amys Mum kreischen hörte.

»Du gehörst zu mir! Wir sind doch eine Familie, ein Team. Ich will nur das Beste für dich!«, brüllte sie wie eine Wahnsinnige.

Ich rannte los, so schnell ich konnte. Quer durchs Wohnzimmer, zum Treppenaufgang und die Treppe rauf.

»Amy!«, schrie ich, als ich eine zusammengesunkene Gestalt auf dem Flur entdeckte. Ich ließ mich direkt neben ihr auf die Knie fallen und zog sie in meine Arme, fühlte ihren Puls.

Sie atmete. Flach, aber spürbar. Sie lebte.

»Mum ist verrückt«, murmelte sie schwach.

»Definitiv.«

»Sie hat mir was gespritzt. Mir ist nicht gut. Womöglich gefährlich.« Amys Stimme verlor sich.

Das reichte. Ich kam umgehend wieder auf die Beine und hob sie hoch in meine Arme. Sie wog kaum etwas, daher war das kein Problem. In der Ferne vernahm ich bereits Sirenengeheul. Die Polizei rückte an. Nervös warf ich einen Blick auf die Tür, doch dahinter war es unheimlich still. Lauschte Mrs. Darren ebenfalls?

»Amy, sei nicht dumm«, hörte ich sie deutlich ruhiger sagen. »Wir müssen über alles sprechen, dann wirst du mich verstehen.«

Ich starrte die Tür an und bekam eine Gänsehaut bei ihren Worten. Sie klang so vernünftig. Gesetzt. Beinahe entspannt.

»Ich hab dich, Amy. Ich hab dich«, sagte ich zu Amy, doch die war mittlerweile ohnmächtig geworden. So schnell ich konnte eilte ich die Treppe runter und schrie den Polizisten an der Terrassentür schon von Weitem zu: »Ich brauche einen Arzt. Rufen Sie einen Krankenwagen. Sofort!«

KAPITEL 27

Amy

Drei Tage lag ich auf der Intensivstation, bekam Infusionen, Spritzen, Sauerstoff und Tonnen an Medikamenten. Die Ärzte zapften mir ohne Ende Blut ab, analysierten, zapften Blut, analysierten. Verzweifelt versuchten sie herauszufinden, was meine Mutter mir gegeben haben könnte.

Letztlich gingen sie davon aus, dass Mum mir eine Überdosis Insulin verabreicht hatte. Damit jemanden wirklich zu töten, war schwierig. Ihn ins Koma zu befördern ging jedoch sehr schnell. Wer wusste schon, was sie danach geplant hatte?

Die Polizei fand in ihrem Schlafzimmer einen Koffer voll Medikamente und Chemikalien. Beamte brachten ihn zur Klinik, damit die Ärzte sich ein Bild machen konnten. Danach kam der Koffer zu den Beweismitteln.

Gegen meine Mutter.

Die mich vergiftet hatte.

Die meinen Bruder getötet hatte.

Die mich ermorden wollte.

Therapeuten, Psychologen und Psychotherapeuten kamen zu mir, um bereits auf der Intensivstation das Gespräch mit mir zu suchen. Dad musste antanzen. Er wurde fast einen Tag lang ins Kreuzverhör genommen, bevor er wieder freikam. Dann schickte er mir einen Anwalt.

Ich war das Opfer. Meine Mutter die Täterin. Theoretisch

hätte ich nicht aussagen müssen, doch es tat gut, die einzelnen Puzzlestücke preiszugeben.

Erst jetzt ergab so vieles Sinn.

Ben war Mums Methoden gegenüber immer misstrauisch gewesen. Ich hatte ihn für pubertär gehalten. Jetzt war ich mir dessen nicht mehr so sicher. Womöglich hatte er etwas bemerkt und Zweifel an seinen Diagnosen bekommen.

Ich erzählte alles. Den Polizisten, den Psychologen, sogar den Schwestern. Die warnten mich vor einer Horde Journalisten, die sich auf die Story wie Bluthunde gestürzt hatten und vor dem Krankenhaus herumlungerten. *Na, wunderbar.* Ich war eine Berühmtheit.

Mum hatte man natürlich verhaftet. Sie hockte in irgendeiner U-Haft und war sich laut Dads Aussagen noch immer keiner Schuld bewusst. Nicht, dass ich Dad hatte zu mir kommen lassen. Ich wollte ihn nicht sehen.

Ich glaubte zwar nicht wirklich, dass er von Mums Taten gewusst hatte, dass er aber so gar keine Zweifel gehegt hatte, konnte ich nicht verstehen. Natürlich. Mir war es ebenfalls nie in den Sinn gekommen, doch ich war auch die letzten Jahre damit beschäftigt gewesen, zu überleben. Er hingegen hatte diese Ausrede nicht. Statt uns zu helfen, war er arbeiten gegangen. Er hatte aufgegeben, sich gegen Mum zu behaupten, und den einfacheren Weg gewählt: Er hatte uns aus seinem Leben verbannt.

Der einzige Lichtblick in diesem Schlamassel war Nathan. Er kam jeden Tag, und wenn es auch nur für wenige Minuten war. Normalerweise durften nur Angehörige auf die Intensivstation, doch in meinem Fall machten die Ärzte eine Ausnahme. Meine Angehörigen hatten mich entweder umbringen wollen, hatten die Augen vor der möglichen Wahrheit verschlossen oder waren tot.

Wenn ich das hier überlebte, brauchte ich definitiv eine Therapie.

Nathan bemühte sich, mich auf andere Gedanken zu bringen, doch ich durchschaute ihn. Auch ihn hatten die vergangenen Geschehnisse völlig aus der Bahn geworfen. Da war allerdings noch mehr, das er mir verheimlichte. Ich spürte es.

»Nathan«, sagte ich schließlich sanft. »Was ist los?«

»Nichts. Mach dir keine Sorgen.«

»Jetzt mache ich mir Sorgen. Spuck schon aus.«

»Es ist wirklich nichts, was ich nicht wieder geradebiegen könnte. Noch ist mein Plan nicht fertig, aber ich arbeite daran.«

»Wie wäre es, wenn ich dir mal ausnahmsweise bei deinem Plan helfe? Hör endlich auf, im Stillen alles selbst mit dir auszumachen, die anderen auszuschließen und auf Biegen und Brechen deine eigenen Überlegungen durchzuführen. Vielleicht kann ich dir helfen? Eine zweite Meinung schadet nie.«

»Meine Pläne sind für gewöhnlich ziemlich ausgeklügelt und stichfest.«

»Ach, ja? Deine Idee, bei höchstem Wellengang surfen zu gehen war jetzt nicht die allerbeste. Also? Spuck es aus.«

Nathan rang sichtlich mit sich und seufzte schließlich tief auf. »Ich habe mein Stipendium verloren und keine Ahnung, wie ich mein Studium finanzieren soll.«

Wow. *Das* war definitiv ein Problem. So ähnlich wie 50.000 Dollar Schulden bei miesen Typen zu haben. »Nathan«, brachte ich mühsam hervor. »Das ist schrecklich. Was ist denn nur passiert?«

Er sah mich schweigend an, bis ich mir die Frage selbst beantworten konnte. »Ach, Scheiße. Wegen des verpassten Tests?«

»Unter anderem. Ich hab aber noch einen Kontrollbesuch verpasst. Der war ausgerechnet an dem Tag, an dem ich mit dir wegen deiner Mum geredet habe.«

Ungeachtet der vielen Kabel und Schläuche rutschte ich an die Bettkante und beugte mich vor, um Nathan zu umarmen. Er kam mir entgegen, sodass ich nicht aus dem Bett fiel.

»Danke, dass du mich gerettet hast«, flüsterte ich in sein Ohr.

»Naja, eigentlich warst du das selbst. Du hast die letzten Beweise gefunden, deine Mum zur Rede gestellt und sie in einem Zimmer eingesperrt. Ich finde, da komme ich als Held in glänzender Rüstung ziemlich schlecht weg. Ich hab dich nur vom Schlachtfeld getragen. Den Kampf hast du alleine angetreten.«

»Wenn ich auf dich gehört hätte, wäre das gar nicht nötig gewesen.«

»Wenn ich es ein wenig sanfter und weniger rabiat angepackt hätte, hättest du mir vielleicht auch eher geglaubt. Ich war ein Vollpfosten, dich derart damit zu überfallen. Bei mir muss immer alles superschnell gehen. Das hat sich gerächt.«

Ich lachte leise. »Beim Motorradfahren bist du wirklich zu schnell, aber in diesem Fall blieb dir keine große Wahl. Nathan. Ernsthaft. Du hast mir das Leben gerettet. Jetzt lass mich dir helfen.« Ich sah ihn fest an. »Meine Familie hätte Mittel, dir zu helfen. Das ist das Mindeste, was mein Dad jetzt für mich tun könnte«, begann ich vorsichtig.

Doch Nathan blockte ab. »Vergiss es. Das packe ich schon alleine.«

»Aber du bist nicht alleine. Da gibt es eine Menge Leute, die dir helfen wollen. Jetzt hör mir doch erst mal zu. Ich sage nicht, dass dir Dad dein Studium finanzieren wird. Er kennt allerdings eine Menge Leute, die Studienplätze vergeben. Er ist dir echt was schuldig. Immerhin hast du sein letztes Kind vor seiner mordenden Ehefrau gerettet.«

Ich hatte es ausgesprochen. Zum ersten Mal überhaupt. Mir wurde schwindelig, und mein Magen rumorte wieder, doch Nathan nahm mich umgehend in die Arme. Fest und haltgebend. Sein gleichmäßiges Atmen sorgte dafür, dass ich mich beruhigte.

»Werd erst mal gesund. Dann überlegen wir weiter«, wiegelte Nathan ab. Ich wusste, dass es ab diesem Punkt nichts mehr brachte, auf ihn einzureden. Hilfe anzunehmen fiel ihm unglaublich schwer.

Diesmal war ich es, die ihn festhielt. Wir lösten uns erst voneinander, als ein mir fremder Arzt hereinkam und mich neugierig musterte. Das war ich allmählich gewohnt. Ich war die Sensation des Krankenhauses.

»Ms. Darren, Mr. Ambrose.« Der ältere Herr gab mir freundlich die Hand und tat das anschließend auch bei Nathan. »Ich bin Dr. Parsen. Vielleicht erinnern Sie sich noch an mich? Wahrscheinlich nicht. Damals ging es Ihnen zu schlecht, und Ihre Mutter hat es meisterhaft verstanden, Sie vor den Ärzten abzuschirmen.« Er legte eine kurze Pause ein. »Mr. Ambrose hat sich wegen Ihres angeblichen Rückfalls an mich gewandt. Wäre es möglich, dass wir zwei uns ganz in Ruhe miteinander unterhalten? Ich weiß, dass Sie schon mit vielen Ärzten gesprochen haben, doch ich bin Spezialist im Bereich Diagnostik und Vergiftungen und würde gern mit Ihnen persönlich sprechen.«

Ich nickte zögernd. »Darf Nathan dabeibleiben?«

»Mir wäre lieber, wenn auch er gehen würde. Ich möchte nicht, dass Sie sich womöglich befangen fühlen, mir wahrheitsgemäß auf meine Fragen zu antworten.«

Nathan gab mir bereits einen Kuss auf die Wange. »Er ist richtig gut, also vertrau ihm«, flüsterte er mir zu. Schon war er verschwunden.

Ich fühlte mich seltsam allein und verlassen, doch an dieses Gefühl musste ich mich gewöhnen. Da war keine Mum mehr, die meine Kämpfe ausfocht. Das musste ich zukünftig selbst in die Hand nehmen.

Dass Mum diese vielen Kämpfe erst verursacht hatte, musste ich noch lernen zu verarbeiten.

Dr. Parsen stellte mir ruhig und sachlich verschiedenste Fragen, von denen viele für mich auf den ersten Blick gar nichts mit dem Fall zu tun hatten. Doch als Diagnostiker hatte er natürlich einen ganz anderen Blick auf meine »Krankheit«.

»Sie wirken erstaunlich gefasst«, sagte er nach gut einer halben Stunde.

»Ich vermute, ich stehe noch immer unter Schock.«

»Zum Teil ist das sicher so.« Er legte seinen langen Fragebogen zur Seite und lächelte mich freundlich an. »Geben Sie sich genug Zeit, um alles zu verarbeiten. Verdrängen Sie nichts, und stellen Sie sich nach und nach der Wahrheit. Das ist das Wichtigste. Gibt es jemanden an Ihrer Seite, der das mit Ihnen durchstehen würde?«

Noch vor drei Tagen hätte ich sofort meine Mum genannt. Jetzt sah es ganz anders aus. »Meine Welt steht Kopf. Alles hat sich von jetzt auf gleich verändert. Der Mensch, dem ich am meisten vertraut habe, hat mich hintergangen und mich in Gefahr gebracht. Auch mein Zuhause gibt es nicht mehr. Der Ort, an dem ich mich sicher gefühlt habe, stellte sich als Horrorhaus heraus. Es fühlt sich an, als wäre mein gesamtes Leben eine Lüge.«

»Was ist mit anderen Verwandten? Tante? Onkel? Großeltern?«

»Meine Eltern waren Einzelkinder. Mum hatte keinen Kontakt zu ihren Eltern.« Ich schluckte. »Mittlerweile sind sie tot. Genauso wie Dads Eltern.«

Dr. Parsen sah mich mitleidig an. »Freunde?«

»Mum hat mich isoliert. Wir wurden die meiste Zeit privat unterrichtet. Die Lehrer wechselten ständig. Ich denke, damit ihr niemand auf die Schliche kam. Falls ich doch mal irgendwo Anschluss fand, landete ich kurz darauf im Krankenhaus. Die Zusammenhänge werden mir erst jetzt richtig bewusst. Die einzigen zwei Menschen, die ich meine Freunde nennen würde, sind Nathan und Tess. Ich glaube, die beiden werden mir helfen.«

»Mr. Ambrose hat eine sehr beeindruckende Übersicht erstellt, um ihrer Krankheit auf die Spur zu kommen.«

»Er ist da recht pedantisch«, sagte ich mit einem leichten Flattern im Magen. »Leider hat er einen hohen Preis dafür bezahlt.«

Dr. Parsen zog eine Augenbraue hoch. »Der wäre?«

Ich zögerte. Durfte ich Dr. Parsen solch persönliche Informationen über Nathan weitergeben? Ihm wäre das bestimmt nicht recht. Er war, gerade was Privatsphäre anging, sehr zugeknöpft. »Da fragen Sie ihn lieber selbst«, wich ich schließlich aus.

»Nun, gut. Wäre es in Ordnung, wenn ich morgen noch mal wiederkomme? Ich bin nicht ganz durch mit meinen Fragen, habe aber den Eindruck, dass Sie erschöpft sind. Ruhen Sie sich aus. Ihre Blutwerte sehen heute schon viel besser aus. Sie sprechen gut auf die Therapie an.«

»Werde ich denn wieder ganz gesund?«

»Ihre Leber und die Nieren haben seit Jahren Schwerstarbeit geleistet. Ihr gesamter Körper muss erst mal zur Ruhe kommen. Für eine genaue Aussage ist es daher noch zu früh, aber eins ist sicher: Sie werden nicht wie erwartet an einer AML sterben. Sie hatten nie eine.«

Er sammelte seine Sachen ein und wollte sich mit einem Händedruck verabschieden, zögerte jedoch. »Sie waren, was Mr. Ambroses Persönlichkeitsrechte angeht, recht deutlich, doch darf ich zumindest anmerken, dass ich selten eine so herausragende Vorarbeit für eine Diagnostik gesehen habe? Dabei studiert Mr. Ambrose nicht einmal Medizin. Was war doch gleich sein Fach?«

»Wirtschaft und Mathematik, im Nebenfach noch IT.« In der Sekunde entschied ich mich. Ja, Nathan wäre es gar nicht recht, wenn ich mich einmischte. Auf der anderen Seite hatte mir seine Einmischung das Leben gerettet. Vielleicht wusste Dr. Parsen, wie Nathan geholfen werden konnte. »Er hat sein Stipendium verloren«, platzte ich deshalb heraus. »Weil er mir helfen wollte, statt zu seinen Vorlesungen zu gehen. Vermutlich muss er sein Studium sogar abbrechen. Falls Sie also jemanden kennen, der ihm helfen könnte, wären wir sehr dankbar.«

Dr. Parsen sah mich mit einem merkwürdigen Blick an und nickte schließlich. »Ich werde darüber nachdenken. Jetzt sollten Sie schlafen, Ms. Darren. Wir sprechen uns morgen.«

Als er hinter sich die Tür schloss, spürte ich die bleierne Müdigkeit erst richtig. Es fühlte sich aber anders an als die

Erschöpfung noch vor Wochen. Besser. Mein Körper heilte. Langsam und stetig.

Jetzt musste nur noch mein Geist folgen. Ich war mir sicher, dass mir das gelingen würde. Ich war stark. Ich war eine Kämpferin.

Und ich war nicht völlig allein.

Nathan war bei mir.

Nathan

Ich saß am Strand, das Surfbrett lag neben mir im heißen Sand, und der Neoprenanzug klebte auf meiner Haut. Meine Hoffnung, durch Bewegung einen klaren Kopf zu bekommen, hatte sich leider nicht bewährt. Stattdessen war ich ständig vom Brett gefallen und hatte schließlich aufgegeben.

Fuck.

Amys Rettung hatte bei mir die letzten zwei Tage für ein Hochgefühl gesorgt, sodass ich mich nicht ganz so mies gefühlt hatte. Aber jetzt, wo es Amy besser ging, holten mich meine Sorgen mit voller Wucht ein.

Wir hatten Jack noch immer nicht erreicht, und seine Firma schwieg. Kane hatte schließlich mit Polizei gedroht, doch selbst das hatte das Unternehmen ignoriert. Die Verbindung zur Plattform sei im Moment schwierig. Wir müssten uns aber keine Sorgen machen.

Von wegen.

Erschwerend kam hinzu, dass ich mein Stipendium verloren hatte und Kane noch immer nichts davon wusste. Mit jedem Telefonat wurde das schlechte Gewissen größer.

Hatte Amy recht? Musste ich offener mit den Dingen umgehen, die mich beschäftigten? Musste ich mehr mit anderen Menschen reden?

Eigentlich hatte ich mich für einen offenen Typen gehalten. Jack war der verschlossene Bruder. Der Kerl, an den niemand herankam. Ich war das komplette Gegenteil. Erst seitdem ich Amy kannte, stellte ich mich selbst infrage.

Nie im Leben wäre ich auf die Idee gekommen, Amy von meinen Geschwistern zu erzählen. Sie hatte immer und immer wieder nachbohren müssen, bis ich ihr zumindest diesen kleinen Teil von mir offenbart hatte.

Dass ich sie über die Spielsucht meiner Mutter aufgeklärt und sogar meine Probleme offenbart hatte, war ein großer Schritt für mich gewesen. Ein Schritt, der mich selbst überrascht hatte. Der erste in die richtige Richtung.

Jetzt musste ich das auch noch mit meinen Brüdern schaffen. Sie endlich einweihen. Meine Probleme aufklären. Nichts mehr verheimlichen oder hinter ihrem Rücken klären.

Bislang hatte ich Kane wegen des Stipendiums angelogen, weil ich mir einbildete, rechtzeitig eine andere Lösung zu finden. Doch sosehr ich auch suchte: Es gab nur einen Weg – und der gefiel mir ganz und gar nicht.

Fuck.

Das Angebot vom Verbindungs-Typen galt weiterhin. Alpha-Delta-Hastenichgesehen wollte mich unbedingt in ihren Reihen begrüßen, doch eine innere Stimme warnte mich eindringlich davor. Es fühlte sich genauso falsch an, wie das Stipendium mit Scheiß-Fucking-Highgrove Industries anzunehmen.

Ich … Ich musste mit jemandem darüber sprechen. Am liebsten mit Amy. Ja, verdammt, genau. Sie war eigentlich die Einzige, mit der ich in solch einer Situation sprechen wollte. Es war mir beinahe unheimlich, wie wichtig sie mir in diesem einen Jahr geworden war. Sie war aus meinem Leben nicht mehr fortzudenken.

Um ein Haar hätte ich sie verloren.

Ich stand auf, nahm mein Brett, wollte mich erneut in die viel zu hohen Wellen stürzen. Den Kopf ausschalten. Doch Amys ernste Ermahnung ließ sich nicht vertreiben:

»Du bist nicht allein, Nathan. Jetzt rede endlich mal mit mir – oder zumindest mit jemand anderem.« Diesen und ähnliche Sätze hatte sie in der letzten Zeit ständig gesagt. Vielleicht war es an der Zeit, auf sie zu hören.

Ich ließ mein Surfbrett wieder in den Sand plumpsen, stapfte zu meinen Sachen zurück und holte mein Handy. Im Stehen rief ich Kane an. Es war Zeit, die Karten auf den Tisch zu legen.

»Kane? Was Neues von Jack gehört?«, fragte ich.

»Nein. Ich bin kurz davor, mir einen Heli zu mieten und selbst zu dieser verdammten Plattform rauszufliegen. Mittlerweile habe ich zumindest Kontakt zu anderen besorgten Verwandten. Niemand weiß was Genaues. Hat deine Umwelt-Tante was gehört?«

»Nein. Tess hört sich aber weiter um.« Ich räusperte mich. »Kane …«, begann ich zögernd. »Ich muss dir was sagen.«

»Das klingt nicht gut. Muss ich dich gleich anbrüllen? Dann schließe ich schon mal die Tür, damit die Kids nichts mitbekommen.«

»In dem Fall solltest du die Tür schließen.«

»Moment.« Ich hörte ein Klicken. »So. Sitze jetzt in der Abstellkammer. Was ist los?«

Also begann ich zu erzählen. Von Amy. Von ihrer Mutter. Von meiner Recherche und letztlich auch von meinem verlorenen Stipendium. Das schlechte Gewissen brannte wie Säure in meinem Magen. Ich hatte versagt. Auf ganzer Linie. »Es tut mir so leid«, schloss ich mit rauer Stimme. »Ihr habt all eure Hoffnungen in mich gesetzt. Und ich hab alles kaputt gemacht.«

Kane schwieg besorgniserregend lange. *Gleich brüllt er los*, dachte ich schaudernd, doch das Gegenteil war der Fall. »Ich hab dich lieb, Brüderchen«, sagte er stattdessen.

»Wie jetzt? Kein Anschiss? Keine Schimpftirade? Nicht mal ein: ›Ich hab's dir gesagt?‹«

»Klar ist das mit dem verlorenen Stipendium echt kacke, aber wir finden eine andere Lösung. Du hast eine Million Masterpläne ersonnen. Da fällt dir wohl auch noch ein Plan mehr ein.«

»Ich hätte da durchaus einen, allerdings fühl ich mich nicht ganz wohl damit.«

»Dann lass es. Soweit ich mich erinnere, hattest du, was dein Highgrove Industries Stipendium angeht, ebenfalls ein schlechtes Gefühl. Diesmal solltest du besser auf deinen inneren Kompass hören.«

»Ich könnte in eine Verbindung aufgenommen werden. Darüber bekäme ich ein Stipendium, aber … hey! Was lachst du denn so dreckig?«

»Nathan, du wirst aus dieser Verbindung schneller rausfliegen, als du einziehen kannst. Zu viele Regeln. Zu viele versnobte Ansichten. Zu viel Tamtam, das du total albern finden wirst. Außerdem hast du schon zwei Brüder und drei Schwestern. Mit denen bist du genug beschäftigt. Vergiss es. Nimm nicht Hals über Kopf das Nächstbeste an, was sich dir bietet. Schalt stattdessen einen Gang runter. Denk nach. Das kannst du doch so gut.«

Ich seufzte. Kane hatte recht. Und dennoch. »Ich sollte das große Geld ranschaffen. Ihr habt mir dafür extra den Rücken freigehalten. Ihr …«

»Ich weiß, Nathan. Ich weiß. Aber Pläne können auch angepasst werden, wenn sie nicht funktionieren. Seit Jahren schuftest du dich tot, weil du besessen davon bist, uns alle zu retten. Dabei sind wir anderen zwei auch noch da. Wir halten dir so oder so den Rücken frei – ob mit oder ohne Stipendium. Du hast es verloren? Scheiß drauf. Dann angel dir ein neues. Dafür bist du schließlich Nathan Ambrose. Aber *bevor* du das tust, finde gefälligst heraus, was mit unserem verschollenen Bruder los ist. Mein Knie juckt – und du weißt verdammt genau, was das heißt.«

Ärger im Verzug. Fuck.

»Du reißt mir nicht den Kopf ab?«

»Wenn du das noch einmal fragst, mach ich das durchaus. Komm heim, damit wir reden können. Vermutlich schreie ich dich dann ein wenig an. Falls du das verhindern willst, bring Amy mit – falls sie bis dahin aus dem Krankenhaus raus sein sollte. In ihrer Anwesenheit kann ich mich schlecht ärgern, dass du ihr das Leben gerettet hast, statt unsere Familie an erste Stelle zu setzen. Mensch, Nathan. Ich weiß, dass du den Eindruck hast, die Last der ganzen Welt auf den Schultern zu tragen. Aber wir Ambrose-Brüder ziehen alle an einem Strang. Du, ich und Jack – natürlich vorausgesetzt, Jack lebt noch.«

»Sag so was nicht!«

»Mein Knie juckt!« Jetzt hatte Kane doch geschrien.

»Okay. Ich hab's kapiert. Weniger Energie auf Schämen verschwenden, mehr Energie in Recherche stecken. Ich finde Jack. Versprochen. Danach kommen wir alle nach Hause, und wir tüfteln einen neuen Masterplan aus.«

»Nein. Danach kommt ihr alle nach Hause, und wir sind froh, einander zu haben. Jetzt muss ich zu den Mädels zurück. Ich glaube, die brechen das Wohnzimmer ab.«

»Okay. Ich melde mich.«

»Das will ich dir geraten haben. Und Nathan?«

»Ja?«

»Sag so was in Zukunft früher, ja? Ich hab schon seit Tagen gewusst, dass du mir was verheimlichst, und bin fast verrückt geworden.«

»Sorry. Kommt nicht wieder vor. Hab dich lieb, Brüderchen.«

»Ich dich auch. Jetzt finde Jack!«

Ich legte auf und danach los. Wenn ich eins konnte, dann Leuten auf den Sack gehen. Sie bekamen meine volle Konzentration zu spüren. Noch im Neoprenanzug am Strand machte ich Jacks Arbeitgeber so dermaßen Feuer unterm Hintern, dass ich nur drei Stunden später einen stinksauren Jack am Apparat hatte. Die Verbindung war mieser als mies, aber sein Gebrüll war sogar über das Rauschen hinweg einigermaßen verständlich.

»... Supermami ... völlig irre geworden? ... Klar, war kacke hier ... Explosion ... so weit alles ... Kane?«

Hä? Ich bemühte mich, mir aus dem Gebrüll und Gerausche halbwegs etwas zusammenzureimen. Vergebens.

»Explosion?«, brüllte ich zurück.

»Gut«, hörte ich lediglich. »Bald zurück.« Kurz bevor die Leitung wieder zusammenbrach, hörte ich noch ein »Mach dir keine Sorgen«. Zumindest glaubte ich, das zu verstehen.

Als ich auflegte, war ich nur mäßig beruhigt, aber immerhin lebte Jack noch. Falscher Alarm. Kanes Knie war definitiv nicht mehr das, was es mal war.

Ich gab Kane schnell Entwarnung und fühlte mich so beschwingt wie lange nicht mehr. Weil ich gerade so gut in Fahrt war, schrieb ich Ryan eine freundliche, wenn auch recht deutliche Absage. Ich und eine Verbindung? Das ging gar nicht. Schon allein beim Gedanken an die Hellweek sträubte sich alles in mir. So einen Zirkus machte ich nicht mit.

Danach fuhr ich direkt zu Amy. Mein Problem mit dem Stipendium war zwar weiterhin ungelöst und wir Ambrose-Brüder hatten noch immer bei echt fiesen Typen 40.000 Dollar Schulden, doch ich hatte den Eindruck, eine Lösung zu finden. Zunächst war es wichtig, für meine Freundin da zu sein.

Denn genau das war sie. Meine Freundin. Die junge Frau, die mir mein Herz gestohlen und mir ein Leben dafür zurückgeschenkt hatte.

EPILOG

Amy

Ich starrte die Tasche an, in der sich exakt eine Unterhose, ein Unterhemd und ein Schlafanzug befanden. Mehr nicht. Das war alles, was ich momentan besaß. Ehrlich gesagt waren das noch nicht einmal meine Klamotten. Tess hatte sie mir geliehen.

»Sind Sie fertig mit packen?«, fragte die Krankenschwester mich sanft. »Schätze schon. Hab ja nicht besonders viel hier«, gab ich zurück. Seufzend schmiss ich noch eine Zahnbürste hinterher und zog die Tasche zu. Und jetzt?

Ich hatte natürlich gewusst, dass der Tag kommen würde, doch nun war er schneller da als erwartet. Meine Werte waren immer besser und besser geworden, bis der Arzt freudestrahlend an meinem Bett stand und mir eröffnete, dass ich heute nach Hause entlassen werden könnte. Wenn ich wollte.

Ich hatte spontan und ehrlich begeistert zugesagt, bis mir klar geworden war, dass ich kein Zuhause mehr hatte. Mein Elternhaus wollte ich nie wieder betreten. Vermutlich wäre Dad eh nicht zu Hause, aber trotzdem. Schon allein bei dem Gedanken daran wurde mir anders.

Nur wo sollte ich sonst hin?

»Ich nehm dir das mal ab.« Nathan schnappte sich die kleine Tasche.

»Nathan!« Es war mir beinahe peinlich, wie froh ich war, ihn zu sehen. Die letzten Tage hatte ich es vermieden, ihn mit meinen Ängsten zu belästigen. Er hatte auch so schon genug Probleme. Eine heimatlose Freundin wollte ich ihm nicht zusätzlich aufhalsen, bloß hatte ich damit das Problem natürlich nicht aus der Welt geschafft, sondern lediglich verdrängt. »Woher weißt du, dass ich heute entlassen werde?«

»Weiß ich nicht. Ist Zufall, dass ich hier bin. Aber umso besser. Komm. Verschwinden wir.« Er zwinkerte der Schwester freundlich zu. »Nicht, dass wir Ihre Gesellschaft nicht sehr schätzen, allerdings ist es draußen in freier Wildbahn einfach schöner als auf Ihren düsteren Krankenhausfluren.«

Die Schwester lachte. »Dann fliehen Sie mal schnell, bevor der Arzt es sich anders überlegt. Erholen Sie sich gut«, sagte sie an mich gewandt. Sie nickte mir aufmunternd zu und verschwand, ließ mich zurück in meinem Zimmer, das in den letzten Tagen mein einziges Zuhause geworden war.

Scheiße. Jetzt brannten Tränen in meinen Augen.

»Was ist?«, fragte Nathan erschrocken.

»Ich weiß nicht, wohin ich gehen soll. Zu Dad? Das will ich nicht. In ein Hotelzimmer? Dad würde das zwar bezahlen, aber …«

»Erst mal gehen wir zu Tess. Das zweite Zimmer in der WG ist eh momentan frei. Hanna ist ohne Erklärung ausgezogen. Hat Tess dir das nicht geschrieben?«

Doch. Hatte sie. Ich erinnerte mich, Mum gesagt zu haben, dass ich ausziehen würde. Zu Tess. Doch in der Zwischenzeit war so viel passiert, dass ich da schon gar nicht mehr dran gedacht hatte.

Jetzt rollten Tränen über meine Wange. Tränen der Erleichterung. Schweigend schlang ich meine Arme um Nathans Hals und drückte mich an ihn, atmete tief seinen typischen Surfergeruch ein. Wenn er nicht nach Salz und Meer roch, dann nach Motoröl und Unistress. Ich liebte diesen Geruch, denn ich verband ihn mit Nathan und seinem breiten Grinsen, das ich überall in mir spüren konnte.

»Danke, dass du da bist«, murmelte ich in sein T-Shirt.

»Naja, das ist jetzt keine Leistung. Ich wollte dich eh besuchen. Allerdings hatte ich nicht mit deiner Abreise gerechnet, daher … Entschuldige, aber ich bin mit dem Motorrad da.«

»Solange du nicht heizt wie ein Irrer, wird es gehen.« Als ich seinen prüfenden Blick auf mir spürte, drückte ich mich etwas von ihm fort und sah ihn scharf an. »Es geht mir gut. Ich kippe nicht vom Bike. Schau.« Ich bog den Arm und formte ein Miniatur-Hügelchen mit meinem Bizeps. »Ich hab schon voll die Muskeln entwickelt.«

Er lachte und schob mich gleichzeitig aus dem Raum. Seine fröhliche Art ließ sofort meine düsteren Gedanken verpuffen. Nathan konnte das. Mich einfach durch ein Lächeln wieder in die Spur bringen. Ohne ihn wäre ich vermutlich verrückt geworden.

Und er womöglich ohne mich.

Ich vergaß nie, dass ich mittlerweile hinter seine Fassade blicken konnte. Er teilte mir seine Sorgen und Nöte zwar noch immer eher zögernd mit, doch ich erkannte die Anzeichen. Das Schweigen, das einen Ticken länger dauerte als sonst. Seine nachdenklichen Momente, wenn er ganz leicht die Stirn krauste. Seine übertriebenen Witzeleien, um seine Unsicherheit zu überdecken.

Zum Glück fand ich heute keines dieser Anzeichen. Nathan ging es gut. Er war glücklich, weil ich aus dem Krankenhaus entlassen wurde. Zeit, seinem Beispiel zu folgen.

»Du pfeifst ja sogar«, sagte ich überrascht, sobald wir das Krankenhaus verlassen hatten.

»Sorry. Ist so über mich gekommen.« Er blieb abrupt stehen und zog mich zu sich. Mit einem Mal sah er mich seltsam streng an. »Hast du Dr. Parsen gesteckt, dass ich mein Stipendium verloren habe?«

»Ich … äh … also … Könnte sein, dass mir da was rausgerutscht ist.«

Er küsste mich völlig unerwartet. Erleichtert bemerkte ich, dass er dabei lächelte. »Er hat mich angerufen und mich gefragt, wie sehr ich mein Studienfach liebe. Es war ein sehr merkwürdiges Gespräch, das ich zunächst nicht einordnen konnte. Irgendwann hat er mich gefragt, wie groß mein Interesse an der Medizin wäre. Er hat mir einen Platz an der UCLA versprochen. Immer vorausgesetzt, ich schaffe meinen Bachelor und danach den Medical College Admission Test. Der ist Voraussetzung, um den Medical-Doctor studieren zu können.« Sein Grinsen zeigte mir, dass es noch weitere gute Nachrichten gab. »Er war von meiner Aufarbeitung deines Falls sehr beeindruckt und sagt, dass er mir ein Stipendium geben kann. Auch für den Bachelor. Dafür muss ich nur meine Fachrichtungen ändern.«

»Nur? Ich dachte, du willst auf jeden Fall in die IT, um Geld für deine Geschwister zu verdienen.«

»Ich hasse mein jetziges Studium. Ich hasse es, weil es so trocken ist. So dröge. Ja, ich mag Zahlen. Aber noch viel lieber arbeite ich mit Menschen. Ich will helfen. Nicht nur Zahlen jonglieren. Daher möchte ich gerne das Fach wechseln. Kane unterstützt das, selbst wenn es dadurch länger dauern wird, bis ich wirklich Geld verdiene, aber … Ja, Amy! Das ist genau das, was ich machen will. Ich will Arzt werden.« Er sah mich auf eine Weise an, als würde er auf meine Absolution warten.

Sanft nahm ich sein Gesicht in meine Hände und strich ihm liebevoll über die Wange, die Lippen, die Brauen. »Du wirst ein toller Arzt werden«, sagte ich und war überrascht, wie erleichtert Nathan wirkte.

»Da bin ich froh. Ich dachte schon, du würdest das seltsam finden. Dass ich plötzlich Medizin studieren will, was, nun ja … Schon damit zusammenhängt, was du erleben musstest. Ich bin glücklich, dass du dich freust.«

»Natürlich freue ich mich. Sehr sogar.« Ich küsste ihn. Ich freute mich wirklich.

An seiner Maschine angekommen, kleidete er mich erst mal umsichtig ein. Ich bemühte mich, meine Begeisterung für Motorräder anzufachen, doch es wollte mir nicht gelingen. So ein Auto war schon gemütlich, vor allem, wenn man wie ich noch immer recht schlapp war. Natürlich erwähnte ich das Nathan gegenüber lieber nicht. Das Bike war mit der einzige persönliche Gegenstand, an dem ihm wirklich etwas zu liegen schien. Vom Surfbrett mal ganz abgesehen.

»Können wir vielleicht noch zum Strand, bevor wir zu Tess fahren?«, fragte ich, als wir bereits gestartet waren. »Ich hätte vorher gern etwas Zeit mit dir. Allein.«

Nathan reagierte sofort, lenkte die Maschine fort vom Krankenhaus und steuerte den Strandbereich an, um dort zu parken. Er half mir vom Bike und nahm mir den Helm ab.

»Gute Idee«, sagte er mit einem Lächeln, zog mich an sich und küsste mich auf eine Weise, die mir rote Ohren verursachte. Dann half er mir aus der Motorradkluft. »Jetzt, wo es dir besser geht, muss ich auch nicht mehr so vorsichtig sein.« Aus seinem Lächeln wurde ein breites Grinsen. Als seine Hände Richtung Po wanderten, schlug ich sie spielerisch fort und zog ihn gleichzeitig zum Strand.

Er lachte lediglich und folgte mir. Kurz bevor meine Schuhe den Sand berührten, hob er mich ganz plötzlich hoch und wirbelte mich umher.

Ich hatte eine Zukunft. Eine verdammte Zukunft.

Ich konnte studieren gehen. Schwimmen. Laufen. Ich konnte in eine WG ziehen, mir mein Zimmer selbst streichen. Fehler machen. Lernen. Lachen. Lieben.

Leben!

Und das alles mit Nathan an meiner Seite.

Ich war nicht mehr die Kranke. Und Nathan nicht mehr mein Retter. Nun war es an der Zeit, dass ich für ihn da war. Nun konnte ich ihn lieben, so wie er es verdiente.

Vermutlich hatte er meine veränderte Stimmung an meinem Gesichtsausdruck erkannt, denn er setzte mich abrupt ab. »Was?«, fragte er etwas außer Atem.

Ich starrte ihn an. »Ich liebe dich, Nathan. Ich hatte Angst, dir das noch einmal zu sagen, weil ich nicht wollte, dass du nur wegen meiner Krankheit bei mir bleiben würdest. Aber das ist vorbei. Ich werde leben.«

Ich wusste, dass mir harte Wochen bevorstanden. Reha, Therapie und natürlich der Gerichtsprozess gegen meine Mutter. Doch ich war stark. Ich würde das durchstehen.

»Nathan, es wird vieles auf mich zukommen …« Ich zögerte. »Wirst du an meiner Seite bleiben?«

Mir schlug vor Angst das Herz in der Kehle.

Nathan starrte mich verdattert an und zog mich unerwartet heftig an sich. »Scheiße, Amy. Du bist echt die einzige Person, die ich kenne, die einer Liebeserklärung so sehr den Wind aus den Segeln nehmen kann.« Er lachte leise. Dann hob er mich hoch und warf mich wie einen Sack erneut über die Schulter. Ich quietschte und strampelte. »Ich liebe dich auch«, rief er, während er uns beide erneut drehte. »So schnell wirst du mich nicht los.« Er stoppte, taumelte und verlor mit mir zusammen sein Gleichgewicht. Wir landeten im Sand.

Jetzt lag ich auf ihm und blickte auf ihn runter.

Da er nur ein einfaches Shirt trug, fiel mein Blick wie so oft auf seinen Oberarm mit dem halb fertigen Tattoo. »Wann machen wir denn aus deiner Bulette ein Gemälde und aus meiner längst verschwundenen Henna-Zeichnung ein Tattoo?«

Nathan grinste mich glücklich an. »So schnell wie möglich.« Dann küsste er mich. Mein Herz begann zu rasen. So fühlte also sich Freiheit an. Als sein Handy klingelte, ignorierten wir das erst mal. Das hier war unser Moment. Unsere Zeit zu zweit. Doch nachdem es zunächst verstummt war, bimmelte es gleich darauf wieder los. Die Mailbox unterbrach den nervigen Ton, allerdings nur kurz. Der Anrufer versuchte es erneut.

»Ich glaube, ich muss zumindest nachsehen, wer da so rumnervt«, murmelte Nathan an meinen Lippen.

»Scheiße. Das ist Kane. Da muss ich rangehen.« Er tippte aufs Display. »Hey, Kane. Was gibt es?«

Das Handy war zum Glück so laut gestellt, dass ich Kanes Worte gut verstehen konnte. Sie ließen sowohl Nathan als auch mich erstarren.

»Es gab erneut Probleme auf der Bohrinsel. Ein Mitarbeiter des Unternehmens hat gerade angerufen. Es gab mehrere Explosionen und viele Verletzte und Tote. Nathan! Der Mitarbeiter sagte, dass Jack … Jack …«

»Was? Kane, jetzt spuck schon aus!«

»Jack ist schwer verletzt. Er wird mit dem Hubschrauber aufs Festland geflogen. Wir sollen hinkommen. Sofort. So wie es aussieht, wird Jack den nächsten Tag nicht erleben.«

Der Tod. Er hatte uns doch gefunden. Wenn auch anders als erwartet.

CONTENT NOTE

Dieses Buch enthält potenziell triggernde Inhalte:

Tod/Verlust
Krankheit
Bodyshaming
toxische Familiensituation
Medikamentenmissbrauch
Misshandlung Schutzbefohlener